# 秘密の花園

朝井まかて

日本経済新聞出版

# 目次

装画　卯月みゆき
装幀　アルビレオ

# 秘密の花園

第一章

# ある立春

霜柱が朝陽に透き通って光っている。

ほら、ごらん。

私は屈んだまま指し示した。濡れた土の間で、蕗《ふき》の薹《とう》がやわらかな萌黄《もえぎ》色の苞《ほう》を広げている。苞がはらんだ露の、なんと清いことよ。

春の神が放った珠であろうか。

目を近づける。土を踏む音がして、おずおずと私のかたわらに並んだ。路《みち》だ。大きく突き出た腹を自らの右手で支えるように抱き、胸も盛り上がっている。頬は艶々として薄赤い。左の手には笊《ざる》が見えるので、青物売りか豆腐売りを待つつもりで厨《くりや》の裏口を出てきたのだろう。しかし私が呼びかけたものだから行く手を変え、この裏庭に入ってきた。

路は蕗の薹を見やり、黙って笑んでいる。足許の下駄は地味な小豆色の鼻緒だ。素足は冷たい朝の空気に晒されてか、蒼白い。爪が伸びているのに気がついて、早く切りなさい、だらしがないと口を開きかけ、いやと唇を揉んで閉じた。さっそく叱言《こごと》でもあるまい。春の立つ風情も台無しだ。

路は、私には心を許している。おそらく頼りにし、慕ってさえいる。

私は好かれている。

そう思うと、ひとしお胸中が温もってくる。だがめったとひとに好かれぬので、どうすれば好かれたままでいられるのか、その法がわからぬ。こちらから機嫌気褄《きづま》を取って阿《おもね》るのは舅《しゅうと》としてあるまじき仕儀であるし、しかも私はこの家の、れっきとした隠居身分だ。みっともないことはすまい。他人に嫌われようが陰で謗《そし》られようが痛くも痒くもない、それを強みとして生きてきたではないか。誰をも意に介さず、世を渡ってきた。

それは真《まこと》か。

私の発した問いに、私が答える。

真だとも。私が抗議をするのは正当に扱われなかった場合だ。正しく理解されない場合だ。なら、息子の妻にちっとばかり優しく微笑まれて、なにゆえそうもそわついておる。

いや、百《ひゃく》がいけないのだ。

お前様は何かにつけて、お路に甘いんですよ。あたしにはかくも厳しいくせに。おお、いやらしい。

いつも口を歪《ゆが》めての僻言《ひがごと》だ。何が、どこが、いやらしいというのだ。まったく、人を語るその言葉で己の卑しさを語っているとも気づかずに。言葉は心の鏡だというのに。

百は路にも面と向かって、どうせ肚《はら》の底ではあたしを馬鹿にしてるんだろうなどと突っかかる。愛想口を遣わぬのが気に入らぬらしい。庇《かば》うわけではないが、路も嫁《か》してまもない時分は朗らかな笑い声を立てる日もあったのだ。が、百が言葉尻を捕らまえては難癖をつけるので、半年も経たぬうちに寡黙になった。たしかに、余計なことを言わねば揚げ足は取られない。

だが百も一筋縄ではいかぬ女だ。孫ができれば当たりも少しは柔らかくなろうかと期待していたが、子ができたと宗伯《そうはく》が告げた途端、ぶすりと不機嫌になった。産み月は来月であるというのに先が思いやられる。昨夜も一悶着あったらしい。私が書斎から出ると路と鉢合わせになったのだが、眼を真っ赤に潤ませていた。いかがしたと声をかけたが曖昧《あいまい》に首を振るだけで、そのまま厨へ入ってしまった。尻の肉が左右に揺れて、前垂れの紐の結び目が小さく団子になっていた。

私は土の上に散った古い松葉を拾い始めた。

霜柱の頭にも松葉がのっており、それを摘んでのけてやる。古葉や病葉《わくらば》も拾っては掌《てのひら》に溜めていると、路が笊を小脇にはさんで袂《たもと》を広げた。私は掌の中を袂へと移す。手を動かしながら、独り言めかして慰める。

「あれは剛情で負け嫌いな女であるから、嫁として仕えるにはさぞ苦労であろう。いや、わかっておるよ。わかっておるのだ。あれと夫婦になって三十数年、家内を元気に明るく守り立てようなどという気など、天《はな》から持ち合わせておらぬ。冬は寒いと言って床から出ず、春は頭が痛くて動かず、夏は暑くてたまらないと蚊帳《かや》の中、秋は庭の落ち葉を眺めていたら気分が塞《ふさ》ぐとさ」

気鬱《きうつ》と気儘《きまま》で方々が痛んで、しじゅう掻巻《かいまき》をひっかぶって寝ている。私も若い頃は、今ほど気が長くなかった。さすがに頭に血が昇って、思わずあの頑丈な頬を掌で張ったこともある。一家のあるじが夜を徹して書きに書いておるというのに、竈《かまど》の火も熾《おこ》しておらぬとはいかなる料簡《りょうけん》だ。朝の膳くらい、まともなものを支度しようという気になれぬのか。

しかし私が最後まで言い終わらぬうちに掻巻をはねのけ、蒲団の上にがばと居直る。

夜を徹して書いてくれと頼んだ憶えなんぞありませんよ。お前様が履物商《はきものあきな》いを嫌がって、勝手に戯作《げさく》なんぞを手がけておられるんじゃありませんか。

百が私に物申す時は、まるで芝居の敵役《かたき》のごとく舌が回る。そして私はお前も知っての通り、口舌《くぜち》の才に恵まれておらぬ。紙の上ではああも長々と、川のごとく語れるというのに。

「大袈裟に履物商いと言うがね、大した店ではなかったのだ。店先に並べてあるのは柾目《まさめ》も通らぬ安物がほとんど、桐下駄を誂《あつら》えるような客もついていなかった。商いの他に家守《やもり》の職があったゆえ、私を婿《むこ》として迎えられたというわけだ」

入婿した時、私は二十七だった。武家奉公がどうにも続かず、身が定まらぬまま、いつしかそんな齢になっていた。私は町人の家に入らねば生きてゆく術《すべ》が他になかった。さもなくば誰が好き好んで、三つも上の、しかも離縁歴のある女の家に婿入りしよう。美人でもないのに。つくづくと思うに、あの頃の己が不憫《ふびん》だ。世の隅の水溜りで溺れかかっていた。どうしようもなかった。古い藁《わら》しべを摑む以外には。

ゆえに私は断断固《だんだんこ》たる一念を立てて文事に懸けた。ただの文人、書物好きで終わってたまるものか。

「お百は私の執筆に寸毫《すんごう》の理解も示さぬどころか、黄表紙《きびょうし》と読本《よみほん》の区別もつかぬ女だった。いや、初めは教えようとしたよ。私は唐土《もろこし》の小説の語句も好んで引くゆえ、まあ、読む者を選ぶたぐいではある。だがそれは読者を気に懸けておらぬというわけではない。物語の起伏と広がり、そして先行きを推しながら楽しめるように、筋《すじ》をいろいろと仕込んであるのだ。文章の中に、秘《ひそ》かにね」

そう言って、かたわらの大きな腹を見上げる。

「気がつかぬ読者もいるだろうって。それはそれで仕方なかろうて。いや、昔はの、見当違いの感想を綴ってよこされれば、いちいち肚《はら》を立てたものだ。わかってもらえぬことに苛立ち、傷つき、落胆した。反駁《はんばく》もした。延々と申し開きを書き、文の紙が一丈二丈に及んだこともしばしばであった。しかし今はこだわらぬ。私がいかに捻り出した作物《さくぶつ》であろうと、物語は読む者のものであるのだから。すなわち、私は私の読者を信じることにした」

話が逸《そ》れた。書いている時も、つい幹から逸れて枝葉《しよう》を繁らせてしまう癖がある。しわぶきを一つ落とし、「ところがお百は」と話柄《わへい》を戻した。

「何を教えようと石仏のごとくウンともスンとも応《いら》えず、しかも、眇《すがめ》であるゆえ気もそぞろな面持ちに見える。私もそのうち業を煮やして口調がきつくなる、すると口を曲げてそっぽうを向く」

百は二言目には「あたしの苦労なんぞ誰もわかっちゃくれない」と、じぶくる。板元《はんもと》の手代らが原稿を待ちながら火鉢に手をかざしていても、熱茶の一杯を出す前に繰言《くりごと》をお見舞いだ。そのうち躰《からだ》を壊しちまいますよ。いいえ、あなた、何をおっしゃる。先生の躰じゃありませんよ。あたしの、か、ら、だ。ともかく、家の中に物書きなんぞがいると、こっちまで切羽詰まるのよ。日がな書斎に籠《こも》って、ウウと唸ったり溜息《ためいき》ついたりされてごらんなさいよ。こっちの気がもたないわよ。そのくせ耳は澄ましてるのよ。あたしのやることなすこと目くじら立てて、お仏壇の供物にまで口を出さなきゃ気が済まない。いいえ、滝沢《たきざわ》家のご先祖様だけじゃありませんよ。神祀《まつ》りもそりゃあ熱心でね。星祭に庚申《こうしん》祭、甲子大黒《きのえねだいこく》祭、それから巳待弁天《みまちべんてん》祭と天王祭、稲荷祭もきっかり営みたい人ですから。ええ、小難しい本を繰って何から何まで調べ上げて、これは方角が違う、さあ御神酒《おみき》だ、榊《さかき》だ、供え餅はどうした、お前はいつになったら神祀りのしかたを心得るのだと眉毛を逆立てる。そりゃあ、あたしにだって信心はありますさ。でもね、ああも煩《うるさ》く細かいことを言われたら神様に疲れちまう。

訴えるうちに顔色が斑《まだら》に変じてくる。私はふと、春雨の庭の蟇蛙《ひきがえる》を思い出す。

ようよう書き上げた稿を手にして客間に坐っても、百は口を閉じようとしない。本人がそこにおらぬかのごとく喋り続ける。

一事が万事、そんな具合。ほら、下肥《しもごえ》を汲みにくる百姓が、その礼に畑の作物を持ってくるでしょう。うちの先生、しかめ面をしてその大根の本数を数えるんだから。今年は少ないではないか、あと三十本上積みするようになんて御代官みたいな口調で交渉《かけあい》するの。大根を。ふだんは日ノ本一《ひのもといち》の潤筆料《じゅんぴつりょう》を稼いでるだなんて威張り散らしてるくせに、正体は気の小さな倹約屋《しまつや》、チマチマ山のお始末さんよ。若い頃にそりゃあ貧乏したらしいから、爪に火を灯したがるのよ。
やだやだ。せっかく舅姑《きゅうこ》の苦労がない家付き娘だったというのに、ケチな婿を取ったのが運の尽きだわえ。

だから躰がだるくて重くて、いくらも起きていられない。

あたしがこんななのは、あたしのせいじゃない。

あんたらが「先生」と拝み奉っている、曲亭馬琴《きょくていばきん》のせいだ。

「あの気力をなにゆえ、家の事どもに向けられぬのか」

長い息を吐く。亡くなった仙鶴堂《せんかくどう》のあるじなんぞ不思議がって、首を傾げたものだ。京伝《きょうでん》さんは、いいご妻女だ、貞婦《ていふ》だ、なんておっしゃってましたがねえ。

山東《さんとう》京伝は女に甘いのだ。女で苦労したことがないゆえ女を見る目が甘くできている。

いや、もはや彼岸《ひがん》にある人をとやかく申すまい。ただでさえ、私が京伝の葬儀に参列しなかったことを弟の京山《きょうざん》が根に持って不義理者呼ばわりしている。

兄さんの弟子であったくせに、ちっとばかし売れてるからって図に乗りゃあがって、とんだ恩知らずだ。しかめ面で説教くせえ文章を書いてながら、当人がまるきり違うじゃないか。何が仁義礼智《じんぎれいち》だ、忠信孝悌《ちゅうしんこうてい》だ。片腹痛いわ。

京山はいくつかの間違いを犯している。まず私は、山東京伝の弟子ではない。そう志願したのだが、京伝は弟子を取らぬのを信条としていた。弟子にはしないがその代わりにと寝床を与えてくれ、喰わせてももらった。しかしあの事件の折に私は代作をした。恩義は返している。

そのうち私たちは読本で人気を分かつようになり、板元は二人を好敵手に見立てた。本を売るために巧妙な宣伝を打ち、作者に対しては「もっと書け、そら書け」と競《きそ》い心を煽《あお》ったわけだ。好敵手、結構。弟子ではなかったが、かりに弟子筋であるとするならば、人気を二分する作家になることこそが師への報恩というものだ。

京伝と私は二人で読本の世界を開き、隆盛を築いた。ただし読本作者として生き残ったのは、この曲亭馬琴だ。京伝の作は没後も人気があるが、百年後、どちらの作物が読まれているかと問われれば、私は胸を張って答えるだろう。

曲亭馬琴の『南総里見八犬伝《なんそうさとみはっけんでん》』だ。

自信満々だの。さよう、去年にやっと六輯《しゅう》が出たばかりだが。

物語はまだ、ほんのとば口だが。

さらに申せば、京山は己も筆を持つ身であるくせに大いに履き違えている。作者と作物が違うのは当たり前、滑稽本《こっけいぼん》の作者が滑稽で、人情本の作者が人情家であるはずがなかろう。おおむね、その逆の堅物《かたぶつ》、冷淡であったりする。その点においては山東京伝というひとは珍しく、作物と当人が一致していた。まったく稀有《けう》な作者だ。洒脱《しゃだつ》であかぬけて寛闊《かんかつ》、清水も濁り水も悠々と一つに吞み込んで流し、あれぞ江戸前、男から見てもいい男だった。

いい男はつまらん。

そんなことは誰にも話したことがない。日記にも記しておらぬ。けれど亡くなってから歳月を経るごとに、京伝がいてくれたらとふと思うことがある。書きあぐねて頰杖をつく夜はことに、むしょうに。

京伝はいつも豪奢《ごうしゃ》で華やかで、賑やかだった。私はそこから自ら遠ざかったのだ。書くことに集中したかった。世に出たかった。

いずれにしろ、弟の京山はただの俗物である。大した文才も商才もないくせに兄の真似をしたがって、おこがましいというのだ。だいいち、私は「ちっとばかし売れてる」のではない。この日ノ本一、売れている読本作家だ。筆一本で生計《たつき》を立てているのは他に十返舎一九《じっぺんしゃいっく》がおるばかりではないか。京山は悪口一つも蕪雑《ぶざつ》にしか吐けぬ。

鼻を鳴らし、ゆっくりと立ち上がった。

かたわらの路を見下ろすと、袂で松葉や枯葉を捧げ持ち、片手で腹をも抱えながら私を見上げている。

私は相手がおなごに限らず、たいていの相手をこうして見下ろさざるを得ない。並の男よりも背丈があるのだ。今は背中が少し丸くなって縮んだが、若い時分は六尺ほどもあった。

家を訪ねてきた読者には一々会わずお引き取りを願うのを旨としているが、昔は家の中に上げて話をしたものだ。彼らは私の姿を見るなり啞然とした。読本の作者といえばなぜか、身がみっしりと詰まったような小兵《こひょう》を想像するらしい。大柄な男は頭の血の巡りが悪いとの思い込みであろう。そのせいで、若い時分は随分と損をした。奉公先で大足軽役を押しつけられそうになったことがあるし、相撲部屋から力士にならぬかと誘われたことも一度や二度ではない。とんでもない。裸の稼業など誰がするものか。他人の前で裸を晒《さら》すのが嫌いで、湯屋に足を運ぶのも年に数度だ。毎日熱い湯で躰を流さねば気が済まぬのは職人らの慣《なら》い、汗と埃《ほこり》、土にまみれて立ち働くのであるからそれは致し方のなきこと。しかし私は家の中にいる。外出《そとで》もめったとしない。ゆえに汗などかかぬ。毎朝、起き抜けに乾布で総身をきつくしごくので、垢《あか》など溜まったことがない。三月《みつき》ほど湯浴みをせずとも私は臭くない。

「寒うはないか」

路を見返し、ふと鼻毛が出ておらぬかと気になった。咳払いをしながら指を折り曲げ、鼻の下を擦《こす》る。

「買物など下女にまかせるがよい。なに、まだ起きてこぬのか」

わが家はつくづく下女の当たりが悪い。叱れば病を偽って寝て過ごし、買物に出たまま帰ってこぬ者もいた。やれやれ、また口入屋《くちいれや》に抗議せねばならぬ。

「とにもかくにも大事な躰だ、無理は禁物ぞ。そういえば、宗伯はいかがしておる。私が庭に出れば必ず顔を見せて、一緒に巡るのが常であるのに。薬研《やげん》の音も聞こえぬが、また具合でも悪いのか。今日はお屋敷に上がる日ではないだろう。なに、薬種商に仕入れに行っただと。それはいかん。かりにも松前《まつまえ》志《し》摩守《まのかみ》様のお出入り医ではないか。先方に言いつけて持って来させるのが筋だ。生薬《きぐすり》商いもしておるからといって、滝沢家は商人ではない。武家ぞ」

路は少し困ったような顔をして小首を傾げる。「いや」と、私は即座に首を振った。

「それは私から申すゆえ、お前から伝えるには及ばぬ。お前が伝えたのでは、私が不足を申しておるように響きかねぬからの。あれは天下に比類なき孝行者ゆえ、気に病んではいけぬ」

私はそもそも頑健な生まれつきだが宗伯は蒲柳《ほりゅう》の質《しつ》で、幼少の時分も潑溂《はつらつ》としたところがまったくなかった。私には至って従順、孝養を尽くすが、母親にはいきなり目を吊り上げて鋭く責め立てる時がある。可哀想に、母親の癇性《かんしょう》を引き継いで生まれたのだろう。もしくは、母のさまがうつったか。母子は合わせ鏡だ。

「さ、もう行きなさい」

庭木戸の方へ顎をしゃくった。こうして路と共に過ごす姿を下女がまた雀《すずめ》のごとく言挙《ことあ》げすれば、百が何を言い出すことやら知れたものではない。

路は突き出た腹のせいで小腰を屈められぬので小さく会釈をして、日和《ひより》下駄の先を回した。小柄な後ろ姿が行くのを私は見送る。産み月が近づくごとに肩や背に丸みが出て、尻など昨夜よりもさらに大きくなった気がする。そんなはずはないのだが、そう見えるのだから仕方がない。

路は医家の生まれで米の苦労を知らずに育った。母親が派手好きの贅沢《ぜいたく》好きであるので娘時分は踊りや三味線を習っていたと聞いたが、足取りには浮ついた様子が微塵《みじん》もない。歌舞音曲《かぶおんぎょく》を家で楽しむのを私が許さぬゆえ、所作も心して改めたのだろう。感心な嫁だ。

私の三人の娘らが齢頃になって三味線を習いたいと懇願した際も、百は乗り気であったが私は許さなかった。自身がいかな外出《そとで》嫌いだとて、妻や娘らが芝居や花見に出ることまでは止め立てはしない。浅草寺《せんそうじ》には共に詣で、植木市をそぞろ歩いたこともある。だが、家の中で三味線をかき鳴らして唄う踊るは町方《まちかた》の遊びだ。滝沢家にはあるまじき仕儀だ。

そうだと思い出して、路の丸く膨らんだ背中に声をかけた。濃緑の木斛《もっこく》の枝下で足を止め、それからゆっくりと下駄の爪先が回る。じゃりりと、小石を含んだ土の音がする。

「宗伯が帰ったら、裏庭に来るように伝えなさい」

つかのま視線が揺らいだ。

「いかがした。なにゆえ、かような顔をする」

悲しげな目許にたじろいだ。だが路はすぐさま微かな笑みを取り戻して頷《うなず》き、踵《きびす》を返した。

私はつと、目をしばたたかせた。

その後ろ姿が急にほっそりと痩せて見えたからだ。しかも、路の袂や膝にじゃれつくように童《わらべ》が三人、飛んだり跳ねたりしているではないか。男の子が一人と女の子が二人。まるで仔犬のようだ。

首を傾げ、するともう路の影が消えていた。

瓢簞《ひょうたん》池の尻にあたる畔《ほとり》に出て、前庭を見渡した。

ここは旗本屋敷内の借地であるので松樹《しょうじゅ》が景の中心の庭であった。池の畔には柳と玉垣梅《たまがきうめ》があるものの、門の脇にはやはり黒松と赤松だ。だがいずれも枝葉が混み合い、枯葉が束になってぶら下がっていた。長年、誰にも顧みられない庭だったのだ。隣家との境にある垣も荒れ果て、その破れから犬が好き放題に出入りしてか、そこかしこに糞が落ちていた。

種樹屋《うえきや》を呼んで手を入れさせた。十日ほどもかかって木々が剪定《せんてい》され、池の水面にびっしりと浮かぶ枯葉も除かれた。

風景が一変した。目覚めて、息を吹き返したかのようだった。甦《よみがえ》ったことが嬉しかった。むしょうに力が湧いた。

今では槙《まき》や銀木犀《ぎんもくせい》、鼠黐《ねずみもち》に棕櫚《しゅろ》、楓《かえで》も加わって、常盤《ときわ》の緑に青々とした若緑が冴《さ》え、やがて楓が火のごとく紅くなる。季節が巡るごとにさまざまな色を披露する。

家屋にも随分と手を入れた。飯田町中坂《いいだまちなかざか》からこの神田明神下《かんだみょうじんした》に引き移ってきたのは数年前だ。飯田町の家は長女である幸《さき》の婿に与えた。家守の収入と町役人の御役も引き渡し、清右衛門《せいえもん》の名も引き継がせた。

すなわち長男宗伯興継《おきつぐ》の他に、滝沢をもう一家立てたことになる。

人の寿命はわからぬものだ。昨日まで壮健であった者がふとした病であっけなく亡くなる。まして「家」なるものの脆《もろ》さ儚《はかな》さは、この身に沁みている。幹のためにも、枝葉が一本でも多いに越したことはないと、長女夫婦に家を分けた。

ところがこれからは安泰だと息をついた矢先、宗伯と百の二人が相次いで発病した。家相悪《あ》しき家だったのだ。介抱したのは誰かといえば、この私だ。ちょうど奉公人の出替わりの時季で、新たな下女の手配りが間に合わなかった。

私は働いた。薬を煎じて病人の世話をし、水を汲み、飯も炊いた。庭や門の周辺も荒れるにまかせるわけにはいかぬので、夜明け前に起きて箒《ほうき》を手にした。日々の買物は、陽が落ちてからこっそりと外へ出た。私は家の事もそつなくこなすが、しょせんは下司《げす》にまかせるべき仕事だ。下男のように買物に出るなど外聞にかかわる。

一日を介抱と家事に費やし、文机《ふづくえ》に向かうのは日が暮れてからだった。あの時は、さしもの私もくたびれた。元々少なくなっていた歯はついにすべてが脱落、上下に義歯《いれば》を用いることになった。

歯はよい。歯がなくとも原稿は書ける。

書く量はいつも決めてあるので、目指すところまでは書く。そんな暮らしを、かれこれ三十数年続けている。

曲亭馬琴なる戯号《げごう》は、耕書堂蔦屋《こうしょどうつたや》に奉公しながら書いていた頃に整えたものだ。働きながら黄表紙を六つ、笑話本《しょうわぼん》も一つ板行《はんこう》した。ただ、もはや読み返す気にもなれぬ代物だ。頭の中でこねくり回したものを地口《じぐち》でごまかした。書くことの何たるかをこの身がわかっていなかった。かなうことならばすべて買い取って燃やしてしまいたい。今は下書きすらしない。板元らは驚くが、思い泛《うか》ぶままを一気呵成《いっきかせい》に書き上げるが常だ。しかし読本の構想には時をかけ、史実を考証し、和漢の故事や伝説のたぐいも緻密に渉猟《しょうりょう》する。

朝はすぐさま執筆に取りかかるかというと、さにあらず。まず昨日の出来事を、金銭の事どもから近所との交誼《こうぎ》のあれこれ、庭で生《な》った葡萄《ぶどう》の数に至るまでを書き留める。記憶の力はこの齢になっても衰えない。虚実を綯《な》い交ぜにして書く戯作者稼業であるからこそ、日々のさまざまに嘘偽りは挟まぬ。

日記を書き終えれば、次は諸方から届いた文に目を通し、緊急の要用のみに返事を認《したた》める。

己の著作物を送ってきて評を頼んでくる者も少なくないし、読者からの文も多い。昔はそれに逐一、返信していたが、この頃はしばし時を空けるのを旨《むね》としている。書けばまた返事がきて、果てがなくなる。

そしてようやく、本業の執筆だ。常に数作を同時に進めているので、板元からは常に矢のごとき催促だ。書いては渡し、しかしその間に板下《はんした》の校合刷《きょうごうず》りも次々と上がってくる。細小の文字で振り仮名も加筆してやらねばならない。再校、三校、四校と朱字を入れるうち、初校で修正させたはずの箇所が欠けている。板木《はんぎ》に埋め込ませた木片が作業のうちに脱落してしまったりするのだ。怒りと徒労感で血が逆流する。

その日の最後の一行を書き了《お》えて筆を擱《お》いた時はしばし放心し、一滴も余さず絞り上げた手拭いのごとき態《てい》になる。読者は往々にして作者は頭を遣っていると思い込んでいるようだが、頭のみではない。この胸と肩、肘、腰、膝から爪先まで、つまり総身を用いて書いている。

すべてを終えると、私はやっと書物を開く。私自身のための読書である。若い頃から仰臥《ぎょうが》して読む癖があり、母にも行儀を諫められたものだが結句《けっく》は治らなかった。

ごろりと仰向けになって読むひとときはいかに疲れを覚えていようが目が塞がろうが、欠かせぬ日課だ。やがて按摩《あんま》の笛や犬の遠吠えばかり、しんと静まり返った夜の中で眼は冴え返り、古今の物語の中で思うさま遊ぶ。そうこうするうち、寝《やす》むのはたいてい暁《あかつき》七ツの鐘を聞く頃になる。医者には亥《い》ノ刻までには本を閉じて眼を休めるようにと注意されたが、読書をせねば心がひもじいではないか。

物心ついた時から、いつも物語を求めてやまなかった。そういう生まれつきだ。

庭下駄の足を踏み替え、裏庭に引き返した。

裏といえども東と南から陽が射し、西には家があるので夏の西陽を防いでくれる。ここには李《すもも》と柘榴《ざくろ》、梨に柿と果樹をふんだんに植え、葡萄棚も設えてある。梅は野梅《のうめ》と豊後《ぶんご》が数本ずつ、他に花色の濃い紅梅、香りに優れた鶯宿梅《おうしゅくばい》も植え混ぜたのでちょっとした林になり、梅屋敷の風情がある。歩くうち、梅の枝に点々と小さな粒がともっているのに気がついた。顔を近づければ硬く小さく、まだ蕾《つぼみ》ともいえぬさまだ。開花にはまだ日を要するだろうが蕾は蕾、しかもつき具合から察するに今年もたんと実をつけるだろう。

ことに豊後梅は花色は淡いが、実は肉厚で梅干しに向いている。去年なんぞ一斗も採れたほどだ。さらに百姓から二斗五升の実を買い、併せて三斗五升を漬けさせた。

百は梅仕事だけは文句を言わず、むしろ張り切って娘たちを呼び寄せる。不仲な夫婦にも子はできるもので、長女の幸の後に次女祐《ゆう》が生まれ、そして男子の宗伯、末は三女の鍬《くわ》だ。百は娘らを指図して、黄色く熟した実を選んで摘ませる。宗伯もそれを手伝う。

宗伯は手まめな男で、生薬を刻むにも細心を払い、飽くことなく薬研を回す。癇性であるので掃除なども じつに丁寧だ。去年の暮れには腹の大きな路に代わって障子の張り替えもしてのけた。上出来であった。

　百は手拭いを姉さんかぶりにして実を洗って笊に並べ、へたをせっせと楊枝《ようじ》でほじくる。蟀谷《こめかみ》に汗粒を光らせて一心なさまを目にすると、執筆に疲れた身にもふと風の通る心地がする。

　今年の梅仕事はどうなるだろう。初めての内孫も来月生まれるとすれば、その頃には赤子の首も据《す》わっておろうか。百は可愛がるだろうか。いや、思わぬところで情を見せる女だ。案ずるには及ばぬ。いやいや、何年あの女と連れ添っておる。あれは手強《てごわ》いぞ。いつも思いも寄らぬことで噴火する。

　ああ、もう、あれのことは考えるまいと頭《かぶり》を振り、竹垣沿いの小径《こみち》に入った。

　ここは隣家が迫っているので細く、陽射しも頼りない。けれど草木には影を好むものもあって、青木《あおき》に万両《まんりょう》と藪柑子《やぶこうじ》、藪蘭《やぶらん》、擬宝珠《ぎぼうし》も育ち、季節になれば碇草《いかりそう》や射干《しゃが》も咲く。

　小径を抜けると突如、目の前が開ける。

　私の花園だ。

　たった十坪ほどだが、季節のおりおりの草花を咲かせている。ここは種樹屋の手を借りず、宗伯と二人で土を鋤《す》き返し、肥料を入れて拵《こしら》えた。宗伯と共に種を蒔《ま》き、球根を埋め、冬にはすがれた菊や桔梗《ききょう》を植え替えた。百は花に関心がないので姿を現さず、路もめったと顔を見せない。さっきは珍しいことであった。

　路は私に話したいことでもあったのだろうか。ふと訝しむが、花園の前に屈めば霜柱はとうにほどけ、蕗の薹が増えている。ばかりか、水仙が咲き揃っている。去年の閏《うるう》六月に掘り出して日向で干し、その後、水で薄めた糞汁につけてから植え込んだものだ。細長い葉といい、俯《うつむ》き加減の花といい、色も香りも清々しい。思わず口許が綻《ほころ》ぶ。
水仙の手前では、春の七草が随分と伸びている。先端が黄色くなっている葉が目について、傷んだ葉を摘み取りながら宗伯の声を思い出す。
七草なずな　唐土《とうど》の鳥が　日本の国へ渡らぬ先に
正月七日は唐土の故事に倣《なら》った人日《じんじつ》の節句だ。その日は宗伯が恵方《えほう》に向かって俎板《まないた》を置き、七草を打つ。これは当主が行なう行事であるから、私もかつては擂粉木《すりこぎ》を手にしてこの囃《はや》し唄をうたったものだ。一年に五つの節句を定めたのは今の御公儀《おかみ》だが、この日に七草粥《がゆ》を食して無病息災を願う風習は『枕草子』の頃にすでにあったし、古くは万葉の時代から若菜摘みは身分を問わぬ春の愉しみである。
芹　薺《なずな》　ごぎょう　はこべら　仏の座　すずな　すずしろ　これぞ七草
詠み人知らずだが、京の冷泉《れいぜい》家に伝わる古歌だ。七草と同じ日、七草爪《づめ》の行事も私は大切に守らせている。粥を作る前に、七草をさっと湯に通してあくを抜く。その茶色く染まった湯で爪を浸してから切ると、ひょう疽《そ》などの爪の病に罹《かか》らない。
水仙を眺めながら、今年は何を植えようかと心組む。春も盛りになれば、苗売りが訪れる。今年は桜草を購《あがな》って植えてみようか。そのうち庭の桜が咲き、蔬菜の苗の用意をする季節になる。隠元豆《いんげんまめ》に藤豆《ふじまめ》、刀豆《なたまめ》、へちまを植えつけて、日々の膳に用いる。食するためだけではない。豆の花は愛らしい。蔓《つる》を巻きつける細い棒を柵状に立てておけば、柔らかな緑をくるくると伸ばして赤紫や白の花をつける。へちまの花は黄色で、これは根の切り口を水につけてへちま水を採る。浮腫《むくみ》に悩む百の薬にしている。

夏にはまた、朝顔を咲かせよう。

流行りの変化咲きには手を出さず、素直な、昔ながらのものを育てている。朝顔は悲しくて儚い気持ちになる。心の深いところで鳴るものがある。それは痛みを伴うものだが咲かせずにはいられない。去年の夏は珍しく疲れが溜まって床に臥したので、宗伯が介抱をしてくれた。花々の世話も引き継いで、朝顔の蔓が暴れぬように竹ひごで仕立ててくれた。

百のキイキイ声に悩まされず、板元の催促や分家の相談からもしばし身を離して、ただ土をいじり、花を愛で、匂いを味わう。すると幼い頃の庭を思い出す。父母や兄たちが揃っていた滝沢家だ。父が書物を朗々と読むそばで、私は飽かず聴いていた。座敷には穏やかな光が満ち、茶を運んできた母の声はやさしく、きょうだいは仲睦まじかった。

私はあんな家をつくりたかったのに。

そろそろ書斎に戻らねばなるまいと、腿《もも》に手を置いて腰を伸ばした。刹那《せつな》、膜が張ったように右の眼の中が濁った。霞《かすみ》がかかって、すべてが曖昧《あいまい》だ。

どうした。いったい何が起きた。

もがくが、動悸《どうき》の音が高まるばかりだ。右眼を閉じては開きを繰り返し、今度は左を同様にしてみる。左は尋常だ。やはり右が変だ。霞よ晴れよとばかりに、頭を激しく振る。齢《よわい》六十二であるとはいえ、さほど老いを感じずにここまできた。しかしこの眼は。右を閉じたまま左だけで空を見上げる。

近頃、眼の奥に鈍痛が居坐り、書物を開いても判然としない日が増えた。校正など、字引を引いて調べるのに以前よりも数倍の時を要するようになっている。この症はまだ誰にも、宗伯にも相談せずにいる。ひとたび口に出せばあれはたいそう案じて、手ずから薬を処方するだろう。あるいは眼医者の腕のいいのを探して連れてくるかもしれない。だが私も少しは医を学んだ者だ。長年眼を酷使して、そこに老いが重なっているのだろう。薬でどうこうできるものではあるまい。

問題は、八犬伝だ。

あの作が、延々と長いと陰口を叩かれていることは承知している。そして、物語がいっかな進まぬとの不満も。

肇輯《じょうしゅう》は文化十一年十一月の売り出しで、五巻五冊であった。それより巻を重ね、昨年の四月に六輯の五巻六冊をやっと発販した。途中で板元の息が上がってしまい、続刊の見通しが立たなくなったこともあった。しかしあれは板元が他の商いに手を出したがゆえ、八犬伝のせいで内証が苦しくなったわけではあるまい。板元が音《ね》を上げようと、読者はいるのだ。三十歳であった読者が四十三になっても読んでくれている。好きな物語を待つ心持ちは翁媼《おうう》になろうと変わらぬだろう。

だが、八犬士《けんし》が出揃って会合させるまであと何年かかろうか。

八人いるはずの犬士はまだ出揃っていない。かれこれ十三年、計三十巻を重ねてやっと六人、しかし六輯の巻三ではようやく美しい女芸人を登場させた。智の珠を持つ犬坂毛野《いぬさかけの》だが、素性が明らかになるのはまだ先の話。そうだ、あの『水滸伝』からして、百八人の豪傑、魔人らが出揃うのは、百回のうち第七十回の辺りではないか。

真にさようであろうか。

己に問い、思わず拳を握り締めた。息を詰める。

己が目指すところまで、私は行き着けるのか。

ゆっくりと右の瞼《まぶた》を持ち上げた。霞が晴れている。なんのことはない。いつもの疲れが嵩《こう》じただけのこと。大丈夫だ。私は今日も書ける。明日も、明後日も書き続ければ、八犬伝もいつかは結局を迎える。

あれは完結させねばならぬのだ。何があっても書かねばならぬ。

父上、ただいま戻りました。

声のする方を振り向いた。

おみやげがありますぞ。

近づいてきた。手に桜草を持っている。

荒川で摘んでまいったのです。たいそうな人出でありましたよ。弁当を広げている一家も多うございました。

「もう桜草か。あれは三月であろうに」

とまどいつつ、宗伯の手許を覗き込む。紅色の花弁に縁《ふち》は白、可憐な花だ。恐る恐る顔を戻せば、宗伯は黙って笑みを泛《うか》べている。

父上、共に植えましょうぞ。

我知らず、ああと声を洩らした。

眼の中が潤《うる》んで滲《にじ》んでくる。私はどこかで、季節が巡り巡って渦を巻いていることに気がついていた。

光の春の花園で、独り立ち尽くしている。

# 第二章 神の旅

黒い文鎮が鋭く飛んだかと思うと、眼の中にぬらりと血の色が落ちてきた。

興邦《おきくに》は齢《よわい》十四にしては上背がある。篠竹《しのだけ》のごとく伸びてしまった長軀《ちょうく》を折り畳み、ひしと詫びを発する。

「お許しくださりませ」

額が切れたのか、どくどくと脈搏《う》っている。だが相手は主君の嗣子《しし》、八十五郎君《やそごろうぎみ》だ。手前に寸分の落度もないが、こうして平伏するしかない。十歳の時からこうして、童小姓《わらべこしょう》として仕えている。

滝沢《たきざわ》家は、曾祖父の興也《おきなり》が松平伊豆守信綱《まつだいらいずのかみのぶつな》公の小姓として仕えたのが始まりだ。

伊豆守は権現《ごんげん》様が江戸に開府した折からの譜代《ふだい》、世に「知恵伊豆」と謳われ、老中首座まで勤めたお方だ。だが誰の命もやがては果つる。主君の逝去後、家臣の運命も変わるは当然のこと。六男である堅綱《かたつな》公が領地を分知され、旗本に取り立てられたのだが、曾祖父はその新しい旗本家の家老に任じられた。

すなわち滝沢家は代々、家老、あるいは用人《ようにん》として松平家に仕えてきた家である。

八十五郎君は二歳下だ。幼時から極めて癇性《かんしょう》がきつく、気に入らぬことがあればけたたましい奇声を発して暴れる。何が気に入って何が気に障るのかがわかれば身の処しようもあるが、上機嫌かと思えば突如として憤激し、眼を血走らせたら止まることがない。

今日の朝の膳は大過なく終えた。とはいえ箸の持ち方も定まらず、口から汁を零《こぼ》しては袴《はかま》を濡らす。家紋入りの黒漆の膳の上は常に飯粒や汁で汚れるので、それを小布で綺麗《きれい》に拭き取ってから次之間《つぎのま》へ運んでおくのも興邦の仕事だ。その後、一服をした頃合いを見計らって手習《てならい》の用意を整え、文机《ふづくえ》の前に誘った。墨を磨《す》って紙を置き、文鎮を置いた途端、眼の色が変わったのだ。

「なにゆえ、余がかようなことをいたさねばならぬ」

もはや十二、元服も近いというのに物言いは舌足らず、時にたどたどしい。

「おぉ、おきくにいぃ」

興邦の名を仇敵《きゅうてき》のごとく叫んで、文机の上の紙を撒き散らした。

若君は学問を身につけることができない。学問は師の読み上げる文言についてまず声を発することで、言葉そのものを躰《からだ》の中に入れるのが始まりだ。しかし師の音読をなぞらえる根気を持ち合わさず、書見台の前に半刻《はんとき》もじっと坐っていられない。招いた学者はことごとく匙《さじ》を投げ、この数年の間で五十人は超えた。噂が行き渡ってしまったのか、用人が高額の謝礼を提示して方々に紹介を依頼してももはや引き受け手がない。

興邦は用人に呼びつけられた。

若君はいずれ、この松平家を継がれる大切な御身《おんみ》である。その御方が自らの御名も正しくお書きになれぬとあっては御家の存続にかかわる一大事。いや、このままでは家督をお継ぎになることも危うい。万が一、他家から御養子をお迎えになればどうなる。御養子がお連れになった家臣らに一掃され、手前らは御役御免になるは必定《ひつじょう》、路頭に迷うことになろう。

用人は己が広げた想像に脅しつけられてか、眉間に厳しい皺を刻んだ。が、「そういえば」と鳩《はと》のように首を伸ばす。

そちがおるではないか。その方、学問ができるであろう。謙遜しても無駄ぞ。そちが幼い頃より書物に親しんで参ったことは聞き及んでおる。滝沢殿が酒を呑みながらよう自慢しておられたでのう。倉蔵《くらぞう》は当今の浄瑠璃本《じょうるりぼん》、草双紙《くさぞうし》を熟読いたすばかりか、それがしが軍書、実録ものを読むのをそばで聴き、いつのまにやら諳《そら》んじてしまうのだとな。幸いにしてその方は若君と齢《よわい》が近いことであるし、しかつめらしい学者に教授されるよりも気持ちがおらくやもしれぬ。ん、それが上策。滝沢、なんとかいたせ。

父のかつての配下に命じられ、学問の面倒まで押しつけられた。

「どうか、筆をお持ちくださりませ」

懇願したが、若君の唇は紫に変じて顫《ふる》えている。口の端がめくれ上がって歯茎が見え、目の下が引き攣《つ》れ始めた。

「余に命じるのか」

「いいえ、滅相もなきこと」

「命じたであろう。小姓の分際で、余に手習せよ、と命じた」

興邦は身構えたが、硯《すずり》は文机から叩き落とされた。床柱に雫《しずく》が飛び、畳に黒々と広がっていく。背筋を怖気《おじけ》が走った。墨の臭いは血の臭いに似ている。

「なんじゃ、その顔は」

若君が立ち上がり、腕を振り回して足を踏み鳴らす。ひとたびこうなれば手がつけられない。文鎮を投げつけられ、その文鎮で打擲《ちょうちゃく》される。頭から背中を打ち据えられ、髷《まげ》を摑んで顔を上向けられ、額や鼻柱も打たれる。

興邦が出仕する前は、乳母が守役であった。若君は八歳になっても乳房を恋しがり、乳母も求められるまま膝に抱きかかえて乳首をふくませていたらしい。しかしある日、血だらけの乳房を押さえて座敷を這い出ながら叫んだ。

誰《たれ》かある。助けてたもれ。

乳首を嚙み切られたのだ。乳母がなにか気に入らぬことを言ったのか、したのかは判然としない。若君は頰を動かしながら乳母を追うたという。喰いちぎった乳首を咀嚼《そしゃく》しながら、まるで獣肉の端切れを味わうかのごとく笑っていた。

明和四年六月九日、この松平家の屋敷内に賜っていた滝沢家の居宅内で興邦は生まれた。父、興義《おきよし》は上席用人を勤めていた。家政を取り仕切り、二十五俵五人扶持《ぶち》という小禄ではあったが、幼な心にも父が有能であることは察せられた。居宅で寛いでいても屋敷から遣いが訪れて相談があり、父はそれに応えて指図し、時には衣服を改めて屋敷に向かった。

興邦はその頃、幼名の倉蔵であったが、誇らしい心持ちで父の後ろ姿を見送ったものだ。馬術に優れ、兵法《ひょうほう》とも呼ばれる剣術、槍術《そうじゅつ》、躰術《たいじゅつ》などにも秀でていた。武士《もののふ》らしい偉丈夫《いじょうふ》であった。

父は切実なる事情があって松平家の奉公をいったん辞し、長男でありながら滝沢家をも出たひとだ。だが旧主直々の呼び出しがあった。

人払いがなされ、二人きりになったところで、思わぬことを聞かされたという。

養嗣子の若君が二十一歳となり、当代将軍、家重《いえしげ》公への御目見《おめみえ》も済んだ。次に着手すべきは布衣《ほい》着用を認めていただくことだ。布衣は無紋の狩衣《かりぎぬ》で、式日《しきじつ》にこれを着用することが旗本の立身の証になる。同じ旗本でも「布衣」と「布衣以下御目見以上」「御目見以下」とでは就ける役職に雲泥の差がある。ただし布衣の認可を受けるにも諸方面への願い上げが必要で、すなわち相応の音物《いんもつ》を贈って攻勢をかけねばならない。その費《つい》えは必ず必要になるゆえ、いずれの大名家、旗本家も男子が生まれた時点から資金を貯めておくものだ。ところがいざ蔵を開けさせれば、金銀が皆無だったという。

家老が蔵の中を私《わたくし》し、費消していたことが発覚した。財政はことごとく乱れており、得体の知れぬ商人からの借用書もある。

あのような者を信じて重用《ちょうよう》しておったとは。

旧主は悔いていた。父はそもそも、その家老の圧迫によって奉公を辞したのだ。

驚くべきことに旧主はかつての、しかも中小姓に過ぎなかった父に自身の非を認め、懇願した。

頼む、滝沢。当家に戻って立て直してくれぬか。もはや松平家存亡の危機、手綱《たづな》を預けるのはそなたしかおらぬ。

旧主に「頼む」と言われて動揺した。迷いを見てとってか、旧主は囁《ささや》くように言った。

滝沢家は譜代の家臣ではないか。ゆえにそなたの父が隠居後も扶持を与え続けてきた。父も弟もそなたの帰参を願わぬはずがなかろう。

事前に実父を召し出し、意向は打診済みだとばかりにほのめかせる。

まずは上席用人としてそちを迎え入れたい。扶持は、そちの父、興吉《おきえ》が家老であった頃の高を約束する。

扶持も約束され、再び松平家に仕えた。

父は主家の財政、家政を再建して安定させると共に、自身の滝沢家の勝手向《かってむき》をも立て直した。日々の費えを始末し、出入りの商人と懇意にしつつも交渉すべきは交渉し、ただし武芸と書物には金子《きんす》を惜しまなかった。武具や刀剣を整え、儒書もよく読んだ。兵書の『孫子』『呉子』『司馬法』、そして『尉繚子《うつりょうし》』に『三略』『六韜《りくとう》』は常に文机の脇に置かれていた。書物は途方もなく高値である。父は古今の軍書は借覧し、兄と共に倉蔵も写本をよく手伝った。

母との仲は睦まじく、ただ、父がしばしば酒を過ごすのを母は案じていた。のちに聞いたとところによると、滝沢家を出ていた時に養子に入り、大恩を受けた家がある。ところが元の奉公に戻らねばならなくなった。それは生家の滝沢家に戻るということでもある。当然のこと、養家のたいそうな怒りを買ったらしい。が、たとえ一寸も恨まれずとも、己が為した不義理は己が憶えている。

いかに詫びても詫び足りぬほどの仕儀だ。ただただ、申し訳のないことをいたした。己の咎《とが》を抱えて生きるのみだと、母に打ち明けていた。

興邦が口惜しいのは、そうまでして戻った父に対して主君が約束を守らなかったことだ。財政逼迫を理由に、扶持は低く据え置かれたままであった。

君主たるもの、ひとたび口に出した事柄は必ず守らねばならない。二言を弄《ろう》せば、どこに信と義が成り立とう。

父の酒はしばしば度を過ごしたものの、悪い呑み方など見せたことがない。常に穏和なひとがなお上機嫌になり、妹たちを連れて主家の庭をそぞろ歩きしに出たのはよいが、あまりに帰りが遅いので下男が捜したところ、苑内の稲荷の祠《ほこら》の中に入り込んで大鼾《おおいびき》をかいていた。そんなこともあった。

父は俳諧も好み、可蝶《かちょう》なる号を持っていた。草木も愛した。季節によって変わる空の色や水の色を共に眺め、鳥や虫の声にも耳を澄ませた。父は主家の立派な庭よりも、居宅の裏庭に作ったささやかな花壇が好きだと話したことがある。

撫子《なでしこ》も百合《ゆり》も水引草《みずひきそう》も、この小さな世界に生まれ、けなげに生きて死んでゆく。

人ができることは高が知れているのだ。私はただ、見守るだけ。

春も深まった日の夕方、父は帰宅して玄関に上がるや大量の血を吐いた。下男が慌てて耳《みみ》盥《だらい》でそれを受けたが、たちまち一杯になる。医者を呼べば動かしてはいかんと命ずるので、そのまま玄関の板間で寝かせた。

父は夜になって落ち着きを取り戻し、湯漬けを一杯食した。倉蔵はずっとそばにいた。父から離れたら二度と会えぬような気がした。

母は生まれたばかりの妹を抱きながら言った。

倉蔵、部屋で寝《やす》みなさい。私がついていています。

長兄の左馬太郎興旨《おきむね》はすでに主家の小姓として屋敷に通っていたので、翌朝も早い。兄に背中を押されて、倉蔵も自室に床を敷いた。雀《すずめ》の声で目覚めたら、父はすでに息を引き取っていた。夜中に小水《しょうすい》をしに立ち上がり、床に戻って横臥《おうが》した途端、白眼を剝いたらしい。

享年五十一である。

主家では父に帰参を促した主君が六十前となり、後嗣《こうし》への代替わりの準備を進めている最中だった。さすがに動揺の色はあったようだが、遺族への申し伝えはごく簡単なものだ。

故人の俸禄は停止する。

そう通告されたのみだ。父の没後、四十九日目に母は髪を下ろし、恵正との法名を賜った。四十一歳だ。やがて居宅を出るようにと命じられ、母は珍しく憤りを露《あら》わにした。

帰参して十六年、忠義を尽くして功大なるはずの家臣に対して、よくもかような仕打ちをなさる。まだ墓土も乾かぬというのに、主恩《しゅおん》が子らに及ぶことはないのであろうか。

しかし主家は冷淡であった。居宅に後任の用人が入るゆえ、すぐさま小屋に引き移るように命じられた。天井も張っていない、床も古板が何枚かあるだけの土間だ。母は莚《むしろ》の上に坐し、口を真一文字に結んでいた。赤子の菊《きく》がむずかって泣けば襟をぐいと広げ、乳を含ませる。そのそばで幼い蘭《らん》が母の腕に取りつく。乳をやりながら一点を凝然と見つめる法体《ほったい》の母は、父のそばで常に微笑んでいたひととは別人に見えた。


眼の中を血の色が流れる。

打擲《ちょうちゃく》に耐えながら、胸中で「父上」と呼んだ。

あなたは不義理を承知の上で養子先を出て、主家に尽くされました。寿命を縮めるまでに。

けれど、主家は報いてくれたでしょうか。

あの日、母は小屋の中に子らを前に並ばせ、蒼褪《あおざ》めた唇を開いた。

「左馬太郎どの、そなたは松平家から離れなさい。浪人になりて、自ら仕官の道を開くのです」

父の従兄を頼るようにと長兄に命じ、母はさらに仲兄の常三郎へとまなざしを向けた。

「兄上が主家を離れれば、代わりにそなたを召し抱えようと殿は仰せになるでしょう。なれど暮らしも立たぬ俸禄で使役されるは目に見えている。そなたはいずれ養子に出る身ですから、養子先を探します」

常三郎は十二歳、養子の口が最も多い頃合いだ。下手に年を重ねておらぬ方が家風を教えやすい。

「そして倉蔵」

母に呼ばれ、おずおずと背筋を立て直した。

「そなたにはご嫡孫、八十五郎君の童小姓として上げよとのご意向が殿から出ています。そなたが滝沢家の家督を継ぎ、若君に仕えなさい」

兄の左馬太郎が顔色を変えた。

「母上、倉蔵はまだ十歳ですぞ。しかも八十五郎君は激烈なる御子であると、屋敷内でも噂になっておられる幼君《おさなぎみ》です。倉蔵がかような奉公に耐えられるとは思えませぬ」

弟を庇《かば》ってくれたが、母は目瞬《まばた》きもしなかった。

「十歳であればこそです。禄は年に二両二分、他に月俸二人扶持。一家六人がとても暮らしてはいけぬ収入をまたも平然と示されて、譜代家臣を安く遣い潰そうとの魂胆が抜けぬ御家なのです。滝沢家はさような御家の家臣であると、私は思い知らされました。ならば、少しでも若い倉蔵に家督を預けるが賢明というものでしょう。妻子を養わねばならぬ齢になるまで、あと十四、五年の歳月がある。その間に倉蔵がいかなる運と人に恵まれるか、恵まれぬか。十歳《とお》といえども躰《からだ》は大きく、温順とは言い難く、兄弟の中で最も利《き》かぬ気が強い。滝沢の家はこの子に託します」

そして向後《こうご》は興の字をいただいて名を興邦とするようにと、母は告げた。

己が温順とは言い難く、剛情だとは知らなかった。十歳であればこそという言葉の意味など、四年経った今もわからないでいる。

ただ、倉蔵改め興邦は、母に「選ばれた」と思った。

今にも潰《つい》えかかっている一家の運を、母上は長兄でも仲兄でもなく、三男のこの私に託された。

唯一の希《のぞ》みを。

興邦は童小姓として、八十五郎君に仕えた。

若君へと育つにつれ止むかと願った狼藉《ろうぜき》、呵責《かしゃく》は酷《ひど》くなるばかりだ。ただ一つの慰めは身近に書物のあることだった。若君は読めず、一顧だにしないばかりか、癇を起こすとそれらを手当たり次第に掴んで投げたり破いたりする。興邦はその対応措置として次之間に避難させる。

次之間は畳廊下として人が通る間のことで、興邦はそこで起き臥ししている。嗣子の童小姓なんぞに自室など与えられぬのだ。夜になれば納戸から薄い夜具を出して横になるが、頭の上を召使らが足音を立てて往来する。用を命じられれば夜更けでも叩き起こされる。けれど隅に積んである書物を手にして行燈の灯を頼りに読書する姿を、誰も咎めはしない。

誰もおれを影ほどにも気に留めていないのだ。

興邦はそう思い、有難かった。

長兄の左馬太郎興旨は浪人の身から脱し、百人組頭《ひゃくにんぐみがしら》戸田大学《とだだいがく》家で祐筆《ゆうひつ》職を得た。浜町《はまちょう》の邸内に手狭ではあるが居宅も与えられたので、母は妹二人を連れてそこに移った。仲兄、常三郎興春《おきはる》は、備中守《びっちゅうのかみ》の家臣、高田家に養子入りした。

一家離散である。父の没後、瞬く間の出来事だった。

若君の打擲がようやく止んで、どうやら本人も息が切れたようだ。奥の用人の配下が呼びにきて、父君にお目にかかる時間だと告げる。つい今しがたまで何が行なわれていたか気づかぬはずはないのに、若君の機嫌を取るように猫撫で声を出し、女中に着替えを命じている。いつもなら着替えの手伝いもしなければならない御役だが、こなたは雑巾のごとく畳に転がっているので声をかけるのも面倒であるのだろう。

庭で百舌《もず》の鳴く声がする。残忍な声だ。蛙《かわず》などの獲物を獲ってもすぐには食さず、枯木の頂上に突き刺しておく早贄《はやにえ》の慣《なら》いを思い起こさせる。私もこのまま嬲《なぶ》られ続けるのだろうかと身を動かし、大の字になった。まだ血の臭いが鼻を突く。

天井を見つめながら、総身の痛みを思った。

親にもろうたこの躰を、なにゆえこうも痛めつけられねばならぬのだ。殴られ足蹴にされ、しかし周囲はそれが役目であろうとばかりに傍観している。

数日前も、若君は奇妙なことを言い出した。

「お前の尻を検分する」

袴を脱げと命じ、否《いな》を唱えれば狂ったように暴れた。手を焼いて、仕方なく下帯一枚になった。双眸《そうぼう》を爛々《らんらん》と輝かせた若君は尻の周りをぐるぐると回り、べとついた掌でぴたぴたと尻を触り、鼻を鳴らして臭いを嗅いだ。

興邦は目を閉じて棒立ちになり、恥辱に耐える。刹那《せつな》、尻が鋭い痛みに突き刺されて声を上げた。斬られたと思った。しかし若君が手にしていたのは焼けた火箸だった。肉の焦げる臭いが己の躰から立ち昇った。身を屈め、許しを乞えども「立て」と命じられる。

何度も火箸を押し当てられた。耐えて耐えて、口の中を嚙み切りそうなほど耐えた。痛みというよりも、この場で殴打したい欲に耐えた。殴打して組み伏せ、脇差《わきざし》をこの手に奪い、白刃を光らせて振り下ろしたい。間抜けな丸い額を、ばらりと斬り下ろしたい。

だが、若君は嬉しそうに奇声を発するのみだ。

その方、泣いておるのか。おお、泣いておる泣いておる。

火傷の手当てもせぬままだ。興邦には白布も薬も手に入らない。尻に爛《ただ》れた痛みが貼りつき、正坐のたびに踵《かかと》が当たって激痛が脳天を貫く。

もうたくさんだと、興邦は半身を起こした。

曾祖父の代から仕えた家臣に、主恩の一片たりとも注がれぬ。父は義理を曲げてまで帰参して尽くしたというのに妻子は塵芥《ちりあくた》のごとく家を追われた。父は養子先への不義理を生涯、抱えていた。酒を呑まずにはいられなかったのではないか。大喀血《かっけつ》するほどに。

そして子は尻を焼かれ、文鎮で額を切られる。

主家とは何だ。主君とは誰のことだ。

右の瞼《まぶた》も切れてか、ちゃんと開かない。それでも立ち上がり、足を引き摺って硯《すずり》を拾い、文机の前に坐った。水滴から硯の海に水を落とし、墨を磨《す》り直す。

今は神無月《かんなづき》だ。八百万《やおよろず》の神々は出雲《いずも》に集まっておられる。

なぜかそんなことを考えながら筆を持ち、たっぷりと墨を含ませて腰を上げた。庭の広縁《ひろえん》に面した障子が目についた。冬陽を透かして白く明るい。その前に立ち、腕を高々と上げた。もはや痛みも感じず、一気に手を動かした。

　木がらしに思ひたちけり神の旅

その足で障子を引き、庭に下りようとして踏み止まった。次之間に戻り、書物を手早く風呂敷に包む。座敷に引き返して飛ぶように広縁から下り立った。沓脱石《くぬぎいし》に揃えてある庭下駄に爪先を入れ、そのまま庭を突っ切る。

振り向きもせず、血と墨に塗《まみ》れたまま駈け抜けた。

これほど速く遠く走ったことはない。

夜の中を、あてもなく歩いている。

晩春のことで寒くはない。浜町から永代橋《えいたいばし》を渡った。隅田川縁《すみだがわべり》は名残りの花が爛漫《らんまん》として、風がそよぐたび花の色が流れて交じる。

枝々の下を、興邦はただ彷徨《ほうこう》している。口には一茎の草を咥《くわ》え、懐手《ふところで》をして外股で、裾を蹴るように歩く。月代《さかやき》など半年はあたっておらず、口の周りも髭《ひげ》で薄黒い。おまけに右の眉の下に疵《きず》がある。どこからどう見ても無為徒食、世を憚《はばか》ることすら放擲《ほうてき》した輩《やから》だ。無様《ぶざま》は承知の上、住居も定かならぬ身としてはいかんともしがたい。俳諧や読書仲間を訪ねてはしばし仮寓《かぐう》させてもらうのだが、一軒に長居はできかね、法事や慶事があると聞けば気をかねて暇《いとま》を告げ、次の心当たりの戸を敲《たた》く。

だがこの三日というもの、運がない。どの友も都合折悪しく、「あいにく」と断られてしまった。金子らしきものを包んでくれた者もあったが、痩せても枯れても武士は武士、施しは受けぬと辞退した。

空き腹を抱えて市中を徘徊《はいかい》していると、しまったなあと悔いの念が萌《きざ》してくる。素直に借用しておけばよかったのだ。はてさて、向こうも気の利かぬことよ。これはお恵みするのではない、滝沢どのにお貸し申すだけのことと言い繕ってくれれば、しからば遠慮なくと手を差し出せたものを。

彼らはつくづく町人なのだ。円座で歌仙を巻き、水魚のごとく親密に交わろうとも、武士にとって面目がいかほど大事であるかをわかっておらぬ。さりとて、同じ身分の者は振る袖のない軽輩揃い、居宅は狭く、身内に一人は病人がいる。

よって、私は身の置き所がない。この世はかくも広いというのに。

今夜も野宿かと、口に含んだ草をぺっと吐き出し、空を仰ぐ。月には雲もかからず、光を漲《みなぎ》らせている。珠《たま》のごとくだ。ふと興を催し、歩きながら言葉を繰《く》った。

春の夜の。もしくは、春惜しむ。いや、行春《ゆくはる》や、がよかろう。「行」には季節の動きがある。そういえば、芭蕉翁《ばしょうおう》のものに佳句《かく》があった。

「行春や、鳥啼魚《とりなきうお》の目は泪《なみだ》」

声に出して吟じた。惜別の情は深すぎず浅からず、まるで芝居のごとく景が泛《うか》んでくる。音も聞こえる。味わいつつ嘆息した。己の持っていないものだ。軽やかに鮮やかに景を写し、やがてしみじみと詩情が響く。入相《いりあい》の鐘のごとく。この境地、まるで手が届かない。俳書を読んで読んで、さらに読んでも知識は降り積もるが詩情は湧かぬ。仲間の評に耳を傾ければ、認めたくないことでも気がついてしまう。

おれが作る句は、頭の中で言葉を捏《こ》ね回しただけの代物だ。このままでは、とてもではないが俳諧師として世に立てまい。そこに気持ちが至るとなお気が落ち込んで、背まで丸くなる。

何をやっても駄目だ。今度こそと挑んでも、十八にもなって未だ身が定まらぬ。

十四の冬、今思うても忌々《いまいま》しい、あの暴虐な若君から逃げ出した。あの時も行く当てがなかった。市中を彷徨《さまよ》い、夜は古寺の軒下で身を横たえ、しかし木枯らしの冷たさに骨の髄から震え上がった。屋敷から持ち出した書物を抱え込み、胸や腹にひしと押し当てた。書物だけが温かかった。

翌朝思いついて、亡き父の知友であった家を訪ねた。父の友人夫妻は顚末《てんまつ》を聞くなり顔を曇らせた。苦労であったなとねぎらい、迎え入れてくれた。興邦は眠りに眠った。無体な仕打ちに耐えた四年間、ろくろく熟睡できていなかったらしい。取り返すかのように眠りこけた。半月も世話になっただろうか、長兄の興旨が迎えにきた。父の友人がついに知らせたようで、兄は血相を変えていた。松平家では若君の童小姓が出奔したというので騒ぎになり、兄の浜町の宅にまで用人が訪れたようだ。

　奉公を擲《なげう》って遁走《とんそう》いたすとは沙汰の限り、不忠不義の仕業にて、あやつはいずれ金箔つきの与太者《よたもの》になろう。

　用人は持てる言葉を小間物屋のごとく並べ、兄を面罵《めんば》したらしい。

　折しも世間では、抜け詣《まい》りなるものが流行していた。ある日、突然、商家の手代や小僧が奉公先から抜け、往来手形も持たずに旅に出てしまうのだ。それが一人、二人と連れ立ち、やがて瘧《おこり》のついた群れのごとく踊り唄いながら江戸を抜ける。伊勢詣《もうで》とあってはあるじも咎《とが》めることはできず、旅から帰ってきた者を再び奉公させてやるのが慣《なら》いだ。どうやらあの日、障子に黒々と「神の旅」などと発句《ほっく》を書きつけたことで、同じ軽挙と見做《みな》されたらしい。

　とんでもない。下々の抜け詣りなどを真似るわけがない。

　おれは消えたかったのだ。自らを神隠しに遭うたかのごとく消し去りたかった。あの、残忍な屋敷から。

　だが用人は兄に対して、若君の暴虐についての一切を伏せていた。処遇はむろんのこと、召放《めしはなち》だ。それは覚悟の上、むしろ懸念は書物の一件だった。無我夢中で持ち出していたのだ。置き去りにするには忍びなかった。だが無断であるから盗みである。ひと昔前なら素《そ》っ首《くび》を落とされる。しかしそれについては兄は何も言わない。すなわち用人は言及もしなかったらしい。思うに、誰も気づいていないのではないか。皆、若君がいつ目を剝いて暴れ出すかだけに気を集め、恐れおののいていた。

今頃、誰かが私の代わりに打擲されていることだろう。

向後《こうご》は神妙に身を慎みて、行状《ぎょうじょう》を改めよ。さすればまた、いずこかの家に奉公できよう。

兄は筋道を立てて諭したが、元々くどい性分ではない。心底こたえたのは、母の態度だった。咎めもしなかった。冷たい一瞥《いちべつ》をくれただけだ。

興邦は剛情であるがゆえに辛《つら》い奉公に耐えるはず、しかも生来の学問好きで頭は悪くない。主家の仕打ちにはほとほと愛想が尽きたけれども、松平家に代々仕えたという誉《ほまれ》を忘れてはならない。主家との縁は一筋なりとも残しておかねば先祖の霊に申し訳が立たぬ。

母は三男の興邦に滝沢家を託したのだ。その願いを最悪の仕業で潰《つい》えさせた。

興邦は忠と義はおろか、孝をも持たざる者になった。

かくなる上は儒者、もしくは医者になって身を立てさせようとの考えで、叔父の田原家に預けられ、儒と医を学ぶことになった。小石川養生所に勤める山本宗洪《そうこう》に入門し、儒学については駿河台《するがだい》の黒沢右仲《うちゅう》に論孟《ろんもう》の句読《くとう》を学ぶ。ところが、儒書はともかく医書は呆れるほどつまらぬ。つまらぬものは、いっこう頭に入ってこない。

そんな折、兄の興旨が俳人である越谷吾山《こしがやござん》に入門した。兄は羅文《らぶん》なる号を持ち、朋輩《ほうばい》らと連《れん》まで作っているらしい。苦難の続いた兄がようやく得た愉しみで、興邦も仲間に入れてもらった。

俳諧に親しむうち、自身も号を持った。

九百年以上も昔、京の都に小野篁《おののたかむら》という稀代の碩学《せきがく》がいた。編まれた漢文集は『史記』『論語』『詩経《しきょう》』『文選《もんぜん》』『芸文類聚《げいもんるいじゅう》』などを縦横無尽に引き、すぐれて格調が高い。ある日、篁の書状集を読んでいて、その中の一節に気を引かれた。

篁、才は馬卿《ばけい》にあらざれば、琴を弾くに未だ能《あた》わず。身は鳳史《ほうし》にあらざれば、簫《しょう》を吹くに猶拙《なおつたな》し。

我が才は司馬相如《しばしょうじょ》に遠く及ばず、琴を弾くこともできませぬ。見目も優れず、簫を吹くのも拙い者にござりまする。

司馬相如とは前漢における賦《ふ》の大作家で、わざわざその名を持ち出しているところが自信家だと、思わずにやりと笑った。琴を弾く、簫を吹くとは「妻問《つまど》い」の寓意《ぐうい》で、すなわちこれは求婚歌だ。小野篁は時の右大臣、藤原三守《ふじわらのただもり》に対してこの書状を送ったらしい。

あなたの十二番目のご息女と夫婦の契りを結び、婿に入りたいと願うておりまする。良きご返事を賜りたい。

未だ恋を知らぬ興邦であったが、「馬卿」と「琴」で謙遜しつつも、そのじつは大いに己を誇る諧謔《かいぎゃく》に惹《ひ》かれた。

馬と琴。馬琴、ばきん。

音の響きに趣があり、しかも力強い。訓では「まこと」とも読める。

連の集まりに興邦は足繁く顔を出し、篁に倣《なら》って漢書、漢詩を耽読した。儒と医の道には身が入らぬまま、俳書や黄表紙《きびょうし》をひたすらに借りた。写しもした。戯作《げさく》は朋誠堂喜三二《ほうせいどうきさんじ》、恋川春町《こいかわはるまち》、芝全交《しばぜんこう》のものから、山東京伝《さんとうきょうでん》の『御存商売物《ごぞんじのしょうばいもの》』にも夢中になった。

京伝は興邦より六歳ほど上であるらしいが、すでに浮世絵師北尾政演《きたおまさのぶ》として名を成しており、大田南畝《おおたなんぽ》の『稗史評判《くさぞうしひょうばん》　岡目八目《おかめはちもく》』の画工の部では鳥居清長《とりいきよなが》に次ぐ二番目の腕とされているほどだ。そのうえ戯作までものするとは、とんでもない才だ。感心しつつ胸の奥で風が吹く。いかなる修練を積めば、一人の身にかような画才文才が萌芽するのだろう。それとも、生まれつきが違うのであろうか。

そうこうするうち兄の主君、戸田大学が甲府勤番支配に転じ、兄は祐筆兼近習《きんじゅ》となって主君に従い、甲府に赴いた。その間も興邦は俳諧と読書に耽溺《たんでき》し、二人の師からは「不熱心」と見限られた。儒者にも医者にもなりそこなった。

一時の藩用で江戸に戻ってきた兄は業を煮やし、主君に願い上げて徒士《かち》として雇ってもらう話をつけてきた。徒士はれっきとした士分であり、士分を持たぬ足軽とは異なる。だが、奉公にさして違いはない。主君の駕籠《かご》や馬の後方に従い、今や何の用も足さぬ槍《やり》を手にして歩くだけだ。とんでもないと思った。着物の裾を端折《はしょ》って市中を歩く姿を想像するだけで、胸が悪くなる。

「その儀はお許しください。陪臣とはいえ、滝沢家は家老や用人、小姓を勤めた家柄ではありませぬか。槍持ちや草履《ぞうり》取りなど、従僕のごとき真似はできませぬ」

兄に並んで坐した母が、「笑止《しょうし》」と言い放った。

「母上、今、なんと仰せに」

「片腹痛いと申したのです。童小姓の奉公を擲《なげう》って出奔いたしたそなたが、見っともないなどとよう口にした」

尼姿であっても以前と変わらず美しく、しかし口から放つ言葉は容赦がない。兄もほとほと難儀という面持ちで息を吐く。

それにしてもこの二人はと、また気が逸《そ》れる。

母は言うに及ばず、兄も若い時分は大変に姿が優れていた。仲兄も美少年であった。一方、興邦は十七歳にして六尺近くまで背丈が伸び、持て余している。こんな躰であるがゆえに徒士という御役を下されたのかと思えば、なお惨めになる。だが否も応もない身の上のはずと母に叱咤《しった》されれば、渋々ながらも従うしかない。

ところが、またも主君の後嗣に悩まされた。戸田家の世子は能や歌舞伎を好む風流者で、徒士の興邦にまで伴奏の笛を吹けと命じる。琴は弾けず笙も吹けぬ。自らの号の皮肉を思いながら、苦痛極まりない修練を重ねた。主君に吹けと命じられれば吹き、踊れと言われれば踊らねばならぬ。それが武家の奉公だ。しかし十七歳になって初めて持つ笛など屁のごとき音しか出ない。不風流者がと機嫌を損ねられ、朋輩には嗤《わら》われ、苦痛が極まった。

そして、またも主家を飛び出した。

私はこの先、どうなるのだろう。俳諧仲間の前では肩肘を張っているが、独りで歩いていると弱い。不安に苛《さいな》まれるのだ。何一つうまくいかない。このまま何者にもなれず、流浪の果てに野垂《のた》れ死にするのではないか。

月がぽとりと、一筋の光の雫《しずく》を落とした。

上等ではないか。もはや誰にも期待されぬ身ぞ。お前が死ねば、母上も兄者《あにじゃ》もほっと胸を撫で下ろすであろう。

そうさな、と洟《はな》を啜《すす》る。

己の影だけを連れて歩く。いつしか隅田川から逸れ、蔵屋敷の並ぶ界隈を抜け、細い堀川の袂《たもと》に立っていた。辺りは鬱蒼《うっそう》とした竹林で人気《ひとけ》がない。蕎麦《そば》屋も按摩《あんま》も通らず、葉がさやさやと鳴るばかり。月明かりだけを頼りに歩を進めるが、界隈の目星がまるでつかなくなった。

ここはいったい、どこだ。

棒立ちになった。地面に目を下ろせば影が二つに分かれている。自身の影と、もうひとつ。妙な形だ。人のものとは思えぬ影に震え上がった。

いきなり背後から袖を引かれた。飛び上がりざま振り向いた。

女だ。こんな夜に女が立っている。

「何用じゃ」

叩きつけるように問うたが、応《いら》えがない。目に力を籠《こ》めて睨《ね》めつけた。

「なにゆえ袖を引く」

女は頭から手拭いを被り、その端を唇に咥《くわ》えている。顔は判然としない。片腕に何かを抱えているようだ。長いものを。はらりと、女の唇から手拭いが落ちた。抱えているものもようやく見分けがついた。丸めた莚だ。

「そなた、夜鷹《よたか》か」

夜鷹はキョキョキョキョと奇妙な声を発しながら枝から枝へと飛び回る、夜の鳥だ。日が暮れてから道端で客の袖を引く私娼をも、その名で呼ぶ。

女は黙って頷《うなず》き、興邦をまじまじと見上げた。月明かりの下で目が合う。息を呑んだ。まだ娘と思《おぼ》しき顔つきだ。晩春の月光に濡れたように佇《たたず》んでいる。けれど声は発しない。また怖くなった。

かほどに美しい夜鷹がこの世にいるはずがない。

さては物《もの》の怪《け》か幽霊か、生霊《いきりょう》か。

肌に粟《あわ》粒が生じ、膝頭が震える。総身の生気を吸われ、骨と皮だけになった己の姿が泛《うか》んだ。逃げろ。いや、かような者は退治すべきだ。闇雲に考えが飛び交い、拳を握り締めた。呼吸すればもっと怖くなりそうな気がした。息を詰め、魂魄《こんぱく》を奮い立たせる。

娘がつと動いて興邦の影を踏んだ。地面に居ついたように動けなくなった。

そして娘はまたもこなたを見上げる。双眸《そうぼう》は澄んでいる。唇から白歯が覗き、拍子はずれの笛のような音が洩《も》れた。なにやら訴えているような、もどかしそうな面持ちに変じている。

「そなた、口がきけぬのか」

娘は眉間を開き、やっと通じたとばかりに頬をやわらげた。禍々《まがまが》しさの微塵《みじん》もない。

なんだ、人間か。

膝に力を入れてみた。難なく動く。なんのことはない、恐怖で足がすくんでいたらしい。安堵したのを気取《けど》られぬように、己の片頬を撫で下ろした。

「口がきけぬのに夜鷹をしておるのか」

問えども、目瞬《まばた》きだけを返してくる。

「悪いが、お前を買ってやれぬ。銭を持っておらぬのだ」

すると今度は、知っているとばかりに頷くではないか。そして正面から手を伸ばしてきて、また袖を引く。

「わからぬのか。おれは文なしだ。今日は蕎麦の一杯も口にできておらぬ」

その言葉を裏打ちするかのように腹の虫が鳴いた。娘はまた声なき笑みを泛べ、袖を放さぬどころか、丸めた莚の先でどこかを指し示す。

「勘弁してくれ。宿なしの身なのだ。そちの意には沿うてやれぬ」

娘は顔に似合わず執拗で、興邦の袖を引いて放さず、喉《のど》から凮のような音を発し続ける。狂女なのか。疑いつつ、こんな娘の手など簡単に振り払えると思った。そうだ、突き飛ばして逃げ去ればよいだけのこと。

だが一歩、足を動かしていた。

誘いに乗ったが最後、いよいよ世の底に沈むやもしれぬ。しかし失うものなどない身だ。捨て鉢な気持ちが半分、そして夜鷹ごときに小心と思われるのも癪《しやく》であった。

ええい、ままよ。

かくなる上は己の運を見定めてやろうと、娘の肩越しに闇を睨《にら》んだ。

竹林を抜けた果てに草葺きの家がある。粗末な庵《いおり》だ。

父の没後に移された小屋を思い出した。あの惨めさと口惜しさは、今もありありとして胸を刺す。

「帰ったか」

老いた男の声がして、娘は莚を膝脇に置き、手をつかえて頭を下げた。

「客人か」

目を凝らせば、蓬髪《ほうはつ》の老人が奥に坐していた。小さな手燭《てしょく》を持ち上げたようで、鬚《ひげ》も茫々《ぼうぼう》と白いことが見て取れる。娘は膝で前に進み、身振り手振りを始めた。喉から発する音も聞こえる。

「また拾いものをして参ったか」

ややあって、「お客人」と呼んだ。

「お上がりなされ。案ずることはない。私はこの娘の祖父だ」

孫娘を夜の売色に立たせる老爺《ろうや》に案ずるなと言われても、気の緩めようがない。

「それがしはお孫をお送りしただけのこと、客ではあり申さぬ」

実際は従《つ》いてきただけだが同道したのも同然だ。老爺は「ほうほう」と、梟《ふくろう》のごとき声で受け流した。

「今、湯漬けなりとも用意いたすと申しておるでな。腹を埋めていかれるがよい」

娘は板間に屈み、ささやかな音を立てている。興邦は訝《いぶか》しんだ。

「翁、お孫の意がおわかりになるのか」

「まあ、こちらへ参られよ。年寄りと小娘二人の侘び住まいじゃ。いざとなれば、お手前に手もなくやられる弱き者よ」

手招きをされ、前に進んで腰を下ろした。

娘が膳を運んできた。飯椀《わん》に漬物鉢、そして土瓶が添えてある。

召し上がれ。毒は盛っておりませぬ。

そう言いたげに娘が掌《てのひら》を見せて勧めた。ごくりと生唾を呑み込み、箸を持った。

「孫の申すことはよう通じまするぞ。相手が少しばかり心を開けば、の」

これを喰ったが最後、この身も妖《あやかし》に落ちるかもしれぬ。いや、一匹の醜い尺取り虫に変じて喰われるだろうか。貉《むじな》の老爺に。頭の中で激しく想像を巡らせながら一膳をかき込んだ。娘が櫃《ひつ》から飯をよそってくれたので、湯をかけてまた喰らった。旨くて旨くて、腹の皮が左右に揺れる。野蕗《のぶき》の醬油煮が鉢に盛ってあり、これもわさと口に放り込む。五膳ほども平らげ、箸を置いた。

顔を上げると、娘は薄く笑んだままだ。

「先ほど、拾いものと申されたが」

問うと、老爺は「申した」と首肯する。

「夜な夜な出歩いては、いろいろなものを拾うてくるでな。手負いの犬や猫、鳥、死にぞこないに生きぞこない、捨てられた者に捨てた者も」

「では、夜鷹は仮の姿であられるのか」

二人の顔を順に見たが、同時に頭《かぶり》を振った。

「孫娘は間違いなく、春をひさぐ夜鷹にござる。そしてわしは、その稼業に養われておる祖父」

恬《てん》として、恥を知らぬ打ち明けようだ。

老爺は「それ」と、顎で指した。

「今、そこもとが空き腹を埋めた湯漬け五杯も、孫娘が莚の上で躰を開いて得た銭で購《あがの》うたもの」

にわかに後ろめたくなって腹に手をあてた。

「おれはよほどひもじそうな顔をして歩いておったのだろうか」

自嘲まじりに呟《つぶや》くと、老爺は半眼だ。

「孫娘はの、堀川の畔《ほとり》で立っておったそこもとの後ろ姿を目にして、袖を引いたと申しておる。いや、商いにしようというのではない。なにやら気になって、誘うたらしい」

「何が気になられたのか」

娘は膳を引き取り、奥の暗がりに移っている。

「さて、それはわからぬ」

気になって、また問うた。

「ここに連れて来られた者は、いかが相成る」

「さまざまよ。精気を取り戻して出て行く者もあれば、ここで息を引き取った者も数知れぬ。

我らは将来《さきゆき》を見通す力など持ち合わせておらぬゆえ、ただ神慮《しんりょ》にまかせるのみ」

「神慮」

目を上げた。夜目ながら、天井も張らず板屋根が剝き出しの家だ。ごくありきたりの、小さな堂の中にいる心地がする。

「このまま立ち去るもよし、一晩寝《やす》んでいくもよし。好きになされい」

腹がくちくなり、途方もない眠気で瞼《まぶた》が重くなっている。戸口に近い隅に移って横になり、手枕で目を閉じた。小窓から流れ込む月の光に泳ぎながら眠りに落ちた。


薪を割り、水を汲み、竈《かまど》に火を熾《おこ》すのを手伝いながら夏を過ごした。陽のあるうちは老爺が絵を描くのを見て過ごす。かような庵だというのに老爺の寝床の背後には壁のように書物が積まれており、所望すればためらいも見せずに渡してくれる。驚くことに貴重な蘭書《らんしょ》も蔵し、西洋古今の物語には絵がついている。甲冑《かっちゅう》らしきものを身につけた、おそらく武士であろう蘭人が馬に跨《また》り、細い長刀を振りかざして疾走している。あるいは、着物の腰から下が袋のごとく膨らんだ姫御前《ひめごぜ》の姿もある。

「孫娘は蘭書の絵が好きでの。幼い頃より飽くことなく眺めておった」

老爺の描く絵は山水《さんすい》ばかりだ。長寿の福禄寿《ふくろくじゅ》でも描き入れれば売物になろうものを、写経のごとく峰や滝を描く。人の姿は芥子粒《けしつぶ》ほどに小さい。

ある日、迷いつつも、「両親《ふたおや》はいかがなされた」と訊いた。もしかしたら飢饉《ききん》によって江戸に流れてきたかと察しをつけていた。

昨年、天明三年頃より東北では春の天候が狂い、夏は長雨が続き、海沿いの諸藩では大凶作に見舞われたと兄から耳にしたことがある。今年に入って飢餓が進み、喰いものを求めて村から逃散《ちょうさん》するも、行く先々にも何もない。とうとう餓死者の遺体を切り取って喰い、中にはそれを草葉と混ぜて犬肉と称して売り歩く者までいるという。

老爺は流れる霧を描きながら、「死んだ」と言った。

「あれの父親は主君の度外れた遊蕩《ゆうとう》、奢侈《しゃし》を諫《いさ》めんと、腹を切った。母親はあれを身籠《みごも》っておる身で、わしの娘であった。夫が死してまもなく、主君から妾《しょう》として取り立ててやろうとの話がもたらされた。抗《あらが》いようのない命《めい》である。娘は生家に逃げ帰り、あれを産み落としてのち身《み》罷《まか》った。女だてらに腹を切って果てた」

そのさまが瞬時に目の中に立ち昇った。血の赤に長髪が染まる。

「口がきけぬのは」問う声がかすれる。

「三歳になっても口をきかぬので遅いとは思うたが、さような子もおる。しかし五歳になれど十歳になれど言葉を発することのないままであった。だが赤子のごとき音は発するし、仕草でたいがいのことは通ずる」

たしかに、興邦も少しは解するようになっていた。己を飾る言葉を持たぬ不具の身は、身振り手振りもあまり用いず、澄んだ目だけで語る。目瞬《まばた》きのしかたや細め方、瞠《みは》り方、そして色のささいな濃淡。こなたが察しをつけて言葉にすれば、さようです、いいえ違いますと、打てば響くがごとく目の色が応える。

「薪をたくさん割ってくれた、か。礼を申しておるのか。これしき、朝飯前ぞ」

気持ちが通じ合うようになるにつれ、娘が夜鷹の稼業に出ることが苦しくなった。辻斬りにでも遭えばと思えば、居ても立ってもいられない。

「送り迎えをいたそう」

申し出たが、それは頑として受けつけない。そのうち、なお耐え難くなった。汚らしい男どもに組み敷かれているさまを想像するだけで、心が千切《ちぎ》れてしまいそうだ。

「夜鷹なんぞやめぬか。かりにもそなたは武家の血を引く娘であろう」

すると頰にさっと朱が散り、目を合わせなくなる。いくど繰り返せど必ず沈黙を招き、取りつく島もない。

思い余って、ある夜、老爺に相談した。

「酷な稼業ではありませぬか。あれほどの縹緻《きりょう》を持ち、しかも文字にも明るい。口がきけずとも、女衆奉公《おなごし》なりともできるはずです」

俳諧仲間には名のある商家のあるじもいる。折り入って頼んでみようと心組んでいた。

「いたしておったよ」

老爺は手燭の芯に火をつけた。こんな夜も紙を広げ、筆を持つ。

「手前の家に古くから仕えておった者が口入屋《くちいれや》の番頭になっておって、これが情の篤《あつ》い男での。祖父と孫の暮らしを気にかけ、孫娘に与える乳まで世話をしてくれた。我らはあれのおかげで生き長らえたようなものだ。しかも孫が十二歳になった年、商家奉公の話まで持ってきてくれた。口はきけぬが忠実《まめ》によく働く、賢くもある。あるじ夫妻はその世話口に乗って雇ってくれた。給金を半値にして、の。だが、その家の倅《せがれ》に手籠《てご》めにされた。納戸に引っ張り込まれても叫び声を上げられぬ娘とわかっていての所業、犬畜生にも劣る。孫娘も気強いゆえ、黙ってはおらなんだ。紙に書いてあるじ夫妻に訴えて出た。取り合うてもらえなんだばかりか、お前が唆《そそのか》したのであろうと叩き出された」

紙の上に覆いかぶさるように、前屈みになる。

「番頭は泣いて我らに詫びたあと、二度と姿を現さぬ」

「為《ため》を思うてしたことが不幸を招いた。それを恥じたのでしょうか」

「人を助けるということは、かほどに難しい。善は善を招くとは限らぬゆえの」

「禍福《かふく》は、あざなえる縄《なわ》のごとく」

興邦が呟くと、老爺は筆を持つ手を波打つように動かした。

「縄のごとく川のごとく、様相が変わるのだ。善は悪を招き、悪は善を招くこともある。善は悪根を含み、悪は善根を含む」

「その善根、悪根が、人の見るべき真《まこと》でありましょうや」

「いや、変わるということ、そのものが真であろう」

興邦は黙した。わからない。簡単に呑み込めぬまま喉許《のどもと》で痞《つか》えている。

「あれはの。二度と奉公に上がるのは厭《いや》じゃと申した。ではいかがして喰うていこうとわしが思案しておると、春をひさぐと言い出した」

流れる川の遠景に峰の木々が一本、また一本と克明に増えてゆく。

「いかなる筋道でさような考えに至るのか、見当もつきませぬ」

「そうじゃのう」老爺は肘をついて身を起こした。

「なにゆえであろうのう。ただ、あれはこんなことを言うた。わかるのだ、と」

興邦は黙して次の言葉を待った。

「行き暮れておる者がそこに立っておれば、その肩や背に薄暗い靄《もや》がかかっておるそうな。それで、背後から袖を引く。その後は相手によりけり、草叢《くさむら》に莚を広げて肌を合わせることもあれば、そこもとのように連れ帰って飯を喰わせることもある」

「その者が何を望んでおるのか、わかるのですか」

「どうじゃろう。何を望んでおるかではなく、何が必要か、かもしれぬ」

あくる朝、水を汲もうと外へ出て、目の覚めるような青に出会った。名も知らぬ木々が葉を繁らせており、その幹や枝に蔓を伸ばして咲いている。

朝顔だ。まるで空の色を凝《こご》らせたような、青い月のごとくだ。

草を踏む音がして、振り向けば娘が立っていた。頬笑んで、同じ景を見上げている。

興邦はその手首を摑み、家の裏へと向かった。

抱きしめれば、思ったよりも遥かに頼りない。

娘はしばし抗ったが、やがて興邦を受け容《い》れた。

それからは毎日のように、家の裏に引き込んでまぐわった。躰を剝がす時、二度とすまいと後悔した。

私のしていることは、商家の倅と同じではないか。あの幼君、八十五郎君とも同じ穴の貉《むじな》。気づけば、おぞましいほどだ。自責の念と共に焦慮も湧いてくる。いずれ老爺にも気づかれる。恩知らずの所業を責められれば、私は「妻に迎える」と口にしてしまうだろう。母と兄の顔が泛《うか》んで、すぐさまそれを打ち消す。

出奔、遁走の果てに夜鷹を連れて帰ったとあっては、義絶されるに違いない。今度こそ、寄《よる》辺《べ》のない身に堕ちる。

しかし娘からは離れがたかった。いや、あの快楽からだ。悔いては欲し、欲してはまた悔いた。

迷ううち、ある朝、外に出て目を瞠《みは》った。朝顔が消えていた。葉も茎も残っていない。夏が終わっていた。

ふらりと一歩を踏み出し、後ろも見ずに歩いていた。そういえば娘の名も知らぬままであったと頭の隅を過《よぎ》ったが、やがて市中に出れば眩暈《めまい》がするほどに懐かしい。

真っ当な暮らしが朝陽の中にある。

浜町の長兄の役宅に辿り着いた途端、興邦は倒れた。

躰に力が入らず、詫びを入れる言葉も途切れてしまう。正坐のまま畳の上に突っ伏した。

「興邦どの、しっかりしなされ」

母の声も虚《うつ》ろだ。

このまま死ぬのだろうか。きっとそうだ。

あの娘を、行き暮れていた私を助けてくれた娘を、事もあろうに私は犯し続けた。

清い娘であったというのに。

すまない。すまないことをした。

熱にうなされ、骨が軋《きし》むほどに痛い。

「しっかりなされ。この母がついておりますよ」

母上、気持ちを懸けてくださいますな。

私の不行状《ふぎょうじょう》はここに極まれり。芯から腐りました。


仲秋が訪れて、興邦はようやく本復《ほんぷく》した。

長兄の家を出て、葛西《かさい》村に住む俳友の家にひとまず寄寓《きぐう》させてもらうことになった。その往路、足が自ずとあの庵を目指した。

一言なりとも詫びねばならない。

しかし憶えのある蔵屋敷から堀川へと何度辿っても、竹林すら見当たらない。とうとう陽も暮れかかり、そこかしこに怪しい人影が立つ。思い切って、そのうちの一人に近づいた。

「おや、旦那から声をかけてくださるとは有難い」

白粉《おしろい》もまだらな年増《としま》だ。

「違うのだ。人を捜しておる」

「ならお門違いさ。自身番《ばんや》にお行き」

商いの邪魔だとばかりに丸めた莚を振り回す。兄に拝借した貸本代が懐にあったので二十文を握らせた。とたんに相好を崩し、こちらに向き直る。

「齢の頃は十五、六、愛らしい顔立ちだ」

「なら、吉原だろう」

「口がきけぬゆえ、吉原や岡場所では奉公できぬ」

「知るもんか」女は紅のついた唇を歪めた。

「世話になったのだ。私だけではない。喰い詰めて宿なしで、何の望みもない、生きるのが厭になった者らを拾って救うてきた」

女は臭い息を吐き、「夢か幻でも見たんじゃないのかえ」と嘲笑した。

「それとも、狐《きつね》に化かされたか」

「違う。真《まこと》だ。私は夏の間、共に暮らした」

「お伽噺《とぎばなし》でもあるまいに、その日暮らしの夜鷹がそんな、菩薩《ぼさつ》のごとき振舞いをするもんかね。したら、魂胆があるに決まってる。旦那、憶えときな。綺麗《きれい》なおなごが優しい言葉をかけてきたら、そりゃ、まずは毒婦だ」

奇妙な声で笑い、袖を擦り合わせる。

「遊んでいきなよ。極楽を見せてあげるよ」

誘いを尻目に、興邦はまた歩き回った。だが二人の行方は、杳《よう》として知れない。

胸の中で、青い月がぐるぐると回っていた。

# 第三章 戯作者

「あたしに入門したいと仰せですか」

赤い羅宇《らお》の煙管《きせる》をすいと手に取り、形のよい唇で吸口を咥《くわ》えた。

たいていの者はこうして頬と口をすぼめると火男《ひょっとこ》のような間抜け面になるものだが、さすがは江戸随一の人気戯作者《げさくしゃ》だ。面長で鼻梁《びりょう》は若々しく、つと目をすがめて煙をやり過ごすさまにも粋が香り立つ。羽織と小袖は同じ黒だが生地違い、半襟は渋い松葉色だ。

興邦《おきくに》は自身の身形《みなり》を思い、少し恥じた。長兄から下げ渡された古羽織に、袴《はかま》の仙台平《せんだいひら》も古びて折り目も怪しい。いや、いやいや、と己を奮《ふる》い立たせる。久方ぶりに朝湯に足を運んで垢《あか》と埃《ほこり》は落としてきたし、月代《さかやき》と髭《ひげ》もあたったではないか。酒樽まで持参している。なけなしの銭をかき集めて購《あがな》った下り酒だ。

どうあってもこの人に弟子入りさせてもらわねば、この身がいっこう立たぬ。

興邦はしゃちこばって頭を下げた。

「戯作を学びたいと発意いたし、学ぶのであれば山東《さんとう》先生の他に師はなしと思い決めて罷《まか》り越した次第にござります」

色白の顔が少し傾《かし》いで、こちらをじっと見る。名乗りを忘れていたことに気づいて、居ずまいを改めた。

「姓は滝沢《たきざわ》、字《あざな》は左七郎《さしちろう》、深川に生を享《う》けましたる二十四歳にござります」

膝脇に置いた酒樽を、長火鉢の前に押し出すようにして差し出した。

「お見知り置きのほどを」

京伝《きょうでん》の口から、ふうんと煙が立ち昇った。

「深川の産ですか。あたしもそうですよ」

「さようですか」思わず前のめりになる。

「いずこで」

「木場《きば》」

「私は海辺橋《うみべばし》の東です」

深川の仙台堀川《せんだいぼりがわ》海辺橋の東手にあった川越《かわごえ》藩下屋敷を改修し、旗本松平《まつだいら》家の草創に功大きかったのが我が曾祖父だ。微《かす》かな矜持《きょうじ》を胸中にかざし、京伝に向き直った。

「近いね」

京伝が薄く笑んだ。

「今も深川に寓居《ぐうきょ》しております」

仲町《なかまち》の富ケ岡八幡宮近く、その裏店《うらだな》に独居している。「懐かしいよ」と京伝は受け流し、「いやさ」と長火鉢の猫板に肘をついた。

「深川にいたのは十三の頃まででね。親父がここ京橋銀座一丁目の町屋敷の家守《やもり》になったもんで、移ってきたんですよ。その時、通り名を伝蔵《でんぞう》に改めたから、あたしは京伝になった」

なるほど。すぐさま打ち返した。

「京橋の伝蔵で、京伝なる号ですか」

その通りとばかりに、京伝は口の端を上げる。背後に見える茶簞笥《ちゃだんす》は桑の材らしい色で、手入れがよいのか渋い艶を帯びている。抽斗《ひきだし》の把手《とって》に華美な錺《かざり》が付いていないのも好もしい。真面目を恥じて洒落者《しゃれもの》ぶるのが黄表紙《きびょうし》に登場する男たちだが、作者本人には浮ついたさまが見えない。秋風のごとく、すっきりと垢抜けている。

胸の裡《うち》ではっとしていた。入門を志願して足を運んできたものの、偉ぶった天狗《てんぐ》の通人《つうじん》であれば尻に帆かけて退散しようと決めていた。

「そういえば」と、興邦は話を継いだ。

「天明三年板行の客人女郎《きゃくじんじょろう》、あの主人公は白後《はくご》という名でござりましたが、論語の一節の白後に由来するものでありましょうか」

京伝は少し驚いたふうで、片眉を上げた。

「よく気づきなすったね。そうですよ。絵事《かいじ》は素《そ》を後《のち》にす、あの一節から取ったものです」

素は白色を指し、絵を描く時、さまざまな色を使えども最後に白を挿《さ》して色彩を立たせるがごとく、人もしかと教養を積んだ後に礼を学べば教養が引き立って人格が完成するという教えだ。

「絵は無声の詩、大和絵《やまとえ》は声なき歌とのくだりも心に残っております。さすがは、絵師ならではの文章だと思いました」

「絵もお好きかえ」

興邦は首肯《しゅこう》した。

「絵心なき生まれつきにござりますが、幼き頃より絵双紙《えぞうし》、後に黄表紙に馴染《なじ》んでまいりましたゆえ観るのは好きです。絵と文は不即不離、互いの言い得ぬところを補い合うのみならず、息が合えば筆外の世界がそこに広がりましょう。読み手としても心が躍りまする」

京伝は小さく頷き、煙管の雁首《がんくび》を火鉢の隅にあてた。小気味のいい音が鳴る。

「お前さんは、どこぞのご家中ですかい」

興邦は「いいえ」と答えた。

「奉公はしておりませぬ。今は部屋住みではありませんが、長年、長兄の厄介者にて」

「兄上は」

「旗本新番頭《しんばんがしら》、山口勘兵衛様の目付役《めつけやく》を勤めおります」

長兄はもとは旗本の戸田大学家に仕えており、母が病臥《びょうが》したので休暇を願い出て、勤務地の甲府から江戸に戻った。病は重篤《じゅうとく》になるばかりであったので看病断《かんびょうことわり》の届を出し、休みの延長を願い上げたらしい。だが願いは容《い》れられなかった。

暇を出すゆえ、存分に孝養を尽くすがよい。

馘首《かくしゅ》されたのだ。近習《きんじゅ》という、重臣とはいえぬが軽輩でもない御役であるだけに、日々主君の近くに侍《はべ》ることができねば果たせぬ勤めだ。武士余りの当節、代わりはいくらでもいるらしかった。

奉公の場を奪われるは、禄のみならず居宅も失うということだ。長兄は病母と妹らを連れ、仲兄を頼った。仲兄は養子先と折り合い悪く離縁して滝沢家に戻り、旗本の高井土佐守《とさのかみ》に仕えていた。屋敷は九段坂《くだんざか》で、その屋敷内の御長屋に長兄らは移った。

興邦は放浪の末に高熱を出し、長兄の家で寝込んだものの、本復すればまた鬱憤《うっぷん》が溜まって家を出ていた。兄に説教の一つもされればつい口を返してしまい、気まずくなる。

母と兄らの前に顔を出す時は一廉《ひとかど》の者になっていようと心に決めていたが、行状《ぎょうじょう》は元の木阿弥《もくあみ》、気がつけばまた俳友や読書仲間と共に市中をうろついていた。芝居小屋を冷やかし、好きでもない安酒を喰らい、時には安い岡場所で遊んだ。安物尽くしだ。

そして貸本屋を見かければ、品定めを装って立ったまま貪《むさぼ》り読んだ。居所定かならぬ者に本は貸してくれぬし銭もないので、毎日、違う貸本屋を摑まえて続きを立ち読みした。

まさに今、目の前にいる京伝の『江戸生艶気樺焼《えどうまれうわきのかばやき》』など、紙を繰る手間が惜しいほどに夢中になった。今から五年前ほどの板行であったが、上中下巻、あれほど売れた黄表紙は出板物の多い江戸でも珍しいだろう。三巻いずれも表紙が手垢にまみれていた。

主人公の仇気屋艶二郎《あだきやえんじろう》は途方もない富家の若旦那で、とんでもない己惚《うぬぼ》れ屋、新内節《しんないぶし》で歌われる色男のように己も浮名を流して評判を得ようと、仲間と共に馬鹿馬鹿しいことを企てては笑われる。

役者の家に贔屓《ひいき》の女たちが駈け込むのを見て、自分も女芸者を雇ってわざわざ騒ぎを起こさせた。だが家に駈け込んだ女芸者は「うちの若旦那に惚《ほ》れるとは物好き」と下女らに笑われ、番頭には「家を間違えたのでは」と相手にされない。世間の評判になるどころか隣家にも伝わらぬので、艶二郎は事件を摺物《すりもの》に仕立てて読売《よみうり》を雇い、市中にばら撒かせた。それも「無料《ただ》でも読むのは面倒だ」と、鼻であしらわれた。だが艶二郎はまったくめげない。傾城《けいせい》で遊んでも家で焼餅《やきもち》を焼く女がいないことには張り合いがないと、四十女を大枚で雇って妾《しょう》を囲う。終《しま》いには心中をしてみたいと、身請《みう》けした遊女とわざわざ欠落《かけおち》に及び、とうとう追剝《おいはぎ》に遭ってしまう。

この作の巧《うま》いところは、艶二郎が二枚目ではなく、獅子鼻《ししばな》の不細工な若者であることだ。おなごの心情がわからず、ただもてたい一心で金に飽かせる。その空回りが滑稽で、読者は笑った。

やがて「艶二郎」は吉原の通句《とおりく》になり、今や、己惚れのきつい客を陰で艶二郎と呼ぶらしい。それはむろん聞きかじりだ。興邦は遊廓に上がる金子《きんす》など持たぬし、遊び方もわからない。格子の前をうろうろと素見《すけん》するのが精一杯、無理な算段をして登楼しても遊び慣れていないことなどすぐに見透かされるだろう。ゆえに浅草田圃《あさくさたんぼ》には近づかず、もっぱら仲間と共に過ごす。野暮でもてない連中が寄り集まって、黄表紙の新刊が出るたび「この穿《うが》ちが絶妙だ」だの「構想倒れだね」などと、あれこれ談じ合うのが楽しい。

「親御は」京伝が訊いた。

「両親共、すでに鬼籍に入っております」

「そいつは淋《さび》しいね」

「はい。淋しいものです」目を落とした。

本当は、淋しいというものではない。母の病苦も知らず、浮世をぶらぶらと徘徊《はいかい》していた。寄寓していた友の家に長兄が訪ねてきて、母が病で臥していることをやっと知ったほどだ。すぐさま九段坂に走った。

あの日は酷《ひど》い暑さで、蟬《せみ》も鳴いていなかった。仲兄の家に辿り着き、枕頭に這いつくばって無沙汰を詫びた。額から顎から汗が滴り落ちた。

兄や妹らと懸命に看病したが、母はついに息を引き取った。その数日前、母は死期を悟ってか蒲団の上に正坐して、きょうだい五人それぞれに訓を与えた。興邦は反抗心をきつく戒められた。

そなたはしぶとうて、兄を兄とも思わぬ癖がある。向後《こうご》はきっと慎しみなされ。

兄に対してのみならず、人を人とも思わぬ癖を母は言いたかったのだろう。興邦が奉公から逃げ出す時は決まって目上の者に対する不満、怒りが因だった。しかし理不尽な仕打ちは今も堪忍できぬし、主君であろうと上役であろうと馬鹿は馬鹿、腰抜けは腰抜けだ。

茶が運ばれてきた。

「粗茶にございますが、どうぞ」

京伝が「お菊《きく》」と呼んで二言、三言言葉を交わしたところから察するに女房らしい。吉原の番頭新造《ばんとうしんぞう》が京伝に惚れて惚れ抜き、とうとう押しかけ女房をしたと市中でも評判になっている。けれど想像とはまるで違っていた。人目を惹《ひ》くほどの美人ではなく傾城の色香も感じられず、長屋の女房らよりよほど奥手で神妙に見える。

女房は伏し目のまますぐに引き取って、入れ替わりに男が障子を引いて入ってきた。興邦より少し齢下《とし》に見える若者だ。

「あたしの弟」

京伝が言い、興邦は膝を動かして名乗りをした。向こうも「相四郎《あいしろう》にございます」と頭を下げ、兄のかたわらに膝行《しっこう》して耳打ちをする。

「うん、うん、その儀は来年しかお約束いたしかねますと文を返しておくれ。え、来てるの。そいつは悪いが、出直してもらってくれ。今日はこの後、画《え》もやらなくちゃなんない」

相四郎という弟は心得顔で頷き、部屋を去った。

「ご多忙のところ、突然、罷《まか》り越しまして申し訳ございませぬ」

「いや、東子《とうし》の友人なら居留守を使うわけにもいくまいよ」

京伝は小さく笑った。

竹ノ塚に住む竹塚《たけのつか》東子は何度か居候をさせてもらった俳諧仲間で、「京伝さんとは、ちっと見知りだ」と言うので、今日も彼の名を口に出して取次を願ったのだ。今をときめく京伝の知人だと自慢する輩《やから》は江戸に五万といるだろうから内心怪しみつつではあったのだが、でまかせではなかったらしい。東子、見直したぞ。

「それに、ゆうべから筆が進まなくってね。話し相手が欲しかったところだ」

執筆に倦《う》んだところに訪ねたのが興邦というわけで、ということは運が良かった。

珍しい。運がいいと思えることなど、我が身にはとんと起きたことがない。いつも悲しいか口惜しいか、切ないかだ。

「では、それがしを入門させてくださるのでありましょうか」

膝を前に進めると、京伝は顔の前でひらりと掌《てのひら》を動かした。

「早まっちゃいけない。お前さん、こう申してはなんだが今は浪人だろう」

「はい」神妙に顎を引いた。

しかも貧窮極まった、極めつけの浪人者。行き倒れにならずに済んでいるのは、母が遺《のこ》してくれた金子のおかげだ。父の没後、ただでさえ手許不如意《てもとふにょい》であるのに衣食の他は一切を節倹し、二十余両も貯《たくわ》えていた。いかなる艱難《かんなん》に遭ってもこれだけはと守り抜き、親の余福として子らに分け与えてくれた。

「戯作ってのはさ。世を渡る真っ当な稼業がまずあって、そのかたわら慰みに書くべきものだよ。今、名のある作家は皆そうだ。大田南畝《おおたなんぼ》先生は戯作から足を洗われたが幕臣であられるし、医者に学者、本屋や生薬屋なんぞが余暇に筆を持つ。かくいうあたしもそもそもは画工、成り行きで作者も引き受けるようになったけれど、未だ親がかりの身分さね。べらぼうな多忙さをかこって、どうぞ躰《からだ》が二つ三つあって欲しいと願うほどでもこのざま、とんだ道楽息子」

今をときめく戯作者にしてそうなのかと、二の句が継げなくなった。

「筆一本の者なんぞ、いやしないよ。歯を染めた女房を養えやしないもの」

雲行きが怪しくなってきた。これはもしや、と身構える。

「だいいち、戯作なんぞ学ぶものじゃない」

京伝はいつしか真顔になっていた。

「師として教えるものもなければ、弟子として学ぶ道もない世界さ。だからあたしを始め、古今の戯作者で師匠についた人なんぞいないよ。これまで入門を乞うて訪れた者は少なくないけどさ、かような次第で師弟の約束をしたことはない。あいにくだが入門はお断りする」

筋道の通った明快な返答だ。落胆のあまり顎と肩が落ちた。

私にはやはり運がない。運に避けられている。

「それに、この頃はお武家が次々と戯作から手を引きなすってね」

京伝は咳払いをして、話柄《わへい》を転じた。

四年前の天明六年に老中である田沼意次《たぬまおきつぐ》が失脚し、翌年六月に松平定信《まつだいらさだのぶ》公が老中首座《しゅざ》に就いた。七月には文武奨励《ぶんぶしょうれい》の御触《おふれ》が出され、世の中には今も改革の嵐が吹き荒れている。が、その世相を滑稽な趣向で茶化《ちゃか》した黄表紙が増え、幕閣の実力者の交代や武家のありようの変化も格好の題材になっている。

興邦は「もったいないことです」と、息を吐く。

「朋誠堂喜三二《ほうせいどうきさんじ》先生の文武二道万石通《ぶんぶにどうまんごくどおし》、あれは天明八年の刊でしたか。私は非常に面白く拝読いたしましたが」

源　頼朝《みなもとのよりとも》の命を受けた畠山重忠《はたけやましげただ》が鎌倉の大名小名を集め、文道、武道のいずれを志向するかを分けようとする。が、どちらにも身を入れようとせぬ者が多く、武士のだらしなさを面白可笑《おか》しくあげつらった内容だ。舞台は鎌倉に柳営《りゅうえい》があった時代にしてあるが、頼朝には将軍である家斉《いえなり》公が、畠山重忠には松平定信公が投影されていることは町人が読んでもわかる仕掛けだ。あの作も人気を博し、売れに売れたと聞いている。

「朋誠堂さんは佐竹藩の御留守居役《おるすいやく》をお勤めのお武家でね。あの作が殿《との》の目に触れて、戯作の筆を折りなさったよ。主命が下ったらしい。そして去年だ。恋川春町《こいかわはるまち》さんの鸚鵡返文武二道《おうむがえしぶんぶのふたみち》、こいつぁ、いけなかった」

京伝は俯《うつむ》いて、煙管の火皿に刻みを詰め始めた。

「畏れながら、鸚鵡返というのは鸚鵡言《おうむのことば》を踏まえたものですね」

遠慮がちに訊くと、「そうだよ」と頷《うなず》く。

「松平老中の著した鸚鵡言を題に引いて、作中でも文武奨励や倹約令を茶にしたから、恋川さんは御老中に出頭を命じられなすった。病を理由にして召喚には応じなかったようだが、七月に亡くなってしまった。あのお方もさる藩の御重臣であられたよ」

ということは、頭の隅に泛《うか》ぶ二文字がある。

「自裁でありましょうか」

「それは知らない」

迷うことなく、言下に否定してのけた。真相を知らぬはずはないので、やはり自殺であったのだろうと興邦は推した。

「あたしも去年、お咎《とが》めを受けた。黒白水鏡《こくびゃくみずかがみ》で挿画を担当したんだが、あれは田沼様の失政と、田沼様の若殿が江戸城内で刃傷沙汰《にんじょうざた》に及ばれた椿事《ちんじ》を材にしたものでね。実の事件は何年も前のことだったが絶板させられて、作者の琴好《きんこう》さんは手鎖《てじょう》の上、江戸払いの刑だ。あたしは過料《かりょう》を仰せつけられただけで、板元らには罰金で済んでなによりと慰められたけれど、つくづく厭《いや》になっちまってね。あたしらは政《まつりごと》を批判する気なんぞこれっぽちも持っちゃいないのに、御公儀《おかみ》はやけに敏感だ。息が詰まっちまう」

声が沈んだ。障子が少し透《す》き、「よろしゅうございますか」と、女房の菊が顔を覗かせている。

「遅かったじゃないか。待ちかねたよ」

京伝は煙管を煙草盆《たばこぼん》に戻し、「さあ、さあ」と長火鉢の前から出てきた。急に機嫌を直している。

「手間取りまして、ごめんなさい」

菊は興邦にも会釈をして、膳を置く。

「目ぼしいものはございませんが、どうぞごゆるりと」

時分時《じぶんどき》を避けて来訪したつもりだったが、京伝は飯がまだだったようだ。恐縮したが、京伝はもう箸を手にしている。

「では、馳走《ちそう》に与《あずか》ります」

居候暮らしを長く続けたので、遠慮しない癖がついた。すなわち図々《ずうずう》しくなった。秋鯖《さば》の塩焼きに焼き松茸《まつたけ》、豆腐の揚げびたし、長芋を霰《あられ》に切って山葵《わさび》をのせた小鉢と、少しずつだが手の込んだ酒肴《しゅこう》が並んでいる。

「あたしは酒をやらないんでね、独酌《どくしゃく》で願うよ」

興邦の膳には瓶子《へいし》と盃《さかずき》も添えられているが、京伝の膳には大きな湯呑が一つあるばかりだ。

「私も酒はあまりやりません」

そう言いつつ、残すのももったいないので盃に注ぎ入れ、一杯を流し込んだ。

「あたしは眠くなっちまうのが困るんだよ。仕事が捗《はかど》らなくなる」

「手前は顔が赤くなります」

「おや、そんなに大きな躰でも赤くなるのかい」

「図体と酒の強さは別です」

互いに顔を見合わせて笑った。たいして可笑しくもないが、暗くなりかかった気配が一転している。それにしても、竹を割ったようにさっぱりとしたお人だ。

「お前さん、女は好きかい」

「さほどでもありません」

ふと過《よぎ》る面影はあるが、今はもう幻ほどに遠い想い出だ。本当に幻だったのかもしれぬと、夏がくるたび思う。

「珍しいねえ」と、京伝は松茸を口に入れた。

「私の友は皆、そうですよ。女は面倒そうだし、なまじ惚れてふられるのも辛《つら》い。俳諧や読書は裏切りませんから、そっちに入れ込む者ばかりで」

京伝は「へえ」と、呆《あき》れ顔だ。

「ですが、さほど女が好きでもないのに瘡《かさ》にやられたことがあります。あの時は参りました」

「江戸の男の百人のうち九十人は瘡持ちだが、それにしても命拾いしたね」

「これこの通り、鼻も落ちずについております」

「親の目を盗んだ息子鼻が落ち、ってえ川柳があったね。そういえば、滝沢さんは俳諧一本槍《いっぽんやり》かい」

「さようです。どうも諧謔《かいぎゃく》の気味が足りぬようで、川柳や狂歌には入りそびれました」

狂歌は風刺や滑稽を盛り込んだ短歌で、天明の頃には狂歌集も盛んに出板されて隆盛した。板元の蔦重《つたじゅう》として知られる蔦屋重三郎《つたやじゅうざぶろう》も狂歌連とのかかわりが深く、名を上げたのもその時分からのはずだ。狂歌師と戯作者は吉原で宴を張れる通人揃い、江戸者の憧憬《しょうけい》の的であった。

「実のところは、入りそびれたというよりも、手前はご覧の通り、狂歌で遊ぶ余裕も伝手《つて》も持たざる者にて」

正直に打ち明けていた。

「兄の厄介になりながら、奉公先も世話を受けて勤めるもどうにも辛抱が足りず、続きません」

「いずこの家に奉公していなすった」

「それはもう、さまざまです。申すのもくだくだしい遍歴で、赤坂の水谷土佐守《とさのかみ》様の屋敷に仕えて辞め、旗本の小笠原家に奉公して辞め、次は有馬備後守《びんごのかみ》様に奉公するも、先ほど申した下の病に罹《かか》りて辞去いたし、兄の家に身を寄せて養生いたしましたが長患いになりまして、兄は家財を売って療養させてくれました」

酒のせいであろうか、舌が軽くなってきた。

「いい兄上をお持ちだ」

「真《まこと》に、あの恩を思い返さぬ日はありませぬ。病を脱した暁《あかつき》には今度こそ真っ当になろうと、一度は投げ出した医と儒を再び学ぶことにいたしました。が、医者も儒者も心底なりたいとは思えぬので身が入りません。俳諧師を志した時もありましたが、あれも我が道とは思えぬようになりました」

「そいつはなにゆえだい」

興邦は何杯目かを自ら注ぎ、一口で呷《あお》った。

「才が足りぬと自ら悟りました。なれど、それだけではありません」

息を吸い、京伝に目を合わせた。

「五七五は短か過ぎるのです」

「俳諧がかい」

京伝は面白そうな目をした。

「長いものを書きたいのです。一人で、もっと起伏のあるものを存分に書きたい」

「それで、戯作者を志したってわけだ」

「粋も知らず、さりとて真面目に奉公もできず、ただただ書物を好んで生きてまいったばかりの半端者《はんぱもの》にござりますが」

膝を改め、京伝に向き直った。

「近頃は御改革によって市中でも空前の学問流行《ばや》り、私のごとき野暮な浪人者にも出る幕があるかと思い立ちてござります」

学識自慢にならぬかと己を制しつつも、さらに言い継いだ。

「かの、白後《はくご》のごとく」

幼い頃より父や兄の許で書物に親しみ、好学の心だけは失っていない。今、寛政の世になってようやく、この身に養ってきた知と識を活かせるのではないか。

京伝は湯呑を持ち上げて唇に近づけたものの、そのまま動かなくなり、目だけをこちらに流した。

「お前さん、ひょっとして戯作の潮目が変わったと見て、あたしを訪ねてきなすったのかい」

そこまでを考えていたわけではない。

「たぶん、もう酔っております。それだけです」

京伝が手を打ち鳴らし、ややあって菊が顔を出した。

「飯をおくれな。今日は何のご飯だい」

「栗ご飯ですよ」

「そいつは嬉しい。お櫃《ひつ》ごと持ってきなよ。漬物もね」

まるで子供のようなねだり方で、女房の前にあっては稚気《ちき》を隠さぬ御仁らしい。菊が運んできた飯櫃を自らの膝脇に置き、「給仕はいいよ」と下がらせて自ら杓文字《しゃもじ》を持つ。

「左《さ》の字《じ》も要るかい」

呼び方が変わった。「頂戴します」と答えると、嬉しそうに茶碗によそってくれる。

「美味《うま》いんだよ、お菊の栗ご飯は」

「よきご内儀《ないぎ》で」

「そうだよ。親父にもおふくろにもよく仕えてくれるしね。美人じゃないけどね」

うっかり「そうですね」と言いそうになって、栗が喉に痞《つか》えた。京伝が笑う。

「これからは気易く遊びにくるがいいよ」

「よいのですか」

「いいも悪いも、初対面のお前さんに馳走しちまったよ」

「こうも長居をするとは思いも寄りませず」

「あたしもだ」

礼を述べると、京伝は旨そうに栗ご飯をかき込んでいる。

家を辞すると、外はもう黄昏刻《たそがれどき》になっていた。けれど胸の裡《うち》は真昼のように明るい。去り際、京伝はこう言ってくれたのだ。

師弟の契りは結ばないが、書いたものがあれば見ることは見よう。お前さんの、長いものをね。

みっともないほどのぼせ上がり、声が裏返った。

書きます。必ず書いてお持ちします。

夕照りの秋空の下、京橋を渡る。さらに永代橋《えいたいばし》を渡り、深川の家路を辿った。川風は冷たいが、長屋の多い界隈《かいわい》に入れば賑やかだ。蜆《しじみ》売りや豆腐売りが今日の最後の商いだとばかりに声を張り上げて行き交い、辰巳《たつみ》芸者は褄《つま》を取って川舟に乗り込む。家々に灯がともり、焼き魚の匂いが漂ってくる。

けれど興邦は腹が一杯だ。胸も一杯だ。

鬱々と暗い日々が当たり前になっていた。

母の没後、仲兄の興春《おきはる》まで亡くなったのだ。赤坂の水谷家の御長屋で風邪に臥《ふ》せり、長兄が駈けつけた時にはもう息をしていなかった。よほど熱毒が烈《はげ》しかったようで肌は紫に変じ、唇も焦げたかと思われるほど罅割《ひびわ》れていた。仲兄は独り身で、自ら薬を煎じて飲む力も尽きていたようだ。枕許に食べ残した粥《かゆ》の椀が転がっているのが哀れだった。

長兄と同様、俳諧に親しみ、面差しは母に最も似ていた。二十二歳の若盛りで死んだ。葬送の際には朋輩《ほうばい》の見送りとてなく、それもこれも兄は奉公を移って間もない新参者であったゆえだ。荷車にのせた棺《ひつぎ》の後を、興邦は長兄と二人きりで歩いた。武家奉公の冷たさと危うさが身に沁みた。ゆえに奉公先で踏ん張り切れない。理不尽を働かれれば、母の遺訓が頭にありながらも盾突《たてつ》いてしまう。

誰にも可愛がられず、憎まれた。どこで何をしても地に足がつく心地がしない。

富ケ岡八幡宮の辺りは、もう夜気が冷たい。しかし興邦はまたも独り笑いを零《こぼ》した。京伝を訪ねてよかった。ああも打ち解けて話せた人は初めてだ。

柳の葉が揺れ、秋風が囁く。

筆一本の者なんぞ、いやしない。

ならばおれがなってみせようと、胸を膨らませた。

墨を磨り、想を練ること一晩、翌朝には筆を動かし始めた。

出来上がったのは三日目の朝で、さっそく風呂敷包みを抱えて京橋銀座一丁目に向かった。あいにく京伝は留守だったが、女房の菊が二階の自室へ上げてくれた。文机《ふづくえ》の周囲には書物の棚が巡らせてあり、和書、漢籍らしき書物を重ねた木箱もずらりと並んでいる。手に取って開いてみたい気持ちを抑えながら端坐《たんざ》して待つこと半日、障子の外が赤く染まる頃になって階下から京伝が上がってきた。

興邦の姿を一瞥《いちべつ》するなり、「早いね」と言った。用向きを告げたわけではないのに、膝脇に置いた包みで察したらしい。茶と煙草を一服してから、おもむろに紙を手にする。視線の動き方が恐ろしく速い。上から下へ、次の紙へとすいすい動く。

興邦は唾を呑み下す音が洩れぬよう、胸を張る。

落ち着け。何をどう指摘されても、心を澄ませて受け止めねばならない。

おれにはもうこの道しかないのだから。

京伝は紙に目を落としたまま、口を開いた。

「これは女子供向けの童話《むかしばなし》に材を取ったものだね。でもこんなの、あったかしらん」

主人公は鳥の百舌《もず》で、対するは今、まさに百舌に獲られんとする蛙《かわず》だ。ところがこの蛙こそ舌が百枚もある口達者、あれこれと言葉を弄《ろう》して百舌を振り回し、まんまと逃げおおせてしまう。

「どこにもありません。私が考えた話です」

「そいつぁ騙《だま》された」

愉快そうに小膝を打つ。つられて興邦も笑ってみた。本当は鼻の奥がつんと湿っている。

山東京伝が「騙された」だなどと、極上の褒め言葉ではないか。

「でも、これじゃ、ただのお話のまんまだ。戯作になっていない」

こちらに目だけを向けた。口調はやわらかいが目の奥は笑っていない。

「それは、いかなる意味でありましょうか」

「毒にも薬にもなっていないということさ」

その先をこそ教示してもらいたかったが、京伝は忙《せわ》しげな気配を立て始めた。今日は飯も出てきそうにない。

すごすごと退散した。帰り道、蕎麦屋《そばや》で腹を埋めたが、のびていた。

手持ちの書物の山に頭を突っ込むようにして、考えに考える。

毒にも薬にもならぬものは駄目。ということは、毒か薬になる話がよいということか。想を練りに練り、舞台を唐の都に設定してみた。兄妹が親の仇《かたき》を捜して旅をする仇討《あだう》ちものだ。

京伝は一読するや、ウウンと蟀谷《こめかみ》を掻く。

「曾我《そが》兄弟の仇討ちとそっくりだ」

「お言葉を返すようですが、ここと、ここも違います」文章を指し示すと、「そっくりでもいいんだよ」と京伝は鼻から息を吐いた。

「何を下敷きにしようが構わない。換骨奪胎《かんこつだったい》も本歌取《ほんかど》りも戯作の芸のうちだ。ただし、元のものより面白くなくちゃ」

「面白くありませんか」

「人情が書けていないんだよ。いいかい、兄妹が親を殺された時の哀しみ、絞る涙があってこそ、読者は気持ちを一緒にして仇を憎く思うんじゃないか。それがまるで書かれてねえし、仇捜しの旅も仙人やらが出てきて難なく導いてくれる。でもって、いざ仇に向かって刀を抜けば兄も妹も強い、強い。おまけに、逃げ出した仇に都合よく雷が落ちてお陀仏《だぶつ》。因果応報もここまでくりゃあ、出来過ぎなんだ。左の字は苦労したことがねえんだな」

苦労したことがないと言われて、胸の裡の隅が硬くなった。

下級武士の家がいかほど辛酸を嘗《な》めているか、このお人は知らないのか。そうか。つきあう相手は幕臣や大藩の家老、大身《たいしん》の武家ばかりだものな。

「無理をしないで、もっとよく知ってる世界から始めてごらんよ。身近な世界を」

兄弟が親の命を奪われるは、まさにこの身に起きたことだ。絵空事ではないのに人情が書けていないとは、それは筆に力がない、才がないということだろうか。

「焦らないことだ。筆にまかせて書き散らすんじゃない。書いた後も一晩寝かせてから推敲《すいこう》を重ねて、これだと本当に思えるものを持っておいで」

つまり、ろくでもないものを一々読ませるなということらしい。

言われるまでもなく、その通りのことをしていた。何度も読み返して推敲を重ね、十日もかけたのだ。これは自信があった。

生来、速書きだ。ひとたび筆に墨をつければ文章ができてしまう。

昨年、『罔両談《もうりょうだん》』なる俳文集を編んだ。兄と共に俳諧の指南を受けていた師の忌追悼で、いわば身内や仲間内での配り物だ。師の添削の記録も残っていたのでそれらも盛り込み、ほとんど苦もなく稿を用意した。次から次へと言葉が湧いて手が追いつかぬほどだった。そなたは書くのが速いのう、疾風のごとくだと兄も感心していた。

よく知っている世界から始めてごらんよ。身近な世界を。

京伝の言葉を何度も眺めて、今の己自身に気がついた。そうだ。京伝が自身を模した登場人物を物語に潜り込ませているように、私自身を主人公に立ててみればどうか。

片膝を立てて腕を組み、目を閉じて考える。

宗匠頭巾《そうしょうずきん》をつけた、若き俳諧師。想を練っているうち、うとうとと眠くなる。興邦は居眠りなどほとんどしない性質《たち》だが、いや、医書を読んでいる際は何度か睡魔に負けたことがあったか。

ドンジャン、ガンガン。頭の奥であの賑やかな音が響く。

はっと目を開いた。壬生狂言《みぶきょうげん》だ。去年、この深川の永代寺《えいたいじ》で御開帳があった。京の方広寺《ほうこうじ》の秘宝である弁財天で、いわば参詣客を集めるための興行だ。その勧進《かんじん》として、境内で壬生狂言が演じられた。無言の狂言だが下座《げざ》の鳴らす音はドンジャラと煩《うるさ》いほどで、面をつけた演者の身振り手振りもやけに大袈裟《おおげさ》だ。そのさまが江戸者には珍しく、市中で身振りの真似が大流行した。

主人公は、そう、富ケ岡八幡宮の絵馬堂に住む若き俳諧師にしてみよう。名は俳号を入れて、彫窩坊馬琴《ちょうかぼうばきん》。

天井には絵馬がずらりと並んでいる。その絵馬の中の人物らがうたた寝の最中に現れて、ドンジャン、ガンガンと壬生狂言を演じる。壬生狂言は台詞《せりふ》を発しないので、演者たちの台詞は黒衣《くろご》に代言させることにした。互いに駄洒落《だじゃれ》を言い合い、地口《じぐち》で盛んに混ぜ返す。深川で馴染みのある人物や名所、景色を書き込み、そこに当節人気の歌舞伎芝居や地芝居の演目を織り交ぜることにしたとたん、面白いように筆が進み始めた。

焦るなと己を抑えるのも難しいもので、墨の乾きを待つのもじれったく、右手の小指から下はいつしか黒ずんでいる。

「盛りに盛り込んだねえ」

読んでいる最中、京伝は苦笑した。

作中に出した芝居は「汐汲《しおくみ》」に「座頭殺し」、「忠臣蔵」の五段目と六段目、「おだまき」に「娘道成寺《むすめどうじょうじ》」「金閣寺」、「荒獅子男之助《あらじしおとこのすけ》」から「聞いたか坊主」「鵺退治《ぬえたいじ》」などだ。書いている最中は自身でも大盛り上がり、幼い頃から浄瑠璃本にも親しみ、浪人になって後は暇に飽かせて芝居小屋を覗いてきた。

筋《すじ》らしい筋はなく、人情なるものに筆が届いているかどうかも心許《こころもと》ない。しかし己の持てるものは、すべて注ぎ込んだ。

末尾では楽屋裏を明かしてみた。夢から覚めた彫窩坊馬琴の周囲に六人の友人が集まり、おのおのの面を外して掲げてみせる。

常々馬琴が口のきゝ過ぎるを憎み、今宵《こよい》酒に酔ひたるを幸ひ、壬生狂言の道具を借りて、だまくらかせし趣向なり。

俳諧仲間の集まりで興邦は辛辣な評を繰り出すのが常で、俳友の竹塚東子をとうとう泣かせたことがある。口が過ぎる、もうちっと穏便にと注意する者もあったが、正面切って抗弁した。仲間内の褒め合い、甘え合いなど、糞の役にも立たぬ。

そのやりとりを自虐めいた洒落《しゃれ》にしてみた。

京伝は紙束を整え、一枚目の題をフウンと見返している。題は、『廿日余四十両《はつかあまりにしじゅうりょう》　尽用而二分《つかいはたしてにぶ》狂言《きょうげん》』だ。これも洒落で、近松《ちかまつ》の浄瑠璃『冥途《めいど》の飛脚《ひきゃく》』の新口村《にのくちむら》の場、梅川忠兵衛《うめかわちゅうべえ》の道行から採った。

廿日余りに四十両　費ひ果たして二分残る

ただしこの洒落自体は、京伝が何年も前の黄表紙ですでにやっていることだ。

　廿日余りに四十両　二分のこしたもまた可なり　つかはぬも金　つかふも金

興邦はあえてこの一文を引いた。

先生、あなたのお作をこうして読んでおりますよ。憧憬と尊敬を籠めて、題に引かせていただきました。

追従《ついしょう》めいて嫌われる恐れもある、際どい手口だ。しかも題の文言の中で内容を語っているのは「狂言」の二文字のみ。顔を上げた京伝は、しばし上方に目を据えて黙している。

「風変わりな面白さがあるね」

空耳であろうか。いや、今、たしかに面白さと。ああ、胸の裡が爆《は》ぜそうだ。

「ちょうどよかった」京伝は興邦の肩越しへと目を動かした。

「相四郎、和泉屋《いずみや》はまだいるかい」

二階に上がってきた弟に訊ねている。

「いますよ、いますよ。番頭と手代が。居留守を使ってるのを百も承知で、お帰りになるまで待たせていただきますって梃子《てこ》でも動こうとしません。兄さん、どうします」

「ちょいと上がってきてもらって」

「いいんですか」

「うん、いいよ」

ほどなく、顔を紅潮させた二人が上がってきた。

「先生、どうもどうも」

挨拶を撒き散らしながら膝を畳んだ二人の前に、京伝は紙束を滑らせるようにして渡す。

「これをよろしく」

「お稿をいただけるのですか。いや、それは有難い。三年も通うた甲斐がござんした」

揉み手をして、目尻を濡らさんばかりだ。「さっそく拝見」と番頭が紙束を持ち上げる。

「結構なお題でやすなあ。廿日余四十両、尽用而二分狂言ですか。浄瑠璃めいて艶があります。それにしても先生、お見事な達筆でござんすねえ」

「うん。これ、この人の作」

そこでようやく二人は興邦を見た。

「この、お方」

「滝沢左七郎さんだ。戯作者の卵でね」

一礼をしたが、二人は顎を下げたままだ。

「左の字、戯号《げごう》はどうする。永代寺の山号にちなんで大栄山人《だいえいさんじん》とでもいくかい」

まさかと思いながらも、恐る恐る訊ねてみた。

「それはつまり、私の名で出板をしていただけるということでござりましょうか」

「まあ、一度出してみるといいよ」

京伝はいとも気易く答え、煙管を手にした。

「ただし前にも言ったように、戯作なんぞは本業を持って、その片手間でやるもんだ。早いとこ稼業を見つけなさいよ」

稿を板元に渡したからと言って筆料をもらえるわけではなく、よほどの人気作者であっても上梓祝《じょうし》いとして吉原で宴を張ってもらう程度で仕舞《しま》いらしい。いかに売れ行きが良かろうと作者の実入りにはならず、すべて板元の懐に収まるのが慣《なら》いだ。これは東子からの聞きかじりで、京伝にはそんなこまごまを直に訊けたものではない。

「先生、ちょいとお待ちください」

番頭が話に割って入った。

「この、まったく無名のお方のお作を出せとおっしゃるんで」

「無理ならいいよ。蔦重に頼むから」

番頭と手代は豆鉄砲を喰らった鳩《はと》のように首を伸ばした。

「いいえ、滅相《めっそう》もなきこと。歓んで出させていただきますとも」

「ああ、そう」

「その代わりと申しては不躾《ぶしつけ》になりましょうが、前々からお願いに上がっております通り、先生の玉稿も手前どもにきっと頂戴できましょうな」

「ん。そのうちね。今、いろいろと思うところがあってね」

「お待ちしておりますので、よろしくお願い申します」

番頭と手代が声を揃え、ひしと頭を下げる。「その代わり」と、番頭がひょこりと顔だけを上げた。

「なんだい。代わりが多い人だね」

「この作者の戯号に、京伝門人と冠を付けていただけませんか」

京伝門人　大栄山人
「あたしは門人を取ってないから、看板に嘘偽りありだ」

煙を吐きながら渋ったが、「ま、いいか」と役者のように首を回した。

「戯作はどうせ遊びだ。戯号もしかり」

あれよあれよという間に出板の運びとなり、画は近頃人気の絵師、歌川豊国《うたがわとよくに》が選ばれた。


構図は作者が下書きを描いて指図するのが慣いであるらしく、絵心のなさを自認している興邦にとっては本文を書くよりも遥かに時を喰う作業だ。四苦八苦して板元の和泉屋に持って行くと、手代は中をろくろく検《あらた》めもせずに「はい、はい」と受け取った。興邦の著作の出板は、山東京伝へのいわば歳暮代わりなのだった。

それでも年が明けた新春、『廿日余四十両　尽用而二分狂言』は出た。

表紙を撫でさすり、胸をときめかせて紙を繰る。絵は指図通りでなく、まるで異なる構図になっている丁《ちょう》もあるが、まずまずの出来だ。誤字脱字については目を皿のようにして校正を重ねたので、手代にいい加減にしてくださいよと厭な顔をされた。

たとえ一文字だって、板木を削って埋めなくちゃならないんですからね。

いいや。京伝門人と名乗る以上、恥ずかしいものは出せません。

京伝の名を出して突っぱねると、手代は唇を揉むだけになる。

興邦はすべてを読み終え、表紙をまた撫で、胸に抱いて眠った。

倖《しあわ》せで泣けてくる。

翌朝、両親と仲兄の眠る墓に参り、香華《こうげ》を手向《たむ》けて手を合わせた。

ようやく一冊が出ました。この一冊で終わるかもしれませぬが、ともかくこれが今の私の精一杯です。

帰りに長兄の興旨《おきむね》の家に寄るとたいそう歓んで祝ってくれたが、一読するや、「題と内容が一致せぬのう」と首を傾げた。さすがは兄、痛いところを突かれた。

とにもかくにも、めでたい。興邦、でかした。

面白かったの一言はもらえなかった。それからというもの、市中の本屋を巡り歩いた。だが興邦の黄表紙は影も形も見当たらない。むろん引札《ひきふだ》も貼られていない。馴染みの貸本屋を摑まえて訊ねても、「さあ」と頭《かぶり》を振るばかりだ。

「そんなの、出てましたかねえ」

和泉屋は費《つい》えを惜しんで、摺《す》り部数をよほど抑えたらしいと気がついた。

仕方あるまい、歳暮代わりであるのだからと己を宥《なだ》めてみても、溜息が零《こぼ》れる。あらぬ夢を見ていたのだろうか。そう思うそばから、希望にひしと縋《すが》る。誰でもいい、読み巧者《ごうしゃ》が気づいてくれぬだろうか。

『廿日余四十両　尽用而二分狂言』を読んだかい。ああ、あれはいいねえ。聞いたことのない戯作者だが、いや、あれは大した才だ。

湯屋の二階で評判になって、貸本屋の間で引っ張りだこになれば。そうなれば、素っ気ない和泉屋もたちまち夷顔《えびすがお》の重板《じゅうはん》だ。やがて大栄山人の名が知れ渡り、方々の板元が門前に列を成す。

さすがは京伝先生のお弟子であられる。次のお作はぜひ、手前どもにおまかせくださいませんか。

そうなればひょっとして、稼業を持たずとも暮らしが立つのではないか。しかし裏店《うらだな》を訪ねてくる者など一人とてなく、やっと「ごめんよ」と入ってきたのは竹塚東子だった。

「なんだ、東子か」

「ご挨拶だね。随分なことをしておいてさ」

上がり框《がまち》に足を置くなり、声を尖らせている。

「あたしを出し抜いて京伝先生の弟子になっちまうなんて、ひどいよ。ひどい」

小柄で小太りの躰を左右に揺らしながら、家の中に上がり込んできた。

「誤解だ。入門はきっぱりと断られた」

「じゃあ、なんなの、これは」

懐から取り出した一冊は、まさに『廿日余四十両　尽用而二分狂言』だ。

「おぬし、買《こ》うてくれたのか」

「買うもんか。和泉屋さんに積んであったから、小僧に小遣いを摑ませてもらってきたんだ」

「金持ちのくせに、けちな真似をしやがる」

「けちなのはどっちだよ。京伝先生を訪問するのも、あたしを誘わずに一人で。え、どういう料簡《りょうけん》してんの。しかもちょくちょく訪ねて懇《ねんご》ろになって、とうとう先生の世話で黄表紙を出したって。左七郎さん、あんた、よくないよ。そんならそうと一言断ってくれないと、他の者から聞かされちゃあ、あたしも立つ瀬がない」

東子も昨年、『田舎談義《いなかだんぎ》』という洒落本と『磨光世中魂《みがけばひかるよのなかしょうねだま》』という黄表紙を刊行した。洒落本は好色本とも呼ばれ、遊里の世界を面白可笑しく描きながら通《つう》の何たるかを語るもので、会話を主にして話を進める手法を磨き上げたのが、まさに山東京伝だ。

東子はしばしば戯作者の集まりに顔を出して京伝の知遇を得て、『田舎談義』には「序」まで書いてもらった。自費で板行したものとはいえ、興邦に先んじて俳諧師から戯作者への転身に成功し、密かに京伝の弟子を自認していたらしい。

しかし興邦と同様、入門は断られており、家を訪ねても居留守を使われる。そのことを東子は黙っていたので、ややこしいことになった。いつだったか、興邦は訪問の顚末《てんまつ》を話したのである。すると東子の顔色がみるみる変じ、青魚のごとくだ。

家に上げてもらったって。飯まで馳走になって、黄昏刻まで話が弾んだって。そんなの嘘だ。そんなはずがない。

それからは読書仲間での集まりで顔を合わせてもつんけんとして、「あんたたち、どうしたの」と他の者に案じられる始末だ。かくかくしかじかと小声で訳を打ち明ければ、皆、「なぁる」と心得顔になる。

奴《やっこ》さん、妬《や》いてんだね。いっち尊敬する先生を、いっち仲のいい左七郎さんに盗られちまった気になってんじゃないの。

興邦は「そうかなあ」と首を傾げたものだ。盗るの盗られるのと、傾城でもあるまいに。それよりもむしろ、板行した作の二冊とも大した評判にならなかった、その鬱憤を興邦に当てて晴らしているような気がする。

東子は酒屋の三男坊で、大伯母の養子となって竹ノ塚の隠居家に住まい、その大伯母が亡くなった後は数人の使用人を遣って暮らす気楽な身の上だ。友人の中では唯一と言ってよいほど喰うに困らぬ男で、ゆえに興邦が転がり込んでも厭な顔一つせず居候させてくれる。

気のいい男なのだ。が、自儘《じまま》なところがある。

「そのうち訪ねようと思っていたのだ。その黄表紙を持って」

「売れてないみたいだね」

「そっちこそ」

すると東子は眉間をしわめ、「板行の時期が悪かったんだ」と唇を尖《とが》らせた。

「このご時世に好色本なんぞを出すからだ」

一昨年の九月に御公儀《おかみ》が発した棄捐令《きえんれい》によって、札差《ふださし》が大変な打撃を受けた。旗本と御家人《ごけにん》の借金を棒引き、あるいは返済を繰り延べにさせたからで、何代にも亘《わた》って借金漬けであった幕臣の首の皮はこれでつながったが、江戸市中の景気が一気に冷え込んだ。百万両もの棄捐を迫られた札差らこそが大通《だいつう》であり、彼らの奢侈《しゃし》が吉原の繁華を支え、巡り巡って江戸の景気をも促していたのだ。

札差の手許が不如意《ふにょい》になっただけでなく、上級武家は御改革によって「武芸に出精せよ」「遊所での遊びを固く禁ず」と手綱を締められた。諸藩の留守居役も寄合にかこつけて派手に遊べなくなった。太い客の足が遠のいた吉原では八朔《はっさく》や月見の趣向も淋しい限りとの噂で、興邦が仲間と通う芝居町も芝居は打つけれども桟敷《さじき》は閑散としている。

「今どき、遊里の通のと好色を談じた本を無名の作者が出しても、誰も歓んで読まぬだろう」

「そんなこと言ったって、京伝先生も序を寄せてくだすった」

「ちゃんと稿を読んでもらった上でか」

「それは」口ごもったので、あんのじょうだ。板元の番頭に銭を摑ませて、序の文をもらってこさせたのだろう。

「おれはちゃんと読んでいただいて、風変わりな面白さだと太鼓判をいただいたのだ。先生が直に和泉屋に板行を頼んでくだすった」

「和泉屋は京伝先生の言うことなら何でも聞くらしいね。稿が欲しいから」

互いに舌打ちをしたのが同時だった。そして肩を落として長息したのも。

「いやあ、戯作の道は厳しいね」

「まったくだ。先生からは生業を持てと、強く言われておるしなあ」

「また奉公するのかい」

「いや。武家奉公は二度とやらん」

「じゃ、何するんだよ」

「易者か、いっそ幇間《ほうかん》か」

するとお東子が肩をすくめ、「無理無理」と噴き出した。

「おべっかを使えない左七郎さんが易者だなんて、あんた、本当のことをずけずけと述べ立てて嫌われて、客なんてつくわけないじゃないか。それに幇間って、他人《ひと》に笑われる稼業だよ。自尊心が屋根より高いくせに、ちゃんちゃら可笑しいや。だいいち、この不景気だ。幇間だってお茶を挽《ひ》いてるよ」

さっきまでぶんむくれていたくせに腹を抱えている。

「喰うに困らぬ奴が、どうとでも言え」

「まあ、お茶でも飲もうよ」

東子は古火鉢の縁に指をかけたが、「茶葉がない、お湯すらない」と鼻白みながら家の中を見回した。

「この家は綺麗さっぱり、何もないねえ」

掻巻《かいまき》の他には文机と筆、紙があるだけだ。他に何が要る。

八月も半ば過ぎ、東子と共に江戸を出て遊行《ゆうこう》した。

安房《あわ》の庄屋屋敷を訪《おとな》えば「江戸からようお越しになった」と下へも置かぬ歓待を受け、近在からは俳諧好きが大勢集まってくる。句会を開いて点者《てんじゃ》の真似事をすればいくばくかなりとも点料を稼げ、それで懐もしばらくは息がつけるというものだ。

稼業は未だ定まらず、東子はそれをわかっていて旅に誘ってくれたのだろう。

夜になればまた顔ぶれが入れ替わり、波音を聞きながらの酒盛りになる。鯛《たい》に鮃《ひらめ》に伊勢海老《いせえび》の造りが大皿に山と盛られ、汁椀にまで海老の頭が入って朱色のぎざぎざが鮮やかだ。

「京伝先生のご様子はいかが。落ち着かれましたかな」

あるじの太郎兵衛《たろべえ》に訊かれて、興邦は曖昧に首肯《しゅこう》した。そのまま黙って汁椀を持ち上げたので、「お大変でしたなあ」と東子に顔を向けている。

「いやあ、もうすっかりお元気ですよ。手鎖刑《てじょうけい》にあったことのある者が見知りにいて、こっそり外す方法があると教えてくれたけど、あたしは外さずに五十日を過ごしたんだ、なんて豪気なことをおっしゃってます」

東子は京伝との仲を強調するかのような言いようをして、太郎兵衛も「さすがは京伝先生だ」と酌をしている。江戸の人気戯作者の消息は絶好の酒肴だ。

ただ、実際の様子はまるで異なっている。今年の正月、京伝の『仕懸文庫《しかけぶんこ》』と『娼妓絹籭《しょうぎきぬぶるい》』『錦之裏《にしきのうら》』の三作が耕書堂蔦屋《こうしょどうつたや》から板行された。画も京伝自身が筆を執っている。これらも洒落本ではあるが、以前の京伝の作とは趣を異にしていた。表向きは当世の江戸を舞台にしておらず、吉原や深川を露わに書いていない。ばかりか、板元の蔦屋は本の袋に「教訓読本《きょうくんよみほん》」との題を摺り込んだ。京伝も跋《ばつ》にこう記した。

これまでさんざん好色遊蕩の妙を書いてきましたがね、それはすなわち、美味なるものには後に毒あることを示して読者に戒《いまし》めを垂《た》れんがためにございますよ。

遊蕩は身の毒だと説いた。『錦之裏』の附言《ふげん》なども自省的だ。

あたしはただ淫蕩《いんとう》を伝えているだけではのうて、必ずその戒めを忘れておりません。喜怒哀楽の人情を述べ、そこには勧善懲悪の微意《びい》すら含んでおります。

世の読者はハハンと京伝の企みを察知したはずだ。さも神妙に打ち明けてはいるが、これは御公儀《おかみ》の取り締まりをかいくぐる巧妙な隠れ蓑《みの》だと。

おそらく蔦屋はその意図を以《もっ》て行事《ぎょうじ》改《あらため》の校閲《こうえつ》も済ませ、板行に漕ぎ着けた。東子の作ならいざ知らず、京伝の洒落本なら出せば売れる。まして主だった武家作者らは戯作から手を引いてしまい、売れ行きを読める作者は京伝がただ一人という独壇場だ。蔦屋の思惑通り、三作を板行するや甚だしく売れた。不景気風の中で首をすくめる江戸者にとって久しぶりに接する明るさ、絶好の憂さ晴らしになったからだ。

ところが売れたがために、町奉行所に目をつけられた。三月、京伝と父の伝左衛門《でんざえもん》、蔦屋、地本問屋行事《じほんどいやぎょうじ》が御奉行の吟味を受けたのである。結果、京伝は禁令をなおざりにして遊女放埒《ほうらつ》の体《てい》を綴ったとして、「過怠手鎖《かたいてじょう》五十日」が申しつけられた。咎めを受けるのは二度目だが、以前は過料を納めるだけで済んだ。五十日も手鎖を掛けられるとは、今度こそ罪人だ。前々から狙われていたに違いない。伝左衛門は、倅の伝蔵がいかがわしい作品を書いて売ることをせぬよう、意を払わねばならぬ立場であるにもかかわらずそれを怠った、不注意の極みとされ、

「急度叱《きっとしか》り」に処せられた。

校閲改めを担当した行事二人も重過料を申しつけられ、板元の蔦屋には三作の絶板、そして身上半減《しんしょう》の「闕所《けっしょ》」が申し渡された。

しかし蔦屋重三郎は意気消沈どころか、堂々としているとの噂だ。いかほどの度量であるのだろう。興邦は昨冬に京伝の家でちらりと顔を合わせた程度で、親しく口をきいたことがないが、さもありなんという気はした。吉原生まれ、吉原育ちの本屋とは思えぬ落ち着いた佇《たたず》まいで、素性を知らずば大店《おおだな》の大番頭のごとき貫禄だった。

かたや、京伝は茹《ゆ》でた青菜のごとく打ちひしがれている。刑を受けたことをひたすら恥じ、恐懼《きょうく》していた。

こんな躰になっちまって。

両手を前に組み、その手首には瓢簞《ひょうたん》形の鉄製の手鎖が掛けられていた。

煙草を喫するのも、箸の上げ下ろしもままならない。おまんまが喉を通らないから、お菊に食べさせてもらっててね。そんな時に役人が封印改《ふういんあらため》にやってきて、やれ、赤子のごとしなんて嗤《わら》いやがるから余計に惨めでねえ。

手鎖を勝手に外していないか、奉行所の役人が時折訪れるらしい。

家の中でこんな重い手を膝の上に置いてさ、日がなじっと坐ってるんだよ。外を眺めていたらば、皆、好きに往来してるじゃないか。桜に桃、山吹、江戸は花盛りさ。何事もなければ、あたしにも長閑《のどか》な春の日だったはずなのに。

興邦が初めて訪問した日も、京伝は零《こぼ》していた。

御政道《ごせいどう》を批判する気などないのに、御公儀《おかみ》はやけに敏感だ。息が詰まっちまう。以前から処罰を気にしていたのだ。跋や附言に綴った言葉は姑息《こそく》な企《たくら》みなどではなく、まさに真意であったのではないか。そう思えてならない。今年板行の黄表紙『箱入娘面屋人魚《はこいりむすめめんやにんぎょう》』の冒頭では、読者に向けてこんなことまで吐露している。

ただ今までかりそめに拙《つたな》い戯作をご覧に入れて参りましたが、かように無益の事に日月および筆紙を費やして、たわけの至りにございますよ。ことに昨春は世の中に悪しき評議を受けましたる事、これを深く恥じて、当年より決して戯作はいたしません。

昨春の悪しき評議とは『黒白水鏡《こくびゃくみずかがみ》』で受けたお咎めだと、江戸の読者なら誰でもわかる。にもかかわらず、蔦重の依頼を断り切れずに書いた。いかに気が乗らずとも京伝は書けてしまう。その腕があるゆえの筆禍《ひっか》だった。

京伝が咎めを受けたことは瞬く間に知れ渡り、こうして安房の読者までが案じている。

「いやさ」と、東子が猪口をまた干した。

「お咎めを受けたことで京伝先生の名はまた上がって、今じゃ牛の尻を打つ童までその名を知らぬ者はいないほどですよ。まさに禍《わざわい》が転じたということでしょう」

酒宴の面々は感心しながら笑うが、あるじの太郎兵衛は案じ顔だ。興邦も調子を合わせる気にならない。京伝といえば、黄表紙の画に当人として出てくる獅子鼻の滑稽な面貌を思い泛《うか》べている連中だ。が、実際は中高の整った顔をしている優男《やさおとこ》だ。

先生、ふさぎの虫にとり憑《つ》かれておられぬだろうか。

次にまた罪を得てしまえば三犯になる。そうなればもう、ただごとでは済むまい。江戸所払《ところばら》いになりかねない。そんな想像に苦しんで、首をすくめているのではあるまいか。京伝の父親は伊勢からの移住者らしいが、京伝は江戸が好きで好きで、生え抜きを誇りにしている。

徳川将軍家の御膝元に生まれて日がな御城の鯱《しゃちほこ》を見て、水道の水を産湯に使い、三度の飯は白米で、乳母日傘《おんばひがさ》で金銀の螺鈿《らでん》をおはじきにして育ったのさ。名山で知られる陸奥の山も何のその、流行りの細い本田髷《ほんだまげ》の向こうに安房上総《あわかずさ》を見霽《みはる》かす。

粋で洒落ている江戸に生まれた倖せを、京伝は『総籬《そうまがき》』で生き生きと言祝《ことほ》いでいた。それだけに、御公儀から目をつけられた境遇がむしょうにこたえるはずだ。

宴が果てて床に入っても、目が冴えて眠れないでいる。

安房の海は力が強い。波の音がドオン、ドオンと響いて、床から柱、天井までが鳴った。


あくる朝、太郎兵衛に誘われて山を登った。東子は酒を過ごしてまだ寝ている。太郎兵衛と小者《こもの》の三人で道ともいえぬ道を踏み分けて登ると、目の前が突如として開けた。

海だ。その向こうに緑の半島が見える。

「あれは」訊ねると、太郎兵衛が目を細めて見やった。

「三浦の半島ですよ。かつて里見《さとみ》一族とこの海の覇権を争った北条一族の領地でした」

古い話を聞かされて横顔を見返すと、陽に灼《や》けた顔が微《かす》かに引き締まった。

「滝沢様はお武家であられると東子さんから伺いましてな」

「さようですが」

「手前の先祖も、里見一族に仕えた武士でありました」

「さようですか、あなたも武家ですか」

太郎兵衛の目尻に漣《さざなみ》のごとき皺《しわ》が寄り、自嘲めいた笑みになる。

「乱世の時代のことですから、今の武士とはまるで異なりましょうがな。まして手前の先祖は元を辿ればこの海の賊《ぞく》でした。のち、里見水軍に加わった者の末裔《まつえい》でござります」

「水軍」

「いかにも。北条、上杉、武田、織田、鎌倉の足利に京の足利公方《くぼう》。天が誰を支配者に選ぼうか迷うておられるかのような、混迷の世の頃のことでございますよ。ただ、明瞭にわかっていることもあった。関東を支配するにはまず、この海を制さねばならぬということです。ことにこの地は山深い。田畑を耕せど米穀が得られるは僅《わず》か、しかし海であれば漁のみならず商いができる。海の道を手に入れた者が利を得、その利によって他国諸侯とも対峙《たいじ》できますでな」

興邦は微かな記憶を辿った。安房里見氏は徳川家が天下統一を果たした後、大名に取り立てられたが早々に改易《かいえき》になったはずだ。それは口には出さず、黙って先を促した。

「里見一族は戦に強うございました。滅ぼさねば滅ぼされる。ですが義堯《よしたか》様、義弘《よしひろ》様親子はあの乱世にあって、政《まつりごと》の仁《じん》を目指した武将でありました。狡猾、奸策《かんさく》、謀略を用いるが智将とされる世に、あえて信義を貫《つらぬ》かんとされた」

それがゆえに勢力を減じたのだろうか。やがて徳川に与《くみ》して生き延びたものの、結句《けっく》は滅びた。

太郎兵衛は海を見ている。

「手前の先祖は徳川の世になった際、弓矢を捨ててこの地に残りました。さような者が大勢おりますでなあ。おおっぴらには申さねど、今でも口惜《くや》しゅうございますよ。悲しゅうございますよ。あれほどの武将がこの世から忘れ去られていくことが。我らは今も、主君の仁義礼智《じんぎれいち》を忘れておらぬというのに」

光る海には帆船がいくつも出ているが、眠ったかのように動かない。

この海に面した土地に、やがて江戸が築かれた。

興邦の耳朶《じだ》を通り過ぎる音がある。風ではない。海上の合戦だ。

船から船へと甲冑《かっちゅう》の武士が飛び乗り、白刃が閃《ひらめ》いた。

常陸《ひたち》へ向かって旅を続けるという東子と下総《しもうさ》で別れ、江戸への帰路についた。

道中の茶店で、一休みしている駕籠《かご》人足から不穏な噂を耳にした。

「江戸が大雨で川が氾濫しちまって、大変なことになってるらしいだよ」

「どの辺りだ。川の名は」

「さあ。おらも客から聞いただけだ」

「いつ」

「九月の四日頃でねえか。この辺りも大変な降りぶりだったろ」

それからは急ぎに急ぎ、やがて道行く者に訊ねるごとに事の次第が明らかになった。秋の嵐によって高波と上げ潮が重なり、城かと見紛《みまご》う大波が深川洲崎《すさき》一帯を襲ったのだという。三百数十軒の家々と人が瞬く間に呑み込まれて流されたらしい。

「およしなさい。あの辺りに近づいても、もう何もないんだから」

行商人に止められたが、引き返す先もない。歩を進めるごとに興邦は目を瞠《みは》り、息を呑んだ。見慣れた深川の町がそっくり消えている。泥、泥、泥だ。木々も家も残骸は見て取れるが、すべてが一色にまみれている。おそらく人間も。

茫漠《ぼうばく》たる泥の海に、仲秋の陽射しが無残に降り注ぐ。

声もなく立ち尽くした。

ところが永代橋を渡ると見慣れた景が広がっている。深川は泥に埋まって松の木から烏《からす》まで色を失ったというのに、八丁堀《はっちょうぼり》はいつに変わらぬ佇まいだ。与力の屋敷や同心の組屋敷が並ぶ界隈だが、武士のみならず儒者や医者、町人の姿も珍しくない。武家が屋敷の土地に長屋を建てて町方《まちかた》に貸しているからで、本来は拝領屋敷であるから賃貸は禁じられているのだが、御公儀《おかみ》は幕臣の暮らしの困窮を鑑みて目溢《めこぼ》ししている。二年前の棄捐令といい、御公儀はまず身内を守るものだ。

南西に進んで京橋を渡れば、鰯《いわし》売りに七味売り、秋の七草売りが盛んに行き交う。町家の軒下には丹精の鉢がずらりと並び、菊香が清々《すがすが》しい。地獄から極楽浄土に渡ってきたような気がする。

興邦は目当ての家の前に辿り着き、「ごめん」と声を張って訪《おとな》いを入れた。ほどなく、身綺麗な老婆が出てきて膝を畳んだ。

「滝沢と申します。京伝先生はご在宅でありましょうや」

「ええ、おりますよ」

人好きのする笑みを泛《うか》べ、「これ、お菊や。お客人だよ」と家の中へ首を回《めぐ》らせる。「はい、ただいま」と、京伝の内儀が現れた。縞木綿《しまもめん》に玉子色の襷《たすき》をかけて前垂れもつけているが女中に見えぬ物腰はさすが、名にしおう傾城上がりと言うべきか。

「まあ、滝沢さん。お帰りになったんですか」

旅装を解かぬままの訪問だ。それはいかんともしがたい。深川の裏長屋は高潮と洪水にやられながらも、かろうじて残ってはいた。だが戸口の腰高障子は外れ、壁は落ち、畳は腐っていた。悄然《しょうぜん》として、気がつけばこの京伝宅に向かっていた。

「足をお洗いくださいまし」

菊は下男に水桶《みずおけ》を言いつけている。「忝《かたじけな》い」と背中の編笠を外し、手甲《てっこう》、脚絆《きゃはん》を解き、草鞋《わらじ》を脱いだ。水の中で足の指を広げれば、人心地を取り戻す。老婆はいつのまにやら姿を消し、奥で微かな話し声がする。老人のしわぶきも聞こえるので、京伝の両親なのだろうと察しをつける。

菊の案内で、二階の書斎へと通された。

「お前様、滝沢さんが着到のご挨拶に見えましたよ」

京伝は片肘をついて寝転んでいた。

「左の字か」

物憂げに起き上がり、指で顎を掻く。無精髭《ぶしょうひげ》が伸びている。月代《さかやき》もしばらくあたっていないのか、うっすらと埃の積もったがごとき頭だ。以前の通《つう》な風情とはほど遠く、着物の襟許もなげやりに緩んでいる。それでも「無事だったかい」と訊かれれば胸の裡がほろりと慰められ、空元気も出てくる。

「我が身はこれ、この通り」

「安房は近いとはいえ、旅先では何があるか知れたものではないからね」

まずは旅の無事を祝ってくれているらしい。

「剣難に女難、火難に風難、山道を行けば追剥《おいはぎ》が出る、宿場で賽子《さいころ》に賭ければいかさまに遭う」

そして水難だと身を乗り出したところに、菊が茶を運んできた。

「このところ、人と会いたがらなくなっておりましたので、よくぞ帰ってきてくださいました」

茶碗を差し出しながらの含み声だ。京伝が「そうは言うが」と手首をさすった。

「人の口ほど怖いものはないよ。口は禍《わざわい》の門、くわばらくわばら」

明らかに、先だっての手鎖の刑を指している。そういえば見舞いがまだだったと思い当たり、興邦は居ずまいを改めた。

「先だっては、とんだご禍難《かなん》にござりました」

「いや、あれは難と呼ぶものじゃありませんよ。千慮の一失、あたしの不心得が因、向後は決して禁忌を犯しません。犯しませんとも」

まるで役人相手のごとき言いようだ。菊は眉を下げ、取り成し顔になった。

「ずっとこのありさまなんですよ。お役人を虎のごとく恐れまして」

そう言って菊は部屋を引き取ったが、京伝は「当たり前だ」と鼻に皺を寄せている。

「あたしが神妙にしていたって、誰かが讒訴《ざんそ》したり連累《れんるい》になったらばまた捕まっちまう。次は三犯だよ。とんでもないよ」

ぶるりと身をすくめた。

「左の字は手鎖をつけられたこと、あるかい」

「いいえ、まだですが」

妙な返し方になった。京伝は両の肘を持ち上げ、手首を擦り合わせて見せる。

「手鎖は重いよ。冷たいよ。ここから先が腐れてぽろりと落ちちまうんじゃないかと思うほどでさ、肩は凝るし胸は狭くなるし、腰や背中まで痛くなる。なにせ五十日だからね。三度の飯で箸を持つのも難儀して、それよりご不浄だ。己で己の尻を拭けないんだもの。いつだってお菊にやってもらってさ。お城の公方《くぼう》様や御台《みだい》所様ならいざ知らず、町方の戯作者風情が尻の始末もできねえとは、ざまァない」

それがよほどこたえてか、手鎖が外された後も奉行所の目を恐れて誰をも寄せつけず、日がなこうして閉じこもっているらしい。

「先生、たまには外出《そと》《で》をなさらねば身の毒ですぞ」

窓が目についたので立ち上がり、障子を引いた。仲秋の風が入ってくる。しかも東向きだ。隣家の屋根越しではあるが、川向うの景色が見える。

「秋晴れです。菊日和です」

先生、あなたの生まれた深川を思い出してくれ。あの惨状を、どうかその目で見てくれ。

「外出はしてるよ。毎月二十五日、湯島にお詣りしてる」

湯島天神の信者となり、毎月参拝を欠かさないという。

「これという商売もなく、雲水のごとく浮世をうかりうかりと暮らしてきた。あたし、信心から己をやり直してんだよ」

打ちひしがれている。気まずいまま辞した。編笠を手にして外の通りへ出たとたん、長い息を吐く。

深川、大変だったね。

その一言が出ずじまいであった。菊からして興邦が江戸帰着の挨拶に訪れたものと思い込んでおり、今から思えば、亭主の気散じ、気慰めになるかと期待して歓迎したようだ。むろん機嫌伺いをする気持ちは持っていたが、本意は別にあった。

水難を慰撫《いぶ》され、ひょっとしたらしばらく寄寓させてくれるのではないか、と。

他人の善意を当てにするなど甘かった。しかし深川に帰ったとて、身を横たえることもできぬ家だ。長兄を頼ろうにも、興邦が旅に出る前から江戸を留守にしている。今の主君である旗本が公儀御用で大坂に上り、その随行を仰せつかったらしい。留守宅に上がらせてもらおうかと足を止め、いや、とまた歩を進める。祐筆兼近習役として奉公を始めた兄は、今や近習役筆頭へと昇進を果たしている。留守宅を訪ねれば御長屋の者らにあれこれ詮索されるだろう。とんでもないことだと頭《かぶり》を振る。

放埒な弟がいると知られたら、兄者《あにじゃ》の肩身を狭くしよう。これ以上の迷惑はかけられぬ。東子はまだ旅の空であるので、当然のこと頼れない。ならば妹らはどうか。永代橋の真ん中で足を止めた。

興邦には妹が二人いる。四歳下の蘭《らん》は五年前に嫁いだものの相手を嫌って離別し、鈴木嘉伝《すずきかでん》次《じ》という男に再嫁《さいか》した。父が亡くなった時はまだ赤子であった末妹の菊《きく》も昨年、十七歳で田口《たぐち》久吾《きゅうご》なる男に嫁した。

兄もようやっと肩の荷を下ろしたのだ。独り身のまま奉公に励み、二人の妹を嫁がせた。やはり兄宅には行けぬ。なら妹か。いや、と前に踏み出した。二人とも夫のある身だ。たとえ本人が受け容《い》れようと、夫に厭な顔の一つもされればおれは耐えられそうにない。嫁いだ者は他人だ。そう思わねばならぬ。赤々と染まる夕暮れの中を歩く。また宿無しになった。安房の句会でもたいした点料《てんりょう》を稼げたわけではなく、相も変わらず懐には風が吹いている。このまま橋を渡っても泥の家だ。引き返したい、橋を渡り切ってしまいたくないと思いながら、どこにも行く当てがない。

どうして、いつもこうなるのだ。空を行く渡り鳥でさえ決まった地に帰るものを、と夕陽を横切る雁《かり》の群れを見やる。

腐れ畳に凭《もた》れて、翌朝まで まんじりともせず過ごした。一睡二睡しても、汚物まじりの泥の臭いでまず鼻が起きる。明け六ツの鐘が鳴るのを待って、立ち上がった。

先生をもう一度訪ねてみよう。

応対に出てきたのは相四郎だ。

「滝沢さん、深川の長屋は無事でしたか」

有難い開口一番だ。「やられました」と、すぐに喰いついた。ここで痩せ我慢などをしては一生の不覚というものだ。

「すべてが泥の中にて、手も足も出ませぬ」

「それはお気の毒な。まあ、お上がんなさい。兄さんもいるから」

まるで芝居のようだ。昨日と同じ演目であるのに、役者が変われば調子も変わる。しかも相四郎は二階に上がるなり、肝心要を切り出してくれた。

「先だって、深川洲崎一帯が大風雨で大変だったろう。滝沢さんの長屋も流されちまったって」

京伝は昨日と同じ着物で同じ所作を繰り返す。のっそりと起き上がり、無精髭の顎を掻く。

「家ごと流れたってかい。江戸に帰れど家は無しとは、魂消《たまげ》ただろう」

台詞が変わった。助かった。おまけに、昨日は旅先から直にここを訪ねたと思い込んでいるようだ。ここが正念場だと、興邦は声を低めた。

「古い長屋ですが普請はしっかりしていたようで、柱は残っておるのです。ですが壁は落ちておりますし、筆と硯は流れ失せ、ぶよと腐って波打った畳の上にはなぜか木槌《きづち》が一本流れ着いておりました」

「木槌が一本」

京伝が鸚鵡返《おうむがえ》しにした。興をそそられたか、薄ぼんやりとしていた目の色が少し変じている。興邦はここぞとばかりに、話の接穂《つぎほ》を探した。

「彫窩坊馬琴の寓居に木槌が一本。世情を彫り穿《うが》つだけでは足りぬ、しかと敲《たた》けよと、天神の思召《おぼしめし》でありましょうや」

そこでいったん切り、京伝と相四郎を順に見た。

「さりながら旅での稼ぎは捗々《はかばか》しゅうなく、そのうえ家を流され申してはまったく、足を失くした蟹《かに》の心地にて」

「なら、当分、うちにいるといいよ」

咽喉《のど》から手が出るほど欲しかったその台詞を、京伝はいともあっさりと繰り出した。

十月初めの亥《い》の日に菊は炬燵《こたつ》を開き、冬支度を整えた。すると京伝は縞のどてらを羽織って居間の炬燵に手を入れ足を入れ、動こうとしない。

「先生、ちっと動いてくださらないと、箒《ほうき》が使えませせぬ」

「彫窩坊先生、ちったあ坐ってくれないと、気が休まりませせぬ」

口だけは達者に語呂を合わせて埒《らち》が明かない。

「ご内儀に叱られたって、拙者は知りませぬぞ」

「お菊はあたしのことを叱ったりしないよ」

まったくその通りで、この家の者はどうなっているのかと呆れるほど、皆が皆して京伝に甘い。江戸一の戯作者を敬して立てているのかと思いきや、両親は昔から猫可愛《ねこかわい》がりにしてきたようだ。老母など、三十を過ぎた倅をためらいも見せずに褒め上げる。

うちの亭主がもともと戯作好きの遊芸好きでしてね。あの子が手習いを始めたのは九歳、そのうち長唄三絃《さんげん》を習う、北尾先生について浮世絵も学ぶ。いつのまにやら家にいるのは月に五、六日で、絵の修業に神妙に取り組んでいるのだろうと思いきや吉原に流連《りゅうれん》していたんですよ。まだ子供だと思い込んでた親の目が、とんだ節穴。

ころころと笑うのだから、おかしな家だ。「それがねえ、滝沢さん」と、老母は興邦が掃除をしていてもおかまいなしだ。

うちの人も遊里遊《ゆうりあそ》びを咎めはしませんでしたけれど、遊ぶにはお銭《あし》が要りましょう。それをどうやって工面しているのかと、さすがに心配になりましてね。それ、今、あなたが拭いておられるその手文庫。ええ、木彫りの。あたしもちょうどそうやってお掃除をしていて、たまさか蓋が開いていたもんだから、つい見ちゃったの。中を。そしたら、茶屋から送ってきた揚代《あげだい》の書き出しがわんさか出てくるじゃありませんか。数十通もあって、まあ、その金子の高が並大抵じゃない。あたしはもうくらくらしちまって、うちの人に見せたらば、支払いを済ませた判が捺《お》してあるって言うの。それで泡を喰って二人で確かめましたよ。でも、親の金子も持物も何一つ持ち出しちゃいなかった。ええ、自前で才覚して遊んでたんです。うちの道楽息子はたいしたものだって、夫婦で大いに感心したことでした。

意外なことに、京伝は浪費家ではなかった。書画骨董や文具に凝るわけでなく、幼時に父親に与えられたという文机を今も二階で愛用しているし、いざこうして住み込んでみれば戯作者にしては蔵書もさほど多くないのだ。書物は友人知人からの借覧で済ませ、今は興邦がその筆写を受け持っている。

居候として階下の四畳半に寝床を与えられ、一家と同じ献立の膳を日に三度頂戴している身だ。菊は古着を解いて着物まで仕立ててくれた。その裾を尻絡《しりから》げし、袖には白欅《しろだすき》で水汲みに掃除も手伝う。炊事、家事をよくつかさどる菊は教え上手でもあり、労を惜しまず丁寧に指図してくれるので興邦はたちまち一通りを心得て重宝がられている。

京伝は至って非力で、梯子《はしご》や炬燵の櫓《やぐら》、火鉢なども「重い」と言って動かせない。病勝ちというわけではなく、薬を服さず、歯も綺麗だ。すなわち無精の性質《たち》で、十四、五日も髪と髭を放置して平気である。菊が子供のように宥《なだ》めすかして月代をあたり、髭を抜いてやらねばならない。

こんなものぐさから、ああも緻密で鋭い諷刺《ふうし》が生まれ、男女の心情の揺らぎが濃《こま》やかに描写されるのだから、戯作者とはつくづくと不思議な生きものだ。

京伝は身形《みなり》も美衣《びい》に凝るどころか、まったくかまわない。初めてこの家で会った時はさすがは隆《りゅう》としていて怖《お》じけたものであったが、あの日は気の張る宴に出る予定で、菊が整えた姿らしかった。その外出が取り止めになって、火鉢の前に坐っていたところに興邦が訪ねたというわけだ。

若い時分など、吉原の総籬《そうまがき》が若い衆に与える仕着せをもらってきて母親に縫い直してもらい、それを着て堂々と通ったらしい。なるほど、吉原の者に好かれるはずだと腑《ふ》に落ちるものがある。売り出し中の若き浮世絵師が身内同然の身形で訪れ、おおらかに振舞うのだ。虚言ばかりの色商いであっても、ふと本心を明かす夜もあるだろう。それは遊女に限らず、見世《みせ》で働く衆も同様であるに違いない。

やがて天明年間に至り、京伝は芝居絵と役者絵、遊女絵で世に知られ、毎年、黄表紙の四、五作を板行する若き通人《つうじん》になった。淫楽に耽る場ではなく、華麗な社交場としての吉原遊びを京伝は世に知らしめたのだ。そして遊女の真心というものも。

いつだったか、夕餉を相伴しながら京伝に訊ねられた。

「遊女が客に惚れるには五段ある。左の字はいかに考える」

その夜は相四郎も膳を囲んでいて、「兄さん、吉原楊枝《よしわらようじ》に書いたあれでしょう。滝沢さんは極めつきの本好きだ。読んで知ってますよ」と言う。天明八年の刊らしいが、あいにくそれには目を通していなかった。懐と相談して一冊しか借りられぬ場合、洒落本と学問書があれば迷わず学問書を選んでいた。

「まずは、男ぶりでありましょうか」

「当たった」京伝の白い頬には薄桃色が差している。下戸だが夕餉で一杯だけ、それもとびきり上物の下り酒を傾ける。ものを書くと頭で血を使うので、総身の血の巡りをよくするための一杯だそうだ。といっても、執筆から遠ざかっているこの頃ではある。

「一に男ぶり、二に金、三は心映えでありましょうか。手前、札つきの野暮侍《やぼざむらい》にて、四と五はお手上げにござります」

「もう白旗かい。いいさ、ならお教えしよう。一に男ぶりだが、馴染みになって一月ほども経てば顔じゃない。遊女は男の手に惚れる」

「手ですか」

「そう、手だよ。髪を撫《な》でてやる、指を絡めてやる。房事に限ったことじゃないけどね、すなわち、男の手はおなごに尽くすためにある」

京伝は爽やかに笑うが、おなごに尽くすなど興邦には思いも寄らない。

「次に気性、心立てだ。男に情がなければ、遊女はあきらめをつけるものでね。だが実の情があるとわかれば、もはや夜も日もなく相手を想う。一日会わぬと気が塞ぎ、会《お》うてもじれったく、会わねばなおじれったく、少しも他へ心を移さぬ気になる。それからが金づくだ。そして最後が縁。惚れて惚れられても、縁がのうては添い遂げられねえものでね。一年も命懸けの恋をしたって、年の瀬には思いがけぬ男に落籍《ひか》されてゆく女をあたしはたくさん見たよ」

興邦は掛け値なしに感心した。

「男ぶりに手、気性、金、最後は縁ですか。勉強になりました」

「勉強なんぞするんじゃないよ」京伝は相四郎と顔を見合わせて笑った。

「相四郎。この石部金吉《いしべきんきち》、どうにかしねえとな」

「滝沢さんはこのままで良いのではありませんか。これからは物固い戯作者も要る時代だと、言い暮らしてるじゃありませんか」

それは黙って受け流し、京伝は箸を置いた。

「ともかく、これだけは憶《おぼ》えておくがいい。見栄えや財に惚れるは慾心《よくしん》であって、惚れたにはあらず。早く惚れるは早く冷める始め、そして男に実《じつ》なくしては遊女にも実はないと思うべし」

「遊女は嘘を吐くものと思うておりましたが」

「遊女奉公は世渡りだよ。情を売物にする身ゆえ、嘘も言わねばならぬは知れたこと。それは嘘にて嘘にあらず、勤めの道を守る方便さ。遊女に騙《だま》されまいと身構えて遊んだって、そんな遊びは面白くないんだよ。互いに飾る心なく語り合《お》うて、共に楽しみ、共に苦労する情、その誠があれば座敷の遊びは真《ほんとう》に面白くなる」

毎夜のように、京伝が語る一言一句を身の裡に採り入れている。これはもう、ほぼ内弟子といえる暮らしだ。東子が知ったらまた顔色を変えて責めるだろう、と欄間を拭き上げる。

滝沢さんは背がお高いから助かりますよ。

菊に歓ばれて、尋常でないほど大きなこの躰も役に立つのだと知った。人波の中ではいつも頭一つが突き出ていて、何かと人目に立つ。くすくすと見世物を見るような目つきに嬲《なぶ》られる。背を丸めれば丸めるほど不恰好《ぶかっこう》さがいや増し、卑屈になるのが常だった。

ふわあと京伝があくびをして、鼻毛を抜き始めた。興邦は雑巾を脇に置き、炬燵蒲団《ぶとん》の上に懐紙を差し出した。

「気がきくねえ。お菊の弟子だね」

それには取り合わず、「先生」と声を改めた。

「二階にも火鉢を置いて暖めてござります。そろそろ、筆をお執りになってください」

京伝は「やだねえ」と、顔を顰《しか》めた。

「左の字は時々、どうしようもなく四角張《しかくば》る。武家奉公でもあるまいに」

「居候させていただいておる身でありますから、先生の御為を思えばこそ四角くも五角にもなるのです。お書きになってください。もう十月です。このままでは間に合わなくなりますぞ」

柱に掛けた暦を指差した。三日前、来春出板する黄表紙の稿を催促しに蔦屋が訪れた。これまでは御公儀《おかみ》を憚《はばか》って互いに往来を控えていたが、京伝はそれをいいことにして筆を持とうとしなかった。やがて番頭や手代が蒼《あお》い顔をしてやってきたが、「お休みだよ、京伝はお休み」と言って追い払う。

それでついに耕書堂のあるじ、蔦屋重三郎が現れたのだ。

蔦重にも会わない、居留守を使えと命じられたが、応対に出た興邦に対して蔦重は一歩も退く様子がない。歳の頃は四十過ぎに見える。

「時がありません。お察しください」

多言を弄《ろう》さず、口調も丁重だ。意を汲んで居間に通した。そして二階で亀のようにすっこむ京伝を菊のように宥めすかして階下へ下りさせ、長火鉢の前にともかく坐らせた。茶を出したのも興邦だ。そのまま居間の隅に控えた。

蔦重は羽織の裾を払い、おもむろに切り出した。

「京伝さん、御改革の主旨に即した教訓ものを書いていただくお約束でしたな」

「でも、御公儀を畏れて説教臭い、理屈臭いと言われてるらしいじゃないか」

「その通りじゃありませんか。しかも御改革の意に沿ったというのに、手前も京伝さんもお咎めを受けた。すなわち、作そのものではないのですよ。我々は名を遂げているがゆえに目をつけられたんです。避けて通れぬ道であったとお思いなさい」

「よくもそんな。やだよ。あたしはもう戯作をやめる」

この頃の京伝は、稿を催促されれば「休む」「やめる」と口にする。しかし蔦重には微塵も動じる気配がない。ばかりか、すいと口の端を上げた。笑んでいるのかと、興邦は息を呑む。

「悪魂《あくだま》が出なすったね」

そっぽうを向いていた京伝が、糸に引かれるように蔦重を見た。

蔦重が『心学早染艸《しんがくはやそめぐさ》』を指していることは興邦にもわかった。昨年、寛政二年板行の黄表紙だ。

儒教に基づいた学問奨励の御改革下にあって、世間では石門心学《せきもんしんがく》が大流行している。京伝はその流行を採り入れ、心学、陰陽和合論《いんようわごうろん》にこじつけた黄表紙に仕立てた。

主人公の理太郎は物堅い生まれつきであったが、悪心が兆して遊里に通うようになる。実は理太郎を支えていた善魂《ぜんだま》が悪魂に縛られ、斬り殺されてしまったために、理太郎は呑む打つ買うの放蕩《ほうとう》に溺れる。が、善魂の妻と子が悪魂を討ち果たし、理太郎は本性の善魂を取り戻す。そんな筋立てだ。

世に善人と悪人がきっかり分かれて生きているわけではなく、多くの人の心の中は善と悪のせめぎ合い。さような捉え方を、京伝は擬人化した善魂と悪魂で表現してのけた。教訓を説きながら滑稽の味を失わず、しかもわかりやすい。

「あれは大変に売れましたな。今や、人が非を行なうのを悪魂と呼び、書名も、善魂悪魂の草紙で通じるほどだ。手前はなにゆえ、かようなものをお書きいただかなかったかと、己の不明を恥じました。京伝さんとは長い交誼《こうぎ》であるのに、あたしはとんだ抜け作だ」

板元は蔦屋ではなく、大和田という書肆《しょし》だった。

「誤解なきように願いますが、御改革の主旨に即した教訓ものの黄表紙をと申すは、心学早染艸の二番煎じを望んでいるわけではありません。この蔦重、そんな姑息《こそく》な料簡《りょうけん》は一片たりとも持っちゃいない。そりゃあ、ご承知の通り、手前どもを始め本屋は皆不景気、青息吐息です。なにしろ扱う品が錦絵に草双紙、いざとなればこんな無駄な物はないんですからまず倹約されてしまう。お客様にしても暮らしは厳しい。だから貸本で借りるにしたって、損はしたくないから人気の本にしか手を出さない。自分で見つけて面白がって、それを周囲に広めるという楽しみを今の読者は失いつつあるんです。だからって、手前はすっ込んでるつもりはありません。御公儀や読者のせいになんぞ、意地でもするものか」

蔦重は茶碗に手を伸ばしもせず、京伝に眼差《まなざ》しを注ぎ続ける。

「これまでの黄表紙、洒落本の読者に受けようなんぞと、考えてくださらなくても結構」

「じゃあ、何を書けって言うの」

「口を開けば自粛、身を慎めというご時世なればこそ、その手枷《てかせ》足枷《あしかせ》を逆手に取ってもらいたい。あたしは山東京伝に、新しい作風を開いてもらいたいんだ」

蔦重は不敵なばかりの笑みを泛《うか》べている。迸《ほとばし》るような熱情に興邦は胸を動かされたが、京伝はまだぐずぐずと頬をすぼめている。

「作風とか、簡単に言うね」

「簡単じゃありませんよ。あたしはいつだってあなたと心中する覚悟はできていますよ。あなたの稿がなければ手前がいかに息んで志を掲げようとも、どうにもならぬのですから」

「わかったよ。書けばいいんだろう。書きますよ」

渋々と肯《うけが》った。

板元にこうまで望まれて、この人はなんと贅沢な返答をする。呆れ返った。

そして三日経っても、文机に向かう気配をいっこうに見せない。

「先生、宝の持ち腐れになりますぞ」

「また、そんな脅しめいたことを。お前さん、蔦重の回し者か」

「蔦重さんの熱に私は打たれたのです。教訓でも面白い、面白いだけでなく心に残る。先生のお作はもう、その芽を出しておられるではありませぬか。ゆえに板を開かねば宝の持ち腐れになると申しておるのです」

ここ数日、興邦は昨年板行された京伝の作を読み返してみた。伏見屋から出た『京伝予誌《きょうでんよし》』など、儒学で重視される四書《ししょ》の注釈書『経典余師《けいてんよし》』を巧妙にもじったものだ。御改革が始まって、江戸の者らは学問に目覚めた。『経典余師』は経籍の素読《そどく》を自学自習できるという画期的な書物で、京伝はこれに目をつけ、真面目な学問書を洒落本の趣向に仕立て直したのである。四つの章立てがまた振《ふる》っており、『大学』をもじって「大楽」、『中庸《ちゅうよう》』は「通用」、『論語』は「豊後《ぶんご》」、『孟子《もうし》』は「申《もうす》」といったもじり方で、それぞれ遊興論、質置きの論、浄瑠璃稽古の景、遊女と客の情景を綴ってある。これは受けた。しかも本家本元の『経典余師』も爆発的な売れ行きで、硬軟共に人気が続いている。

なるほど、『心学早染艸』といい『京伝予誌』といい、以前とは何かが違う。変わりつつある。従来の形から脱しつつあると言おうか。蔦重はそれを感じ取っているからこそ、京伝に「書け」と言っているのだろう。

興邦はひしと、京伝を見つめた。

「江戸の戯作は、先生、山東京伝一人が支えているのですぞ」

その陰には、誰にも顧みられずに消えていくものがある。彫窩坊馬琴の作のごとく。

「しかも先生は作料を受け取る、ただ一人の戯作者です。あなたが筆を折れば、板元は二度と戯作者に金子を渡さぬようになりましょう。あなたは後進の門を閉ざすおつもりですか」

驚くことに、蔦重は京伝に作料を渡しているらしいのだ。むろん初めは無料だったが、出すもののほとんどが途方もなく売れたために蔦重や仙鶴堂《せんかくどう》は莫大な利を得て、作料を贈るようになったという。これは相四郎から聞いたことで、一作で金一両を超える額らしい。兄さんは筆で稿料を稼げる唯一の作者だと、誇らしげだった。

「左の字、常々言ってるだろう。戯作は金子を稼ぐ生業《なりわい》にあらず。あたしは読者に歓ばれるのが嬉しくて穿《うが》って洒落て、そのうち言うべき本分を見失っちまった。過ぎたるは及ばざるがごとし、無益の妄作さ。町人は町人くさく、そのうち分相応の商いを始めるよ。今、その思案中だ」

単に暇を弄《もてあそ》んでいるわけではないと言いたいらしいが、日がな蜜柑を剝いて煙草をぷかりぷかりと吹かしているだけだ。

「私は戯作を無益の妄作とは思いません。虚をもって実を伝えることを、戯作の本分と心得ます。善を善とし、悪を悪とするは人の道、しかしその道を踏み外すが人間にござりますれば、その人間がいかに生きるかを戯作者は言葉で、文章で示さねばなりませぬ。戯作は生業でないなどとのたまうは、逃げ口上にしか聞こえませせぬぞ」

蜜柑の房を手にしたまま、京伝は目を丸くしている。

調子に乗り過ぎた。口は禍の門。またやってしまった。慌てて詫びたが、京伝は「いいよ」と蜜柑を口の中に放り込んだ。

「なら、お前さんが代わりに書きなさいよ」

京伝は己の思いつきが気に入ったと見え、「さあさあ」とやけに軽快な足取りで二階へ上がった。

まさか、この私に代筆をせよと仰せか。

唖然として階段を見上げた。


耕書堂蔦屋重三郎は京伝作の黄表紙『天剛垂楊柳《てんごうすいようりゅう》』『梁山一歩談《りょうざんいっぽだん》』『実語教幼稚講釈《じつごきょうおさなこうしゃく》』の新板、『江戸春一夜千両《えどのはるいちやせんりょう》』などの旧作も併せて七点を板行した。

鳴り物入りで出したのは『天剛垂楊柳』で、水滸伝を絵入りでわかりやすく説いたものだ。京伝はかつて『通気粋語伝《つうきすいごでん》』という洒落本で当世の遊里に水滸伝の登場人物を取り合わせたことがあるが、こたびの一冊は子供向けの教訓を明確に打ち出した。趣向を立てたのは蔦重、画は京伝の浮世絵の師である北尾重政《きたおしげまさ》が腕を揮《ふる》った。しかし今のところはさほど売れていないと番頭から聞かされて、思わず理由を訊ねた。この作は興邦の代筆ではないが、調べものを引き受けて執筆を助けた。他人事とは思えない。

「唐人ものは、おなごや子供に人気がないんですよ」

おなごや子供は水滸伝を歓ばないのか。唐土《とうど》を舞台にして登場人物が唐人であれば、想像が及びにくいということだろうか。

上方では建部綾足《たけべあやたり》という作者が、『本朝水滸伝《ほんちょうすいこでん》』という翻案ものの読本《よみほん》を出している。読本は絵の量が少なく文章が主体で、いわば一定の素養を持つ大人の読者向けだ。こたびの『天剛垂楊柳』も『通俗忠義水滸伝《つうぞくちゅうぎすいこでん》』なる翻訳本を用いた翻案小説だ。つまりいかほど精魂を傾けた作であるかを興邦も知っているだけに、世評が捗々《はかばか》しくないと聞けば気落ちしてしまう。

興邦が代筆したのは、『実語教幼稚講釈』だった。平安の昔に書かれた子供向けの教訓書『実語教』のいわば註釈書で、すでにさまざまな学者、作者による板がある。

山高きがゆえに貴からず　樹あるをもって貴しとす
人肥えたるがゆえに貴からず　智あるをもって貴しとす

この有名な章句を、布袋《ほてい》先生という人物が子供らを集め、教訓を易しく解き明かして聞かせるという体裁で、この趣向から興邦が立て、京伝の許しを得て執筆に入った。

出来には自信があったが、稿を受け取りにきた蔦重の前では頬が強張り、口中も渇いて舌が動かない。筆跡で気づかれる恐れがあったので、下打ち合わせの通りに京伝が先手を打った。

「草稿の浄書は、滝沢さんに手伝ってもらったんだよ。あたしより達筆だろう」

蔦重はどうとも応えず、稿に目を走らせ続ける。冬だというのに厭な汗が出てきた。

出来が悪いと突き返されたら、私は立ち直れるだろうか。

蔦重は最後まで読み通すと、顔をきっぱりと上げて京伝に礼を述べた。

「これで、来春の作をすべて揃えられます」

総身から力が抜けた。

その後は校正にも念入りに取り組んだが、これも売れ行きは捗々《はかばか》しくないという。

「京伝先生の作風を好む読者には硬かったようです」と、これも番頭の弁だ。

「内容ですか」

「文章も硬いでしょう。大上段に構えて、先生らしいのびやかさがない。これまでのお作には教訓にも滑稽味があるとか、子供がふとこましゃくれた洒落を吐くとか、大人も愉しめる企《たくら》みがそこかしこに仕込んであったものです。ですが実語教幼稚講釈には、その気配がまるでない。先生、本当に断筆なさるおつもりですかね」

最後には探りを入れられたが返答のしようがなかった。

井戸で水を汲んでいると、身に沁みてわかってくることがある。

京伝は企んで書いているのではなく、自《おの》ずと軽妙洒脱《けいみょうしゃだつ》な文章になってしまう作者なのだ。駈け出しの彫窩坊がその文章を真似ることなど、土台無理な話であった。

「滝沢さん」背後から声をかけられた。振り向けば父親の伝左衛門《でんざえもん》だ。空咳《からぜき》を一つ落として、顔を近づけてきた。

「いやさ、家守の寄合で小耳に挟んだんだけどね。京伝は趣向が尽きたか、最近の作は面白くないなんて言われてるのかい」

「そんなこと、ありますものか」思わず声が大きくなり、釣瓶《つるべ》から手が放れた。桶《おけ》が落ち、ぼちゃんと水底で情けない音を立てる。

「その評、どの作を指しているのですか」

「それは聞かなかったけどね」

「なら、先生の耳には入れてくださいますな」

伝左衛門は「わかってますよ」と、井戸端で杖《つえ》を突き直す。

「本人にそんなこと言うものか。でもって、実のところはどうなんだえ。うちの伝蔵の書くものは、面白くなくなっちまったのかい」

「新しい作風ですよ。今、それを開いておられる最中にて、いずれ新しい読者を得られます。まったくもって、心配はご無用」

そう言い張ったが、新しい読者はどこにいるんだと思いながら水桶を運んだ。胸の中に棒を突っ込まれたような心地だ。

これまでの京伝の作風と異なれば不評を蒙《こうむ》る。ということは、これまでの読者にしか読んでもらえていないということだ。しかも不評は作者に自ずと知れるもので、それというのも板元の番頭や手代が訪れれば、いずこの書肆の板行であっても、売れていれば「売れてますねえ」と羨ましがるし、世評が高ければ「さすがは先生」と持ち上げる。だが誰もそういったことを口にしないでただ稿を欲しがるだけの場合、察しがついてしまうのだ。とはいえ、不景気の最中でも出板を止めれば暖簾《のれん》を下ろしたも同然、数を絞って出すとなれば、売れっ子作者である京伝に依頼が集中するのも道理だ。新作が無理であれば、以前の売れ筋を再板させてほしいという依頼も少なくない。

だが京伝は二階に上がろうとはせず、炬燵の人に逆戻りだ。今日はうららかな春陽に惹《ひ》かれてか、裏庭に面した縁側に火鉢を持ち出した。餅を焼き、その合間に書物を繰り、何やら小筆で書き留めている。

「打出の小槌《こづち》や猿蟹合戦《さるかにがっせん》なんて童話《むかしばなし》は、いずこが出所だろう。左の字は知ってるかい」

福寿草《ふくじゅそう》の鉢の手入れをする興邦に訊ねてくる。

「あいにく存じません。お調べしましょうか」

旧《ふる》きを尋ねて考証するのは性に合っている。史書や地図を眺めるのも好きで、時を忘れるほどだ。

「いや、いいよ。ええ、餅が焦げちまった。お菊、餅の尻が火だるまだ」

菊を呼ぶ時だけは、生気を取り戻す。

御改革下の自粛、倹約続きで、市中もこの家もひっそりと淋《さび》しい正月であった。師走《しわす》に弟の相四郎が養子に出たせいもある。養子先は外叔母の鵜飼《うかい》家で、かつて篠山《ささやま》藩主に側女《そばめ》として仕え、その子を何人も上げた人であるらしい。側勤めから退いた後に鵜飼家の養女となり、甥《おい》を跡取りに迎えることにしたらしい。つまり相四郎は近々、武士になる。居候するようになってから外出が多いことには気づいていたが、養子入りの準備であったらしい。正月には里帰りを兼ねて年始に訪れ、床の間前の上座を兄たる京伝が坐るか、武家たる相四郎が坐るかで悩み、興邦が相談を受けた。

今年は長幼の序を重んじ、先生が上座でよろしいかと存じます。なれど来年は、先生が鵜飼家に年始に出向かれるが重畳《ちょうじょう》でありましょう。

なるほど、さすがは左の字だ、滝沢さんだと一家は屠蘇《とそ》を祝いながら感心していたが、大小の二本を佩《は》いて供を連れた相四郎の姿は妙に眩《まぶ》しかった。

最後は縁だ。

京伝に教えられた客と遊女の惚れ合いが、我が人生にも重なってくる。こうして町人から武士になる者もいれば、武家に生まれながら武士として生きられぬ者もいる。

おれは糸の切れた凧《たこ》のごとく、どこまで飛んでいけばよいのやら。

やがて桜が咲いて、一家で春野に繰り出すことになった。菊は五段の重箱に稲荷寿司や玉子焼き、蒲鉾《かまぼこ》と煮〆《にしめ》もぎっしりと詰め、それを風呂敷で包んで興邦が持った。薄縁《うすべり》に毛氈《もうせん》も一巻きにして脇に抱え、茶入りの竹筒を五本持ち、もう片方で老母の手をひく。杖をついて歩く伝左衛門にも目を配り、普請場《ふしんば》の近くを通りかかれば材木が倒れてこぬか、自身の身で庇いながらの道行きだ。

「滝沢さんは百人力ですね」

菊は摘み草用の竹籠を手にしている。京伝はといえば、うらうらと春陽を浴びて歩くだけだ。それでも顔見知りと行き合うことが多く、「やあ、先生」と挨拶をされれば気軽に応じて会釈を返す。

「先生、今日は善魂《ぜんだま》の親孝行かえ」とからかう者があれば、「あの続き、書いてくださいよ」とねだる者もいる。読者はまったく鋭いものだと、興邦は舌を巻く。

善魂悪魂《あくだま》の流行が今も続いているのを見込んで『心学早染艸《しんがくはやそめぐさ》』は再摺りが決まり、これを蔦重が求板したうえ京伝には続編を依頼してきた。

読者が鋭いのか、板元の蔦重が鋭いのか。

いずれにしても、蔦屋重三郎が世情人情を読み取って動くさまは電光石火、身上《しんしょう》半減の闕所《けっしょ》を受けた痛手を露とも感じさせず、剛腕を揮《ふる》い続ける。しかも破れかぶれではなく、非常に手堅い商人に見える。

京伝は江戸者にもかかわらず舟を怖がって乗ろうとしないので、皆でてくてくと歩けばもう汗ばむほどの陽気だ。湯島天神に詣り、その後は上野山内に回った。樹下に薄縁を広げ、その上に毛氈を敷いて重箱を並べる。ここでは鳴物《なりもの》と酒が禁じられているので酔客が暴れておらず、樹上の目白《めじろ》が澄んだ声を響かせるばかりだ。

菊と母親はいくらも食べぬうちに竹籠を手にして、草を摘み始めた。蓬《よもぎ》に土筆《つくし》、嫁菜《よめな》で籠の中がたちまち緑色で膨れ上がる。白蝶《しろちょう》が菊の肩や背の周りをひらひらと飛ぶ。京伝は稲荷寿司を小皿に取り分け、「お父つぁん」と手渡している。「いや、もうたくさんだ。あたしはちっと横にならせてもらうよ」と伝左衛門は杖を枕に昼寝を決め込んだ。

京伝と二人で茶を飲みながら、重箱をつつく。

「そういえば、左の字。蔦重から所望があってね」

「はい」と、煮〆の里芋を口に入れた。甘辛く柔らかく、咽喉越《のどご》しもつるりとしている。

「番頭が辞めて帳場が空いちまったんで、左の字を奉公人として抱えたいってんだよ」

「私をですか」

里芋が飛び出しそうだ。

「酒を呑まぬし、手はきく。むろん文字は読めるし、作気もあると答えておいたよ。蔦重は初めは手代、いずれは番頭にと考えてるらしいが、番頭となるとおいそれとは辞められないものだ。それについては請け合わなかった。まあ、あたしよりは算盤《そろばん》も弾けるだろうけど」

京伝は算用がからきしで、足し算も危うい。

「断ったって、何の義理もないんだよ。好きに決めるがいい」

そうは言われても、いつまでも居候を決め込むわけにはいかない。

ただ、耕書堂蔦屋で奉公するとなれば、町人の家僕だ。さような身の上に堕《お》ちた武士は世に数多《あまた》いるけれども、おれは耐えられるだろうか。

主君を持たぬ浪人の身になって早や四年、齢《よわい》二十六だ。

滝沢家は兄によって安泰を得ている。すでに大坂から帰府し、飯田町堀留《ほりどめ》の居宅に戻った。近習役筆頭から目付、目付から家老次席に昇進し、俸禄《ほうろく》も増加したと聞いた。妹らも婚家で落ち着いている。

武士たる者の面目、矜《ほこ》りをしばし忘れてでも、この身を定めよということか。

春霞の空を見上げる。一つ息を吐いてから、京伝に向かって頭を下げた。

「そのお話、有難くお受け申します」

「それがいいよ」呟いたのは、父親の伝左衛門だった。よっこらと起き上がる所作を手助けすれば、「あなたがいてくれて大助かりだ」と息を弾ませながら言い足した。

「伝蔵ともお菊とも気が合って、あたしら夫婦もあなたがいなくなれば淋しいに決まってますがね。山東京伝が戯墨《げぼく》の才ありと認めたんだ。耕書堂さんでひとまず奉公して、戯作者になる足場をお作りなさい」

京伝は桜の下で黙っていたが、父親の言葉に同意してか、にかりと頬を緩めた。

老母と菊が竹籠を一杯にして帰ってきた。土筆が一本、毛氈の上に落ちたのを拾い上げる。

「滝沢さん、帰ったら土筆の袴《はかま》を取らねばなりません。手伝ってくださいますか」

「もちろんですとも。アク抜きもおまかせください」

相四郎とは逆の人生を生きるのだと気がついて、これも不思議な運命《さだめ》だと思う。

けれど糸車に手をかけねば、糸は紡げまい。


万八楼《まんぱちろう》は柳橋《やなぎばし》の袂《たもと》に構えた料理茶屋で、神田川が隅田川に合流する両岸に面している。芸人と露店で賑わう両国広小路《りょうごくひろこうじ》も近く、柳橋の船宿からは吉原に通う猪牙舟《ちょきぶね》が出る。梅雨の季節のことで、しとしとと七日も降り続いたが、今日は思い直したような晴れ空だ。川は満々と水を湛《たた》えて流れ、柳の葉は水面《みなも》を緑に光らせては揺れる。

「いらっしゃいませ」

女将や女中らがずらりと並んでの出迎えだ。

「お世話になりますよ」耕書堂蔦屋のあるじ、重三郎がまず玄関口へ上がる。

「先生は」

「つい今しがた、仙鶴堂さんとご一緒にお見えになりました」

今日はこの万八楼の二階の貸座敷を借り切って、京伝が書画会を開く。来客から会費を取る方式で、書画を即席で揮毫《きごう》する会だ。世話役は重三郎、そして仙鶴堂と号する鶴屋喜右衛門《つるやきえもん》である。蔦屋には手代が十七人いるのだが、そのうちの五人が選《よ》ばれて、あるじと共に柳橋まで足を運んできた。順に履物《はきもの》を脱いで上がるので、後尾の興邦ともう一人は暖簾前で待つ。

「左吉《さきち》さん、ここに上がったこと、おありですか」

手代仲間が二階建ての広大な建物を見上げながら、小声で訊いてきた。興邦は町家の奉公人らしく、通称も左七郎から「左吉」と改めている。

「いや、初めてです」

「なんだ、京伝先生のお供で何度も上がられているのかと思いましたよ」

嬉しそうに笑う。笑うやりとりではなかろうに、晴れがましい催しであるので張り切っているのだろう。女中の案内で広い階段を上がった。二十畳が二間の大広間だ。東西に窓がある。

京伝はその窓際に坐り、興邦の顔を認めるや、「やあ」というような目をした。今日はめかしこんでいる。菊がまた難儀しながら着せたのだろう、紋付きの夏羽織に袴で、髷も綺麗だ。

「先生、本日はおめでとうございます」

重三郎が京伝の前に進み、慇懃《いんぎん》に挨拶をした。

「さあ、準備をよろしく願いますよ」鶴屋の喜右衛門が、やけに通る声で皆を促した。

重三郎と喜右衛門は京伝を両脇から挟むようにして、床の間前へと移った。

床の間には軸が二本、花は菖蒲《しょうぶ》だ。

店を持つことにしたよ。

京伝からそう聞かされたのは先月で、店の遣いで銀座を訪ねた時のことだ。

このままだと、蔦屋と鶴屋に丸抱えされてるようなものだから。

二軒の板元から戯作の作料を受け取るのみならず、手鎖《てじょう》の刑を受けた際も相当な援助を受けたようだ。世間では気楽に見えようが、京伝の屈託が深いことは興邦も承知している。そもそも戯作は遊楽、暇に飽かせた手遊《てすさ》びだ。それがいつのまにやら板元に恩義ができ、求めに応じて書かねば義理が立たなくなった。

京伝はそれが辛《つら》い。縛られることが、息苦しくて仕方がない。

真っ当な稼業を持ち、そのかたわらで戯作をするべきだと事あるごとに語ってきた通り、京伝はいよいよ本業を持とうと神輿《みこし》を上げたのだ。

何の店です。本屋ですか。

おや、左の字も戯言《ざれごと》を口にするようになった。いや、他でもない。煙草《たばこ》入れ屋でも始めようかと決心したのさ。

煙草入れは煙草葉の刻みを入れる革袋と煙管《きせる》入れを真田紐《さなだひも》で結わえて一組にしたもので、それを根付《ねつけ》でぶら下げ、腰に提《さ》げる。着物の奢侈を御公儀《おかみ》から禁じられているだけに、ここが「俺らしさ」とばかりに腰回りで洒落る民はいじらしいのか、いじましいのか。指の先ほど小さな根付も象牙や銀細工で意匠を凝らし、女持ちの煙草入れはつづれ織りや更紗《さらさ》と生地の美しいものが多い。

京伝はその煙草入れの店を開く資銀《もとで》を作るために、書画会を思いついた。今年の正月に南画家の谷文晁《たにぶんちょう》が開いたのが江戸の書画会の嚆矢《こうし》で、京伝も知人に誘われて赴いたらしい。重三郎も同伴したようで、盛況だったと話していた。

まもなく客が上がってきて、興邦は芳名帳の受付を担当する。会費を受け取って帳面につけるのは、鶴屋の手代の受け持ちだ。

「狂歌をぜひ」

さっそく注文が入った。客の誰もが上機嫌で、憧れの絵師、戯作者である京伝を取り囲み、たちまち幾重もの輪になった。

「私は、この台詞を揮毫していただきたい」黄表紙を開いて示す者がいる。

「あいよ」

「手前は、美人画をお願いします」

「お客さん、お役人じゃなかろうね。お役人なら描きませんよ。捕まるのは二度と御免だ」

京伝は自虐めかした台詞でおどけ、「これで女房に愛想尽かしされずに済みますよ」などと軽口も弾む。そのつど、座がほやほやと沸く。

が、やがて口を噤《つぐ》んで唇など真一文字、ひたすら手を動かす羽目になった。入れ替わり立ち替わり客の訪れは途切れることがなく、受付をするだけで汗が噴き出てくるほどなのだ。昼も過ぎれば延べ七十人を超えようかという勢いになった。その合間に女中が酒肴を次々と運んできて、大きな笹葉の上で焼鯛《やきだい》が床の間の菖蒲を睨み、貝と鮃《ひらめ》の刺身に海老の蒸し物、筍《たけのこ》の木《き》の芽和《めあ》えも並ぶ。

柳橋の芸妓《げいぎ》らを十人も呼んでいるので三味線の音が低く流れ、客のもてなしにも余念がない。京伝の横にも二人がつききりで、海松色《みるいろ》の毛氈の上に広げた紙に向かい続ける京伝の口に箸を近づけては馳走《ちそう》を放り込む。

「はい、先生、蒲鉾をおひとつ」「はい、お茶」

蔦屋と鶴屋の手代らもかたわらで墨を磨り、顔料《がんりょう》の色とりどりを小皿に用意し、筆を洗う。

板元に囲われるのが厭さに、れっきとした稼業を持つ。そのための書画会なのだが、その板元の世話で会を開いているのだから、やるせない。

「先生の汗をお拭きして」

鶴屋のあるじ喜右衛門が指図して、また何人もが寄ってかかるから、なおのこと暑苦しい。気の毒にと、興邦は京伝が心配になる。受付を他の者と変わった隙にせめて風を入れようと立ち上がった。西の窓際では重三郎が坐って煙管を遣っている。

興邦は窓障子を一気に開け放った。

「ああ、駄目駄目、紙が飛んでしまうじゃないか」

鶴屋の番頭が鋭い声を放った。皆が一斉にこなたを見る。「申し訳ありません」と不調法を詫びてすぐさま閉めかかった。

「いや、そのまま」

窓際の重三郎が止め、入口近くに控えている手代を呼んだ。小声で申しつけている。手代はすぐさま蔦屋の紋入りの風呂敷包みを解き、文鎮を何本も手にして紙束の上に置いて回る。礼を述べると、重三郎は事もなげに頷《うなず》いた。

「私もこの暑さが心配になっていたところだった」

立ち上がり、張り出し窓の手摺《てすり》へと手を伸ばす。空に向けて身を乗り出している。

「今日はまた、いいねえ」

誘われて並び立てば、西の彼方《かなた》の富士山を眺めているようだ。たしかに、今日の稜線《りょうせん》はひときわ鮮やかだ。頂の雪は眩しいほどに白い。

「雨で洗い上げられたようですね。七日も降ったので今朝は足許が悪いかと心配しましたが、転じて吉となりました」

「滅多《めった》と湯を使わぬ京伝が、五月の雨に洗われて」

戯歌《ざれうた》めかすので、思わず口許が綻《ほころ》んだ。

「奉公にはもう慣れたかえ」

重三郎の夏羽織の袂から香の匂いが立ち昇る。何という香なのか、興邦は知らない。夏の夕立の匂いに似ている。

「慣れることは慣れましたが、なかなか至りませぬ」

「店の者らとはうまくやってるようじゃないか」

「手前も意外です」頭を下げると、重三郎は面白そうな目をする。

最初は皆、鵜《う》の目鷹の目であったのだ。手代が十七人、丁稚が二十人の大所帯が興邦を遠巻きにしていた。本屋商いの伊呂波《いろは》も知らぬ男が、突然、手代として雇われたのだから無理からぬことだ。覚悟はしていた。誰にも仕事を教えられぬどころか口をきいてももらえない己の姿を想像して、それでも腐るまい、と。奉公してまだ三月《みつき》を過ごしたばかりだが、取りも直さず、重三郎が興邦を妙に引き立てない態度に救われている。世に、男の妬《ねた》み嫉《そね》みほど恐ろしいものはない。女のことはよく知らぬ。しかもそのうち誰が言い出したものやら、「左吉さんは、京伝先生のお弟子らしい」と噂になって、一気に隔てが取れた。皆、山東京伝が大好きなのだ。その縁につながっていただけで得をした。

「本屋商いはどうだえ」

「毎日、学ぶことが多うございます。恥をかいて教えられております」

手代の仕事は多岐にわたり、本の吟味や売買、本を卸《おろ》している得意先回りも行なう。作者の許を訪れて稿を受け取ってくるのも大事な仕事で、遅筆の作者にうまいことを言われて空手で帰り、古参の手代から「この役立たず」と大目玉を喰らったことがある。

「下絵の指図だけでも貰《もら》ってきなさい、先に下絵だけでも絵師に回してやらないと間に合わなくなると尻を叩かれ、再び遣いに出されたことがありました」

重三郎は黙って聞いている。

「作者の家に戻れば家人に露骨に厭な顔をされ、それでも粘りました」

医者が本業の作者であるので患者の出入りがある。土間脇に坐り込むうち日が暮れ、順番を待つ者もとうにいない。薬研《やげん》の音も途切れたというのに、作者は奥にすっ込んで出てこない。

「仕方なく一計を案じまして、裏庭へ回って雪隠《せっちん》のそばで待ち伏せをいたしました」

「それはまた、臭い仕業《しわざ》を」重三郎は可笑しそうに眉を下げた。

鼻を摘まんで手水鉢《ちょうずばち》のそば、八手《やつで》の葉に紛れて蹲《うずくま》ること半刻《はんとき》、濡縁《ぬれえん》を伝ってとうとう本人が現れた。「先生、せめて下絵だけでも」と飛び出せば、驚くまいことか。大声を上げ、尻餅をつかんばかりにのけぞった。

「あの先生は見世物小屋《みせものごや》も怖がって入らない人だから、叱られただろう」

「はい、心ノ臓に悪いじゃないか、縁起でもない真似をするんじゃないと、たいそうご立腹で」

それでも濡縁の板に取りついた。

お願い申します。下絵なりとも頂戴せねば間に合いません。

「今はそんな暇はないとすげなく断られ、それでも粘れば、絵組みを考えるのも下絵を作るのも嫌いなのだと言いだしました」

「そうさ、あの先生の下絵はひどい。何のつもりか文字で指示を書き入れておいてもらわないと、亀と餅の判別もつかぬわえ」

重三郎は笑う。

黄表紙の絵組み、すなわち挿画の想は作者が下絵を描いて指図し、それを元にして本職の絵師が作画するのが慣《なら》いだ。去年、興邦が代作をした『実語教幼稚講釈《じつごきょうおさなこうしゃく》』の下絵は京伝が行なったが、とびきりの腕を持つ絵師、北尾政演《きたおまさのぶ》でもあるので、下絵にしておくのはもったいないほどの見事さだった。

医者の作の画は、勝川春朗《かつかわしゅんろう》という絵師だ。一度、京伝宅で会ったことがあるが、齢の頃は三十過ぎの偏屈そうな男で、ぎろりと興邦を一瞥《いちべつ》しただけだった。驚いたのは、相手も躰がやけに大きかったことだ。

「私も早くいただいて帰らねばと焦っておりましたゆえ、口早に思案をお出し申しました。閻《えん》魔大王《まだいおう》を見開きの右端に大きく立たせて、腕は左にまではみ出させたらいかがでしょう、迫力が出ますなどと申し上げると、先生も雪隠の前での押し引きにお疲れになったのか、なら、それでいいからと渋々ながらも書斎に上げてくださいまして」

しかし結句は興邦に描かせ、「ん、それでよし」とせっかちに首を振った。思わぬ拾いものは、追加の稿も三枚くれたことだ。

「これをやるから頼むから帰ってくれ、と拝まれましてございます」

「作者に拝まれたか。結構、結構」

そろそろ受付に戻らねばと座敷を振り向けば、しばしの休憩に入ったようだ。

重三郎は富士の景に眼差しを戻し、「いやね」と言葉を継いだ。

「呑み込みが速いので驚いてるよ。夜もろくろく寝ずに書いてるだろうに、日中の奉公は疎《おろそ》かにしていない」

顎が跳ね上がった。

「皮肉で言っているのではないよ。たぶんそうだろうと推したまでのこと、咎めるつもりもない」

見透かされた通り、夜を徹して書いている。

最初は二階の、しかも丁稚《でっち》らの暮らす部屋しか空いておらず、そこに住み込むことになった。夜、部屋に上がれば、子供らが平仮名をばら撒いたかのように寝ている。丁稚奉公は十歳前後で始めるのが世の慣いで、無事に勤めれば十七、八歳で手代に引き上げられる。まだ乳臭さの抜けぬ子もおり、故郷を恋しがって夜ごとしくしくと泣くし、寝言の凄まじい子や寝小便が癖の子もいる。ようやくまどろみ始めては横面を蹴られ、寝惚《ねぼ》けて腹を踏んづけられる。

執筆は進まず安眠もできず、ひと月我慢したが音を上げて、階下の三畳に移らせてもらった。物置部屋であるので売れ残りの黄表紙や見本の山に囲まれているのだが、ようやく落ち着いた。文机代わりの古い箱膳に紙を置き、月明かりを頼りに書いている。外が白々と明るくなるまで筆を走らせ、少し横になればほどなく店に出る刻限だ。

「それに、この頃は腕を上げたじゃないか」

「はて、何の腕でしょう」

丁稚のように間抜けた声が出た。

「代作さ。実語教幼稚講釈《じつごきょうおさなこうしゃく》は、まだ文章がぎこちなかった。言いたいことが多過ぎて、咀嚼《そしゃく》しきれていない箇所もあったね」

露見していた。誰にも内緒内緒の、秘密であったはずなのに。

だが言い繕っても、この御仁が相手ではごまかしきれない。「ご存じでしたか」と観念した。

「そりゃあ、読めばわかる。京伝さんとは長いつきあいだ。この目は節穴じゃない」

「なのに見逃してくださった」

「まあ、去年のあの様子では無理もないと思ってね。私がいかに励まそうが、この体《てい》たらくでは仕上がらぬかもしれないと肚《はら》を括《くく》っていたほどだ。だが稿は上がった。さては、とピンときた。代作も致し方なしと、受け取らせてもらった」

そういえば、と思い出す姿がある。京伝宅で相まみえた時、まるで暗い影を感じなかったのだ。自身も咎めを受けて身上《しんしょう》を半減されたというのに追いつめられた景色がなく、京伝も「あの人は大人《たいじん》だから」と言っていた。

「それはそれとして。先だってのことだ」重三郎は空を眺めたまま言い継いだ。

「京伝さんの家で次作の打合せをしている時だ。親父どのになにかの用で呼ばれて、本人が中座した。文机には稿が放ったままだ。目を通させてもらったよ。だが、あれは京伝さんの字じゃない」

「それは、どんな稿で」

「童話《むかしばなし》の龍宮を舞台にしたもののようだ」

間違いない。鶴屋から来春の目玉にと頼まれている黄表紙で、京伝宅への遣いをわざと拵《こしら》えて銀座に向かい、想を練り合った。乙姫《おとひめ》が欠落《かけおち》をしてしまい、その代わりに人魚が浦島太郎の相手をするという筋書きだ。その冒頭の草稿を見たのだろう。

「盗み見など卑しい仕業だが、あれは京伝さんが悪い。迂闊《うかつ》というものだ」

仰せの通りだ。京伝はおおらかと言えば聞こえがいいが、どこかにすっぽりと穴が空いている。

「だがあれは、書きようによっては面白くなる」

「書きようによっては」

「そうだ。文章を練りなさい。今は筋書きを読まされているだけだ」

「手前の文章は硬いと言われ、己でもそう思います。柔らかくしようと苦心しているのですが、すると冗長になります。難しい」

「硬いなりの味を醸《かも》せればよいのだよ。それに当節はかつてない学問流行り、お前さんの学を衒《てら》いがちな作を好む読者がいずれ出てこぬとも限らない。それに、絵馬が喋るとか、この世ならぬ不思議な想を持っている。伝奇ものには、左吉の筆は向いているかもしれない」

初作の『廿日余四十両《はつかあまりにしじゅうりょう》　尽用而二分狂言《つかいはたしてにぶきょうげん》』にも目を通してくれていたらしい。

重三郎は片眉を上げ、ちらりと京伝を見やった。

「これまでは憧れの師の作を真似て学んで、それでよかった。だがね」と、興邦に目を据え直す。

「この世に、山東京伝は一人でいいのだ」

大きな歓声が上がった。振り向けば、仕上がったばかりの絵を蔦屋の手代が持ち上げて皆に披露している。『江戸生艶気樺焼《えどうまれうわきのかばやき》』で一世を風靡《ふうび》した主人公、己惚《うぬぼ》れ屋の艶二郎《えんじろう》だ。

有名な獅子鼻を広げ、暖簾からひょいと顔を出している。

最後の客の一群れを見送った時は、夜空に菜種色の大きな月が浮かんでいた。

二階に戻ると、京伝は畳の上に突っ伏して荒い寝息まで立てている。来会した客は総勢百八十人ほどになったので、蛸《たこ》のように伸びている。「ご苦労だった」と重三郎は芸妓衆も帰し、さてそれからが算盤《そろばん》を出して売上げの計算だ。貸座敷料に酒、料理、芸妓の花代を鶴屋の番頭がまとめ、興邦は芳名帳の人数と会費の帳尻を確かめる。

「差し引きしての実入りは三十両と少しにございます」

鶴屋の番頭が言上すると、大広間でわあと熱い息が立った。独り身の男なら、一両あれば一年は暮らせる。贅沢をしなければの話だが、実際、興邦もほぼそのくらいの費《つい》えであった。つまり興邦の三十年分の入費を、京伝は一日で稼いだことになる。

重三郎は悠々として「上出来だ」と煙をくゆらせる。

「先生はよくおやりなすった。大したものだ」

「ですが蔦重さん、開店資銀には足りぬでしょう。銀座の木戸際にいい借家を見つけてあると伺いましたが、九尺《くしやく》間口の表店《おもてだな》、二階建てですよ」

喜右衛門は渋面だ。

「それは足りぬでしょうな。すべての費えを今日作ろうとは先生も思っちゃいないでしょう」

大の字の足の裏が、ひくりと動くのが見えた。首を伸ばせば、俯《うつぶ》せの横顔が薄目を開けている。

おや、痛いような顔つきだ。さては、その費えを今日作ろうと思って頑張り抜きなすったか。

「足らずはどうにでもなりますよ」

重三郎は京伝が聞いているのを知っているかのように声を励ました。「なりますかねえ」と、喜右衛門はまだ案じ顔だ。重三郎がすらりと肩を寄せた。

「この後、ちょいといかがです」「吉原ですか。参りますとも」

遊びの話が決まるのは一瞬だ。重三郎は手を打ち鳴らして女中を呼び、猪牙舟を言いつけた。

「さあ、片づけておくれ」と、座敷を見回す。

「左吉は駕籠《かご》で先生をお送りしなさい」

その後、京伝を起こすのに難儀した。なぜか寝たふりを通して蛸のままなのだ。やれやれ、子供みたいだと最後は背中に負い、駕籠へ放り込む。

銀座まで、徒士《かち》のように供をした。


開店前の朝は慌ただしい。

他の手代や丁稚らと共に、浮世絵と錦絵、黄表紙を出し並べ、新作の束にかけた紐《ひも》をほどき、引札《ひきふだ》のたぐいを鴨居《かもい》や軒先に吊《つ》るしてゆく。振り向いて通りを見回せば今日は五月晴れ、家々の屋根や庭木の緑も光って鮮やかだ。まなざしを下ろせば界隈《かいわい》はいずこも大わらわ、人の出入りで軒暖簾《のきのれん》が揺れ続け、端午の節句にちなんだ引札の武者絵が風になびいて躍る。

ここ日本橋通油町《にほんばしとおりあぶらちょう》は本の町だ。とくにこの目抜き通りには老舗の書肆《しょし》がずらりと軒を連ね、青葉の風に混じって紙と墨の匂いがする。興邦はこの匂いが好きで、時々、両腕を広げて胸を膨らませる。寝不足の躰が目覚める。「さあて」と手を打ち鳴らして箱看板を表に出し、店先に落ちた紙屑を摘まんで丁稚を手招きした。

「上がり框《がまち》も拭き掃除が足りていないよ。念を入れなさい」

指図をすると、「へえい」と赤い声が返ってくる。

ひとくちに本屋といえども、商いの仕方はさまざまだ。小売りが主な店に貸本を柱とする店、小間物屋などが本業の片手間に本を売る場合もある。この周辺の大店《おおだな》はいずこも出板《しゅっぱん》を手がけ、かつ本を売り、貸本も行なうのが尋常だ。つまるところ、本にかかわる商いはなんでもやる。耕書堂蔦屋もしかり、次々と人気作を上梓《じょうし》して世を沸かせ、それを小売り店に卸しながら自前の店頭で売り、貸本も行なう。

「この役者絵の引札はどこに貼りましょう」

縦長の紙を示して見せるので、通りに戻って顎を引く。役者や吉原の遊女を描いた浮世絵は市中で常に人気があるだけでなく、今や江戸みやげにもなっている。諸国から集まる勤番侍《きんばんざむらい》や旅客が何枚も購《あがな》って帰るので、本屋商いの大きな柱だ。むろん、蔦屋にとっても。

「書棚の手前。いやそっちじゃない、左。そう、その辺りで結構だ」

京伝が催したあの書画会から、一年を過ごした。

とにもかくにも懸命に立ち働き、本屋商いのしくみや慣行、届書類の認可手続きなども会得しつつある。そして夜はひたすら筆を持つ。

羽織の紐を結び直しながら、丁稚を急《せ》かせた。

「黄表紙の袋詰め、早くしなさいよ」

手代は羽織の着用に酒、煙草も許され、商いに習熟して一人前になるのは三十歳前後だ。興邦は当年二十七だが、古参の手代が生家の事情で辞めたので今は最年長になる。「いずれ番頭に」という言葉は京伝から聞かされていたものの、重三郎は何も言わぬままだ。今はとにかく店を切り回さねばならない。戯作を続けるためにも奉公は大切だ。興邦は心からそう思う。耕書堂蔦屋の手代であるおかげで鶴屋や西村屋といった板元らの知遇を得、作者らとも面識ができた。

若い手代が肩を寄せてきた。

「この黄表紙の見料《けんりょう》、いかほどでしたかね」

「ああ、それは」書名を見て取り、指を立てて値を教える。「さすがは左吉さん」と駄賃代わりに持ち上げ、小筆で紙片に記して見返しに挟んでいる。

この頃、「左吉さんは頭の造りが違う」などと褒められることがある。頭の造りではなく、頭の働かせ方が違うだけだ。見料、すなわち貸本の代金は、本の売値の五分の一から六分の一が相場だ。売れ筋の黄表紙の売値は頭に入っているので、あとは簡単な算用だ。

今朝一番の客が訪れた。仕入れに訪れた貸本屋だ。

「毎度有難うございます。どうぞ、こちらへ」

挨拶をしながら招じ入れ、受け持ちの手代を呼ぶ。丁稚は茶と煙草盆を運んでくる。

興邦は店先の品揃えを確認し終え、店土間から回り込んで畳間に上がった。奥の文机の前に腰を下ろし、きっかりと正坐する。硯《すずり》に水滴を落とし、墨を手にした。

上がり框に腰を下ろした貸本屋と手代が笑い声を上げたので、ふと見やった。

「そう言っていただけると、心丈夫になりますよ」

「いやあ、お客の受けもすこぶるいいね。黄表紙はああでなくっちゃ」

世評は売れ行きのほどで判断するが、読者の反応を知る速さにおいては貸本にかなわない。

貸本屋にも種類がある。店を構えている者と、本を背にしょって市中の家々を足繁く回る行商だ。両方を合わせれば今、江戸に五百軒ほどか。一軒でおよそ百五十軒の得意先を持っているので、読者の数は七万五千人に上る。ゆえに貸本で人気が出ればそれが市中の口の端《は》にかかり、売本の売れ行きを左右する。

そもそも、蔦屋の始まりが貸本屋であった。

重三郎は吉原に生まれ育ち、廓内《なか》にあった縁戚の家の軒先を借りて小前《こまえ》の商いを始めたという。それが瞬く間に吉原の名物本屋となり、名代の老舗本屋が居並ぶ一等地、この日本橋通油町で店を構えた。商いを始めて、たった十年ほどだ。親に勘当されて廓《くるわ》の中に身を堕とす放蕩息子は世に五万といるが、廓の内から外へ出て店を構えた者は興邦の知る限り、蔦重がただ一人である。

「して、出雲屋さんがお出しになったあれはどんな具合で」

「いや、あれはさっぱりだ。くどくどしいだけで結末がお粗末じゃないかと、お叱りを受けてる」

「まあ、そうおっしゃらずに」

手代は口では宥《なだ》めつつ、頰は紅潮させている。

幸災楽禍《こうさいらくか》、よその板元が出した本の不評には目尻も下がる。

硯の海に墨色が満ちた。紙を広げて筆を執る。来春に板行予定の黄表紙、読本の点数と内容の企てを一覧した書付《かきつけ》を作るようにと、重三郎から命じられている。すでに作者が決まっているものもあれば、目論見《もくろみ》が先にあって、これを誰に書かせるかを検討するものも多い。賭けだ。

黄表紙の一大流行を作った武家作者らは一斉に戯作から手を引いてしまっている。

黄表紙とは、ほぼすべての紙面に絵が入る娯楽読み物で、草双紙の一種だ。初期の草双紙は子供向けの内容で表紙を赤くしていたことから「赤本」と呼ばれていた。その後、表紙の色の変化に伴って「黒本」や「青本」と呼称が変わった。やがて青本の中に、当世の遊里や遊興を主題とするものが出現した。安永の頃に出た恋川春町の『金々先生栄花夢《きんきんせんせいえいがのゆめ》』辺りからだろうか。それらを従来の青本と区別して、表紙が黄色の「黄表紙」と呼ぶようになった。

「表紙屋さんに行って参じます」

顔を上げると、手代が店土間からこちらに向かって小腰を屈めている。

表紙屋は摺《す》り上がった紙を裁断して糸で綴《と》じ、表紙をつけて体裁を仕上げるのが稼業だ。浮世絵同様、本作りに携わる者も専門が細かく分かれており、板木師《はんぎし》に摺師《すりし》、原稿板下師《はんしたし》、表紙屋と、おのおのに職人がいる。

今から表紙屋に出ようとしている手代はこの春に丁稚から上がったばかりで、寝ながら放屁する奴だ。起きている間も頓狂で、少々そそっかしい。

「親方に、絵題簽《えだいせん》の貼り位置をよくよく頼んでおくのだぞ」

絵題簽は黄表紙の表紙を飾る題簽の一種だ。

黄表紙は庶の衆に娯楽を供する読物であるから、いわゆる書物とは一線を画している。書物は仏書や史書、伝記、医書など物堅い本のたぐいを指し、黄表紙は廉価で素早く、幅広い読者を相手にする。いわば雑本、消えものだ。ゆえに漉《す》き返しの粗末な紙しか使わぬし、表紙の装丁も至って素っ気ない。だが板元が「これぞ」と気を入れて出すものは絵題簽を別に拵《こしら》える。本の内容がひと目でわかるように絵の趣向を凝らし、そこに書名や作者の名も入れての多色摺りだ。

手代は「へい」と、したり顔で返してくる。

「上端《うわは》から一寸半に変更するのでしたね」

「違う。今朝、旦那様にも相談して一寸になったではないか」

まったく、ついさっき決めたばかりの事柄をよくも簡単に忘れられるものだ。

「忘却、勘違い、心得違いがそうも多うては、立派な手代になれぬぞ」

相手は「はあ」と笑い濁しながら、もう躰の向きを変えている。

「しからば御免」

そう言うや、脱兎《だっと》のごとく土間を抜け、暖簾を潜って通りへと飛び出した。

な、なな、なんだ。反省も詫びもできぬくせに、無駄口だけは一人前か。

鼻からブンと、大息を吐いた。「しからば御免」は侍の武張った物言いを揶揄《やゆ》する言葉で、しかつめらしい興邦をからかっているらしい。店の中を見回せば、他の手代や丁稚らも肩を小刻みに震わせ、笑いを嚙み殺している。皆、悪気はない。商家の奉公人としての躾《しつけ》はちゃんと受けてきているし、戯作者とつきあう稼業であるので洒落たりふざけたり、時には馬鹿もしながら商いを回していかねばならない。

かなわぬなあ、と筆を持ち直す。

「御免」

店先から入ってきた男が編笠《あみがさ》を外した。腰に佩《お》びているのは脇差一本、頭は総髪だ。

「いらっしゃいませ」近くにいた手代が近づいた。

「耕書堂どのはおいでか」

手代がさらに近づき、名を訊ねた。男は告げたがここからは聞き取れない。しばしお待ちくださいと手代は奥へと向かい、男は立ったまま店之間《みせのま》を見渡している。見慣れぬ顔だと思いつつ、興邦は声をかけた。

「ここでお待ちください」

板間に腰かけるように勧めると男は頷き、動いた。そのさまに少し驚いた。身ごなしが尋常ではない。羽織の裾を払って腰を下ろすさまも、躰に一本の筋が通っている。

何者だろう。浪人にしては荒んだ気配がなく、ただの町人でもない。学者か。

その横顔をまたそっと盗み見た。痘痕《あばた》の残る肌に鼻は低くもなく高くもなく、眼光も鋭くない。江戸のどこにでもある、ごく平凡な顔相だ。他人の目を惹かず、すぐに忘れられてしまいそうな。だが佇まいは並ではない。武術を鍛錬してきたような。いや、違う。もっとやわらかなもの。

「お待たせいたしました。どうぞ」戻ってきた手代が奥に案内するようで、ということは重三郎の見知りであろう。男はゆるりと立ち上がり、興邦に軽く会釈をして土間を通り過ぎた。

やっと気が戻り、書付の作成を続ける。続けながら、まださっきの男の気配が胸から消えない。

しからば御免。

そうか、新手《あらて》か。新手の戯作者。奉公をしくじった武士の成れの果て。

世渡りは人づきあいだ。馬鹿になれぬ者が馬鹿を見る。武家奉公にしてもそれは同じこと、いや、体面や面目が命より大事な武家にあっては、周囲といかにうまくやるかは町家よりも重要であったのかもしれぬと、今頃、気がついている。

私はいつも怒り、苛立ち、総身を棘にしていた。今の己のようにやり過ごす術があれば、今頃はいずこかの藩で目付役にでもありつけていたのではないか。

大事なことは、常に後で気がつく。

今さら詮無いことだ。しかし作り笑いは疲れる。四角四面の石部金吉はようやくさまざまを受け流せるようになったが、うまくおどけることがまだできない。

京伝は目論見通り、昨秋の菊の頃に紙煙草入れ屋を開き、これがまた大変に流行っている。

開店の資銀は書画会の実入りだけではやはり不足で、借銀したらしい。どこで借りたかは聞かなかったが、おそらく蔦屋と鶴屋が用立てたのだろう。興邦は奉公が忙しいので、前ほどは足を運べていない。ただ、商いを差配しているのは父親の伝左衛門と菊で、京伝は二階の書斎に閉じ籠っていた。ウンウンと唸りながら、煙草入れや煙管の意匠を山のように描き散らしている。優れた絵師でもあるので意匠の案をあれこれと練るのは楽しいようで、唸《うな》りつつも顔色はよかった。

京伝はようやく立ち直り、黄表紙の執筆のみならず童話《むかしばなし》の考証にも取り組んでいる。戯作のために書物を渉猟《しょうりょう》しているのでも、昨今の学問流行りに乗っているわけでもなさそうだ。微に入り細に入り考証し、しかも森の全容を摑みながら一本の木にもちゃんと目が届く。

このお人は学者に転じても一廉《ひとかど》になるのではないかと、興邦はまたも京伝を仰ぎ見ている。若い時分からつきあってきた作者の多くが武家であったので、粋や洒落のみならず学問の肝心も伝授されていたのだろう。もしくは息を吸うように、知らぬ間に躰に取り込んでいたか。

硬軟を自在に行き来できるとは。まさに無双《むそう》の戯作者だ。

そして今も変わらず、「左の字」と呼んでくれる。両親と菊もなにくれとなく気にかけ、帰りには餅や菓子を包んで持たせてくれる。

奉公は堪忍が大事ですよ。ならぬ堪忍もして歩き続ければ門は開きます。ええ、そうですとも。

丁稚に出した我が子を励ますような言いようで、亡き母の声が重なって思わず、ほろりとさせられる。夜はその餅を食ってから執筆するのが楽しみになった。餡餅《あんもち》や蓬餅《よもぎもち》、ぼた餅に黄粉《きなこ》餅《もち》、団子、時には贅沢な羊羹《ようかん》もある。己が甘いものに目がないことを初めて知った。寄辺にしがみついて書くことに精一杯で、口の好みに気づくゆとりもなかった。

板元の和泉屋なども随分と愛想がよくなって、「蔦屋さんで奉公なさるんなら、手前どもでお預かりすればようございました」などと負け惜しみを言った。どうやら、蔦重が京伝の弟子を預かったように捉えているらしい。

戦の世でもあるまいに、それではまるで稿を取るための人質ではないか。

京伝は面倒くさいのか、わざわざ訂正しないし、興邦も黙って笑っておいた。よくよく考えれば凄腕の蔦重、当たらずとも遠からずだ。

興邦は今も京伝を景気づけることを忘れていない。

「先生、手前どもの稿もよろしく願いますよ」

「なんだい。本屋みたいなことをお言いだ」

「本屋ですよ。なにより、読者が待っています」

「なら、お前さんが書きなさいよ。もう黄表紙作者、曲亭馬琴《きょくていばきん》じゃないか」

揶揄するような口調で、こなたは照れて俯く。

去年には京伝門人として出板せぬかと和泉屋に持ちかけられた。代作ではなく、興邦自身の作としてだ。『廿日余四十両　尽用而二分狂言』は箸にも棒にも掛からぬ代物であったのに、見捨てられてはいないらしかった。

この春、仙鶴堂から出た『龍宮《たつのみやこ》羶《なまぐさ》鉢木《はちのき》』は京伝の代作であるので、むろん興邦の名は出ていない。ただ、和泉屋の『鼠子婚礼塵劫記《ねずみこんれいじんこうき》』は、京伝の指導を受けて興邦が書いたという体《てい》で出板された。元の『塵劫記』は庶民向けにわかりやすく説いた算術書で、そこにお伽噺《とぎばなし》の鼠《ねずみ》の婚礼を組み合わせた趣向、挿画は歌川豊国《うたがわとよくに》だ。

戯号《げごう》は「彫窩坊《ちょうかぼう》」を捨て、「馬琴」のみとした。西村屋が板行の『荒山水天狗鼻祖《あらやまみずてんぐのはじまり》』と大和田から出した『花団子食気物語《はなよりだんごくいけものがたり》』ではさらに戯号を改め、「曲亭馬琴」としてみた。

作者　曲亭馬琴

校正摺りを受け取った時、扉題にその名を見て胸が震えた。従前の戯号より据わりがいい。即製ではなく、「曲亭」も「馬琴」も俳諧に遊んでいた頃に俳名として使っていたものであるので自身で馴染みがある。この二つの組み合わせをなにゆえもっと早うに思いつかなかったかと口惜しいほど、四文字の面構えもよいように見えてくる。「曲亭」は漢の巴陵《はりょう》という地の、名山の名だ。『漢書陳湯伝《かんじょちんとうでん》』に、「巴陵曲亭の陽に楽しむ」という一文がある。

青々とした山の裾野はどこまでも広く、陽光も澄んでいる。麓《ふもと》ではのんびりと馬の群れが草を食《は》み、仔馬が時々親の横腹に顔をすりつけ、きょうだいが遊ぶ。

そんな景色が泛《うか》んで、ふと瞼の中が潤む。

興邦にとって俳号は、兄たちとの絆だ。そもそも長兄に誘われて興邦も俳壇に出入りするようになったのであるし、兄は今も勤めのかたわら羅文《らぶん》という号で俳諧に親しんでいる。亡くなった次兄も鶏忠《けいちゅう》という号を持ち、興邦には詠めぬ艶めいた句を詠んだ。

曲亭馬琴という戯号には、兄、そして父祖から受けた血が脈搏《う》っている。己が滝沢家の生まれであることを確かめられる、ただ一筋のよすがだ。

そして今年、この耕書堂蔦屋からも初めて作を板行してもらえた。『笑府衿裂米《おとしばなしえりたちごめ》』という咄本《はなしぼん》だ。

挿画は北《きた》尾《お》政美《まさよし》、作者は曲亭馬琴。

しかもこれは京伝の力を借りなかった。思案の相談も草稿を見てもらうこともせず、最後まで一人で書き上げた。重三郎も京伝の序や跋をもらえとは言わなかった。

よろしいのですか。

こちらから訊ねたほどだ。

かまいません。そろそろ、いいでしょう。

京伝の名を借りずにやってみろと、世間に押し出してもらった。

伊勢屋という板元から出した『御茶漬十二因縁《おんちゃづけじゅうにいんねん》』も咄本で、やはり京伝の名を借りてくれとは言わなかった。地味で陰気な番頭だったが、「内緒にしろと言われたのですがね」と内幕を明かした。

蔦重さんから、曲亭馬琴の名だけでやらせてみてくれないかと耳打ちされたのですよ。

本屋は本を出すだけでなく、作者を創り出すものであるらしい。その眼鏡にかなう戯作者になりおおせるかどうかは天のみぞ知るところだが、重三郎の商才のほどは蔦屋に奉公して身に沁みている。

重三郎は天明三年に通油町の丸屋小兵衛の店舗と蔵を買い取り、地本問屋《じほんどいや》として営業を開始した。地本とは江戸の地で売買される本のことで、その問屋は庶の衆向けの娯楽本、絵入りの草紙や往来物のたぐいを扱うのが決まりだ。蔦重は出身町の『吉原細見《よしわらさいけん》』を独占販売し、吉原の通人、自らは狂歌師、蔦唐丸《つたのからまる》としても名を馳せ、狂歌戯作壇の顔となった。やがて独自の洒落、穿《うが》ちの黄表紙が生まれ、蔦屋は大いに儲けた。山東京伝、四方赤良《よものあから》ら戯作者との交誼を出板につなげたのだ。蔦重の名は江戸じゅうに広まり、名が看板となった。すると蔦屋で出る戯作を読むのがお洒落、通だ、と読者の心はくすぐられる。ゆえに重三郎は派手な奔放人に見られがちで、本人もその見られ方をうまく利用している節がある。

内実は幾重もの智略を巡らせた、実に手堅い商いだ。まず、黄表紙と同じくらい往来物《おうらいもの》を多く出している。往来物は日頃の暮らしに必要な知識や礼儀作法、文の書き方などをわかりやすくまとめた冊子で、武家や商人、婦女、子供、百姓向けと種類は多々、値も安い。しかも重板、類板が自在であるので、長く摺りを重ねられる。

重三郎は、当たり外れの大きい黄表紙ではなく、地味で利の薄い往来物によって商いの土台を築いていた。驚くことはさらにある。寛政三年、身上《しんしょう》半減の闕所《けっしょ》となったあの年に書物問屋《しょもつどいや》仲間《なかま》に加入していた。書物問屋は儒学書や教訓書などの手堅い学問書を扱うもので、古《いにしえ》から仏書を出してきた京、大坂に書肆が多い。御改革によって軽薄な洒落本の出板が制限され、地本業界は一気に景気が冷え込んだ時も、耕書堂蔦屋はびくともしなかった。書物問屋仲間に入っていたことで学問書も扱えたからだ。しかも学問奨励の政《まつりごと》に呼応したかのように、儒学書や心学、教訓ものが売れ行きを伸ばしている。

「いらっしゃいませ」丁稚らが声を張り上げて客を迎える。上がり框に腰を下ろした客も三組、四組と増え、今日は何を買おうか借りようかと品定めをする。

「ちょいと。経典余師《けいてんよし》はありますかえ」

「はい、ただいま」興邦は奥の書棚から出し、客の膝前に差し出す。表紙を開いて吟味する横顔は真剣だ。何年か前まで、庶の民がかように硬い書物に馴染むなど考えられなかったことだ。江戸者は御公儀《おかみ》の御政道によってものの見事に学び好き、書物好きへと変化した。

熱に浮かされたように、読書する。

黄表紙も表紙に用いる黄色は変わらないが、吉原からは離れ、教訓ものへと移行した。

客の応対をしながらふと目を動かせば、そこだけが妙に光って見える場がある。この手が生み出した、我が作物《さくぶつ》だ。他と変わらぬ色であると知っているのにひときわ明るく、頭の中で澄んだ琴の音までが鳴る。

そして貸本屋らが訪れるたび、胸の裡《うち》で心ノ臓が跳ねる。だが代作した『龍宮羶鉢木』は別にして、曲亭馬琴の作はどれもこれも誰の口にもかからない。褒めも、けなされもしないのだ。世間からまったく相手にされていないということだ。話題にされず売れずというなりゆきは、作者にとって悲しいものだ。淋しいものだ。だが一喜一憂していては身が保《も》たないことも知った。世に放ったものの行方に目を凝らして嘆く暇があれば、次作に賭ける。いつも今が正念場と、毎夜、暗い物置部屋で万丈《ばんじょう》の気を吐く。

手代と目が合ったので「さっきのお客は」と訊いてみた。

「どの」

「奥にお通ししたお客だ」

「ああ、旦那様とお出かけになったようですよ。裏口から」

「あのおひと、戯作者志望かい」

さあ、と首を傾げる。

「名は」

「斎藤と伝えてもらえればおわかりになるとおっしゃったので、旦那様にもさように伝えましたがね」

「斎藤」

まるで思い当たるところがない。書付の紙を束ね、硯箱に筆をおさめる。また客が訪れた。町家の母親と娘の二人連れで、供の丁稚が一人だ。

「いらっしゃいませ」皆の声に合わせて、興邦も声を張る。

滝沢家に生まれた己が夜っぴて戯作をし、昼間は町人の母娘に頭を下げる身になろうとは想像だにしていなかった。

まるで戯作のごとき筋書きだ。主人公はいつも、思いも寄らぬ人生を生きる。

茗荷谷《みょうがだに》の深光寺《じんこうじ》へ墓参りをした帰り道、「倉《くら》さんじゃないか」と声をかけられた。

幼名の倉蔵で呼ばれるなど何年ぶりであろうかと振り向くと、風体《ふうてい》は町人だ。「私だよ」己の鼻を指で指す。うっすらと赤い鼻を見つめるうち、深川の手習塾《てならいじゅく》で共に学んだ幼馴染《おさななじ》みの顔を思い出した。

「赤鼻の四郎さんか」

「いやあ、久しぶりだ。相も変わらず大きいな」

相手は幼い頃のままに小柄で、しかし身ごなしは素早く、相撲をとれば易々《やすやす》と投げ飛ばされた。考えれば、あの頃から相撲が嫌いになったのかもしれない。

暑い最中に立ち話も野暮だと、団子屋の縁台に腰を下ろすことになった。幼馴染みは酒好きであるらしく徳利を一本頼み、こなたは団子と渋茶にした。

「見ての通り、町家に養子に入った身でね。山田屋半蔵《やまだやはんぞう》と申す。以後、お見知りおきを」

父親は御家人《ごけにん》で、その四男であるのでいずれは他家に養子に入らねばならぬ身の上ではあった。だがたいていは武家の子は武家と縁を組むもので、この幼馴染みにも相応の苦労があったのだろうと渋茶を啜った。

なんだ、出がらしではないかと、奥の婆さんを睨む。

「倉さんも町人になりなすったのかえ」

腰に何も佩《お》びていない姿を見て取ったようだ。

「さようではない。ただ、奉公先は町家だ」

見当はついていたのだろう、さほど驚く素振りも見せず、瓜《うり》の漬物を肴《さかな》にぐいぐいと呑んでいる。

「実は心配していたのだよ。父上がお亡くなりになった後、さぞ」後の言葉を吸い込んだ。

「いや。母や兄らは真に苦労したが、おれはさほどでもない。気楽な三男だ。武家奉公に嫌気が差して、今は本屋に奉公しながら戯作をしている」

「戯作」と、赤鼻がひくついた。「義父《ちち》が無類の戯作好きなんだ。何を書いてるの。戯号は」

物言いが町人のそれに戻る。

「言っても知らぬだろう。まだ駈け出しだ」

それでもしつこく訊くので、団子を咀嚼しながら小声で答えた。

「曲亭馬琴」

「え、なんだって。聞こえない」

「曲亭馬琴」

すると徳利を手にしたまま大きくのけぞり、縁台を濡らした。

「知ってるよ、知ってるよ。私、読んだよ。え、曲亭馬琴って倉さんなのかい」

「真に知っておるのか。酔った勢いではあるまいな」

そういえばこやつは相撲は強いが、文字は読むのも書くのもからきしだったのだ。興邦が五歳で読んだ書物の前で、十歳が首を傾げ通しであった。

「義父が何冊も買ってきたよ」

「何を買うてくださった」

「いや、そこまでは判然としない」

「ほら、見ろ。やはりおぬしは読んでおらんではないか」

「いやあ、花より団子とか申すのを読んだのだがなあ」

興邦の皿に残った串を見ている。

「もしや、花団子食気物語《はなよりだんごくいけものがたり》か」

「そういや、さような題であったような」

「それならまさしく私の作だ」

思わず小膝を打った。その膝に、半蔵が手を置いた。

「一度、うちへ訪ねてきておくれよ。幼馴染みが戯作者だとは私も鼻が高い。義父も歓ぶ」

嬉しくなって、酒を一本奢《おご》ってやった。


夏の日盛りに墓参りをしたせいか、夜、具合が悪くなり、熱まで出した。幸いにして朝には引いたが重三郎は念の為に休むように言い、出入りの医者を呼んでくれた。医者は「夏負けだろう」と診立《みた》てたので胸を撫で下ろしたが、「症を甘く見てはいかん」と叱りつけられた。「若い者がこれほど躰の気を滞らせておるとは、いったい、いかなる暮らし方をしてきた。しかもこの部屋の狭いこと、気が淀《よど》み切っておるではないか」

考えればろくろく窓を開けておらず、陽も入れていない。

「頑健に生まれついているようだが、そういう者は己を過信して無理を重ねる。そのうち大病をするよ。あんた、長生きできんよ」

重三郎にも同じ説明をしたようで、物置部屋を訪ねてきて「これはいかん」と呆れ顔になった。

「左吉、近くに長屋を借りて通いになってはどうだえ」

手代は所帯を持つことを許されているので、通いの者も何人かいる。給金があるので今は居を移せるのだが、住み込みは賄《まかな》いがついているし、仕事を終えてすぐに執筆にかかれるので便利なことこの上ない。「そのうち考えます」と適当に答えると、十日ほどの後、重三郎の自室に呼ばれた。何の用かと思えば、「縁談がある」と言う。

とまどいつつも、胸が高鳴る。

「私の弟が仲之町《なかのちょう》で、尾張屋《おわりや》という茶屋を営んでいるのだよ。随分と繁昌《はんじょう》しているが娘が一人しかいない。ついては、よき婿を探している」

仲之町。

「姪《めい》は十八、ちょうど釣り合いのいい齢だろう。身内の私が申すのもなんだが、町でも評判の美人でね。しかも尾張屋は内福だ。婿に入れば、一日の大半の時間を執筆に注げる」

興邦の身を案じ、絶好の思案を思いついてくれたらしい。

「お前を番頭に据えなかったのも、いずれは奉公から退くことになろうと推しての処遇だ。向後は、曲亭馬琴として存分にやるがいい。蔦屋を辞めてもお前と私は縁戚になる。これからも助力は惜しまないよ」

有難い話が転がり込んできた。しかし興邦は、顔色の変わるのを隠すのが精一杯だ。

吉原の茶屋の入婿になる。この私が、吉原の人間になる。とんでもないことだ。想像するだけで、水中に油を落とされたがごとき心地になる。

私は蔦屋の奉公人だが町人ではない。武家の生まれだ。

ゆえに、曲亭馬琴なのだ。

豪胆で冷静で、情に篤い蔦屋重三郎も武士の心中までは推し量れぬものかと、落胆していた。

遊女らには事情がある。親きょうだいのために身を売ったのだ。京伝には、遊女の真実をも教えられた。むしろ不実を働くのは、遊女を買う客の方であることも。ならば妓楼はどうなのだ。女に躰を売らせるとは、まさに人ならぬ稼業ではないか。この世の埒外《らちがい》であるがゆえに夢幻の世界を見せている。とてもではないが、そこに身を置いて生きることなどできない。いかほど富もうと、私は「忘八《ぼうはち》」になどなれぬ。仁義礼智忠信孝悌《じんぎれいちちゅうしんこうてい》。この八つを捨てて生きるなど、それはもう私ではなくなる。

重三郎に安く見積もられたような気さえして、口中が苦くなった。

「手前はここの奉公に甲斐を感じております。それに縁談となりますと兄にも相談してみませんと、一存ではお答えをしかねます」

気を損じぬように丁重に述べると、「それはそうだろう」と無理に押し通す気配は見せない。

「よくよく考えるがいいよ」

考えるまでもない。答えは決まっている。

ただ、どう断るかが問題だ。重三郎との仲が拙《まず》くなることは、どうあっても避けたい。ひとかたならぬ恩義があるし、戯作者としての将来にもかかわることだ。京伝に相談しようにも、厭でも答えの見当がつく。大賛成するに決まっている。女房の菊は遊女上がりだ。下手なことは言えず、つまり本心は打ち明けられない。困った。

暖簾の外に出てみれば、蟬の声が降りしきる。くらりとした。

中庭に面した広縁《ひろえん》で、蚊やりの杉葉が燃《も》されている。煙の白は風鈴が鳴るたび右へ左へと揺れ、やがて風に流されて凪になる。

重三郎が座敷に現れ、静かに着座した。興邦は居ずまいを正して頭を下げる。

「休みを頂戴いたしまして申し訳ありませんでした。お蔭をもちまして、祝言と披露目の儀も恙《つつが》なく了《お》えましてございます」

「他でもない、兄上の慶事じゃないか。詫びてもらうことじゃない。いや、真《まこと》におめでたい。嫁御も、山口様の御家中《ごかちゅう》からお輿《こし》入れなすったのかい」

長兄は旗本である山口家に目付役として仕えている。

「いいえ、かつての朋輩の妹を娶《めと》りました」

この六月、兄は三十五にしてようやく妻女を持った。相手は添《そえ》といい、十九歳だ。旗本戸田《とだ》内膳《ないぜん》家の用人《ようにん》の妹で、兄はかつて戸田家に奉公していたので兄妹とはかねてより見知りであり、「ぜひ妹を」との申し入れがあったらしい。兄はおそらく、自身の勤めが安泰であること、そして放蕩の弟がようやく本屋奉公で身を落ち着けたことで、妻を迎えることにしたのだろう。

その胸中を思えば決心がふと揺らぎ、申し訳なくもある。いや、これは兄上の御為《おんため》、滝沢家の為でもあるのだと、背筋を立て直した。

「ところが祝いの席で具合が悪くなりまして、とんだ不調法《ぶちょうほう》にござりました」

おやと、重三郎が小首を傾げた。

「それは気の毒なことだったね。兄上がかい、それとも嫁御かい」

「いえ、手前です」

「それは、それは。また熱を出したかえ」

はいと口をすぼめ、眉を下げる。

「招いた客人の中に医者がおりまして、すぐさま手当てをしてくれたゆえ大事には至りませんでしたが内腑《ないふ》が相当に弱り、脈も乱れているとの診立てにござりました。兄には、気随気儘《きずいきまま》に放埒な暮らしをしてきた報いだと叱られました。ですが弟思いの情深い人間ですので、叱るそばから案じてもくれます。じつは私の上に兄がもう一人おりまして、これが二十二の若盛りで亡くなりましたゆえ、これ以上逆縁の不幸を味わうは耐えがたいと申します」

合《あい》の手のように、風鈴がちりちりと鳴る。

「兄は祝いの夜に似合わざる面持ちで私の枕許に坐り、なあ、弟よ、奉公も戯作も大事であろうが、ここは思い切って養生に専心してはどうかと強く勧めます。頼むから、生き急いでくれるな、と」

申し述べながら森羅万象《しんらばんしょう》の洒落本にあった序文を思い出し、しきりと己を励ましていた。

正《しょう》のものを正でお目にかけずして、しかも正のもののごとく見せるを上手《じょうず》の芸と言うべし。実を以て実を記すは実録なり。虚を以て実のごとく書くなるは戯作なり。

物事はそのまま書けばよいというものではないのだ。嘘を真実らしく見せるが肝心、それが文の芸というものだ。今、こうして方便を働かせるのも同じこと。真実らしく語るには、虚実を織り交ぜることだ。

五分の本当に、五分の嘘。

が、いざ肝心を切り出す段に至れば咽喉許《のどもと》が痞《つか》えてくる。「そこで」と妙に甲高い声が出て、「大変お世話になりましたが」と前のめりになった。

「今月末を限りに奉公から退《ひ》かせていただき、病養生に努めようと思い切りましてございます。つきましてはせっかく頂戴した縁談の儀も、かような躰では先様《さきさま》にも申し訳のないことでござりますゆえ辞退させていただきとう存じます」

祝宴の席で具合が悪くなり、不調法を働いたのは本当だ。しかし勧められた酒を断り切れずに呑んだのが因《もと》で、吐きに吐いた。兄がやっと摑んだ幸福に感じ入って羽目を外した。そして、兄が心配してくれたのも本当だ。ただし躰ではなく本屋奉公についてだった。

町家で仕えるは並大抵の苦労ではなかろう。今しばらく待ちおれ。そなたに見合う家を、いずれ必ず見つけるでの。

武家のいずこかに奉公の口はないかと、方々に声をかけてくれているようだった。兄が今も興邦の身の上を諦めていないことが嬉しかった。

その時、蔦屋を辞める決心をつけた。どのみち、縁談を断るのであれば店は辞めるしか法がない。大人《たいじん》の重三郎がそれで気を損じることはなかろうが、尋常であればまず断るはずのない話だ。すこぶる繁昌している吉原の茶屋への入婿《いりむこ》、しかも娘は美人で、蔦屋の縁戚になりおおせる。

だがおれは町人ではない。

重三郎は腕を組み、黙している。

風向きが変わったのか、蚊やりの煙が座敷に入ってきた。にもかかわらず左手の甲にちくりと感じがあり、蚊がとまっているではないか。すかさず叩く。逃げられた。

「相《あい》わかった」

重三郎が低い声で発した。後の言葉を待ったが口許を引き結んでいる。慰留された場合の文言も考えてあったので、拍子抜けがする。

「よろしいのですか」

「他ならぬ躰のことだ。養生するという決意を止めるわけにはいかないよ」

「恐れ入ります」

「兄上のところで養生するのかえ」

「いいえ」頭《かぶり》を振った。

「妻女を娶ったばかりの家に転がり込むわけにはまいりません。友人を頼ります」

口に出してから思いついた。赤鼻の山田屋半蔵の顔が泛《うか》んでいる。そういえば、彼奴《あいつ》は飯田町の中坂に住まっていると言っていたではないか。兄の家も飯田町の堀留だ。近い。また往来できるかもしれない。昔のように共に俳壇に出入りして、兄上の言うように、いずれ武家奉公にも復帰できるかもしれない。

腰に刀を佩《は》き、手には筆を持つ。

そうか、世から消えた武家作者が再び現れる。それはこのおれ、曲亭馬琴であったのだ。

目の前が明るんで、手の甲を掻く。性質《たち》の悪い蚊であったのか、ひどい痒《かゆ》さだ。

「ものを書くということは、頭のみならず躰を使うものであるから、しっかり養生に努めなさい」

意を読んで取ったような言葉をかけられた。

「息の長い作者におなりなさいよ、曲亭さん」

最後は奉公人に対してではなく、戯作者へのねぎらいだ。縁談については一言も触れなかったことに気がついたのは奥の座敷を辞し、広縁伝いに店之間に戻る最中だった。

私の嘘に乗ってくれたのだろうか。

足を止め、座敷を振り向く。身を返し、一礼をした。

初秋七月に入って、蔦屋を出た。

「左吉さん、お元気で」

「しかと養生して、夜を徹するのはもう本当にいけませんよ」

「そうだよ。寝が不足して死んじまったら、夢も見られやしないんだから」

相も変わらず賑《にぎ》やかな連中だ。しかもこんなふうに見送られるのは初めてのことで、奉公を辞める際はほとんどが逃亡だった。そこに思いが至れば、さすがに少しばかり胸が痛む。誰も傷つけない嘘ではあるが、皆を騙して去ることには違いない。本を作ること、そして売ることが、無類に好きな者たちを。

これは忘れてはいけない嘘だと、胸に留める。

「うるさい私がいなくなったからと言って、羽を伸ばすのではないよ。しかと旦那様をお支え申して、耕書堂蔦屋の名に恥じぬ作物を出板し続けてくれ」

この月、また御触《おふれ》が出た。若者の間で「悪魂《あくだま》」と文字を入れた提燈を掲げて群れ歩くことがたいそう流行っており、御公儀《おかみ》は風儀の乱れとしてそれを禁じたのである。京伝の『心学早染艸《しんがくはやそめぐさ》』は事ほどさように善魂《ぜんだま》悪魂を広め、板元の大和田もかねてより再々板を望んでいたのだが、京伝は御触にまたも震え上がって肯《うべな》わなかった。

「左吉さんこそ、躰がよくなったらまた書いてくださいよ。手前どもはいくらでも出板しますから。いいものでさえあれば、ですが」

そう励ましたのがまだ子供の丁稚であったので、「寝小便を治してから言え」と皆に小突かれた。

日本橋通油町を出て、北西へと歩を進める。

幼馴染みの赤鼻の半蔵にはすでに話をしてあり、借間をさせてもらうことになった。以前とは異なり、今は多少の貯えもある身だ。

義父《ちち》が大乗り気でね。馬琴さんが住んでくれたらさぞ楽しかろうと、襖《ふすま》、畳を入れ替えさせたよ。

千代田城《ちよだじょう》田安御門《たやすごもん》の北、九段坂《くだんざか》をさらに北へと進めば飯田町の中坂だ。周囲を広壮な武家屋敷と濠に囲まれた町人地で、兄の住む旗本屋敷には中坂を下って小橋を一本渡るだけの近さだ。

天は高く澄み、濠の水面にも青が広がっている。

兄上、興邦は戻ってまいりましたぞ。

# 第四章 八本の矢

赤鼻の半蔵《はんぞう》の義父、半右衛門《はんえもん》は矍鑠《かくしゃく》としている。

生え際と鬢《びん》は白いが腰は曲がらず足も丈夫、今日も中庭から縁側にさっと上がったかと思えば、たちまち青畳の上に膝を滑らせた。

「あなたの御作《おさく》はどんな読者にも受けるというものではないでしょう。どうです、当たってますか」

口も達者だ。興邦《おきくに》がこの家で間借りするようになって半月が過ぎた。初めは戯作をする者が珍しいのだろう、それにしては人懐こい老人だと思っていたが、毎日、午下《ひるさ》がりには必ずこの六畳に顔を見せ、文机《ふづくえ》の前に坐り込んで動かない。

「あいにく、今はいずこの読者にも受けておりません」

真面目に答えると、「正直なお人だ」と両の眼を輝かせる。

「曲亭馬琴《きょくていばきん》の御作はですね、学の素養がある読者ほど値打ちがわかるのですよ」

その数少ない読者こそが己なのだと薄い胸を張る。「はあ」とこちらは蟀谷《こめかみ》を掻くのみで、さりげなく筆に手を伸ばしてみても平気の平左、「次はいかなる趣向でお書きになるんです」と文机の上を覗き込む。まさに想を練っている最中に現れて思考をぶった切るのはあなたなのだと閉口しつつ、機嫌よく話す老人相手に迷惑顔などできようか。半蔵に「なんとかしてくれ」と泣きつくのも、ためらわれる。

よくしてもらっているのだ。方々に長屋を持っている家であるので、けちなことを言わない。心地のよい明るい部屋をあてがわれ、中庭には紅と白の芙蓉《ふよう》が咲き揃い、そこに旨い賄《まかな》いがついて店賃《たなちん》は裏長屋よりも安い。半蔵に礼を言えば、「親切が好きな人なんだ」と片目を瞑《つむ》るのみだ。

馬琴さんとは気が合うと歓んでる。

己でも不思議なのだが、どうやら老人に好かれる性質《たち》らしい。

今日も相槌《あいづち》を打って、日が暮れる。

半右衛門が外出《そとで》をしたとかで、珍しく静かな午下がりだ。まだ暑気の残る縁側に出て、『堪《かん》忍袋緒〆善玉《にんぶくろおじめのぜんだま》』を開いた。

今年蔦屋《つたや》から板行された京伝《きょうでん》の黄表紙《きびょうし》であるので、むろん興邦も手代としてかかわった作だ。文章の校正も手伝い、もはや暗誦できるほどで、しかし北尾重政《きたおしげまさ》の挿画は見飽きることがない。作者の「京屋伝蔵店《きょうやでんぞうだな》」の活況も描かれ、客に茶を供する妻女は菊、にこやかな面持ちで話す客は蔦屋重三郎《じゅうざぶろう》だと羽織の紋で示してある。そのかたわらには文机の前に坐る京伝も登場し、実際には二階にある書斎が階下の設定で、鴨居には「菊軒」なる扁額《へんがく》が掛けられている。女房にちなんだ雅号だ。

そろそろよいだろうかと、紙の上の彼らを指でなぞる。躰《からだ》の具合が悪くて養生しているはずの者がのこのこと京伝店《きょうでんだな》を訪ねれば、蔦屋の者に出くわすかもしれない。ゆえにこれまでは挨拶に出向くのを控えていたのだが、もういいだろうと腰を上げた。思い立つや、我ながら滑稽なほどにいそいそと着替え、腰に脇差をたばさみ、中庭へと足を下ろした。裏木戸を抜けて中坂へ出る。

人通りの多い坂で、町人のみならず、武家屋敷で奉公する中間《ちゅうげん》や小者《こもの》の姿も盛んに行き交う。兄、興旨《おきむね》の御長屋はすでに何度も訪い《おとない》、若い義姉も歓待してくれる。先だっては、梭魚《かます》の塩焼きと茄子《なす》の煮つけでもてなしてくれた。台所の腕は、まあ、これから追々と上達を見せるのだろう。膳を囲みながら漢籍や軍記について論じ合えば、武士の魂を取り戻す心地がしてしみじみとする。ところが兄は黄表紙を読みたいなどと言い、寛政に入ってからの京伝作と自作を渡した。

城を右手に仰ぎ見ながら、南へ下る。屋台の団子屋で手みやげを購い《あがない》、京橋銀座《きょうばしぎんざ》一丁目に向かった。橋の木戸際に、九尺間口の京伝店がある。藍染めの太鼓暖簾《たいこのれん》のそばから中を覗けば男女老若を問わずの客で、やはり大変な賑わいだ。紙煙草《たばこ》入れと煙管《きせる》を扱うだけで、毎月八、九十両の商いをするとの噂を耳にした。

「おや、左の字《さじ》さんじゃないかえ」

たちまち見つけて帳場から手招きをしてくれたのは、京伝の父の伝左衛門《でんざえもん》だ。

「ご無沙汰しております」

「顔色がいいじゃないか。安心しましたよ」

「お父上こそ息災のご様子、なによりです」

「あいさ、商いが忙しゅうて杖を突くのも忘れる」

笑いが止まらぬらしい。そうこうするうちに銀髪の母親も現れて、「まあまあ、お懐かしい。相変わらず大きいこと」と声を湿らせ、興邦の背に手をあてて撫でさする。

「当たり前だ。ちと寝ついたからって背丈が縮んだりするものかね」伝左衛門は茶々を入れ、夫婦で「安堵した」と頬笑む。

蔦屋で使った方便がこの一家にも行き渡っているのだ。ご勘弁をと、胸の裡《うち》で拝み手をする。

「伝蔵は二階だよ。上がって、上がって」

段梯子《だんばしご》を上れば若煙草の匂いがする。摘まれたばかりの葉が江戸で出回る季節で、日向《ひなた》の匂いがする。文机に頬杖を突いた京伝は目を合わせるなり「来たね」と、まるで昨日も会っていたかのような調子だ。無精髭《ぶしょうひげ》で髷《まげ》は歪み、畳の上の散乱ぶりも凄まじい。煙草入れの意匠に引札《ひきふだ》の文と画、そして戯作の原稿と、文章と絵が渦を巻いている。

興邦はそれを拾い集め、京伝の膝脇に重ねて置いてから辞儀をした。

「書いてるかえ」

煙と共に気軽に訊かれた。

「読んでは書き、書いては読んでおります」

「それでいい」

京伝も蔦重《つたじゅう》同様、興邦の嘘を鵜呑みにはしていないだろう。しかし戯墨《げぼく》の志については信じてくれている。そのことに救われるような気がした。

足音が上がってきて、茶盆を手にした菊だ。

「左の字さん、ようこそ」

姿を見上げるなり、たじろいだ。面窶《おもやつ》れが激しく、頰などげっそりと削げているではないか。挙措《きょそ》も靄《もや》がかかったような緩慢さだ。思わず京伝を振り向いたが、煙管を手にして窓外を眺めている。ひとまず尋常な挨拶を述べるしかなく、菊も平静な受け答えだ。

「有難いことにお店が忙しゅうて行き届きませんが、どうぞごゆっくり」

しかし早々に引き上げることにした。帰りにはいつものように菊が葡萄《ぶどう》をみやげに持たせてくれた。目尻から頰にかけて縮緬《ちりめん》のごとき皺《しわ》が広がる。

帰り道、その痛々しいような笑みが胸にかかって消えなかった。


京伝店を訪ねた翌日、また半右衛門が現れた。

しかも朝餉《あさげ》を済ませたばかりの刻で、蔦屋が依頼してくれた黄表紙の草稿にいよいよ取りかかろうという出鼻《でばな》を挫《くじ》かれた。しかし敵も然《さ》る者引っ掻く者、さささと縁側に上がってすとんと腰を下ろし、「馬琴さん」と懐っこい声を出す。

「妻女をお持ちになる気はありませんか」

いきなり切り出されて面喰らうばかりだ。

「いずれ仕官がかなえばと思うておりますが、なにぶん今は無為徒食の身でありますれば」

大家や直参《じきさん》でなくとも、たとえ小禄でも祐筆《ゆうひつ》の職があればと兄も気にかけてくれているが、なにしろ武士が余っているご時世だ。今のところ奉公の話は皆無だ。武家奉公は二度と御免だと思っていたはずであるのに、いざとなれば己が爪弾きにされているような心地になる。

「あるんですよ、いいお相手が」

半右衛門は景気よく手を打ち鳴らす。

「あたしもよく知る家でね。うちのご近所ですよ。あなたは上背があって目立つから、先方はもう何度か見かけたことがおありのようで」

ということは。中庭の向こうに目をやった。槙《まき》の枝越しに、町家の板屋根が広がっている。

やはり町人の娘か、と落胆する。

「伊勢屋《いせや》さんですよ、下駄屋《げたや》の。あなたも先だってお買いになったでしょう」

縁側の下へと目を落とした。沓脱石《くぬぎいし》の上に、その庭下駄がある。薄暗く、埃っぽい店だった。

思わず口の端が下がりそうになって顎を摑む。だが半右衛門は「あなた、見込まれなすったんですよ」婆さんのように掌をひらひらと泳がせた。

「伊勢屋さんは会田《あいだ》という姓もお持ちの、由緒正しき家柄です。履物を商っておられるがそれだけじゃない。家守株《やもりかぶ》も持っておられてね。二十軒ほどを差配しておられるのは、近所のいずこも知るところですよ。いや、羨ましい。若ければ、あたしが行きたいような良縁だ」

「行く」と、訊き返した。

「一人娘さんでしてなあ。いや、なかなかの美人で慎《つつ》ましやかで、商いは手代にまかせて家事万端を恙《つつが》なく取り仕切っておられます。お春さんの漬けた梅干しがまた旨くて、あなたも毎朝、食べておられるでしょう」

そういえば、朝餉の一粒はたしかに旨い。肉厚で酸い過ぎず、ほんのりと甘い梅の香も残っている。

「お春さんと申されるのですか」

「いや、それはおっ母さん。当人は、おまささん」

ややこしい説明だ。

「お父上は」

「とうにあの世ですよ。だから入婿《いりむこ》といえども、気軽気軽」

吉原の話と同じく入夫《にゅうふ》の縁談だ。それは無理もないと気を取り直す。世間では珍しくなく、興邦もいずれは他家に養子に入るか婿に入るしかない三男だ。

「前のご亭主にも母娘でそれはよくしておられたんだが、まあ、あの男は少し自儘《じまま》でありましたな」

「前があるのですか」思わず声が高くなった。

「うまく行きませんでねえ、破鏡《はきょう》なすったんですよ」と、半右衛門は口許をすぼめる。

なら、言葉の遣い方を間違っているではないか。再婚の女を「娘」と呼ぶな。

「齢《とし》は」「三十だったかしらん」

「三十ですか」

吉原の娘は十九だった。それが今度は、三十の寡婦《かふ》。

「私より上ではありませんか」

「おや、滝沢さんはおいくつ」

「二十七」と、つっけんどんになる。

「いやあ、三十二、三に見えた。あなたはこう、なんと言おうか、貫禄がおありだから。でも三つ違いなら、釣り合いもいいじゃありませんか」

「まさか、子までおるのでは」

「いいえ、お子はありません。生《な》さぬ仲は気苦労ですからなあ」

だが母親つき、三つ歳上、下駄屋の寡婦。こんな縁談、誰が有難がって耳を傾ける。信じられん。しかし目の前の半右衛門に肚《はら》を立てるわけにもいかず、「兄に相談してみます」と答えるに留めた。

「あたしが一緒に参上して、兄上にご説明申し上げてもよろしゅうございますよ」

早や、めでたそうな顔つきだ。同道は丁重に断り、夕暮れを待ってから堀留の屋敷に出向くことにした。

そもそも、三十路女《みそじおんな》に入夫せねばならぬという点が受け容《い》れがたい。

町家への婿入りは、私が町人になるということではないか。

中坂に足を踏み出すなり、半蔵が帰ってきた。信玄袋を手にしているので、長屋の店賃《たなちん》の集銀に回っていたのだろう。

「お出かけかい」

「兄の家に参るところだ」

「縁談の相談だね」と、思わせぶりな目をする。そういえば、この男は武家から町家に養子に入った身だ。町人になった心持ちを訊いてみようかと口を開きかけた時、半蔵が赤い鼻の脇を掻いた。

「気が進まないなら、お断りなさい。義父《ちち》に遠慮は要らない。断ったからとて態度を変えるような人ではない。それは私が請け合う」

むろん断るとも。遠慮なんぞするものか。

中坂を下り、濠《ほり》に架かる橋を渡ればにわかに景色が変わる。練塀《ねりべい》越しに枝を張る松柏《しょうはく》の緑は深く雄々しく、通りは閑《しん》としている。時折、厩《うまや》の干し草やら生温かい糞尿の臭いやらがして、それも懐かしい。そしてなお我が身が惨めになった。吉原といいこたびといい、おれにはかような縁談しか来ぬのか。それほど、おれは駄目か。もはや武家のすべてに見放され、相手にされぬ身か。

界隈《かいわい》を駈け回り、叫びたくなる。

ここに、前途有望たる男がおりまする。どなたか、私を見つけてくだされ。

誰か。

「高砂やぁ、この浦舟に帆を上げてぇぇ」

半右衛門の声は広やかだ。

左手には兄の興旨夫妻と妹ら夫妻がそれぞれ並び、右手には会田家の春や縁戚、半蔵夫婦や向かいの味噌屋までずらりと連なり、すでに酔っている者も多い。武家の祝言では両家が揃って宴に出ることはなく、いったんは各家のみで行ない、後に新郎新婦が揃って縁戚に挨拶に回るのがしきたりだ。

それは面倒でしょう。一緒にやっておしまいになったら一度で済むじゃありませんか。媒酌人の半右衛門に勧められ、それもそうだと肯《うべな》った。会田家からの結納の儀、興邦の婿入り道具の整えについても万事、町家風を心得る半右衛門夫婦が取り仕切ってくれた。

隣に坐る新婦のことは、一度、兄と共に伊勢屋の店先を覗いて一瞥《いちべつ》したのみだ。

兄上、いかがでしょう。店先を離れてから訊ねると、そなたはどうなのだと返された。どうもこうも、店の内が薄暗いのでようわかりませなんだ。私もだ。

武家の場合は家と家との縁組みであるので、祝言の夜まで相手の顔を一度も見ないということも珍しくない。兄は坂を下りながら、よい話であると思うぞと言った。

ご本心ですか。会田家に婿に入るということは、町人になるということですぞ。

声を強めて念押しをするも、致し方あるまいと涼しい顔をしている。なんだなんだと、思わず口が尖《とが》った。ご自分は十九の妻女と仲睦《なかむつ》まじゅうして、ろくでなしの弟の相手は三十の寡婦で平気か。

武家はいずこも喰うに困っておる。内職に明け暮れる御家人《ごけにん》の家に入ることを思わば、町家の方がよほど安穏《あんのん》だ。面倒を見るべき弟妹はおらぬのだし、戯作を続けるのであれば家守株を持つ家など御《おん》の字ではないか。

戯作を続けるのであればと口の中で呟《つぶや》くと、兄はさらに続けた。

武家の娘は気位が高いゆえ、婿に入ればしきたりや儀礼、交際に縛られることが多い。その点、町家であれば気がねなく筆を持てよう。母御ともども、そなたに大事にかしずいてくれるに違いない。

兄に言われれば、そんな気もしてくる。

よほど辛《つら》ければ帰って参ればよかろう。

たしかに、武家町家を問わず破鏡は珍しくない。妹の蘭《らん》も最初の相手とはとうに別れ、再嫁した。

だがの、興邦。家に帰れば妻が待っておるというのはほんに佳《よ》きものぞ、嬉しきものぞ。

弟相手にのろけている。呆れつつも、その満ち足りた声は夜まで胸に残った。

ええい、ままよと天井を睨んで、心を決めた。

新婦のまさが「なかなかの美人」という言は、半右衛門の仲人口だった。三々九度の盃事《さかずきごと》を終えて綿帽子を取った際、つい盗み見てしまったのだ。丸顔に目鼻の細工は小さく、似絵《にせえ》なら一筆で済みそうな簡単な面相だ。だが想像よりも若々しく、しかもおとなしやかで従順そうだ。顔などすぐに見飽きるものだと、屏風の前で咳払いをした。

そうだ。気性さえよければ、機嫌よく共に生きてゆける。


窓から庭を見下ろすと、柿の実が照っている。錦木《にしきぎ》と躑躅《つつじ》も紅葉し、山萩《やまはぎ》の枝は秋風に吹かれている。花は清々《すがすが》しい白だ。厨《くりや》ではもう夕餉《ゆうげ》の用意を始めてか、米の煮える匂いや包丁の音、路地を訪れる魚売りの声が二階の書斎にまで上がってくる。

妻のまさはこたびの婚姻を機に、百《ひゃく》と名を改めた。世間ではよく行なう慣《なら》いで、人生の節目に己を仕立て直す。

興邦も同じく、我が名を解《とく》とした。

世の森羅万象を筆でもって解き明かしていきたいと、密《ひそ》かに願いを籠《こ》めた。

百は口数の少ない女で、いつも黙々と家の事をしている。ただし片づけや掃除は杜撰《ずさん》、膳拵《ぜんごしら》えも旬のものを上げて亭主を歓ばせようという気持ちはなさそうだ。口が奢《おご》っているわけではないので文句はないのだが、下駄屋商いの帳面を開いて驚いた。記述が曖昧《あいまい》で日にちは飛び飛び、字も呆れるほど下手だ。しかも月の障りの際は何日も寝込み、一切の家事を放棄する。おなごが昼日なかに横になる姿など目にせずに育ったので、これにも驚かされた。深刻な病を抱えているのではないかと狼狽《うろた》えたほどだ。大丈夫か、いかがしたと訊ねても返答一つ発しず、掻巻《かいまき》を頭からひっかぶったままだ。

右が眇《すがめ》であるので気もそぞろの面持ちにも見え、芯からおとなしいのか、ぼんやりしているのか。それとも、さては剛情なのか。冬になっても、よく摑めぬままだ。

四、五日も寝たら、けろりと起きてきますよ。

姑《しゅうとめ》の春は慣れているようで、しかし自身の手を水で濡らすことはしない。下女に命じ、屋台で鮨《すし》や田楽を買ってこさせる。

春はこの会田家の娘で、自身も婿を取っていた。しかしその婿が気に入らず不縁としたらしい。半右衛門は「亡くなった」と言っていたが、それも仲人口か。そして近在の百姓から取った養女が百で、二歳の頃であったようだ。春は長じた養女に婿を迎えて伊勢屋清右衛門《せいえもん》の名跡を継がせたが、婿はやがて女を作り、家に帰ってこなくなった。破鏡した後、頃合いのよい娘婿を探していたのだろう。そして見込まれたのが、興邦だったというわけだ。

窓辺を離れて文机の前に腰を下ろし、頰杖をつく。

今のところ姑とはうまく行っているものの、どうしても引けぬ一点がある。

滝沢姓を捨てたくない。捨てずにやり過ごせぬものだろうか。

会田家伊勢屋の婿として、清右衛門の名は継いだ。家守や町役の集まりに出れば、「伊勢屋さん」「清右衛門さん」と呼ばれる。そこまでの覚悟はしていた。家守として長屋や貸家の差配をすることで、年に二十両ほどの実入りがある身になったのだ。これで無事とは言えぬ高ではあるが、あくせく働かずとも生きていける。住む家もなかった頃の逼迫《ひっぱく》を思えば雲と泥ほどの差だ。

だが気がつけば、思案している。

武家の場合、妻取り婿取りには相応の手続きを踏まねばならない。縁組みが整えば両家から主君に届を出し、認めるという沙汰が下されて初めて祝言を挙げ、無事に新婦を引き取ったという引取届《ひきとりとどけ》を出して正式な夫婦となる。一方、町家は檀那寺《だんなでら》の宗門人別 改 帳《しゅうもんにんべつあらためちょう》に記載してもらうだけのこと。しかも寺への届出は、年が明けての正月でかまわぬらしい。

滝沢の姓は変えず、武家の血の一筋を我が身に残せぬものか。

百に相談しても頼りにならぬのは明らかだ。口にするのは「お前様」「夕餉」と切れ切れの言葉ばかりで、文章にならない。

この一件は、姑に持ちかけるしかない。目はある。姑は上級町人という出自を誇り、ゆえに武家の三男を娘婿に迎えてご満悦なのだ。ひと昔前ならあり得ぬ縁組みで、武家の間では今も家格違いは許されない。それでも婚姻したい場合はいったん他家の養女、養子になってから婚家に入る。しかし解は、町家で奉公していた。姑から見れば、生まれは武家、けれど実情はほぼ町人という、娘婿としては絶好の男であったらしい。姑や半右衛門の言をつなぎ合わせれば、そういうことになる。

下女が呼びにきて、階下に下りた。

中坂通りに面した表は下駄商いの伊勢屋で、隣が悉皆屋《しっかいや》だ。その間の路地を入った奥に、この住居《すまい》がある。商家は店の奥があるじの住居であるのが尋常だが、伊勢屋の場合は家屋が別だ。この点は幸いだった。客とのやりとりがのべつ耳に届いたのでは落ち着いて筆を持てぬではないか。まったく、よりによってなにゆえ履物なんぞを商いにしたのだろうと忌々《いまいま》しくなる。客が足を入れて下駄を試す際、こなたは相手の前に跪《ひざまず》き、腰を屈めて頭を下げる恰好になる。それは耐えられぬので、解は一度も店に出たことがない。

手代も置いていることだし月ごとに帳面を検《あらた》めるだけでよいだろうと言えば、姑と百に否やはなかった。二人とも商いに熱心なわけではないのだ。何代か前に出した暖簾《のれん》であるので、ただ漫然と続けてきただけなのだろう。

店から庭を含めた敷地は百二坪余で、この家屋の建坪は十八坪ほどだろうか。戸口の三和土《たたき》から上がれば四畳半、床《とこ》のある八畳、板間つきの厨、そして二階がある。

家の中心の大黒柱は一尺五寸ほどの欅《けやき》だ。これはなかなか立派なもので、自ら雑巾を手にして磨き上げたくなるのをぐっと堪えている。おれがひとたび家の事に手を出せば、たちまち何もかもを押しつけてくるに違いない。そういう母娘のような気がする。

箱膳が並んだ八畳には板縁がついており、そこから庭に下りられる。厨の裏には井戸と外流しがあり、梅樹や柿、山萩、柘榴《ざくろ》や椿《つばき》が植わっている。葡萄の木もあってたいそう生《な》るのだと聞いたが、婿入りした時には蔓葉はすがれていた。

床の前に腰を下ろし、庭を背にして姑が、四畳半を背にして百が坐る。今宵《こよい》は烏賊《いか》と里芋の煮つけに蕪《かぶ》の糟漬《かすづ》け、豆腐と根深《ねぶか》の味噌汁だ。

烏賊が醬油辛くて真っ黒だ。しかし姑は「薄いね」と文句を言った。百は黙っていた。

浄《きよ》めの塩を打ちたいのに、下女が出てこない。百に顎をしゃくり、声を上げさせた。

「誰か、塩」

ようやく壺《つぼ》を抱えて出てきたのが姑で、「ご苦労さまでした」と紋付き羽織の肩や背に打つ。

「どうだったえ、ご葬儀は。京伝店《きょうでんだな》といえばたいそうなお商いらしいから、焼香客も多かったろう」

百の返答はぼそぼそとして聞こえない。

「今日の冷え方ときたら。冬の葬式ってのは大変だね。あたしは晩春か初夏に死にたいよ。その方が弔問客もらくだろう。いやさ、雪になりそうだと思って火鉢に炭を足したら、俵にわずかしか残っていないじゃないか。それでお竹を炭屋に走らせたんだよ。でないと、畳に霜柱が立っちまう」

解は四畳半に上がるや羽織と袴、着物を脱ぎ捨て、内着のまま数珠《じゅず》を手にして二階に上がった。

冬の葬式が大変だなどと、よくも口にする。

お菊さんは、死にたくて死んだわけではない。

肚《はら》を立てていた。姑の心ない言葉に、そして菊の死そのものにも。

ひどく痩せて面窶れしていることは気になっていたのだ。その後、遣いで訪れた蔦屋の丁稚から血塊《けっかい》を患っているらしいことを聞いた。

それはもう、大変なお苦しみのようです。医薬も施しようがなく、痛い痛いと泣いてのたうち回るのを、京伝先生もご隠居さんたちもただ見守るしか術《すべ》がないらしゅうて。あれほど順で慎ましやかであった菊が苦しんで泣き叫ぶとは、いかほどの痛みであろう。

さっそく京伝店を見舞ったものの、店先の様子が重苦しい。奉公人に見舞いの品を預けてすぐに辞した。菊の苦痛呻吟《しんぎん》を目にするのは耐えがたく、京伝と伝左衛門夫妻も気の毒でならなかった。

葬儀の場での京伝は茫然として、背中から骨が抜けたようなありさまだ。髭を抜いてくれる者もなく、顎から頬を哀れに苔むさせて背を丸めていた。その姿を思えばまた眼の中から溢れて滂沱《ぼうだ》と流れる。書斎に坐して西方の窓に向かい、数珠の手を合わせた。

お菊さん、こんなおれにようしてくださった。

もはや、昼夜を分かたぬ痛苦は終わりましたぞ。安堵して、三途《さんず》の川をお渡りくだされ。その川縁《かわべり》に草は生えておりましょうか。草を摘めるとよいですな。いつかの春のように。


梅の花が散りしだき、春も盛りとなった。

庭に面した板縁で伊勢屋の帳面を検めていると、姑が「清右衛門さん」と呼んだ。

「お百に子ができたようですよ」

思わず女房の姿を探したが姿が見えない。井戸端で水音がするので洗濯をしているのだろう。

「それは重畳《ちょうじょう》」と小膝を打ったものの、尻すぼみになる。この正月、嫂《あによめ》の添《そえ》が流産したのだ。滝沢家はついに嫡男を得たかもしれず、残念な仕儀であった。兄も落胆が甚だしく、共に出た俳席でも鬱々として吟句も振るわなかった。お百の懐妊は兄にはしばらく黙っておこうと、帳面に目を戻す。兄のことであるから寿《ことほ》いでくれるに違いないが、やはり気が差す。

「三十一の初産だから心配だって取上婆《とりあげばば》に言ったらば、お百さんは腰回りが頑丈だからまだまだ、いくらだってお産みになれますよ、だって」

長火鉢の前で細い銀煙管《ぎんきせる》を遣いながら、姑がほほと笑う。

「私は柳腰《やなぎごし》だから、子は無理だったけど」

六十を過ぎているくせに己惚《うぬぼ》れた口ぶりだ。たしかに若い時分はさぞという縹緻《きりょう》の持ち主で、鼻梁《びりょう》も高く口許には品がある。ただし黙っていたらの話で、ひとたび口を開けば老成にはほど遠い勝気ぶり、近頃は底意地の悪さも露呈してきた。

一方、百はどっしりと骨が太く、手足も短い。代々、土を耕してきた血筋の逞《たくま》しさであろう。それは嫌いではない。なぜと問われれば己でも首を傾げるが、少なくとも姑よりは人間が素直だ。

相も変わらず押し黙って、夫よりも養母の顔色を窺《うかが》う妻ではあるが。

こなたはと申せば、檀那寺への届出で我意を通した。滝沢姓を保持したまま伊勢屋清右衛門を継いだ。寺の事務方はまだ若い僧侶で、不審の儀はまったく出なかった。手続きは済んだのである。結句《けっく》は姑に交渉をせず、黙したままだ。百には話した。

騙《だま》し討ちのようだが、会田家の跡目については、しかと考えるゆえ安堵いたせ。いずれ養子を取るという手もある。

事の次第がよくわかっていないのか、そもそも関心がないのか、「そうですか」とあらぬ方を見ていた。

この際、下駄商いも仕舞《しま》えぬものかと、解は帳面を繰る。相も変わらず貧相な商いだ。あるじも手代も売ろうという気がないのだから無理もない。通りに面した表店《おもてだな》でこうも活気に乏しいのは伊勢屋ばかりで、たまに訪れる客は近所づきあいであって、足許を洒落《しゃれ》たい者は日本橋まで足を運ぶ。

いっそ商いを替えてはどうかと考えるうち夏になり秋を迎え、百の腹が大きくせり出してきた。

「兄上のところはまだか。懐妊が待たれるのう」

夜、床の中で気を揉んでいると、隣の蒲団《ふとん》で低い声がする。

「お百、何か申したか」

闇の中でしばし沈黙があり、ぼそりと聞こえた。

「兄上様お添様が、よほどお大事」

何を言いたいのか、いつも不明瞭だ。訊き返すのも面倒で目を閉じた。昨夜はほとんど寝ておらず、さすがに瞼《まぶた》が重い。

今年は『福寿海无量品玉《ふくじゅかいむりょうのしなだま》』の一作しか出せていない。耕書堂蔦屋《こうしょどうつたや》からの板行で、跋《ばつ》は唐来山人《とうらいさんじん》が寄せてくれたが、画はあの不愛想な勝川春朗《かつかわしゅんろう》だ。

ゆえに来年こそは、と夜を徹して想を練った。

京伝は菊を喪《うしな》って後、まったく書いていないらしい。このまま筆を折るなどということはあるまいなと胸を痛めながら、うつらうつらと思念が流れ、そうだ、いっそ手習塾《てならいじゅく》を始めるかと思いつく。

家守、町役にまつわる用を請け負う者があって下家守というのだが、些少《さしょう》な礼金で任せられるようになった。だが近頃は、近所の者が事あるごとに顔を見せる。葬儀や法要、交際の正しい執《と》り行ない方について教えを乞いにくるのだ。町人は万事を武家の方式に倣《なら》いたいものらしい。そういえば蔦屋でも往来物《おうらいもの》がよく売れていた。暮らしの知識や礼儀作法を弁《わきま》えたくて町人らはうずうずしている。正しい仕方を知りたがる。その通りにはできず、適当に仕立て直すにしても、だ。

町の「論語読み」として敬われるおれが塾を開けば、こぞって手習子《てならいこ》をよこすに違いない。下駄屋よりよほど、世間の役に立つ。

百の鼾《いびき》が聞こえてきた。

犬猫と鳥、蛙《かわず》がいっぺんに鳴いているような騒々しさだ。

「静かにせい。これ、机の上に上がるんじゃない」

しかし悪戯者《いたずらもの》は両腕を首の後ろに大きく伸ばし、膝は胸まで引き寄せるような恰好で飛び下りた。硯《すずり》と筆、練習帳の草紙が宙に舞い、墨の飛沫が飛び散る。障子も畳も墨画のごとしだ。

町人の子はまったく手に負えない者どもだ。師匠の目を盗んで悪事を働くのではなく、そもそも師匠が眼中にない。親が甘やかし過ぎているのだと、解は大息を吐いた。童子はふとした病であっけなく死んでしまうので、犬の子を舐《な》めるように可愛がり大切に育てる。それは武家も町家も同じだ。しかし子が二人三人ともなれば母親の手が回らなくなり、六、七歳に成長すると「やれやれ」とばかりに手習塾の門を敲《たた》く。子が塾にいる間は安心して家の事を行ない、また働きにも出られるというわけだ。

まったく、ここは子の預かり所ではないぞ。

子供らに命じて畳を拭かせ、しかし汚れがかえって拡がってしまった。天神机《てんじんづくえ》を整えさせたいが、それも言うことを聞かない。

解が幼い時分に通った塾は武家の子弟ばかりであったので、学びの構えはすでに身につけていた。男子を教えるのは父親の役割で、行儀作法も父に躾《しつけ》けられての入塾だ。幕臣であれ陪臣であれ、弓矢より頭が問われる時世になって久しい。仕官を遂げて出世するには学問が不可欠であるので、それは懸命に学ぶ。

しかし町人は読み書き算盤《そろばん》くらいはできぬと商家に奉公にも上がれぬとの料簡《りょうけん》であるので、月日を懸けずに必要な基本を仕込んでやらねばならない。しかし塾に入る年齢もまちまちなら、学びの速度もおのおのだ。親の商いが傾いて束脩《そくしゅう》が払えず、いくらも来ぬうちに辞めた者もある。蜆《しじみ》売りなどをして働き、親きょうだいを助けるのだ。今日、この日を生き延びるために。

「学ばせてもらうことがいかほど有難いか、わからぬのか」

閻魔《えんま》の顔を拵《こしら》えて叱りつけても意に介さぬ悪童揃い、わざと高笑いを放って走り回る。

おのれ、いつか書いてやる。手習塾のこのありさまを戯作《げさく》してやる。

この手習塾「滝沢書堂《たきざわしょどう》」を開いたのは、寛政七年が明けてからだ。二月の初午《はつうま》に入門する子が多いことに合わせて伊勢屋に手を入れた。下駄商いは閉じたわけではなく、土間を三畳分ほど残して売物も少しは並べてある。手代には暇をやって百が店番をすることになったが、まだ赤子に手がかかるのでほとんど家から出てこない。

昨年の十月、百は女の子を産んだ。初名《はつな》を滝《たき》とした。

嫂《あによめ》もまた孕《みご》ったらしい。胸を撫で下ろした。

伊勢屋の商いを小さくするについては予想通り、姑は否を唱えなかった。町の子を教えるだけでなく武家の子も通い弟子として取ると申し出たからで、「結構」と気取って首肯《しゅこう》した。通い弟子は師匠であるこなたが先方に通って教えるのだが、姑は良くも悪くも人の話を半分しか聞いていない。

あたしを是非にというお話もあったんですよ。

何を言いだすかと思えば、姑の若かりし頃、町の顔役から、さる大名家の奥女中として奉公に上がらぬかという話がもたらされたらしい。富裕な町家の娘にはよくあることで、二、三年も奥勤めをすれば行儀作法から和歌、書、活け花などの嗜《たしな》みもつけてもらえる。それによって縁談相手の格が数段上がるというわけだ。だが四十年以上も昔の古い話だ。やがて「千代田城の大奥に上がっていた」と話が変わり、「公方《くぼう》様のお手がついた」などと胡乱《うろん》なことまで口にする。

「若い時分の話をしきりとするようになれば、怪しいと申すぞ」

それとなく百に注意を促したが、滝の襁褓《むつき》を替えている最中は顔も上げない。

「ちと、耄碌《もうろく》の気が出ておられるのではないか」

「あたしにはどうにもできません」

にべもなかった。そして寒の戻りの頃に姑は風邪をひき、食が細り、寝たり起きたりを繰り返すうちに口数が減り、臥《ふ》せった。百は黙々と下の世話をし、躰を拭いた。

姑が息を引き取ったのは四月だ。望んでいた通り、庭の柿の木が青葉を広げる季節に逝った。


団扇《うちわ》を盛んに動かせど、汗が止まらない。

我が書斎は南北に窓がある。冬は陽光で明るいのだが、夏は大釜で煎られる豆の心地がよくわかる。南窓は夕方の西陽まで誘い込み、夜は屋根の瓦のいきれが凄《すさ》まじい。

「おれはこれで死ぬ」

濡れ手拭いを額にあて、息を切らしながら筆を持てども汗で指が滑り、思考がまったく続かない。著述のみならず読書にも身が入らぬほどだ。階下の八畳に下りてみても、赤子の滝は泣くし百の立てる物音も癇《かん》に障る。鍋釜、箒《ほうき》の扱いが荒いのだ。畳間を横切ればどすどす、路地を歩けば下駄をかんかんと鳴らす。百の音は我が強い。

もそっと淑《しと》やかにできぬか。

注意しても聞こえぬふりをする。

下帯一つになって、大の字になった。思い切って町人となって暮らしを安定させたのも、諸芸諸道についての研鑽《けんさん》を積むため、戯作三昧《げさくざんまい》の日々に入るためだった。しかし妻も手習子らもいっこう思うようにならない。おまけに暑い。

「旦那様、本屋さんがお越しです」

下女が段梯子の下から叫んでよこした。芝居小屋の客引きでもあるまいに、なにゆえここまで上がって告げぬのだ。女あるじに倣ってか、下女までやることが横着だ。

「座敷にお通ししなさい」

こなたも大声で返し、衣桁《いこう》から着物を引いて袖に手を入れた。

この家を訪れる書肆《しょし》といえば、耕書堂蔦屋か仙鶴堂鶴屋《せんかくどうつるや》の二軒しかない。板間に足を下ろすや、庭に面した板縁に重三郎《じゅうざぶろう》の背中が見えた。薄物の夏羽織に蔦紋が入っている。そのかたわらには見知りの手代が二人坐している。

重三郎が振り向いた。

「お邪魔していますよ」

「暑中に足をお運びくださるとは、忝《かたじけの》うございます」

膝を畳んで挨拶をすれば、目尻に穏やかな皺《しわ》が寄る。

「よいお住まいですな」

「かような陋屋《ろうおく》、汗顔の至りですよ。二階の書斎にお通ししたいのは山々なれど、地獄もかくやという暑さにて」

虚言を弄《ろう》して縁談を断っただけに、やけに言い訳がましくなった。冷えた麦湯でも運んでこぬかと厨に目をやれど、こんな時に限って気配がない。

重三郎は夏扇子を取り出し、ゆるりと扇《あお》ぐ。ふと京伝の顔が過《よぎ》り、京橋銀座の様子を訊いてみた。

「正月には年始に伺い、先生も拙宅を訪ねてくださったのですが」

正月の挨拶に銀座へ出向くと、返礼として飯田町を訪ねてくれたのだ。子供好きの京伝は滝の誕生を歓び、抱き上げてくれた。

ほう、左の字に似ているね。

京伝と菊夫婦は子を欲しがっていた。

手代が嘆息し、顔を曇らせる。

「お菊さんが亡くなってから一年というもの一作も書かず、家にもおらず、吉原に流連《りゅうれん》なさっていたようです。ですがご内儀の不在、淋《さび》しさは埋めようもないことでしょう」

新作は新春に売り出されるものだが、今年の正月に京伝のものは一作も出なかった。

重三郎が顔を上げた。

「あの人のことだ。時がかかろうとも必ず立ち直ります。見守りましょう」

「さようですな」解も声を励まし、板縁から座敷へと招じ入れた。

「そこでは焦《こ》げまするぞ。さ、こちらへ」

陽射《ひざ》しが強く、蟬も鳴かぬ八ツ刻だ。

お百も下女も遅いぞ、なにゆえ厨にすっ込んだままなのだ。

「家人《かじん》があいにく留守にしておるようで」

早口で言い添えれば、重三郎は気にも留めぬ顔つきで「いや」と言った。

「今日は一つ思案を持って、罷《まか》り越したのですよ」

来意は執筆にかかわることだと気がつけば、途端に汗が引く。

「馬琴さん、唐本《とうほん》小説の翻案をやってみる気はおありですか」

「唐本小説と申しますと、水滸伝《すいこでん》のような」

君子が国や政《まつりごと》について説いた書物は「大説」と呼ばれ、いわゆる四書五経を指す。一方、身辺のさまざまや世情について唱えるものは「小説」と呼ばれ、世の噂話や虚構、空想の物語も含まれる。

「まさに、その水滸伝や今古奇観《きんこきかん》ですよ。翻案して書いてみませんか」

とまどった。

「先生の通気粋語伝《つうきすいごでん》のようなものを書けと、仰せですか」

京伝の『通気粋語伝』は五、六年も前に出た洒落本《しゃれぼん》で、水滸伝の登場人物を取り合わせた趣向だ。

「唐人ものは、おなごや子供に受けないのではありませんか」

三人を見回すと、手代の一人が身を乗り出した。

「登場人物ではなく、筋《すじ》を借りるのです。水滸伝は山あり谷ありで、胸が躍りましょう」

「筋」と返しつつ、なるほどそういうことかと咳払いをした。

曲亭は筋を作るのが、どうにも下手だ。文章はなかなか上達したが、よくわからぬうちに終わってしまう。蔦屋の中でそんな話になったに違いない。

しかし黄表紙は元々、筋立ての不明瞭なものが多いのだ。ゆえに手本にすべき作がなかった。自身でも釈然としないまま書いていたのも確かだ。細部の言い回しに気を取られ、いつしか話の全体が見えなくなる。これでよいのかと首を捻《ひね》りつつ、本屋に渡せばそれが出板される。作者不足の折柄《おりから》もあるが、解もどこかで己をごまかしてきた。

読者に面白がられるのは登場人物の言動や生きようで、つまり黄表紙は落とし噺《ばなし》に近い。物語の筋は二の次、三の次ではないか、と。

だが、この連中は筋立てを頓着している。いや、変わったのかもしれない。筋を重視するようになったのだ。

「ただし登場するのは唐人ではなく、この国の武将や美女にしていただきたい」

「水滸伝の筋を翻案して、舞台は日本」

頭の中に朧《おぼろ》げな像《ぞう》が泛《うか》ぶ。

重三郎が扇子を畳み、腿の上に要《かなめ》を立てた。

「むろん御公儀《おかみ》を憚《はばか》って、江戸を舞台にせぬが無難。時代も今より遠い方がよろしいが、遠過ぎると読者がまたついてこられない」

「それはわかりますが、山あり谷ありの筋を立てるとなると相当な長さになりますよ」

黄表紙は挿画が多く、文章を読むのが苦手な者でも楽しめる体裁だ。何日もかけて読む長さではなく、読者も一つの作をじっくり読むより、あれこれといろいろなものを楽しみたい。仏書や儒書、史書といった書物のように父祖代々受け継がれ、筆写するにも大切に扱われるものとは筋目が違う。庶民にほんの一時の気慰み、気散じを供するものが黄表紙のたぐいなのだ。ゆえに、いずこの本屋も毎年、何十と新作を板行し、そのうちのほとんどが読み捨てられて消えてゆく。

「じつは、曲亭さんが執筆を引き受けてくださるなら、読本《よみほん》で出してみようと考えているのですよ」

「読本ですか」

思わず目を瞠《みは》った。

読本は文章が主体で、挿画は一冊に一点が精々だ。読み巧者《ごうしゃ》の多い上方では出板されているが、江戸の本屋が読本を手がけたことはまだない。

「出来によっては大坂の本屋にも卸して、売らせるつもりです」

「上方で売るとは、それは賭けが過ぎるというものでしょう」

「本屋商売は常に賭け、博奕《ばくち》です。あなたもよく承知のはずだ」

重三郎は笑みながら、ぞくりとする本音を吐く。

そういえば、あの役者絵。

頭の中で結ぶ像がある。歌舞伎役者の大首絵《おおくびえ》だ。

佐吉《さきち》として奉公していた蔦屋を辞めて一年も経たぬうちに突如として浮世絵界に現れ、江戸じゅうの人気をかっさらった。

役者絵の劃期《かっき》とも言えた。従来は立役《たちやく》には立役の描き方、女形《おんながた》には女形なりの定まった描きようがあり、本人に似ているかどうかは問題ではなかった。ところが、顔貌《かおかたち》をそのままに、欠点とも言える目の細さや鼻筋の歪み、顎のしゃくれまで鷲摑《わしづか》みにして役者そのものを浮き彫りにしてみせた。巷間《こうかん》で囁かれる人柄の癖や臭《くさ》さまでをも。ゆえに怒り出した役者もいる。わっちの顔はこんなんじゃねえ。江戸者《えどもの》はそれを面白がった。怒る役者の絵ほど本人に似ていたからだ。

真実が当人を怒らせた。それが人々の胸を空かせた。してやったり。

ところが今年に入ってまもなく、またも突如として描かなくなった。出ないのだ。あの、役者の生写《しょううつ》しのごとき絵がもう売り出されていない。

「あの東洲斎写楽《とうしゅうさいしゃらく》という絵師。いったい誰なんです」

いきなり問うてしまっていた。重三郎は黙って笑んだままだ。

「言えぬ身分、ということですな」

重三郎はお察しください、とばかりに顔色を変えない。

やはり武家なのか。それとも。

本屋商売は常に賭け、博奕。その言葉が蔦重《つたじゅう》ほど似合う男はいない。京伝の停滞をまるで見越していたかのように写楽を売り出し、莫大に稼いだ。

「私は江戸読本の先駆けになる作を、曲亭さんに書いてもらいたい」

おれにも賭けてくれるのだろうか。

「手前に書けるとお思いですか」

「あなたの手は稗史《はいし》を書くのに向いているのではないかと、気づきましてね。稗史はどうしても長くなるゆえ、黄表紙の体裁には納まらない。読本でやりましょう」

稗史とは歴史に材を取った物語のことで、国の歴史を綴った正史に比した命名だ。米《こめ》ではなく稗《ひえ》だとは随分な言いようだが、伝説や伝聞を交えて虚実を織りなすので「正しい歴史」とは言えない。

だが、だんだんと肚《はら》が固まってきた。

「血沸き肉躍る筋立て。芝居のように」

「いかにも。江戸者は仇討《あだう》ちものの芝居が好きじゃありませんか。皆、溜飲《りゅういん》を下げたいのですよ。そして皆、信じたいのです。善を為《な》す者が勝ち、悪を為す者は懲らしめられるのだ、と」

柝《き》の音が聞こえた。


時は応永十二年、足利将軍義満《よしみつ》公が諸国へ巡察使を立て給《たも》うた。

そのうちの一人、山名洪氏《やまなひろうじ》が奥州へ下り、松島《まつしま》の瑞巌寺《ずいがんじ》に至る。七堂伽藍《しちどうがらん》のこの大寺に洪氏は投宿したが、夜もすでに更けわたる頃、方丈《ほうじょう》の西の辺りで人の叫ぶ声を聞く。怪しんで住持《じゅうじ》に訊ねれば、中将実方《ちゅうじょうさねかた》の霊魂だと言う。

その昔、二条の院にお仕えになったお公家でありまするが陸奥《むつ》の国の任に移され、ひたすら都を慕いつつ亡くなってしまわれたのですじゃ。その一念が悪魔となって当地に障りを為すゆえ、当山に廟《びょう》を立てて霊魂をお祀《まつ》り申しております。

洪氏はその話を聞くや、からからと打ち笑った。

藤中将《とうのちゅうじょう》実方は、世に隠れなき歌人《うたびと》である。まして実方の墳墓は当国笠島にある。なにゆえ笠島に廟を立てずして、この瑞巌寺に祀っておる。

そして洪氏は己の勇を誇るあまり、墳《つか》を暴いて実方の屍《しかばね》を見てやろうと言いだした。

いけませぬ、この墳を開かば災いを招きまする。わが禅師より数代の住職、十念加持《じゅうねんかじ》の数珠《じゅず》をもって霊魂を封じ込めて参りましたものを。

しかし洪氏は「つまらぬ威《おど》しだ」と退けた。人足に下知《げち》して石塔を引き倒し、石蓋を取り除けさせた。下は千尋《ちひろ》の洞坑《ほらあな》だ。松明《たいまつ》を燈《とも》させ、洞の中へ入らんとした刹那、数千本の竹を割るがごとき音がして、洞の中より白気《はっき》が立ち昇り、数十羽の雀《すずめ》が飛び上がった。洪氏と住持は言うに及ばず、人足どもも仰天して押し合いへし合いになる。

雀はたちまち化して六尺あまりの白練《しらきぬ》になり、中央には十八という二字がありありと見えるが東西に吹き靡《なび》き、いずくともなく消え失せた。

奥州に稀代《きたい》の椿事《ちんじ》が起こる瑞《しるし》である。

冒頭を書き終え、ようやく肩肘を緩めた。息をするのを忘れていたかもしれない。

顔を上げれば、窓の外が白々と明け始めている。

しかしここからが本筋だ。奥州の太守である若き足利頼兼《あしかがよりかね》を巡り、佞臣《ねいしん》らが国を横領せんと跋扈《ばっこ》する。陰謀、裏切り、誤解、そして頼兼は傾国の淫楽へと溺れてゆく。舞台を奥州にしたのは、芝居の伊達騒動《だてそうどう》高尾ものの趣向を取り込むつもりであるからだ。

酷《むご》く妖《あや》しく、美しいあの場面を。

ゆえにこの作の題を、『高尾船字文《たかおせんじもん》』とした。


三年後、足利義満公が薨去《こうきょ》、それよりさらに四十八年の後の話である。

八代の将軍義政《よしまさ》公は御心風雅にましまし、ことさら茶を好んで金閣銀閣の高楼《こうろう》をしつらい、東山《ひがしやま》に住して世に東山殿と称ばれている。東山殿は御舎弟、左馬介頼兼《さまのすけよりかね》公を奥州の太守に任じ、管領《かんれい》と定めた。しかし頼兼公は歳若《としわか》であり、叔父である典膳鬼貫《てんぜんおにつら》を後見として差し添え、奥州へ下された。

鬼貫は、前将軍《さきのしょうぐん》義満公の御妾腹《ごしょうふく》の子だ。別腹《わきばら》であるゆえ臣下の列に入っており、なにとぞ甥の頼兼を亡き者にして奥州を横領せんと企んでいる。

そしてここに、一人の痴《し》れ者がある。勇は樊噲《はんかい》、張飛《ちょうひ》に劣らず、智恵は孫臏《そんぴん》、孔明《こうめい》に優れている。しかしその志操《しそう》たるや賢人に似たる佞人《ねいじん》、表には忠心を表し、裏には国家《こくか》を覆さんと謀《はか》る。この者こそ頼兼公の執権、仁木左衛門直則《にっきさえもんなおのり》である。

同気相求《どうきあいもと》め、凹《くぼ》き所へ水溜まる例のごとく、鬼貫はこの仁木と心を合わせた。隙もあらば頼兼公を罪に落とし、奥州を手中に収めんと企むようになったのである。

その組下に雷鶴之介《いかづちつるのすけ》という侍がある。父はかつて名のある力士であった。雷は鬼貫と仁木の陰謀、その「密書」を偶然手に入れたことで仁木の責めに遭い、奥州を出奔する。鎌倉へ落ち延びるつもりで武蔵国千住村《むさしのくにせんじゅむら》に、やがて浅草川、金龍山《きんりゅうざん》近くに辿り着く。ここで出会ったのが絹川谷蔵《きぬがわたにぞう》なる巨軀《きょく》の若者、乞われて相撲を指南することになる。

舞台は奥州に戻り、鬼貫と仁木は頼兼公を放埒惰弱《ほうらつだじゃく》の道に堕とさんと盛んに遊興に誘う。だが頼兼公は悪い遊びの誘いに靡《なび》かない。そこで鬼貫と仁木は策謀を巡らせ、頼兼公の御台《みだい》所、萩《はぎ》の方《かた》に淫楽の罪を着せて縊死《いし》に追い込んだ。

用いたのは六尺あまりの白練《しらきぬ》、十八と書かれた文字がある。萩の方の御年も十八、これまったく中将実方の霊魂が祟《たた》り、因縁は真に恐ろしい。

大きく息を吐き、筆を擱《お》いた。

外は朝焼けだ。ここまで何日を費やして書いたのか、己でもよくわからない。

わかっているのは、密書が持つ力だ。「秘密」にすべきものが物語という舟を前へ漕《こ》ぎ出させる棹《さお》になる。

文机から離れ、書斎の窓障子を引いて庭を見下ろした。辺りにはまだ夜が漂い、葡萄棚《ぶどうだな》の蔓《つる》も黒い。目頭を指で揉みながら、この世の因縁、奇縁を思った。

登場人物の誰かが一滴の雫《しずく》を落とす。それは他の雫を集めて細い水脈となり、やがて太き流れとなってうねる。物語の流れは易々《やすやす》と時を超え、場を超え、主役脇役入り乱れて互いに波打ち、せめぎ合い、善果悪果《ぜんかあっか》が方々で水飛沫《みずしぶき》を上げる。

書きながら、まるで夢のごとき流れを泳ぐ心地だ。しかし頭の一隅は醒めている。

稗史小説《はいししょうせつ》とは、かように稿《こう》してゆくものなのだろうか。

暗い書斎の中で、答えてくれる者はいない。江戸読本《えどよみほん》にはまだほとんど成功例がないのだ。先人はいない。

貞女、賢女として一点の曇りもないと信じていた妻に裏切られた。

かように思い込んだ頼兼公は、徐々に身を持ち崩していく。佞者《ねいしゃ》の朱に染められての廓遊び《くるわあそ》び、ことに絶世の美妓《びぎ》、高尾《たかお》の許に通い詰める。

しかしこの高尾には、互いに深く言い交《かわ》した間夫《まぶ》がある。天にあらば比翼《ひよく》、薦《こさ》にあらば連理《れんり》の枕、互いに死のう、死にましょうと誓いを立てた。思い通りにならぬ高尾に頼兼公は焦《じ》れ、金《こがね》の山を積んで身請《みう》けしてしまう。

いざその日、廓大門《くるわおおもん》の入口に放生会《ほうじょうえ》の旗を立てさせた。廓の籠《かご》から解き放つべく禿《かむろ》らも身請けして親許に帰してやることにしたのだ。一度は我が子を捨てた親どもも、身請けとの知らせに大門口に詰め寄せた。

禿を雀《すずめ》に見立てた放生会、その功徳《くどく》はいかなる流れを呼ぶのか。あるいは、呼ばぬのか。

頼兼公はかねて用意の船に乗り、柴川沖《しばかわおき》へ出た。高尾も乗らせて我が館へ向かわんとする。その川の汀《みぎわ》のあなたより、早船が一艘《いっそう》近づいてきた。

「ご注進」

叫ぶのは頼兼公の御供となった新参侍、絹川谷蔵だ。谷蔵は頼兼公の配下に報告する。

「細川、山名の大軍が頼兼公討伐のため、この沖合に押し寄せて参りまするぞ」

叔父の鬼貫が、頼兼公の遊里淫楽を都の東山殿に讒訴《ざんそ》に及んだという。

忠義の士を遠ざけ、遊君《ゆうくん》を身請けし、これぞ紂王《ちゅうおう》武烈の悪逆。

「国許《くにもと》の館、その表門には高提燈《たかちょうちん》が掲げられ、また裏門には人馬の出入り、帰館はしばらく事の鎮まるまで思い留まり、忠臣渡辺外記《わたなべげき》を恃《たの》んで時節を伺い給うべし」

柴川の沖に下ろした船で、頼兼公は帰館の時機をじりじりと待つ。そこに早船で密書が届いた。渡辺外記からの手紙だ。封を切らんとしたところに折悪しく、身請けした高尾の母が近づいてきたので、とっさに手紙を懐に隠した。高尾はといえば今も間夫を恋い慕い、頼兼公を嫌い抜いている。しかし相手は遊女、怒ることはせず、泰然とやり過ごしてきた。だがこの夜は高尾に酒を強いられて酔い、横になってしまった。その懐中から落ちたものに高尾は気がついた。長煙管《ながきせる》を伸ばして引き寄せてみると、手紙のようだ。

鬼貫は山名宗全と気脈を通じ、東山殿へ讒言《ざんげん》し、自らが管領職に就かんと謀っております。今は危ない。御帰館のこと、しばしお待ちくだされ。

高尾にはわけのわからぬ内容であったけれども、間夫と添うための役に立つかもしれぬと己の懐に仕舞った。

暁七ツの鐘も聞こえ、頼兼公が起きた。懐に密書がないことに気づき、大いに慌てた。

これが敵の手に渡れば、忠義の家臣が動いていることが知れてしまう。高尾に手紙を知らぬかと訊ねると、高尾は玉のごとき顔を赤らめ、花のごとき唇を翻《ひるがえ》して声を張った。

「この身は卑《いや》しき流れに落ちておりまするが、人のものを盗んだことはないものを、なにとて盗人呼ばわりなさいます」

この女、盗んだな。頼兼公はそうと気づいた。しかし怒りは隠しておく。

「我は誤って、その方を粗略に扱《あつこ》うてきた。今さらながら悔いておる。いかようの望みでも叶えてつかわすゆえ手紙は返せ」

その言葉で、高尾も悟った。

これはよほど大切の品。よきものを手に入れた。

「なるほど、手紙は我が身の懐にあり。しかれども一つの願いを叶えてくださらぬかぎりは、お返し参らすることとなりませぬ」

内心でほくそ笑み、打って出た。

「我が身を恋しい男に添わせ、衣食にても事欠かぬように扶持《ふち》してくださるなら、お返し申しましょう」

「相わかった。その方らを添わせ、生涯、心任せに扶持を遣わすゆえ、早う、今、手紙を返せ」

高尾はその手には乗らぬと、嘲笑《あざわら》う。

「我が身、多くの客に慣れておりますれば、さようの偽りは常のこと、真《まこと》と思うはずもない。恋しい男と夫婦になりし後でなければ、お返しできませぬ」

「我は奥州の太守、関八州《かんはっしゅう》の管領ぞ。さようの偽りを吐く下賤《げせん》にあらず」

「いいえ、いかようにのたもうとも、あの人と添わぬうちは手紙を返すこと叶うまじ」

ひしと己の胸を抱いて伏し、頼兼公はそれを奪わんと懐中に手を伸ばした。高尾は渡さじと抗《あらが》い、互いに押し合う。弾みに御刀掛《おかたなかけ》が倒れ、頼兼公の御佩刀《おはかせ》が鞘走《さやばし》り、五、六寸が抜け出た。高尾はこれを目にして叫んだ。

「人殺し」

その声を聞いて、頼兼公の心にその意が萌《きざ》した。

殺そう。

左の手に高尾の長き碧《みどり》の黒髪をくるくると巻き右の手に刀を抜き持ち、怒りの顔色血を注ぐ。

「おのれ、憎き傀儡《くぐつ》め。恋なればこそ頼兼も、宵よりの悪口雑言《あっこうぞうごん》、聞かぬふりして赦《ゆる》したものを。さほど間夫《まぶ》に添いたくば、なぜ請け出されて夫婦にならなんだ。この、大事の密書を奪いし女め」

氷のごとき刃《やいば》を持ち、玉のようなる高尾が胸元、船の横窓押し開き欄干に押し当て、ただ一太刀に斬れば、胸より上は頼兼公の手に残り、腰は淵瀬《ふちせ》の水屑《みくず》となり、流れながるる流の果て。

草稿を読み終えた蔦屋重三郎は、しばらく黙して微動だにしない。いつもそうだ。深い息をして、冷徹な思案を巡らせている。

これは出板できる代物であるか、御公儀《おかみ》の忌諱《きい》に触れぬか、何部刷って何部売れようか。

馬琴も黙っていた。

この後、忠義の家臣によって悪党一味が誅《ちゅう》され、発端で予言された奥州の災厄がようやく収まる。

　流れも深き智仁勇《ちじんゆう》、是《これ》ぞまことのみちのくのくに
この大団円の迎え方には、これまで味わったことのない充足感がある。重三郎に目を戻し、口を開いた。

「長いものになりました」

「いかにも。中本仕立《ちゅうぼん》てで、五巻五冊にはなりましょうな」

中本とは、書物の大きさを指す。刷られた美濃紙を外表に二ツ折りにし、折面を袋状にして左横に置いて右側を綴《と》じると大本《おおほん》になる。そのまた二ツ折りの大きさが中本、大本のちょうど半分の大きさだ。半紙を二ツ折りにすれば半紙本《はんしぼん》、そのまた二ツ折りが小本《こほん》だ。ただし職人が刃物で紙を裁《た》ち落とすので、手加減によって大きさは微妙に異なってくる。本屋の店先に並べた本も、一冊一冊の大きさは少しずつ違うのが尋常だ。

「ついては、第一冊に総目次を掲げさせてはもらえぬでしょうか」

持ちかけると、重三郎は片眉を上げたのみで先を促してくる。

「すべての章題を一挙披露し、ごく短い粗筋を添えてはどうかとの思案です。これは小説の水

滸伝から引いたもの、これは戯文《しばい》の先代萩《せんだいはぎ》から引いたものだと読者に知らせる」

ほうと、重三郎は目を眇《すが》めた。

「目次で翻案の種を明かそう、と」

頷《うなず》いた。

冒頭、山名洪氏が中将実方の廟《びょう》を開く条《くだり》は、『水滸伝』冒頭の「洪大尉《こうたいい》誤って妖魔を走らす」の一節、伏魔殿から百八つの妖星を走らせた筋を翻案したものだ。百八つの妖星は日本らしく数十羽の霊魂雀《れいこんのすずめ》に変えたのだが、雀ではちと迫力を欠くかもしれぬ。

頼兼公と高尾のなりゆきは、今から百年以上も前に起こった政変、伊達騒動に材を取った歌舞伎芝居『伊達競阿国戯場《だてくらべおくにかぶき》』や浄瑠璃『伽羅先代萩《めいぼくせんだいはぎ》』に材を取っている。芝居好きの江戸者なら、すぐに場面を思い泛《うか》べることができる演目だ。初演は安永七年、中村座で、馬琴はまだ幼い時分に観《み》た記憶があった。あれは父に手を引かれて小屋に入ったのか、それとも長兄の興旨だったかもしれない。

しかも浄瑠璃の義太夫の語りは丸本《まるほん》と呼ばれるものが世に出ており、詞章を知ることができる。馬琴はそれも読んできた。幼い武家奉公の日々で読めるものは何でも読む、その時間が唯一の慰めであった。世間にも同類の輩《やから》は多いはずだ。

重三郎は腕組みをして考え込んでいるふうだ。目を閉じたまま、独り言のように呟《つぶや》く。

「日本には古来より、本歌取《ほんかど》りという風雅がある。元の歌を知る者は、その趣を二重三重にして味わうことができる。それは戯作《げさく》でも同じこと、京伝さんも水滸伝を借りた趣向で読者を楽しませた。しかしこたびのように、筋そのものをかくも引いた戯作は初めてだ。翻案をやってみぬかと発企《ほっき》したのは私であるけれども、いかなるものが上がってくるのか、正直申して、まったく見当がついていなかった」

いつしか目を開き、声も明瞭になっている。

「ことに高尾殺しの船の場面は凄惨《せいさん》、妖艶《ようえん》、私の見込んだ以上でしたよ。まさに、読む芝居の趣がありました」

思わず前のめりになった。

「なればこそ、唐本《とうほん》好きから狂言好き、浄瑠璃好きにまで読者を想定してみました。目次で原典を示しておけば、さて、いかなる翻案をしたものかと興味をそそられましょう」

「本屋に奉公していた作者だけのことはある」

重三郎はにやりと笑った。

「結構です。曲亭さんの思う目次の稿をお起こしなさい」

「有難うございます」と、頭を下げた。

「続きの稿も急いでくださいよ」

「おわかりですか」

思わず膝が弾んだ。芝居の『伊達競阿国戯場』には、怨霊となった高尾が、事件の真相を知らぬ妹の累《かさね》、そしてその恋人に祟《たた》るという続きがある。恋人は若武者、絹川谷蔵だ。執筆中、躰が大きく短気な谷蔵には少しばかり気を入れた。若い頃の己を思い出していた。相撲が強いという点は除いてであったが。

「あなたの筆はつくづく、伝奇《でんき》ものや異形《いぎょう》ものに本領があるようだ。高尾の怨霊はさぞ凄いものになりましょう。巻末に予告を載せたいので、題だけは早めにくださるように」

重三郎が信玄袋を手にして、畳に手を突きながら膝を立てる。このところ躰の調子が優れぬとは、店の者から耳にしたことだ。本人は愚痴も弱音も一切口にしないので、馬琴も手を添えないでおく。

「題の思案はすでにあります。水滸累談子《すいこかさねだんす》でいかがです」

「結構ですな」

「この高尾舩字文《たかおせんじもん》の草稿は二、三日のうちに浄書して、お届けに上がります」

重三郎は階下へ下りた。今日は丁稚一人を供にしての来訪だ。共に路地を抜け、中坂通りまで見送りに出た。やはり覚束《おぼつか》ない足取りで、丁稚の肩に手を置いて坂を上ってゆく。

その後ろ姿が気にかかりながらも、やがて胸の中を熱い波が駈け巡る。

江戸読本《えどよみほん》を書きおおせたぞ。この曲亭馬琴《きょくていばきん》が。

黄表紙《きびょうし》も次々と手がけた。

京伝のように潤筆料《じゅんぴつりょう》があるわけではないので、むろんそれでは喰えない。滝沢書堂で暴れる童子どもに手を焼きながら読み書きを教え、文机に向かって戯墨《げぼく》を稿《こう》し続ける。夜は亥《い》ノ刻、時に子《ね》ノ刻より読書に移り、暁に至る。それでも病一つするわけでなし、冬になっても指先にまで気が漲《みなぎ》っている。心は清白、事が起きるとすれば自身ではなく、身の回りだ。

八月の末、嫂《あによめ》は無事に子を産んだ。女の子で、清《せい》と名づけられた。よい名だ。音が澄んでいる。

一方、こなたの長女、滝はどういうわけか多病だ。夜泣きがひどく、しじゅう熱を出しては吐き、身体中に汗疹《あせも》をこしらえる。百は娘の世話に手を焼き、眇《すがめ》の白いところが増えた。

それで馬琴は一考し、滝の名を幸《さき》と変えて験《げん》を直した。

うとうとと一睡するうちに、もう起きるべき刻だ。階下に下りて手水《ちょうず》を遣い、手拭いで顔を拭く。畳間に入って箱膳の前に坐るも、肝心の飯の用意はまだのようだ。厨で物音はする。幸もまたぐずって泣いている。それはいつものことであるので気にもならない。ただし執筆中は気が逸《そ》れるので、百と幸は階下で寝るように申しつけて一年近くになろうか。

馬琴自身はめったと階下で身を横たえることがなく、たいていは二階の書斎で疲れて眠ってしまう。しかしまた、百の腹がせり出してきた。来春の二月頃が産み月であるらしい。

「ああ、ああ」と不平顔が近づいてきた。その後ろから、新しい下女が飯櫃《めしびつ》を抱えて追ってくる。

「お竹、味噌汁と梅干し」

この家は不思議と下女が続かない。前の何人かは奉公先を変えたり在所に帰ったりで、今度のは十三歳、百にとっては「役に立たぬ子供」で苛々《いらいら》し通しだ。

「ああ、やだやだ。お幸は泣くし、お竹は竈《かまど》の番もまともにできやしない。朝餉《あさげ》を用意するだけで、あたしはもうへとへとですよ」

「朝餉と言うが、味噌汁と梅干しだけではないか」

百は大きな腹を両手で抱え、尻餅をつくようにべしゃりと坐した。

「ご不満でも」

左の目玉が、しっかりと馬琴の目を捕らえる。

「膳のものに不服など申しておらんではないか」

おれを誰だと思っているのだ。さようにいじましい真似など、したことがないぞ。だいいち、朝は昨夕に炊いた飯の残りではないか。長らく目刺《めざし》の一尾も出てきていない。やれ、悪阻《つわり》がひどうて飯の煮える匂いが気持ち悪い、腹が邪魔になって七輪の前に屈めないなどと言い立てては台所仕事を減らす。そのうち、飯櫃と梅干しの壺だけぽんと出されるだけの亭主になるかもしれぬ。

「お前様は口に出さぬぶん意地がお悪いから。そのうち、飯櫃と梅干しの壺だけ出される亭主になるかもしれぬと睨《にら》んでおいででしょうよ」

開けた口が塞がらなくなった。狸《たぬき》でも憑《つ》いておるのではあるまいな。

「おぬし、いかがした」

「おぬしじゃありませんよ、お百ですよ」

お百、恐るべし。

百は鼻の筋に横皺をぎゅうと寄せ、今度は下女にあれこれと言いつける。隣の畳間で幸の泣き声がなお激しくなる。

「んもう、鳥みたいな声だ。まったく、朝餉くらいゆっくり食べさせてもらいたいよ。朝から晩まで追い回されて、こっちが泣きたいわえ」

さすがに聞き流せず、「夏は昼寝もしておったではないか」と言ってみた。すると、ふんと鼻を鳴らす。

「知ったようなことをお言いなさる」

啞然《あぜん》とした。なんなんだ。口数の少ないのが取柄であったのに、いつのまにこんな口を叩く女房になった。

そういえば、養母の春が死んでからだ。あの頃から徐々に口数が増えたような気がする。実が弾けて種が飛び出すように、夫に対してもつけつけと物言いをつける。

馬琴はそそくさと飯を済ませ、家を出て路地を抜け、滝沢書堂に入った。半年前、下駄商いを辞めた時から、百はこの表店《おもてだな》に足を踏み入れない。

ゆえに今朝も自ら箒《ほうき》を持ち、雑巾を絞る。

寛政八年の正月も末に近づいたある日、兄が俳諧百韻興行《ひゃくいんこうぎょう》を主宰するというので足を運んだ。

主君山口和泉守《いずみのかみ》は今は小普請《こぶしん》支配、兄はその山口家の家老次席だ。十五両三人扶持《ぶち》と聞いたから高禄《こうろく》ではないが、暮らしを慎《つつ》ましくすれば先々は安泰だろう。心配なのは躰《からだ》だ。四肢が肥満し、先年はよく患った。だが養生がよいのか、昨年の暮には床上げを済ませ、発句を詠んだ。

年きよめ五臓の煤《すす》も払ひけり

病を詠んでも、おおどかな可笑《おか》しみが滲《にじ》み出る。兄は東岡舎羅文《とうこうしゃらぶん》という俳号を持っており、今年もいよいよ盛んに楽しむつもりのようだ。

百韻とは連歌や俳諧の一つの形式で、五七五の長句と七七の短句を交互につけて百句一まとまりにしたものをいう。漢詩の聯句《れんく》に由来しているので、韻は踏まぬが百韻と呼ぶ。

俳席には気の合う仲間が集まって、発句《ほっく》に脇句《わきく》をつける。おおむねは招いた客人が発句、つまりその日の主役であり、迎えたあるじ、こたびの場合であれば兄の羅文が脇役として脇句を付ける。季節を詠み、互いに挨拶を交わすような風情で始めるのが約束事だ。やがて付け進むにつれ、前の句を引きながら世界を転じてゆく。「まどろみ」とあれば「目を覚ます」という具合に、上下左右に展《ひろ》げてゆくところに連句の妙がある。

戯作は一人で呻吟《しんぎん》して書くものだが、連句は座の芸だ。連想が連想を呼び、何人もの人間の気韻が響き合い、その座ならではの饗宴《きょうえん》となる。

「そなたが連なってくれると、連句が豊饒《ほうじょう》さを増すのう」

兄は今日も上機嫌で、帰りにはいつものように自邸に誘ってくれた。嫂《あによめ》の添《そえ》は美酒や心尽くしの肴《さかな》でもてなしてくれる。数の子の和《あ》え物に豆腐の小鍋仕立てで、躰も温もる。

「私も気が晴れますする」

言葉と格闘する毎日であればこそ、言葉で遊ぶ時間がこよなく大事なものに思える。

ことに、兄が主宰の俳席に集う者は皆、二本差しだ。町人として世を渡る己をしばし忘れ、気の合わぬ女房のことも忘れられる。百は気の張る来客を面倒がるので、本屋はおろか、兄夫婦もめったと招いたことがない。

「清《せい》は息災ですか」

訊ねると、添が抱いてつれてきた。桃色の綿入れに包まれ、馬琴が抱いても笑い声を立てる。幸《さき》と違って風邪一つひかず、鳥のように泣きわめくことのない赤子だ。母親が違うと子の育ちまで違うものか。黒目勝ちの瞳に鼻筋も美しく、亡き母の面差しを思い出す。

「佳《よ》き子ですな」

「我らもそう言い暮らしておるのよ」

兄は照れもせずに、添と顔を見合わせる。

流れた子の分まで可愛《かわい》がっているのだろう。

翌月、百はまた女の子を産んだ。祐《ゆう》と名づけた。

耕書堂から出板された『高尾船字文《たかおせんじもん》』五巻五冊は、評判を呼ばぬままだ。夏になって、耕書堂の手代から売れ行きを聞かされた。やはり受けなかったようだ。江戸で売れたのが三百部ばかり、大坂の書肆《しょし》に卸した百五十部は過半が返されてきたらしい。

「中本《ちゅうぼん》ものは上方の時好《じこう》に合わず、価《あたい》も高《たこ》うございますから」

慰めめいた言葉は余計な節介というもの、聞きたくもない。今年は黄表紙十一作を引き受けている。ゆえに予告まで出した『水滸累談子《すいこかさねだんす》』には手をつけられず、重三郎も急《せ》かしてこない。馬琴も本屋商いを知っているだけに見当がつく。こうも売れなかった小説の続きを出すとは、奇特が過ぎるというものだ。だが、いったん思い描いた高尾の怨霊、累《かさね》や絹川谷蔵《きぬがわたにぞう》の面影が頭を過《よぎ》って仕方がない。

　このまま水屑《みくず》のごとく流されてしまうのだろうか。いや、稿を起こしさえすれば、耕書堂でなくとも別の書肆が出板してくれるかもしれぬ。

　そう思いつつも、約束の仕事を果たすのに追われ続ける。挫《くじ》ける暇などないのだ。毎日、間断なく筆を執る。

「売れてますよ、曲亭さん」

　寛政九年の正月を迎え、松の内も明けた頃、仙鶴堂の番頭が訪れた。今年出した『无筆節用《むひつせつよう》似字尽《にたじづくし》』の評判がよいという。

「さようですか」

「おやおや、浮かぬ顔をなさって」

　馬琴が耕書堂の手代であった頃は随分と横柄な物言いをする番頭だったが、近頃は腰を低くして手揉みする。

　本屋にとって、売れるものを書く作者こそが大事だ。画工や彫師《ほりし》、摺師《すりし》の工賃、紙代などをかけて本を出すのであるから、売れなければ丸損である。その代わり一つが当たれば他の損失を埋め、次が出せる。馬琴が受け取るのは礼金の酒代、一度や二度は吉原の引手茶屋《ひきてぢゃや》でもてなされもするが、たいした遊女も揃えず茶を濁される。それでも本を自費で出すとなれば膨大な費《つい》えになるので、ひたすら書き続けるしか他に術《すべ》はない。

「次もこの調子で、よろしくお頼みします」

次を望まれて嬉しくないわけはないが、胸の裡は少々複雑だ。『无筆節用似字尽』の无筆《むひつ》は無筆のことで、文字に暗い者が画を手がかりに文字を憶えられる簡易な節用集だ。画工の北尾重政《きたおしげまさ》がまた腕を揮《ふる》いに揮い、画の中に絵文字を仕込んだ。

舞台は吉原、傾城屋《けいせいや》の前、二人の禿《かむろ》を連れた遊女の道行きだ。二人禿といえば豪勢だが、じつはこの遊女、裏屋に呼ばれている。裏屋は大見世《おおみせ》ではなく、格の劣る侘びしい小見世《こみせ》だ。これは一種の対比で、この文章の前には二朱で身を売る女郎に大枚を投じて仲之町《なかのちょう》を道行きさせる我慢男の愚かさを書いてある。文章の中には句も付けた。傾城町の光と闇、嘘と真《まこと》を綴った句だが、主役は画であり、文章は脇になったも同然だ。ともかく絵文字の趣向が振《ふる》っているので、読者は何重にも輻輳《ふくそう》した意味を読み解くのに夢中になっているのだろう。

番頭にそれとなく訊くと、「いかにも」と安気に膝を叩いた。

「本当の読者は無筆者にあらず、かつて洒落本《しゃれぼん》を好んだ江戸っ子が穿《うが》ちを楽しんでいるんですよ」

仙鶴堂の手代らや北尾重政の弟子らとも膝を交えて想を出し合った際は面白く、馬琴も随分と思案を出したものだが、いざこうして実情を聞かされると冷え冷えとしてくる。

京伝の洒落本が江戸者に「穿ち」、すなわち深読みや替え読みの楽しさを供したわけだが、京伝本人はもはや穿ちの妙に嫌気が差して久しい。

そして馬琴も、読本《よみほん》の世界に踏み出した。ところが『高尾舩字文《たかおせんじもん》』はまるで受けなかった。江戸でも、上方でも。そしてようやく当てたのが、こんな趣向勝ちの節用集だ。人々は文章や句になど目もくれず、絵文字に夢中だ。

私は小説をこそ楽しんでもらいたいのに、どこにも読者がいない。


正月も末に近づいた夜、書斎で筆を走らせていると百が上がってきた。珍しく茶でも運んできたかと目を上げれば、手ぶらだ。

「今、兄上様のお屋敷から遣いが見えました」

「かような時間に」訝《いぶか》しみながらも、手は止められない。今、止めてしまうと言葉が逃げてゆく。

「お清ちゃんが亡くなったそうです」

「なんだと」顔を上げた。

「悪痘《あくとう》ですよ。また流行っていたでしょう」

悪痘は古くは裳瘡《もがさ》、いもやみなどと呼ばれ、幼い子には麻疹《はしか》と同じく命にかかわる病だ。一度罹《かか》れば二度と罹らぬが顔にあばたが残ることが多く、ことに女児の場合はそれが元で縁遠くなる場合も珍しくない。ゆえに馬琴は幸と祐のために神社で赤い幣《ぬさ》を受け、朱で描いた鍾馗《しょうき》の絵を求め、犬の張子人形をも購《あがな》って飾らせている。

恐ろしい疱瘡神《ほうそうがみ》にも苦手とするものがあり、それが犬、そして赤色だ。むろん伝承であるけれども伝承を侮ってはならない。

兄夫婦の哀しみ、落胆はいかばかりかと思えば、胸がずんと暗く塞《ふさ》がる。悔やみに行かねばと思うのに躰が動かない。百はいつのまにか、文机の斜向かいに腰を下ろしている。

「三つになったばかりだというのに、可哀想に」

背を丸め、長い息を吐く。

馬琴も肩を落とし、「ん」と呟いた。


花も咲き匂う三月、父の二十三回忌と母の十三回忌追善百韻を兄の興旨と共に催した。そして共に『夢見艸《ゆめみぐさ》』なる追悼集を編んだ。兄は羅文《らぶん》として、こなたは馬琴《ばきん》としてで、享年二十二であった次兄興春《おきはる》、そして三歳で亡くなった清への追悼作を付けたものだ。

「まこと、掌中《しょうちゅう》の玉が一朝で砕けた心地であるなあ。そういえば、興春が若うして下世《かせい》した日も同じ心持ちであったことよ」

兄の家の庭に面した縁側に兄弟で坐し、空を仰いでいる。

「不思議ですな」馬琴は呟いた。

「何がじゃ」

「下世とは、この土の下にある黄泉《よみ》の国を指した言葉でありましょう」

「そうだの」

「にもかかわらず、亡くなった人を想う時、私たちは空を見る」

兄は桜の枝の向こうをぼんやりと見やったまま、「そうだの」と繰り返した。

大病をして少し痩せた躰にはまた肉がついたが、頬は削げたままだ。もともと端麗な容姿であるだけに、目の下や鼻筋に衰えが目立つ。勇猛な獅子の躰に鹿の顔をつけたような、ちぐはぐさだ。

「そういえば」

ふと思い出した。

「今頃お伺いするのも妙な仕儀にございますが、父上はいかなる事情で滝沢の家を出て養子に入られたのです」

兄はすうと息を吸い、顎を引いた。

「ご家老に疎《うと》まれたらしい」

「御家の金子を恣《ほしいまま》にしていたという悪家老《あくがろう》ですか」

「さよう。そもそも滝沢家は家老の家だ。しかし祖父上がその職を辞して隠居してしまった。ご家老は当時、若君の用人《ようにん》であったがご寵愛をよいことに専横甚《はなは》だしく、権力を弄《もてあそ》ぶかのような振舞いがあったらしい。祖父上は自らの進退を懸けることで、そやつの悪しき行ないを主君に訴えようとした」

ひと昔前であれば、宿意《しゅくい》を果たせなかった武士は腹を切った。だがそれをすれば滝沢家は断絶、遺された妻子は居宅から出されて流浪の身に堕《お》ちる。祖父上は腹を切る代わりに飄々《ひょうひょう》と生きた、と兄は語った。

「父上から聞いたことがある。一丁の豆腐を七人で分けるような逼塞《ひっそく》ぶりであっても、飼《こ》うておった鶯《うぐいす》の初音《はつね》に誰よりも早うお気づきになって、ふと箸を持つ手を止めて頬を緩められるのだ。祖母上と共に方々の寺社も巡られて、家にあってはいつも静かに書物を開いておられた、となっ。その口吻《くちぶり》に寸毫《すんごう》も恨みがましさがないことを今もよく憶えておる。むしろ祖父上の泰然たる生きようを懐かしむような様子であられた。だが、考えてもみよ。父上の置かれた立場は安穏《あんのん》とはほど遠いものだ。その用人はすでに家老に取り立てられ、主君の信任は篤いままだ。この先、家老の御役を取り戻せるとはとても思えぬし、周囲の当たりもきつかった」

家老職を投げ出した者であるにもかかわらず、のうのうと居宅に住み続けて隠居扶持《ぶち》まで賜《たまわ》るとは、滝沢殿も厚顔であられることよ。息子のおぬしも今は忠義面をして勤めおるが、そのうち馬脚を露《あらわ》すであろうな。

「かつて、曾祖父上の時代には、旗本家に仕える家臣にも矜《ほこ》りがあり、その矜りを裏打ちする主家からの恩寵《おんちょう》があった。玄関のついた居宅を屋敷内に与えられ、下男下婢を何人も雇っておける扶持も下された。しかし時世の移り変わりによって、主家の内情は逼迫《ひっぱく》している。ことに松平家のような千石取りの旗本家は、譜代《ふだい》の家臣を抱え続けられなくなっていた。家政を取り仕切る用人でさえ季節雇いの者が現れ、俸禄によって気軽に主家を変える者も珍しくない時世だ。元は用人であった家老もまさにその渡りであり、彼らにとっては譜代の家臣ほど目障りな者はない」

　時代に取り残された頑迷なだけの武士ども。先祖代々、主家にしがみついて禄を食《は》むだけの厄介者。

「やがて主君も家老から吹き込まれたか、父上は側近くから徐々に遠ざけられるようになった。もはや立身は見込めそうにない。二十六歳になった際に心を決め、弟である叔父上を自室に呼んだ」

　私は勤めを辞して滝沢家を出るゆえ、その方が家督を継げ。

　叔父上は十七歳だ。兄上、何を仰せになりますと狼狽《うろた》えた。家を出られて、いかがなされる。案ずるな。私は正気ぞ。次男のその方は、いずれ他家へ養子か婿養子に入る身ではないか。その身の上を入れ替えるのだ。

「十七歳の叔父上よりは、仕官できる見込みが大きいとお考えになったのだろう。中小姓を勤めながら学問に励み、武術も修錬しておられたようであるから」

　馬琴は兄を見つめた。

「母上のご決断と同じですな。兄上たちを外にお出しになり、手前を主家奉公にお残しになった」

「父上のなさったことを母上もなさったと申すが正しかろう。生き延びるために身の上を入れ替えた。不義理と承知しながら別の義に生きねばならぬこともある」

「それは、父上の養家のことでありましょうか」

兄は庭へとまなざしを移した。

「父上にもたらされたのは奉公の口ではなく、養子の縁談だった。奥州棚倉藩《おうしゅうたなぐらはん》小笠原佐渡守《さどのかみ》の江戸下屋敷御留守居役《おるすいやく》、松沢家での。後継ぎたる男子がおらず、娘も実子ではなく縁戚から入った養女だ。いずれ家督を継いだ暁には娘と娶《めあ》わせようとの申し出も有難く承知して、父上は養子に入った。松沢家は下屋敷内にあり、松平家屋敷とは至って近い。つまり生家とは至近の距離だ。小名木川《おなぎがわ》に架かる高橋《たかばし》を渡り、霊巌寺《れいがんじ》の門前を西へ向かえばすぐであって、生家の様子に気を配ることができる。しかも義父の松沢どのは父上を主家に大いに売り込んでくれたらしい。小笠原家は文武を重んじる家風だ。重臣らの前で馬術と兵法を披露して、部屋住みの身でありながら大扈従馬廻り《おおこしょううままわ》役として召し抱えられることになった」

旗本家に仕える陪臣《ばいしん》から、棚倉藩士となった。

「むろん松沢どのは父上の力量を見込んで、養子になさったのだ。有望な者を選りすぐって養子に迎え、主家に仕えさせることは当代として欠くべからざる務めだ。養子がいずれ立身出世を果たせば家は安泰、しかし人選を誤れば家は滅ぶ。父上は俸禄をすべて義父に渡したが、書物代や馬具代、朋輩《ほうばい》らとの交際代の名目で手許金を持てるよう義父に交渉した。それらを密かに貯め、生家へ運び続けた。そして松沢家の養女、もんと祝言を挙げた。子がなかなかできず、養父母は気を揉んで寺社へ通い続けた。宝暦九年の十月、ようやく生まれたのがこの私だ」

兄は薄く笑む。

「旧主の松平家に呼び戻されておらなんだなら。いや、父上が引き受けなんだなら」

兄は深々と息を吐いた。頬に笑みを残したままだ。そのさまは兄が幾度も父母の決断を思い、考え、己なりに理解しようと努めてきた証に見えた。

父は大恩ある養父母に背いたのだ。しかも養女であった母も一緒に松沢家を出た。義絶されて、不孝の謗《そし》りを受けながらも父とは離れなかった。

そうか。その時、母上が養父母への孝を立てて養家に残っていれば、おれは生まれていないことになる。仲兄も妹たちも。

いや、父上が旧主の懇願を拒絶しておれば、大喀血して死ぬことはなかったのかもしれない。一家が離散することも。であればおれは松沢の家の子として、まったく別の人生を歩んだのだろうか。武家の三男として。

そこに思いが至り、我知らず己の尻に掌を当てていた。あの残忍な若君につけられた火傷は今も残っている。己の尻など見えぬので知らなかったのだ。いつだったか、下帯一つになって躰を拭いていた折に百が見つけた。

大きな痣《あざ》。牡丹《ぼたん》の花のような。

揶揄《やゆ》したわけでなく、見たままを口にしたような言いようだ。尻の皮が何度もめくれ、時に膿み、引き攣《つ》れて痕になった。おれは心底恥じた。かつての主君に受けた折檻《せっかん》の痕を。辱めを。

「兄上、長生きしてくだされ」

そう言っていた。

いくつもの筋があったはずであるのに、今、ここでこうして兄と話している。そのことだけが真に思える。

「それこそ、天の定め賜《たま》うこと」

「いいえ、きっとお願い申します」

「妙な弟だ。三十を過ぎて童《わらべ》のような」

兄は笑った。


五月六日、耕書堂蔦屋重三郎《こうしょどうつたやじゅうざぶろう》が身罷《みまか》った。

長らく脚気《かっけ》を患い、心ノ臓が弱っていたという。通夜に赴くと、江戸じゅうの書肆《しょし》や戯作者《げさくしゃ》、絵師《えし》、狂歌師《きょうかし》が顔を揃えていた。見知りの手代らと話をするうち、重三郎があらかたの後事をしおおせて亡くなったことが知れた。馬琴が去ったのちに番頭になった勇助が婿養子となっていたので、蔦重《つたじゅう》二代目として今後を切り回すという。

「曲亭さん、こちらへ」

廊下から呼ぶ声があって、座敷に移った。京伝や仙鶴堂鶴屋喜右衛門《せんかくどうつるやきえもん》、京伝の弟である相四郎《あいしろう》も坐している。互いに目顔で挨拶を交わし、勧められる場に腰を下ろした。

京伝は茶を啜り、煙草盆を膝脇に引き寄せた。

「ご内儀と別れの言葉もしっかり交わして、従容《しょうよう》として最期をお迎えなすったらしい」

「かないませぬな」仙鶴堂は膝の上の茶碗をぐるぐると回している。

「ああ、かなわないね。蔦重らしい逝き方さ」

「おいくつでしたか」誰かが訊いた。

「享年四十八ですよ」仙鶴堂は答え、「まだ五十にもなっていなかったとはねえ」と茶碗を揺らす。

「吉原から出て、一代で江戸を代表する地本問屋《じほんどいや》、書物問屋《しょもつどいや》におなりになったのだから、あと十年、いや五年の寿命があればと願うのが人情というものだ。向後《こうご》の出板もいろいろと企《くわだ》てておられたようだし」

江戸読本のことだ。そうと察して京伝を見た。そういえば『高尾船字文《たかおせんじもん》』を京伝は読んでくれただろうか。この頃は無沙汰をして感想を聞かぬままだ。しかし目が合ったのは弟の相四郎の方で、京伝はいつものごとく飄々として煙をくゆらせている。

「仙鶴堂さんのおっしゃる通りですよ」

別の板元が話の輪に入ってきた。

「伊勢に足を運んで本居宣長《もとおりのりなが》先生と面会を果たしたと聞いたのが、二年前でしたかねえ。それから玉勝間《たまかつま》の江戸売弘《うりひろ》めを請け負って、出雲国造神寿後釈《いずものくにのみやつこかむよごとごしゃく》の江戸出板も任されなすった。国学なんて硬いものが江戸で流行《はや》るのを逸早《いちはや》く察知してたんだから、いやはや、蔦重さんの世才《せさい》たるや、我々常人の及ぶところじゃありません」

「いや、察知してたんじゃないよ。あの人は創るのさ。流行そのものを」

京伝が呟いた。馬琴はそろりと頷いた。しばし誰もが黙し、別の板元が話柄《わへい》を戻した。

「本屋商いなるもの、はたから見れば派手で洒落てて賢そうに見えますがね。耕書堂さんも内情は常にお苦しかったと思いますよ」

「いや、写楽の浮世絵はまだ売れてるんじゃありませんかえ。あれは凄かった。しかも未だに浮世絵師が誰かわかんないんだから」

むろん蔦屋の者は知らぬはずがないのだが、一切、外に洩れていない。そこにも重三郎の人柄の深さが見て取れる。

「当たれば極楽と言うが、手前らは年がら年じゅう地獄ですよ。当たり作なんぞ、めったと出ないんだから」

通夜にふさわしからぬ、世故《せこ》めいた話になってきた。しかも作者二人を前にしての愚痴だ。

「京伝先生、また一つ面白い草紙をお願いしますよ。皆、待ってんですから」

「駄目駄目、店が忙しくて戯作どころじゃないよ」

「そうおっしゃらずに、江戸の本屋は京伝先生でもってんですよ」

こんな夜でも、人はへつらい笑いをするのだ。亡くなった者を偲《しの》ぶ気持ちなど一刻《いっとき》も続かない。やがて人が入れ替わり、酒も出てきた。奥女中も心得ているようで、京伝と馬琴の前には煎茶が置かれる。京伝は腰から紙煙草入れを取り出した。濃紫地に菊花が白で描かれている。

「蔦重は財を成したかったわけじゃない」

京伝が再び、煙管《きせる》の火皿に刻みを詰め始めた。

「財を成したい人間は本屋商いなんぞしないよ。まあ、作者もだけど」

煙管に火をつけ、ぽっと煙を吐く。

「内情はいつも火の車、でもそれをものともしないんだな、あの人は。これは新しい、面白いと信じたら命懸け、その意気地《いきじ》はまさに吉原地獄生まれ、たとえ売色の苦しみを味わおうとも、お客様には夢幻のごとき世界をお見せしましょう、ってね。だからあの人は、蔦重という名を築いたよ。蔦重が出すというだけで、面白そうだと江戸者は思っちまうんだから」

その通りだと、馬琴はまた頷いて返した。

「稀代《きたい》の板元でした」

「ついては曲亭さん」しばらく黙って耳を傾けていた仙鶴堂が居ずまいを改めた。

「折り入って、お伝え申したいことがございます」

「では、手前どもは」と何人かが輪から抜け、しかし京伝は動かない。

「じつは向後のご執筆ですが、耕書堂と仙鶴堂は潤筆料《じゅんぴつりょう》をお渡しすることで合意いたしました」

「潤筆料、ですか」

思わず口ごもった。

「京伝先生と曲亭さんのお二方に限って、執筆前と後に分けてお渡し申したいと存じます」

とまどって、京伝を見やった。

「左の字も知っての通り、あたしは前《せん》からもらっていたが、全作がそうと決まってたわけじゃない。これはさ、蔦重の遺志らしいんだ。京伝と馬琴には潤筆料を渡して、しっかり書かせろってね」

申し出を有難く受け、家路についた。

月のない夜で、己の手が持つ提燈《ちょうちん》だけが道を照らしている。

生前の重三郎は潤筆料のことなど曖気《おくび》にも出さなかった。しかも山東京伝と並んで、この曲亭馬琴を選んでくれたとは。書いても売れない、商いとしては持ち出しばかりの作者であるというのに。

蔦重さん、今はまだ受けないけれども、私は読本《よみほん》に挑み続けますよ。

馬琴は顔を上げた。黄表紙は読者のお楽しみ、つかのまの憂さ晴らしのために供するものであるので、湯屋の二階で将棋の順番を待つ間に読めてしまう長さでいい。婦女子も大切な読者であるから内容は複雑でなく、企てが決まればすぐに筆を走らせられる。読者が歓ぶ勘所も心得つつある。

一方、読本、稗史小説《はいししょうせつ》は史実や唐本《とうほん》を踏まえるので長く難解になる。作者であるこなたも和漢の書を何十と繰って呻吟せねばならない。稼ぎでいえば黄表紙よりも労苦が多く、割に合わぬ。が、『高尾船字文』で筋《すじ》を立てて流れを作った、あの手ごたえが忘れられないでいる。蔦重が言ってくれたように、己の本領は長い小説にあると思う。

あなたがつけてくれた道だ。

面影を辿るように歩いた。夏の夜風がこうも目に沁みるとは、なんとしたことだろう。

今年も猛烈な暑さだ。耐えかねて階下に下りれば幼い娘二人に鎮五郎《しずごろう》も泣きわめいており、よけいに暑い。鎮五郎は昨寛政十一年の師走二十七日に生まれた。執筆の最中に、馬琴はその産声を聞いた。

でかした。男子だ、長男だ。

とっさにそう思い、南の障子窓を開けて耳を澄ませた。窓外は雪が降っていた。庭木も池の水面も清かった。

そのひと月前、兄の家も再び子を得た。女子で、蔦《つた》と名づけられた。

風の通る縁側に向かいかけると、大黒柱の陰からひょいと百の丸顔だ。近頃、しみが増えて模様ができつつある。

「おや。どなたかと思えば、曲亭さんじゃござんせんか。いや、著作堂《ちょさどう》さんかえ」

古い湯帷子《ゆかたびら》を手にしているので仕立て直しているのだろう。針の頭で髷《まげ》の中をちょいちょいと掻きながら、芝居めいた作り声だ。

「曲亭も著作堂も私の号だ。なにを今さら」

百は口の中で、ぶふふと笑う。

「執筆が進まぬご様子」

「それがそうも嬉しいか。私の苦しむ様子を見るのが楽しいか」

この暑いのにからまれて、つい口調を荒らげた。

「楽しかありませんよ。暑苦しいだけですよ。でもね、下駄屋稼業をお棄てになっての戯墨業《げぼくぎょう》、ちっとはお苦しみになっても罰は当たりますまい」

「そなた、根に持っておるのか」

百はきょろりと、片目を動かした。

「大事な大事な鎮五郎どのがお乳を欲しがっておられますゆえ、しからば御免」

かつて蔦屋の丁稚に投げられた文言は子供の耳によほど面白いのか、手習子《てならいこ》らも口にしてからかいにかかる。それを百はどこで聞き耳を立てていたものやら、油断も隙もあったものではない。年ごとに横に大きくなる躰が左右に揺れる。その後ろ姿を睨《にら》みながら厨に入った。下女は買物に出たのか姿が見えない。自ら麦湯を湯呑に注ぎ入れ、段梯子《だんばしご》を上がる。

鍋底のごとき暑さでも、書斎しか落ち着ける場はないと汗を拭った。

秋七月半ばも過ぎ、夕餉の最中に戸を叩く者がある。出てみれば、兄の家からの遣いだ。

「旦那様のお具合が悪うございます」

ただならぬ気配だ。すぐさま外に飛び出し、中坂を駈け下りた。

山口和泉守《いずみのかみ》の屋敷は堀留にあり、その邸内に兄は次席家老としての住居を賜っている。小体《こてい》ながらも一軒の屋敷で、簡素な門も構えているので他の家臣が住まう御長屋とは別格だ。

兄の臥所《ふしど》に入り、鳩尾《みぞおち》が硬くなった。熱が高いのか酸漿《ほおずき》のごとき顔色で、譫言《うわごと》も口にしている。只事ではない。嫂《あによめ》の添《そえ》が言うには、昨日の夜半に変調があったという。しきりに腹が痛み、ひどく下痢をした。今朝はいったん起き、自らの筆で容体書をしたため、かねてより懇意の医者に家来を遣わして薬を求めたという。相手は馬琴も知る名医で、公儀お出入りだ。しかし医者を待つうち高熱を発し、人事不省に陥った。

「それで、解《とく》どのにお出ましを願ったのです」

嫂の顔は色を失っている。

「手前が迎えに参じましょう」

屋敷外に出て武家地を抜け、町人地に戻った。駕籠《かご》を一丁雇い、すぐさま医者の家へと走る。先方も容体書を元に薬を用意したばかりで、駕籠で堀留へと引き返した。弟子は薬箱を提げて駕籠脇を走る。馬琴も共に走った。

医者は兄の脈を取るや、「これは恊熱痢《きょうねつり》であろう」と診立《みた》てた。

「ゆえに下痢は治すべからず」

恊熱痢とは、熱と寒が表裏にあるということだ。たしか、『傷寒論《しょうかんろん》』でそんな記述に触れた記憶がある。かつては医者を志したことがあり、しかし道半ばにも進まず遁走《とんそう》した口だ。だが、不審に思った。下痢は躰の寒が起こすのだが、兄は高熱を発しながら下している。こなたの胸の裡《うち》を読んだかのように、医者は声を低めた。

「身中の悪物を押し留めれば、毒が躰に回りまするぞ。ご不安なら、他の医者の診立てを求められるがよろしい。薬は処方して参ったゆえ、お渡ししておく」

薬袋を受け取り、通りで待たせていた駕籠に乗せた。すぐさま家の中に取って返し、思いつく限りの名医の名と住処を紙に記し、兄の家来らを追い立てて四方に走らせた。だがどの医者も「恊熱痢だ」と診立て、処方の薬でよいと言う。

手をこまねくうち、下の妹、菊《きく》が訪れた。兄の様子を見て取るや眉間を曇らせた。菊は二歳にして父を喪《うしな》い、十二歳にして母を喪った身だ。その後は兄が育てた。嫁いだ相手も、兄がかって奉公していた戸田家の家中だ。

「今日は私が病床につきますゆえ、兄上はひとまずお帰りくださってよろしゅうございます」

「そなた、泊まるつもりか」

菊には嘉代《かよ》という娘があり、八歳になろうか。この子も生まれつき弱く病がちだ。

「そのうち姉上も参られましょうほどに、今夜は私どもにお任せくださりませ」

怜悧《れいり》とは言えぬけれども心根の優しい妹であったことを、久しぶりに思い出した。

「ならば頼む。下痢をしておられるので、水分だけは切らさぬように」

「心得ました。お飲みになれぬようでしたら、綿で唇をお湿《しめ》ししましょう」

そのうち、上の妹も臥所に入ってきた。

「兄上、秀《ひで》が参りましたぞ。ご安心なされませ」

病床で声高に呼ばわる。初名が蘭《らん》であった秀は菊に比べれば気性が強く、物言いも大仰だ。最初の夫を嫌って離別した後、柳生但馬守《やぎゅうたじまのかみ》の家臣、鈴木嘉伝次《かでんじ》に嫁している。嘉伝次は母方の伯母の嫡孫で、つまり滝沢家の縁戚にあたる。秀はすでに男子を何人も上げており、将来《さきゆき》の心配のない身の上だ。

「添どのは蔦《つた》どのに手がかかりましょう。兄上の介抱はお任せくだされ」

秀は嫂の添に向かい、亢奮《こうふん》も露《あら》わな声で告げた。蔦がまたことのほか病弱で、兄夫婦は常に気を揉んでいた。添は夫の顔をじっと見つめ、「よろしゅう願います」と小さく呟いた。義妹とはいえ、齢上の女二人だ。夫から片時も離れず介抱をしたいのが本音であろうが、さりとて蔦からも目が離せない。

「添どの」と促し、臥所から廊下へと共に出た。

「これから見舞い客も訪れましょう。返礼の品は私が用意して整えるゆえ、横になれる時にはおなりなさい」

「有難うございます。頼みの綱は、解どのにござります」嫂は目をしばたたかせた。

「明日も参るが、容体に急変あらば、いついかなる時でも遣いをおよこしくだされ」

そう言い置いて、堀留を後にした。

翌日から朝に訪《おとな》い夕に問い、八月に入っても一日も往来を絶やしていない。

門番がこなたの姿を認め、頭を下げた。

「今日はいくぶんか、よろしいようにござります」

そう聞くと気持ちが明るむ。頭《かぶり》を振って「思わしくござりませぬ」と聞く日もあり、すると目の前が暗くなる。その繰り返しが続いている。臥所に向かえば、水桶《みずおけ》を持った菊と行き合った。きりりと白い襷掛《たすきが》けで、しかしさすがに疲労の色が濃い。

「どうだ」

「さきほどお見舞いにお三方ほどおいでくださいまして、随分となごやかにお話が弾みましたが、やはりお疲れになるのでしょう。今はお寝《やす》みになっておられます」

俳諧の親友朋友、訪問せざる者はなく、家中《かちゅう》は足軽、中間《ちゅうげん》までも社を結んで祈禱《きとう》し、病平癒を念じてくれているらしい。そして主君山口和泉守も日ごとに家臣を遣わして安否を問い、格別の薬餌《やくじ》まで下される。次兄の興春《おきはる》の死があまりにも孤独であっただけに、ふと胸が熱くなる。

「義姉上《あねうえ》は」

「接客のあと、奥でしばし休んでいただいております」

菊は病床に侍《はべ》って看病するのみならず、家の事も労を厭わずして嫂を助けているようだ。

「そなたもそろそろ家に帰らねば、久吾どのがお困りであろう。嘉代の身も案じられる」

「嘉代はこのところ息災にしております。家の事も、姑上《ははうえ》がおられますゆえ」

「たまには、うちのお百も連れて参ればよいのだが、武家の内情に暗いゆえ」

つい言い訳めいた。百は自ら見舞う、手伝うとは言い出さず、命じれば従うであろうが、嫂や義妹らとうまくやれるとはとても思えない。介抱の場で揉め事を起こされては心痛が増えるばかりだ。

「よいのですよ。三人もお子がおられるのですから手一杯であられましょう」

互いに目で頷き合い、菊は庭へ下りて井戸に向かう。こなたは足音を忍ばせて進み、座敷に入った。枕許に腰を下ろせば、兄の瞼《まぶた》が動く。薄く目を開き、馬琴の顔を認めると頰笑《ほほえ》んだ。

「兄上、ご機嫌うるわしゅう」

「毎朝毎夕、すまぬな。執筆もあろうに」

細く、咽喉《のど》が痞《つか》えたような声だ。俳席では誰よりも、朗々たる響きを放っていた人であるのに。

「私はいざ書き始めたら筆が速うございます。ご案じ召されますな」

嘘を吐《つ》いた。実際は停滞している。兄にもしものことがあればと気が逸《そ》れがちで、気がつけば滝沢家のことを思案している。

荊棘《けいきょく》は、兄に男児がないことだ。養嗣《ようし》を迎えていずれ蔦と娶《めあ》わせるにしても、蔦はまだ幼過ぎる。それまで養嗣を撫育《ぶいく》するのに費《つい》えはいかほどかかろうか。若い養嗣が次席家老など務まるはずもなく、当然、俸禄《ほうろく》も落ちるだろう。

兄の没後のことなど考えたくもないのに、考えねばならぬ立場に置かれている。他に誰もいない。

「起こしてくれぬか」

介添えをして、背中に羽織を掛けてやる。

「障子も開けてくれ。庭の緑が恋しい」

「お疲れでしょう。見舞いの客があったというではありませんか」

「そうよ。おかげでことのほか気分がよい」

障子を引けば、瀟洒《しょうしゃ》な秋の庭が現れた。ひときわ緑の濃い樹は黒鉄黐《くろがねもち》であろうか、背丈は大きくなり過ぎぬように仕立ててあるが、左右が傘状に広がって壮観だ。榊《さかき》に令法《りょうぶ》、夏黄櫨《なつはぜ》はそろそろ葉の色が変じ始めている。

兄は亡き父に似て花癖《かへき》があり、庭も丹精している。

「のう、解」兄は薬臭い息を発した。

「屋敷の門内に桃の樹がある。手ずから種を埋めたものだが、これがようやく生《お》い出て大きゅうなった。いまだ花は咲かぬが、来年は咲こうか」

桃は難しい樹だ。花がなかなか咲かず、不毛のまま枯れることもあるので短命樹との名がある。兄は当然、そのことを知っているはずだ。

その昔、父が生きていた頃、厠《かわや》のほとりに桃樹が自《おの》ずと生い出た。これを歓んで母も共に世話をしたけれども蕾《つぼみ》を結ばなかった。兄はその凶事も忘れていないはずだ。父は桃花を見ぬまま血を吐いて死んだ。

「咲きましょう。咲きますとも」

声を励ませて答えた。

「楽しみだの」

兄は満足げに目を細め、やや置いて、ゆっくりと言葉を継いだ。

「私も若い時分は、大家に仕えんとの志を持っておったのだ」

ふいに話柄が変わったが、「さようでしょうとも」と引き取った。

「兄上ほどのお方でありますゆえ」

「しかし奉公が定まったのは、三千石の旗本であった。正直に申せば、私は嘆いたことがある。私という人間の運はこの程度のものであったか、と。認めるのが口惜しかった」

初めて耳にした。

この兄にも、かような苦悩があったのか。

「だが浅慮短才なりに労を惜しまず、他人に害をなさぬことを心にかけて生きたつもりだ。今、かように主君に重用され、足軽中間までがこの身を思うてくれる。有難いことだ」

己に落胆する瞬間が最も辛い。馬琴はそれをよく知っている。だが兄は己の力と運のほどを認め、受け容《い》れて生きたと吐露《とろ》した。

「ここで死するとも恨みなしの人生だ。悔いはない」

来年の桃花を楽しみにしながら死を口にした。やはり兄上は覚悟しておられるのだと、馬琴は庭に目を戻した。

八月八日、いつものごとく枕辺に侍《はべ》り、四方山話《よもやまばなし》をして兄の病苦を慰める。ちょうど、猿蟹合戦《さるかにかっせん》を手がけている最中だ。童話《むかしばなし》の猿蟹合戦は黄表紙が数多《あまた》出板されており、仇討《あだう》ちものと混合して歌舞伎芝居にもなっている。それで『増補獼猴蟹合戦《ぞうほさるかにかっせん》』として和漢の故事を引き、評を加えようという趣向だ。

「父上や母上が語り聞かせてくれた咄《はなし》には、幼なごころを躍らせたものです。桃太郎にかちかち山、舌切り雀《すずめ》、花咲爺。兄上、猿蟹合戦の祖を調べますと二百年は優に遡《さかのぼ》れるのですぞ。浦島の物語など、日本書紀や万葉集にまで遡ります」

それらの種がこの躰に埋まっていることを、著述しながらしみじみと思い知る瞬間がある。今、この寛政年間に出板する黄表紙であっても数百年の歴史を引いているのだ。童話は決して他愛のない作り話ではない。人生の明暗や戒め、嘆きや望みが籠もっている。

兄は黙って耳を傾けている。病蓐《やまいやつ》れが激しく、美丈夫《びじょうふ》の面影はどこにも残っていない。

「兄上は昔から温良で、寛容であられました。それでいて、お強かった」

「そうかな」嗄《しゃが》れた笑い声が返ってくる。

「手前が兄上の玩具を欲しいと言い張れば、惜しむことなく譲ってくださいました。手前はただ乱暴で、利《き》かん気の強い童にございましたゆえ」

「ん。言いだしたら引かぬところがあったの」

「若い時分は放蕩《ほうとう》をして、ご苦労をおかけしました」

「何を言う。そなたを放蕩者だと思ったことはないぞ。市中で喧嘩をして暴れるわけでなし、他人の物を盗んで遊蕩したわけでもない。放蕩者にはあらず。ただ、拗《す》ね者であったのよ」

「拗ね者でありましたか、この私は」

そう言われて腑《ふ》に落ちるものがある。ただひたすらに世を拗ねていたのだ。何一つ思い通りにならぬ己の運命に。そして今も兄のごとき達観には及ばず、三十二にして抗い続けている。

兄がまた言いさして息を切らしたので、そっと躰を傾けて耳を近づけた。

「わが家の紋なる八本矢車《やぐるま》は、世の常の矢車とは異なっておろう」

家紋について思うところがあるらしい。

「紋としては危うい、悪《わろ》き形ではあるまいか」

真意が読めず、文机の上の文盒《もんごう》に目をやった。黒漆の塗りで、蓋には八本矢車が古びた金で象嵌《ぞうがん》してある。八本の矢が車輪のごとく描かれたものだ。

「矢車は矢の根を合わした内に小輪があり、矢の根は皆これに付いているものだ。しかし滝沢家の紋にはこの小輪が無い。今、八本の矢をもって風車にせんとしても、矢の根を統《すべ》る小輪がなくば矢はいかにして相集まり、風を受けるのだろう。これを地に並べて車輪にしようとも、走ろうとすればたちまち崩れるではないか」

兄は途切れ途切れに先を続ける。

「これを我ら一家に喩《たと》えれば、八本の矢は親子兄弟夫婦だ。互いに支え合うとしても、これを統る家なくばいずれ離散の憂き目に遭おう。家の紋は形の危うからぬものが良いと思うが、そなたの考えやいかに」

「仰せの通り、老子経にも同様の教えがありましたな。車の轂《こしき》は無用に似たれども、これなくては車輪はその用を全《まっと》うできず」

硯《すずり》を引き寄せ、「ならば」と筆で紙に描いて兄に見せた。

八本の矢の根に二重丸だ。

兄は久しぶりに目を見開き、「おお」と発した。

「悪き形が佳《よ》き形に変じた。この紋がよい」

二日後の暁、血便が下りた。医者を呼べば、すでに危窮《ききゅう》の症と頭を振る。

十二日、両刀を枕上に掛け置かせ、合掌した。享年四十、主君山口和泉守や家中の面々に惜しまれつつ、滝沢左馬太郎興旨は没した。

　秋風や秋を手わけの森の陰
病床で詠んだこの句が俳人羅文《らぶん》としての辞世となった。翌日、茗荷谷の深光寺に葬送した。

初七日の日、門前の桃樹を深光寺に移させた。兄が育てた実生《みしょう》の愛樹を墓標《はかじるし》としたのである。

菊は兄の没後も嫂を慰め、助け、九月下旬になってようやく自邸に帰った。

滝沢家の家督をいかがするか。これが十一月に入っても、いっこう決まらない。

嫂の添は、生前の兄がこう遺言したと言った。

幸いにして、私には弟、解《とく》がある。死するといえども、後のことは安心しておる。ただ、わが家は女子のみにて男児がない。かくなる上は解の子、鎮五郎《しずごろう》を養うて嗣《よつぎ》とするがよかろう。

「さように申されましても、解どのも男児はお一人のみ。こちらにいただきたいと申せど承引なさらぬでしょうと、私は申し上げたのです」

添にしては珍しく、夫に翻意を促したらしい。だが兄は耳を貸さなかったという。

「嫡家《ちゃくけ》の養嗣にする理《ことわり》を解は知らぬ男ではない、よく話し合うようにと仰せになりました」

滝沢姓を捨てずに生きていることについて兄はとくだん口にしたことはなかったが、家を思う気持ちは汲んでくれていたのだろうと思った。

鎮五郎を滝沢家に入れれば、武家身分をわが子の代で取り戻すことができる。だが鎮五郎はまだ襁褓《むつき》をあてている赤子だ。主君に養嗣縁組を願い出ても奉公ができぬ以上、お許しは出まい。そこが最大の難点だ。

添の兄の家に足を運び、相談を重ねた。

いずこかから少年を養嗣として迎え、蔦《つた》の成長を待って娶《めあ》わせようか。

そこで菊の夫、田口久吾を仲立ちにして動いてもらったが、なかなかまとまらない。添に報告すれば、痩せた肩をすぼめて俯《うつむ》いた。

「旦那様は当家の重臣でありました。今、少年を養嗣にしても旦那様ほどお役に立つまでには歳月がかかります。ご主君に対してそれは申し訳がなく、暮らしが立たねば私も肩身が狭うございます。いっそ蔦を抱えてここを出《い》で、兄の家に寓居《ぐうきょ》させてもらおうかと存じます」

ところが日を改めて訪ねれば、添の気持ちが変わっていた。

「つらつら思ううち、兄の厄介になるのが心苦しゅう感じられてなりませぬ。兄と私は母が違いますゆえ」

「では、いかがなさるおつもりです」

「嫁ぐ前、織田《おだ》様のお屋敷で行儀見習いを兼ねて奥勤めをしていたことがございます。母は今もご奉公しておりますので、母と共に宮仕えをしようかと考えつきましてございます」

添の実母は、高家《こうけ》である織田大膳《だいぜん》家の奥方に仕えているらしい。いわば扶持《ふち》をいただく身だ。添は殊勝にも、自らの生計《たつき》を自らの働きで立てる道を考えたようだ。実母に相談し、かような案を授かったのかもしれない。

「それは結構なお覚悟だが、子連れのご奉公などお許しいただけますのか」

しかも蔦は誕生して一年ほどになるが、いまだ虚弱にして多病だ。馬琴の長女、幸《さき》もそうではあったが、蔦は四肢もほとんど動かさない。赤子は手足を盛んに動かすものであるのに、いつもぐったりとしている。

「手のかかる子でございますし、とても」

語尾を吸い込んだ。伏し目がちの睫毛《まつげ》が濡れて膨らんで、かくも窶れた面差しに一点の美が宿る。

馬琴は慌てて目を逸《そ》らし、咳払いを落とした。

帰宅して夕餉の後、茶を啜りながら百をちらりと盗み見た。娘二人は下女の給仕で飯を済ませ、百は鎮五郎に乳をやっている。椀を伏せたような乳房で、白く丸く、逞《たくま》しい生の気が漲《みなぎ》っている。

当家の三人の子らがどうにか元気に育っておるのも、この乳房のおかげかもしれぬ。

そんなことを思いながら湯呑を膳の上に戻し、「実は」と切り出した。百は懐に乳房を仕舞い、鎮五郎を膝のかたわらに寝かせ、自らは正坐をして膝の上に手を重ねた。

「それはつまり、あたしにお蔦ちゃんの面倒をみろということですか」

「平たく申せばそうだ。が、乳母《めのと》はつける」

そんなつもりはなかったのだが、つい先回りした。蔦の尋常でない様子は通夜や葬儀の席で百も目にしているはずであるので、そのことを責めてくるのは必定《ひつじょう》だ。

「よろしゅうございます」

「よいのか、引き受けてくれるのか」

虚を衝《つ》かれた。兄や添のことを話題にすると不機嫌に押し黙ってしまうのが常であったので、説得するのに何日かかかろうかと肚《はら》を括《くく》っていたほどだ。それが、打てば響くような返答だ。

「三人が四人になったとて、たいして変わりません」

ずんぐりと低い鼻の穴を膨らませた。

さっそく堀留に出向いて添に知らせると、有難がりつつも「蔦と別れがとうござります」と涙にくれる。

「母子二人、この家で暮らす方途を探れぬものでしょうか」

思わず、膝の上の拳を握り締めた。

「またも前言を翻すおつもりか。お気持ちはお察し申すが、ひとまず身を落ち着けてくださらぬか」

兄が亡くなって後、妻子のためにと主君は月俸二両を下されている。だが跡継ぎも定まらぬ状態でいつまでも温情に甘えるわけにはいかない。それは亡き兄の名にかかわることだ。人は死んだ後でも遺族の所業によって、名を上げることも下げることもできる。添もそこに考えを至らせたからこそ奥奉公を考えたはずではなかったか。

ようよう説得しおおせ、添は家を出た。家来、奉公人らにも暇を出し、馬琴は蔦を引き取った。

だが兄の家の槍刀などはそのままにしてあるので、空家にしておくのも不用心だ。

「お百、養嗣が決まるまで兄宅の留守を守ってくれぬか。私が行けばよいのだが、動きがつかぬのだ」

滝沢書堂《たきざわしょどう》で教えねばならぬし、兄の病と死、その後の始末で執筆や校合《きょうごう》が滞ったままだ。潤筆料の半額を先に受け取っているので、書けなかったでは済まされない。事は信用にかかわる。

「よろしゅうございます」

またも即答した。

数日後の朝、百は子供三人と蔦、その乳母を引き連れて家を発った。襁褓や着替え、手拭いのたぐいだけでも行李《こうり》が三つ、さらに鍋釜、掻巻《かいまき》も必要だ。馬琴はそれらを荷車に積み、後に続いた。

「さあ、参りましょう」

百は意気揚々としている。いったい、いかなる心境であるのか、荷車を牽《ひ》きながら首を捻《ひね》り続けた。無口で柔順であったのもつかのま、養母の没後はにわかに口数が増え、底意地の悪さも露呈した。とにかく僻言《ひがごと》が多い。それにも慣れたと思ったら、今や想像外に頼もしい。女房なるもの、変幻自在、奇々怪々なる生きものだ。剥《む》いても剥いても、違う色の皮が出てくる。

朝餉と夕餉は下女に用意させ、昼餉のみ兄宅まで足を運んで摂ることにした。

「お武家の屋敷は静かにございますねえ。水を汲む音が辺りに響くほどで」

旅に出ているかのごとき心地であるらしく、伸び伸びとしている。庭の隅に拵《こしら》えてあった幾《いく》畝《うね》かの世話もちゃんと引き継いでいるようで、青菜や大根、根深《ねぶか》もよく育っている。滝沢家のような陪臣はもとより、公儀直参である旗本や御家人の家でもたいていは庭の一部を畠《はたけ》にして、青物は自家で賄うのが尋常だ。それほどに武家の勝手向きは余裕がないのだが、兄はそもそも土いじりが好きであった。

たぶんこの畠も兄上が世話をしておられたのだろうと馬琴も水を撒き、枯葉病葉《わくらば》を摘み取る。帰り道には医薬を手配し、神力にも縋《すが》る。神田明神に詣り、妻恋稲荷《つまこいいなり》でも拝む。蔦がいっこう本復《ほんぷく》しないのだ。時々、白目を剝いて気絶する。百はその看病と三人の子の世話に追われ、しかも雇った乳母は乳が細く、百が乳を飲ませてやることもしばしばらしい。

まったく、子供ほど脆《もろ》く儚《はかな》いものはない。今、滝沢書堂に通うてくる六歳、七歳まで育たぬ子のいかに多いことか。ただひたすら神仏に祈るのみだ。それでも、子らは朝の露のごとく消えてゆく。

合掌したまま冬空を見上げれば、鶴が端整な姿を見せている。鶴は吉祥、長寿の霊鳥だ。どうか、兄の遺児を守りたまえ。

だが養嗣縁組がどうにも、まとまらない。病弱な子であったり、すでに壮年で妻子持ちであったりする。

跡継ぎ不在のまま拝領屋敷に住まい続けることは、もはや不可能だ。父が亡くなったとたんに粗末な小屋に追いやられたあの痛事《つうじ》に照らせば、主家の温情のいかほど深いことか。なればこそ、これ以上甘えられない。山口和泉守の家臣という身の上を辞するしかない。人を立てて主君に申し出ると、またも有難い思召《おぼしめし》があった。

滝沢家の名跡にふさわしき者があれば、再び奉公を願い出るがよい。

家中の役人立ち合いの許に屋敷を明け渡し、兄の遺物、槍刀を飯田町中坂に運び込んだ。三人の子と蔦と乳母を伴い、百が帰ってきた。

奉公先を失ったものの、滝沢家存続のために養嗣探しは続けねばならない。菊の夫、田口久吾が尽力を続けてくれているが、気乗りのせぬ話ばかりだ。難渋するうち思わぬ申し出があった。秀《ひで》の夫、鈴木嘉伝次からだ。

「滝沢家の大難事、傍観するのは忍び難く、心を決めた次第にござる。わが三男の房五郎《ふさごろう》を差し上げようかと思いまするが、いかが」

嘉伝次は柳生但馬守《やぎゅうたじまのかみ》に仕えており、主君の覚えもめでたいのだと秀が自慢していたことがある。

「秀が無理を申したのでしょうな」

嘉伝次に訊くと、夫に並んで坐る秀が素早く口を開いた。

「嫡家存亡の危機、黙って見過ごすわけには参りませぬ。まして房五郎は滝沢の血を引く子にござりますれば、これほど跡継ぎにふさわしい子は他におりますまい」

気強いことを言ってのけた。嘉伝次と秀に礼を述べつつも気懸《きが》かりは残る。

房五郎を養嗣にするとしてもまだ幼少、五歳だ。元服までの養育をどうしたものか。多病の蔦に加えて房五郎もとなれば、さすがに百といえども手に余るだろう。率直に打ち明けた。

「房五郎を引き取って育てるのは難しいのだ」

秀は先刻承知とばかりに顎を上げ、「兄上、お任せくださりませ」と胸を反らせた。

「滝沢家の跡継ぎとして、私がお育て申します」

話が決まって、添、そして菊にも手紙で知らせた。二人とも随分と気を揉んでいたらしく、「安堵した」との返信があった。さてそうと決まったからには為すべきことがある。兄の屋敷から運んで預かっていた滝沢家の遺物を房五郎に渡してやらねばならない。それが筋というものだ。

執筆の時間を割いて一品ずつ確かめ、目録を作成した。

まずは兄が父から譲り受けた大小、各一腰《ひとこし》だ。大刀には藤原家次《ふじわらいえつぐ》の銘があり、長さは三尺五寸ばかり、赤銅鍔《しゃくどうつば》に波の彫《ほり》がある。脇差《わきざし》の一腰は無銘だが貞宗《さだむね》という折紙が付き、長さは二尺四寸ばかり、これも赤銅鍔で波の彫だ。これらは幼少の頃から「波の鍔の両刀」と聞き及んできた大小で、父、興義《おきよし》秘蔵の物であった。

だが他は槍《やり》一条に麻 裃《あさかみしも》一具、机一脚に懸物《かけもの》二幅と侘びしい限りだ。おれのせいだと、すぐに思い当たった。若い時分に下の病に罹って長患いをした。兄はその際に家財を手放して養生させてくれたのだ。唸った。手許はまったく余裕がない。あった例《ためし》がない。倹約すれども蔦の乳母を雇い、葬儀の前後も出費が続いた。だが、滝沢家の新たな門出だ。秀夫婦が跡継ぎとして撫育《ぶいく》してくれるのであるから、こなたも礼を尽くさねばならない。家財はその家を語るものだ。財力のみならず、由緒、家風を自《おの》ずから語る。こんなものしかないのかと妹婿に軽んじられることだけは避けたい。

滝沢家を二度と、誰にも侮《あなど》らせぬ。

手持ちの書物を売り、仙鶴堂にも前借りを頼んで金子を用意した。榧《かや》の碁盤や文具、羽二重などの品々を整え、家紋入りの油単《ゆたん》も新調した。兄が幼い時から手習に用いた文盒《もんごう》は手許に残したかったが、これも悩んだ末に目録に入れ、さらには馬琴自身が父から譲られた真鍮鍔《しんちゅうつば》の大小一対、そして家譜《かふ》一巻をも添えた。

ここまで整えれば、胸を張って引き渡せる。

「たしかにお預かり申す」

嘉伝次はしかと請け合い、証状を交わした。鈴木家の座敷に運び込まれた品には、新調の油単を掛けてある。水浅葱《みずあさぎ》地に家紋の八本矢車を白く染め抜かせたものだ。いざこうして相対すれば、誇らしさで眼裏《まなうら》が滲む。

八本の矢は親子兄弟夫婦だ。

兄の言葉を重んじ、矢の根には二重丸を入れてある。

どうかして八本の矢が離散せぬように。

藍色《あい》をぴんと張ったような空の下、深光寺へ墓参した。

桃の樹が真っ直ぐな枝を伸ばしている。驚くことに、無垢な花があどけなく開いている。

「兄上、とうとう咲きましたぞ。あなたの愛樹が」

呼びかけながら胸が詰まった。咲くのをあれほど楽しみにしていた本人がこの世にいない。

兄の遺児、蔦は病むのを常として、医者に匙《さじ》を投げられることもしばしばだ。名医と聞けば遠方でも往診を頼み、灸《きゅう》や薬餌《やくじ》にも心を尽くし続けてきた。だがこうも弱くては、娘の歳頃にまで成長するかどうか。養嗣の房五郎興誉《おきたか》と祝言を挙げるなど、夢のまた夢ではないか。

しかしこの頃になって気絶することが減り、三月に入っては痩せた身に肉がついてきた。

赤子らしゅうなったのう。

頬もぷっくりしてまいりましたよ。

百と歓び合っている。兄の墓にもそう報告した。

だがその後、乳母に事情ができて暇を取りたいと言う。乳の多い百も、さすがにもう出ない。

だがせっかく快癒に向かっているものを、ここで乳母を変えては元の木阿弥になりそうだ。夫婦で困《こう》じ果て、添に相談の文を遣わした。まもなく返事がきた。目を通していると、百が手許を覗き込んでくる。

「なんと仰せです」

「勤めの暇をしばし乞い、手ずから育てまする、だと。兄上の家で寓居するつもりのようだ」

「兄上の家は気をかねるのではなかったのですか」

百の眉間に皺がぐいと寄った。

「添どのも以前とは事情が違う。今は貯《たくわ》えもできたであろうし」言いさして、呆気《あっけ》に取られた。

百が任侠のごとく腕を組んでいる。

「おぬし、何を考えておる」

「いっそ母子で、ここにお住まいいただいてはどうです」

わが子と分け隔てなく蔦を可愛《かわい》がる姿には頭の下がる思いがするが、情が嵩《こう》じ過ぎてはいまいか。

「そこまでしては筋違いになろう。だいいち、おれも落ち着かぬ。執筆に障りが出ては一大事」

「またそれだ。二言目には執筆、執筆って、お蔦ちゃんの身とお前様の執筆なんぞと、どちらが大切なんです。命がかかってるのは、どちらなんです」

畳をぽんぽんと叩いて詰め寄ってくる。

「いや、待て。待てと言うに。ここは母親の考えにまかせるべきだ。そこを曲げて無理をして、万一の事あらば恨まれることにもなろう」

百はまだ言いたそうに口を開閉したが、馬琴は押し通した。

まもなく添から「主家に暇を賜り、兄の家に退《さが》りました」との文遣いがきた。

「お蔦ちゃん、元気にお過ごしよ」

百は蔦を抱きしめて、なかなか放さなかった。

その後は折々に添の寓居を訪ね、蔦の安否を伺い、養育の費《つい》えも扶《たす》け続けている。

五月に入って蔦の病も半ば癒えたとの文が届き、胸を撫で下ろした。

「そら見ろ。やはり母親の手許で育つのが蔦には倖《しあわ》せであるのだ」

「お前様はほんに、意地の悪い猿のようだ」

百は眇《すがめ》の目許に指を置き、あかんべえをした。


久しぶりに京伝店《きょうでんだな》を訪ねた。

「左の字は芝居、役者に詳しいだろう」

いきなり妙なことを訊かれた。

「それは先生、あなたの方でありましょう」

亡くなった蔦重《つたじゅう》は東洲斎写楽《とうしゅうさいしゃらく》に大首役者絵《おおくびやくしゃえ》を描かせている。その中にはむろん、五代目市川《いちかわ》團十郎《だんじゅうろう》も含まれていた。團十郎は風流人で知られ、「花道のつらね」なる狂歌師でもある。京伝との交誼《こうぎ》の深さは誰もが知るところだ。

京伝はんんと咽喉《のど》を鳴らしながら、鼻毛を抜いた。

「いやさ、仙鶴堂が面白い企てを持ってきたのさ。名所巡りの趣向で人気役者を紹介する戯子《やくしゃ》名所図会《めいしょずえ》ってね。これがすこぶる豪勢だ。半紙本三冊の大型絵入劇書、役者を描かせたら日本一の豊国《とよくに》に描かせるってさ。左の字、やってみないか」

「先生がお引き受けになればよろしいでしょう」

仙鶴堂は京伝に声をかけたのだ。ところが京伝には事情が出来《しゅったい》して、執筆を馬琴に回そうとしている。

「この夏は伊豆に旅に出る約束がある」

あんのじょうだ。この人は相も変わらずの執筆嫌い、遊びを段取りしてから残りの時間で渋々と筆を執る。京伝は抜いた鼻毛をとっくりと眺め、ぶっと吹いて飛ばした。

「いやさ、旅に出る前に後編を仕上げておこうと思ってさ」

なるほど、そういうことかと鼻毛を拾い、懐紙に包む。後編とは、『忠臣水滸伝《ちゅうしんすいこでん》』のことだ。

その執筆に注力したいから、『戯子名所図会』の仕事を回そうという肚づもりだろう。

前編の感想は、京伝に伝えぬままだ。

読む前は怖かった。貪《むさぼ》り読みたいのに横目で睨《にら》み、手を伸ばしては引っ込めた。もし『高尾舩字文《たかおせんじもん》』より優れていたら。いや、京伝が書いたのだ。そうに決まっている。だがあまりにも凄い小説であったなら、おれは穏やかではいられない。打ちのめされる。

松も取れた朝であったか、唾を呑み下し、ようやく手に取った。読み進めるうち、さすがに手練《てだ》れだと唸った。『水滸伝』に浄瑠璃の『仮名手本忠臣蔵《かなでほんちゅうしんぐら》』を綯《な》い交《ま》ぜにする技は見事で、文章も軽妙だ。

本を閉じて大息を吐き、胸に手をあてた。

なるほど。声が洩《も》れた。なるほど面白い。だが、稗史小説《はいししょうせつ》と標榜できるものではない。誰にも規定できるものではないが、おれにはわかる。

これは、小説になっていない。

おれはいったい、何を恐れていたのだろう。

ゆえに『忠臣水滸伝』については黙している。実のない褒詞《ほうし》を奉るくらいなら、いっそ黙っている方が誠実というものだ。書く苦しみを知る者同士の礼儀でもある。

「あたしにしては殊勝だろ」

後編のことだ。おどけて言うが、京伝なりに読本に気を入れているらしい。それは歓迎すべきことだ。こなたも腕が鳴る。

「さようなご事情でしたら手前が承りましょう」

「助かるよ。仙鶴堂にはあたしから伝えておく」

兄の病から、芝居見物にも遠ざかって久しい。江戸三座を巡り、これまで板行された役者評判記、せりふ本も読み込んだ。そのうえで文章を練った。何を書くかよりも、どう書くかの方が大切だ。絵と相俟《あいま》って楽しめるような、文章の佇《たたず》まいとでもいおうか。そうと決めると、筆が乗りに乗った。

「流麗なる名文ですなあ。役者のご連中も歓びますすよ。これは売れます、評判を呼びますよ」

仙鶴堂の番頭は昂奮してか、頬に朱を散らした。


猛《たけ》るような夏になっても、ひたすら書き続けている。黄表紙を八作抱え、洒落本や咄本の注文もある。さらに耕書堂が翫月堂《がんげつどう》との相板《あいはん》で、『俳優世二相《やくしゃさんじゅうにそう》』なる役者絵本を発企《ほっき》した。絵師は『戯子名所図会』の豊国で、文は東子樵客《とうししょうきゃく》だ。その序文を頼まれた。

耕書堂の二代目は仙鶴堂の向こうを張り、最初は馬琴に文を依頼してきた。だが秋八月には兄の一周忌法要があり、羅文《らぶん》一周忌追善百韻をも興行するつもりであるので、とても手が回らない。序文を寄せることで勘弁してもらった。

本書の趣向は、顔相《がんそう》の蘊蓄《うんちく》にある。こういう目を持つ者は「立ち聞きの相」、女のこんな眉は「世話女房の相」などと解説してあり、馬琴も人相学の書を繙《ひもと》いてみた。

わが女房の造作は、「曲者《くせもの》の相」であった。

そんな執筆もこなしながら、法要と追善百韻興行も無事に執り行ない、羅文追悼文集『笠の露』の編纂《へんさん》も成ったのが八月十三日だ。

翌日の午過《ひるす》ぎ、添からの遣いがあった。

蔦が暑邪《しょじゃ》にやられ、この幾日か危うございます。急ぎお越しを。

驚きつつ走って訪《おとな》うも、もはや救うべくもない状態だ。日没が近づいた夕間暮《ゆうまぐ》れ、蔦は息を引き取った。深光寺へ葬送した。法名秋夢童女、三歳を一期《いちご》にして夢のように消えてしまった。百は泣き通しで、秀と菊などは目配せし合っていた。武家の女は人前で身も世もなく泣き崩れたりしない。

だが馬琴は咎《とが》めなかった。四肢もろくに動かせぬ襤褸鳥《ぼろどり》のごとき蔦に乳を与え、親身に世話をしたのは百であった。

寛政十二年が明けて二月、縁側で俳書を繙いていると百の声がする。

「お幸《さき》、魚売りが通りがかったら呼んどくれ」

元気な下駄の音がする。幸は六歳となり、滝沢書堂に入塾させた。祐《ゆう》は四歳、鎮五郎《しずごろう》は三歳だ。そして百の腹はまた膨らんでおり、あと四月《よつき》ほどで生まれるらしい。

そして滝沢家には、秀《ひで》夫婦が撫育《ぶいく》している房五郎《ふさごろう》がいる。一縷《いちる》の望みだ。あと十年と少し待てば、八本矢車の紋入りの提燈《ちょうちん》を門前に高々と掲げる日がくる。

初夏に入ったある日、添は太田備後守《びんごのかみ》の家臣に再嫁した。

# 第五章

# 筆一本

久方ぶりに旅に出ることにした。

五月の朝、百《ひゃく》と子供四人に見送られて家を発つ。

「皆、息災に過ごせよ。母の言いつけをよう守ってな。父が不在でも、学びの道から逸《そ》れてはいかん。日々、精励せよ」

こなたをちゃんと見上げて「はい」と返答するのは鎮五郎《しずごろう》一人で、幸《さき》と祐《ゆう》は道端でさっそく猫を追いかけて遊び始めた。しとやかさの片鱗《へんりん》も見えず、一方、鎮五郎は柔順、神妙が過ぎて心配になるほどだ。いったい誰に似たものやら、男子にしては線が細い。

「ささ、お気をつけて行ってらっしゃいませ」

幼い鍬《くわ》を抱いた百が尻を叩くように言い、京伝《きょうでん》に頭を下げた。鍬は一昨年の晩夏に生まれた三女、三歳だ。

「先生、なにとぞよしなに願います」

上方に旅をする際、見送りの者は神奈川まで共に歩くことが多く、京伝や耕書堂《こうしょどう》、仙鶴堂《せんかくどう》の手代らもその慣《なら》いで同道してくれるという。

「このひとは偏屈で我儘《わがまま》な理屈屋にござりますので、さぞご迷惑をおかけしましょうが」

京伝は「あいよ」と気軽に答え、賑《にぎ》やかに出立した。

「偏屈で我儘な理屈屋。三つも並んだ」

くすくすと肩を揺らしている。

「笑いごとではありませぬぞ。旅に出るとなれば今生《こんじょう》の別れを覚悟して水盃《みずさかずき》を交わすものであるというに、出がけの亭主に雑言を投げつけるとは」

他人の女房だから笑っていられるのだ。

「手強《てごわ》い女房こそ江戸前さ」

鍬が生まれた年の冬、京伝もようやく二人目の女房を迎えた。百合《ゆり》という女で、亡くなった菊同様の傾城《けいせい》上がり、しかし商いをよく手伝うので周囲は胸を撫で下ろしている。しかも今度は美人だ。が、馬琴は京伝の気が知れない。なにゆえ、そうも遊女を選んで妻女に据えるのか。売色稼業の者は、吉原の町の中であってこそ華であろうに。

五月晴れの空の下、杉葉で担い箱を飾った心太《ところてん》売りや朱色の酸漿《ほおずき》売りが江戸の町を行き交う。枇杷葉湯《びわようとう》売りの声が通り過ぎ、しゃぼん玉売りの吹く玉が旅の空に流れてゆく。

江戸を出て、夜は神奈川で投宿した。書肆《しょし》の連中は途中で引き上げたので宿では京伝と二人だ。風呂上がりに麦湯を飲みながら、まずは礼を述べた。

「ご揮毫《きごう》、誠に有難うございました」

旅の目的は上方の風物を巡ること、そして人に会うことである。不案内な土地を見聞するには、その地の知縁を頼るのが賢明だ。そこで先だって、京伝に揮毫を頼んだ。

先生の肉筆書画に勝る品はなく、なにとぞ。

京伝は「いいよ」と気軽に引き受け、およそ百点も用意してくれた。そのうえ、大田南畝《おおたなんぽ》に紹介状を頼んでくれた。南畝は京伝や蔦重《つたじゅう》の狂歌仲間であった幕臣で、昨年は大坂銅座《どうざ》に赴任していたので京坂に友人知人が多いという。

曲亭馬琴《きょくていばきん》、和文を達者に書き、しかも即座に書き上げる者にてござ候。江戸では京伝に次ぐ作者、至極《しごく》面白き人物ゆえ、よろしく引き回しのほどを。

紹介状でまさか貶《けな》すわけはないのだが、効き目のありそうな文言をもらった。

「大坂の人物といえば、北堀江の木村蒹葭堂《きむらけんかどう》に会うてきてもらいたかったが」

京伝は湯帷子《ゆかたびら》の裾を捲《まく》り上げて、胡坐《あぐら》の脚を掻く。

木村蒹葭堂の名はむろん知っている。江戸にも高名が轟《とどろ》く博学多才の文人で、本草学《ほんぞうがく》に通じて蘭語のみならず羅語まで解し、書画骨董、鉱物植物の標本も莫大に収集しているという。

「お会いになったことがあるのですか」

馬琴も胡坐を組んだ。よろしくない行儀だが、仰臥しての読書の癖は治らず、近頃は文机《ふづくえ》を離れるとすぐに足を崩したくなる。半町人の暮らしはまず挙作《きょそ》に出るものらしい。

「いや。南畝さんからよく聞かされていてね。大坂を訪れる者は必ず蒹葭堂の戸を敲《たた》くから、来訪者は延べ九万人とも言われたらしい。亡くなったのが惜しまれてならねえ」

「亡くなったのですか」

「今年の正月らしい。あと半年早い旅であったら会えたであろうに」

まだ神奈川宿であるというのに早々に落胆した。この先が思いやられる。いや、あのおひとはどうだ。

「剪枝畸人《せんしきじん》。かのおひとはまだ生きておられましょうや」

京伝は、おや、という目をした。

「畸人。雨月物語《うげつものがたり》のかい」

今から二十五、六年前に京坂で出板された読本《よみほん》だ。

「大坂のひとだが、京に隠棲したと聞いたが」

「なら存命ですか」

「たぶんね。会いたいのかえ」

馬琴は頷いた。

「あれは、凄い作です」

京伝は黙っている。とぼけているのだろうか。十一年前の寛政三年、京伝は『雨月物語』を用いて『痴癖談《くせものがたり》』を書いている。それは蔦屋に奉公している時に知ったから確かだ。が、板行はされなかった。出板規則違反を咎《とが》められて蔦屋が闕所《けっしょ》、京伝は手鎖《てじょう》五十日となった年だった。

「描き出された人間の性《さが》への思考たるや、釈迦門の因果応報の教理、儒教の堯舜《ぎょうしゅん》の教えすら超越いたしております。怪異説話集でありますが、ただそれだけのものではない。手前も若い頃に読んだ折は気づかぬことが多々あり申した。しかし今、齢《よわい》三十六にして、かつ作者の末に名を連ねたる者として再読いたさば、背筋が荒ぶるほどの物語だと恐懼《きょうく》するばかり。あれはただ古典に拠《よ》った怪異奇譚ではありません。巻之五の貧福論など、乱世の武将の評から政《まつりごと》にまで言及している。型通りの祝詞を連ねながら、今の世の次に来るべき時代にこそ万民の安住があるとの預言めいた暗喩も読み取れます」

つい熱を帯びてしまったが、京伝は「そうだったかなあ」と暢気《のんき》さを崩さない。

「あたしは気づかなかったけど、お前さんが深読みするのも、さもありなんだね。そういや、あれは開板出願に許しが下りねえで発販まで八年もかかった代物だと、蔦重に聞いたことがある」

京伝は湯帷子の懐をくつろげながら、「気をつけなよ」と軽い口調で言った。

「筆を御政道《ごせいどう》に向けちゃならない。いかに義憤に駆られようと慎《つつし》め。誰が読んでおるのかわからねえんだよ。懲らしめよう、見せしめにしようとお思いなすったら、どのくだりにだって因縁をつけてくる」

手鎖の刑の辛《つら》さを知る者として注意されれば、こなたも首をすくめるのみだ。

用意周到に、細心を払うて生きねばならない。

京伝と別れて箱根までは一人で歩き、塔ノ沢で荷物持ちの下僕と落ち合った。そこまではよかった。が、島田に入ると長雨に祟《たた》られ、大井川が越えられない。ちょうど参勤交代の諸侯一行が満ち満ちて、さながら江戸のような賑《にぎわ》いではある。旅籠《はたご》が一杯であるので土地の富家である因幡屋《いなばや》を訪ねると、三日月藩《みかづきはん》森公の本陣を務めていた。商人の家を紹介されたので引き移り、すると時々の膳は因幡屋が運んで饗応《きょうおう》してくれる。それもこれも京伝の書画のおかげだ。諸国にその名が鳴り響いていること想像以上で、小さな一枚を差し出すだけで下へも置かぬ歓待を受ける。己で頼んでおきながら、かなわぬなあと半ば呆れる。

島田から掛川、袋井と、土地の俳諧師や狂歌師とも知友を結び、「あともう一日」と逗留を勧めてくれる家もある。掛川では遠州《えんしゅう》第一と謳《うた》われる好事家《こうずか》を訪ね、所蔵の書画を見せてもらった。

難所と呼ばれる山も越え、駿州《すんしゅう》から尾州《びしゅう》までは駅の辻、そして街道にも秋葉山参詣の常夜燈《じょうやとう》が並び立ち、杉の木立が青々と続く。

　夏ながら麦の秋葉も過がてに　山路は蟬《せみ》のしぐれ初にき

六月半ば、名古屋に入った。この地の書肆といえば芭蕉翁も訪れたという風月堂に、『古事記伝』の板木《はんぎ》を持つ永楽屋《えいらくや》、貸本屋は湖月堂の名が高い。狂歌は田鶴丸《たづまる》、俳諧は士朗だが、名古屋の俳壇には他にも名手が多い。

「曲亭先生、お目にかかれて光栄に存じます」

驚くことに馬琴の愛読者もちゃんといた。江戸の戯作も名古屋まではよく通じると聞いていたが、噂の通りだ。誘われて芝居を見物することにした。名古屋は橘町と大須《おおす》に小屋があり、しばらく途絶していたのがようやく許されて復活したのだという。桟敷《さじき》を十四、五歳の童が

「茶いらんか」「菓子いらんか」と売り歩く言葉は野卑に響く。芝居もさほど感心しなかった。芝居浄瑠璃のたぐいは興行を中絶するといけない。客の前で演じ続けてこその芸で、裏方も食べていけぬとあっては技が落ちる。まして役者は九人までと制限付きであるらしく、座元もさぞ苦労であるだろう。

それにしても雨が降らず、暑気が甚だしい。名古屋市中の往来を行く者は編笠《あみがさ》を被《かぶ》る者が多く、たまに日傘を差す男も目につく。女は美人が多いが腰がやけに太く、一人として細腰の者に出会わない。

知友は増え、方々から招きを受けて秘蔵の絵巻物や蔵書を披露される。広小路秤座《はかりざ》の当主、守随家《しゅずいけ》が『水滸後伝《すいここうでん》』十巻を蔵していると聞いた日には、背中に翼の生えた心地がした。『水滸伝』に後伝のあること自体が初耳だ。日本には入ってきていないのではないか。

さっそく訪ねて借覧を願った。

「お貸しするのはご容赦ください。ただし目録は筆写されてもかまいません」

筆写だけでも有難い。目録、すなわち目次があれば筋の展開が類推できる。蔵の中で筆を走らせながら、またも唸《うな》った。どうやら『水滸後伝』は、日本の山田仁左衛門《やまだにざえもん》が主人公であるらしい。寛永年間に暹羅《シャムロ》国に渡って彼の地で登用され、大国を領したと伝えられる英傑だ。筆写を進めるうち、思い出す文言がある。かつて、蔦重はこう言った。

小説の舞台は今の世ではなく、時代を遡《さかのぼ》らねばならない。

それは御公儀《おかみ》に咎めを受けぬための方便で、芝居や浄瑠璃も半年前に起きた事件を材にしつつ舞台は過去、古い説話や伝承を絡めて話を仕立てる。それは『雨月物語』もしかり。そのぶん誰が書いても設定が似て、新味を出しにくいのが難だ。

だが、この『水滸後伝』のように外国を舞台にしたらどうだろう。いや、唐人に見立てて黄表紙を書いた時はまったく受けなかった。

待てよ。外国を舞台に、主人公は日本人。これならどうだ。

蔵の中で、頭の中が蠢《うごめ》き始めた。


名古屋ではもう一つ、果たすべき存念があった。

「実は、歳時記を編んでおるのですよ」

永楽屋東四郎《えいらくやとうしろう》を訪ね、打ち明けてみた。板元から注文を受けたものではなく、執筆のかたわら、こつこつと編んでいる。季語を四季別、月順に分類して解説を加えんと試みた、いわば事典だ。

永楽屋は「ほう」と眉を上げげた。

「京で編まれたものはござりますが、江戸での編纂《へんさん》が成れば初となりましょうな」

「風土が違えば人の気、風韻も違うはず。こたびはそれを確かめるための旅でもあります」

江戸には江戸の歳時記があるべきだと思うのだ。そして兄、羅文《らぶん》の遺稿集を編むうち、書肆から出板して諸国の愛好家に役立ててもらいたいという気持ちが擡《もた》げてきた。

蔦重が生きていれば耕書堂にまず相談する話だが、二代目は店の切り回しに精一杯、仙鶴堂にも前借りしては返し、また旅費の足らずを借りたので売れ行きの見込みの立たぬ出板は言い出しにくい。借金は身を縛《しば》るものだ。真正面から意を通しにくくなる。向後《こうご》は二度とすまい、いつもそう決意するのに背に腹はかえられなくなる。

「ようございます。お稿を拝見しましょう」

請け合ってくれた。草稿の段階で断られるかもしれぬが、永楽屋の人柄が実直であることは江戸でも名高い。

望みが持てそうだ。この地は収穫が多い。

名古屋に逗留《とうりゅう》しつつ、近在の文人の家も訪ねて回った。村々では雨乞いをしていた。六月三日から雨が降らず二十五日にやっと湿る程度、暑いはずだ。

名古屋を出立《しゅったつ》する際は、数十人に膨れ上がった人々に賑々《にぎにぎ》しく見送られた。ここからは独行だ。供があれば万事わずらわしいことが多く、旅塵《りょじん》と汗にまみれた着物一式と購《あがな》った書物、みやげのたぐいを下僕に背負わせ、江戸に帰した。

二十七日の朝、宮《みや》から舟に乗り、その日は石薬師《いしやくし》に泊まった。明朝は大雨で、二十八日は水口《みなくち》に入ったものの夜には大風雨だ。翌朝、渡るべき横田川の縁まで行けども水が増して渡れず、やむなく水口へ引き返した。翌朝、起きてみると大変な惨状だ。町の家は床上四、五尺も水に浸《つ》かり、流された家屋も多い。夜に大洪水が起きたらしい。そのうちの一軒は泊まるつもりであった茶屋だと知って肝《きも》が冷えた。たいした理由もなく別の店に投じたのだが、危うく水中の鬼になるところであった。一命を拾った。

洪水に家を流された者らは道に突っ伏して号哭《ごうこく》し、あるいは太鼓を鳴らして人足を駆り集め、堤を修復している。その合間で、水死の骸《むくろ》を捜す姿がある。親や子、夫や妻を半狂乱で捜し回っている。

ようやく横田川を渡って進んだが、牛を牽《ひ》いて田畔《たぐろ》から来る者がある。牛の腹は細く、声が悲しい。草津に向かう道中も洪水で堤が崩れ、人死にが出たようだ。案内を雇って道なき道を行く。田の中を進むこと十五町、水は腿を浸し、長い棹《さお》を杖《つえ》にして「一歩は高く、一歩は低く」と互いに声をかけ合いつつ、ようやっと陸地に出た。この辺りの裏通りも家が流れ、大変な溺死者があったらしい。

守山《もりやま》、彦根、大津、いずこも恐々として大水の話ばかりだ。

七月三日の夜、ようやく京は木屋町《きやまち》の旅宿へ辿り着いた。この地に水難はなかったようだが、三条、五条の橋は押し流され、河原茶店《かわらぢゃや》の腰掛《こしかけ》なども流されて寂寥《せきりょう》たる景色だ。宿に帰ると店先で盛んに話している男があり、番頭が馬琴の名を口にしたので立ち話になった。治水で有名な角倉了以《すみのくらりょうい》の子孫に仕える者だという。

「昨日、伏見に水見聞《みずけんもん》に参りましたんやけど、皆、二階から船に乗って逃げたということどす。山崎の辺りは水一面、真白にしか見えませんどした」

「大坂はいかがか」

「天満橋《てんまばし》に天神橋、他にも五つほど落ちたと聞きました。近在の難波村《なんばむら》の百姓らは道頓堀の芝居小屋に避難させてもろうたらしおます。大坂じゅうの豪商が合力《ごうりき》して米や着物の施行《せぎょう》をしてはるらしいが、しばらく近づけんのと違いますやろか」

留守宅に宛て、無事を知らせる文を認《したた》めた。天変については江戸の地にも風聞が届いて大騒ぎになっているはずだ。家でもいかほど心配していることか。

幸《さき》、祐《ゆう》、鎮五郎《しずごろう》、鍬《くわ》。息災にしておるか、病んではおらぬか。

不思議なことに、女房のことは忘れておこうと思えば忘れていられるものだ。忘れがたきは幼い子らである。美味《うま》いものを喰えば子を思い、美しい着物を目にすればまた子を思う。そしてはたと、我に返る。可愛《かわい》い子らから遠く離れ、おれはここで何をしているのだろう。くたくたと心が萎《な》える。

つまや子は衣服といへど旅ごろも　遠くきて猶《なお》おもふ古さと
この旅の空、行かんとする先に道はなく、引き返さんとしても巷《まち》がない。

大水の災いもやがて落ち着いて、京の市中の七夕飾りに目が留まるようになった。

江戸の七夕飾りは竿竹《さおだけ》を立て、その先に飾り物を吊り下げた青笹《あおざさ》を継いで屋根高く掲げる。五彩の短冊が風に靡《なび》く空は、なんとも言えず慕わしい。二階の物干し台に竿竹を立てるのは馬琴の役目であるから、今年は誰に頼んでいるのやら。京の七夕飾りは青笹の裏に小さな酸漿《ほおずき》提燈《ちょう》をいくつともなく付けたもので、江戸と比べれば質素だ。

あくる日は紫野《むらさきの》、上賀茂《かみがも》、北野へ参った。女が牛馬を牽いて行き来するさまは珍しく、これも江戸では見られぬ景だ。

東西の門跡《もんぜき》は世界の金銀をここに集めたかと思うほどの壮観だ。鹿苑寺《ろくおんじ》の金閣にも拝見に出向いたが、一人から十人までは銀二匁《もんめ》と料が定まっており、これを寺僧に渡せば門を開いてくれる。東山銀閣も同様だ。金閣はさすがに古雅、義満《よしみつ》公の像も威があって生けるがごとくだ。唐風《からふう》の庭に佳《よ》い石が数多《あまた》あるが、滝は感心しない。深く感じ入ったのは宇治の黄檗山萬福寺《おうばくさんまんぷくじ》だ。唐風の佇《たたず》まいの中で秋風を眺めると、やはり旅に出てよかったと、しみじみと思い直す。

往来で目にする公卿の参内《さんだい》のさまも都ならではで、御所《ごしょ》は言うまでもない。しかも七月十五日、禁裏《きんり》の御燈籠《とうろう》は諸人に拝見が許されると聞いた。かような機会を逃してはならじと、禁中に入った。前後に警固の役人が付き添い、清涼殿《せいりょうでん》の庇《ひさし》に御燈籠を並べてあるのを一、二間離れて拝見する。御燈籠は台状で、四方が二、三尺ほどの大きさだ。台の部分に灯をともすようで、白い紙を張り回してある。台上には人形や造り花が飾られ、これが捧げ物であるのだろう。親王家、摂家《せっけ》、女中方《がた》などの文字を記した紙がそれぞれの台に下げられている。

武家に生まれた己にとって、帝や公家はやはり尊い、厳《おごそ》かなるものだ。江戸の大樹公や大名たちに対する心持ちとはまるで異なることに、今さらながら気がついた。旅は、未知の心をふと照らすものであるらしい。そよぐ風が木々の葉を光らせるように。

馬琴は毎朝、昨日の事どもを思い出して道中日記に書きつける。

京はいったいにおなごが美しく、次に良いものは賀茂川の水、そして寺社だ。閉口するのは料理で、白味噌がどうにも口に合わない。江戸者としては新鮮な魚の少ないのも困る。煎茶《せんちゃ》や煙草にも良品がなく、妓楼《ぎろう》に上がれば遊女には実《じつ》がない。丸顔に痩せ型の美妓《びぎ》揃いだが、江戸者を見下しているのが露《あら》わだ。それにつけても京者はとかく吝嗇《りんしょく》で、金銭の遣い方のみならず、余所者《よそもの》と親しく交わる気を惜しむ風がある。文人らの見識は非常に高いと聞いており、仙鶴堂の本店の紹介で何人もに会って話をしたけれども、三つのうち二つは感心しがたい。高いのは学識ではなく気位なのではあるまいか。『雨月物語』の剪枝畸人《せんしきじん》には面会して是非とも交誼《こうぎ》を願いたかった。人を介して面会を申し込もうとしたのだが、にべもない。

「あのおひとはあきまへん。世を厭《いと》うて、人とお交わりにはならへんのどす。なにしろ戯号《げごう》が畸人《きじん》どすもの」

それは誤解だ。剪枝畸人とは己の躰の不具を標榜したものだと、蔦屋に奉公している頃に教えられたことがある。幼い頃の流行病《はやりやまい》のせいで、手指の何本かが欠けているのだそうだ。不運な宿命を戯号に刻印したのだろう。

馬琴はふと、己の尻を思った。

醜い火傷の痕《あと》。赤い痣《あざ》。

他の文人は皆、風狂放蕩《ふうきょうほうとう》に溺れ、しかも西鶴《さいかく》時代の滑稽味は失っている。京伝の肉筆画の効き目もなく、「それは誰どす」という素っ気のなさで、馬琴が俳諧をすることを持ち出しても、「蕎麦《そば》と俳諧は京の地には合いまへん」と切って捨てられる。

風物はことごとく美麗にして雅な地であるけれども、心からは歓迎されていない、そんな居心地の悪さにつきまとわれる地だ。

京を発ち、午刻《ひる》、伏見から舟に乗って大坂へ下った。その間、方々の洪水の跡を目にすることになった。淀八幡《よどやわた》辺りの堤が崩れ、淀の城の塀など屋根にまで水が迫ったようだ。高槻《たかつき》の城もかくのごとしと、舟中は噂話が絶えない。枚方《ひらかた》より二里ばかり向こう、河内《かわち》という地の堤も大崩壊し、南は平野村、東は駒ガ嶺《みね》の麓《ふもと》、西は大坂の城、北は淀川に連なって一面が湖になったという。

枚方の川で酒食を売る舟は「餅くらわんか、酒くらわんか」と、言語の野卑なること有名であるが大声も聞かず、ずいぶんとおとなしかった。

舟は夜五ツ半、大坂は道頓堀《どうとんぼり》へ着岸した。

本屋連中がこぞって出迎えてくれる。

「ようお越しになられました」

「ささ、先生、参りまひょう」「荷をお持ちしまひょう」取り囲まれる。

「いやいや、それはあたしがお持ちするのや。ちょっと貸しなはれ」

「お前《ま》はんに貸すのは羽織と女房だけ」

「いや、あんたの女房はよう借りん」

「なるほど、お目が高い」

初対面の人間の前でよくこうも喋れるものだ。

投宿するも書肆《しょし》の誰かが入れ替わり立ち替わり顔を見せ、親切に世話をしてくれる。それは少しばかり意外であった。己の才は京でこそ歓ばれるものと思っていたし、大坂では『高尾船《たかおせん》字文《じもん》』のほとんどを返本されたという痛恨事がある。

まさか大坂に気持ちを救われるとは。主になってもてなしてくれるのは心斎橋筋安堂寺町《しんさいばしすじあんどうじまち》の八文字屋八左衛門《はちもんじやはちざえもん》という書肆で、考えれば、あの大型絵入劇書『戯子名所図会《やくしゃめいしょずえ》』が大いに評判を呼び、これは売れたのだ。江戸の仙鶴堂と組んで相板《あいはん》したのが、この八文字屋であった。

「先生、戯子名所図会はほんに、ええ劇書でおました。おおきに有難うさんにごわります」

改まって礼を述べられると、なお嬉しい。八文字屋は百年以上も前に京で開業したという老舗の浄瑠璃本屋《じょうるりぼんや》で、二代目の八文字屋自笑《じしょう》は役者の評判記を出して名のある人であった。当代は四代目、先年、京の火事で類焼し、大坂へ移ってきたらしい。この心斎橋の店のしつらいは慎《つつ》ましく、奥の座敷にも派手なところは見えない。

「先生の文の体は流麗、得も言われぬ艶がおますな。手前どもは浄瑠璃と狂言芝居の本で暖簾《のれん》を続けてきた家どっさかい、近松《ちかまつ》先生の詞《ことば》に通ずるもんを感じます」

「近松先生とは、それは畏れ多いことです」

「いやいや、浄瑠璃、芝居に仕立てたらさぞええやろうと思う文章がそこかしこにおますのや。盛大に書いとくなはれや。大坂の座元連中もあんさんの戯作は必ず目を通してますのやさかい」

「真《まこと》ですか」膝が動いた。

「嘘ですわ」

口が半開きになる。すると相手はさも嬉しげに笑った。

「というわけ、おまへんやろう。ほんまのことどす。ことに読本《よみほん》な。あれをな、仰山《ぎょうさん》書かはったらよろしいと存じます」

大坂は語尾に「な」を捺《お》すのが特徴のようだ。

「そやからな、芝居にもご案内申し上げたいのやが、今は芝居を打てまへんのや」

京や舟中ですでに聞いていたので黙って頷《うなず》いた。被災民の数はやはり夥《おびただ》しく、道頓堀の芝居小屋は五軒あるらしいが、家を失った百姓四千人を預かり、富商が銀子も人も出して世話をしているという。

「それはそうと、近所に気のええ男がおりますのや。今、呼びに行かしてますさかい」

そう言う最中に夏障子の向こうで人影が動き、「ごめんやす」と訪《おとな》う声がある。

「ああ、太助はん、こっちへお入り」

座敷に入ってきたのは三十半ばの男で、馬琴より少し若いくらいだろうか。目玉がぎょろりと大きく、こなたの姿を認めるや、ひょいと気軽な辞儀をした。

「お客人なんやが、あんた、ご案内役をしなはれ」

身形《みなり》はこざっぱりとして奉公人ではなさそうだが、気易く頼まれているところから判ずるに親戚の男だろうか。素人相手にいきなり戯号《げごう》を名乗るのもどうかと思い、「滝沢です。よろしく」と言った。男は案内役が不承知のようで、四代目のそばに膝行《しっこう》して耳打ちをする。

「旦《だん》那さん、手前にも商いがおますのやで。おたくの番頭か手代をつけてくださいや」

「ああ、そう。ほなら、そうしよか。いや、河内屋《かわちや》はん。お前《ま》はんは曲亭馬琴さんの大贔屓《おおひいき》、惚《ほ》れ抜いてると言うてたさかい案内役を譲ってやったのやが、ほな、よろし。うちの者でも他の書林でも、引き受けたい者は山とおるさかい」

「ちょっとお待ちを。今、曲亭さんと言わはりましたか」

「言うたが、どないした」

「洪水で足止めを喰ろうて、どこぞから動かれへんて聞きましたで。大坂にお入りになるんは、八月の末になるやろうて」

「そないなこと言うても、これこの通り、お越しになってるやないか」

太助は鯉《こい》のごとく口を開け、「ほな、このお方が」と切れ切れに叫んだ。


大坂の時は鐘ではなく、太鼓が報じる。

この音には古寂《ふるさ》びた味わいがあり、墓巡りの道中もふと顔を上げて耳を澄ませてしまう。

まずは近松門左衛門《もんざえもん》の墓に参ろうと、浄瑠璃作者の当代並木正三《なみきしょうざ》に訊ねたが「知らぬ」と頭《かぶり》を振られた。金屋橋銅吹所《かなやばしどうふきしょ》の熊野屋という商家に辞世の詠草《えいそう》があるというので、河内屋太助の案内で筆写させてもらうことにした。詠草は肉筆であるらしく、他にも美人画の賛が近松の肉筆であるというので、それも拝見した。

「大坂で近松先生の肉筆があるのは、この二幅のみだす」

熊野屋のあるじは伏し目がちに呟《つぶや》いた。没年が享保九年と聞くから没後八十年近く経っており、『曾根崎心中《そねざきしんじゅう》』が最初に掛けられたのはおよそ百年前の元禄であるから、無理もないだろう。

しかし太助は帰路で、逆のことを言った。

「わずか百年で墓もわからんようになるとは。今日《こんにち》ただ今も近松の作は義太夫が語って人形が演じて、歌舞伎芝居の舞台にもぎょうさん掛けられてるというのに、儚《はかな》いことだすわ」

思うところがあったのか、数日後、西鶴の墓に案内すると誘いにきた。

「寺町の誓願寺《せいがんじ》にあると聞きましたのや」

勇み立っている。馬琴は生國魂神社《いくくにたまじんじゃ》の近くに投宿しているので、そこから北東に歩けばさほど遠くないという。今日は盧橘《ろきつ》という戯作者も同道している。ほどなく着いて寺僧に訊ねると、

「西鶴はんの墓。お歩きになったら見つかりましょう」と忙しそうだ。仕方なく、三人で墓石を一つひとつ見て回った。

「ああ、あった。先生、こっちこっち」

本堂西の裏で、太助は墓地にふさわしからぬ声を出した。急ぎ足で近づいた。

南向に「仙皓西鶴《せんこう》」と刻まれている。盧橘が墓石の脇に屈み、「間違いおまへん。墓の建立《こんりゅう》者《しゃ》として、北條團水《ほうじょうだんすい》の名が見えます」声を上ずらせて指差した。太助も言う。

「團水は西鶴の没後に京から移って、七年の間、旧居を守ったと何かで読んだことがおます」

「草紙の西鶴名残《なごり》の友の序ではなかったか。團水は西鶴の信友、あるいは弟子であろう」

馬琴も昂奮《こうふん》を隠せない。

「花筒に桔梗《ききょう》が入ってますで。ひょっとしてご子孫がいてはるのと違いますやろか。ちょっと訊ねてきまひょう」

子孫に会えるのなら是非とも訪ねたいものだ。江戸ではもはや読者も少ないが、馬琴は若い時分に『好色五人女《こうしょくごにんおんな》』や『日本永代蔵《にっぽんえいたいぐら》』を読んでいる。西鶴も俳諧師であった。

そうだ。江戸戯作の源流はまさに上方《かみがた》、西鶴にある。

これまで気に留めなかったことだが、今はむしょうにそう思う。天啓のごとく。

太助はさっそく庫裏《くり》に赴いたが、肩を落として帰ってきた。

「無縁の墓には、お寺さんが折々、花を手向《たむ》けはるそうだす」

「無縁仏か」

せつないことだ。懐から矢立《やたて》と控帖《ひかえちょう》を取り出し、墓の様子を絵にして写すことにした。

元禄六癸酉年《みずのとのとりのとし》八月十日、それが命日だ。『好色一代男《こうしょくいちだいおとこ》』が大いに売れたのが天和《てんな》の初年頃のはずであるから、百二十年前になる。再び腰を落として合掌した。

遠くの空で、夕七ツを告げる太鼓が響いた。

西鶴と近松もこの音を聞いていたのだ。

寺を出て坂を下り、四天王寺《してんのうじ》へと足を延ばした。馬琴が「行ってみたい」と言ったからで、盧橘が困惑した面持ちになったのを太助が目配せをして、「ご案内します」と歩き出した。その理由は、彼の地に着いてすぐに知れた。一帯は焼土で、大門が虚《むな》しく残るのみだ。

「大坂の冬の陣で焼けてしもうたんだす。徳川さんの二代目さんが五重塔と伽藍《がらん》を再建してくれはったんやが、去年、えらい落雷がありましてなあ。全部焼けてしもうて、またこのありさまだすわ」

「大坂は豪商が多いゆえ、橋も自前で架けるのであろう。合力して再建しようとせぬのか」

「すると思います。そのうち必ず」

太助は大きな目をさらに瞠《みは》るようにして大門を見上げた。

「先生、まあ、こっちも見とくなはれ」

さらに案内されたのは、四天王寺からいくらも歩かぬうちに広がる丘だ。東に葛城山《かつらぎさん》や金剛山《こんごうさん》、二上山《ふたかみやま》、西には夕陽で真朱《まそほ》に染まる海が望める。淡路島の山も遥かに見え、馬琴は声もなく立ち尽くした。万葉の時代から続く景色だ。


大坂でよきものは三つ、大商いに海魚、石塔。悪《あ》しきものは飲み水、鰻《うなぎ》、料理。名代の料理屋でもてなされても舌に合わず、困ったことだ。今夜は土地の書林が十軒ほども集まっての饗応《きょうおう》で、新町の妓楼《ぎろう》にも上がった。太助は酒が強いらしく、盃《さかずき》を干すのが速い。しかもよく喋る。

「二代目の竹本義太夫《たけもとぎだゆう》に初代の並木正三、泉州堺《せんしゅうさかい》の紹鷗《じょうおう》、遊女夕霧《ゆうじょゆうぎり》の墓にも詣りはったのや」

「江戸のお人は、お墓がなんでそないにお好きなんだす」

うら若い遊妓《ゆうぎ》が真面目に訊ねたので、馬琴は苦笑いを零《こぼ》した。

「墓だけではないぞ。住吉《すみよし》にも参詣するつもりだ」

「はいはい、住吉《すみよ》っさん」

「はいを二度申すとは珍しい。これは大坂のおなごが皆そうであるのか、それとも新町の風儀か」

各地の言葉も集めて道中日記に書き溜めているので訊ねたのだが、老齢の八文字屋は渋い顔をしている。

「中の芝居の役者に限って返事をするのにはいはいと二度申すのが慣《なら》いやが、素人がそないな返事をしたら小芝居《こしばい》出やと笑われるで」

「うち、素人やおまへんもの。毎夜毎夜、小芝居してるもの」

遊妓は負けずに茶目《ちゃめ》に返して皆を笑わせる。大坂も丸顔の美人が多く、ただし京女に比べれば躰つきは骨太だ。

世人の気性は京が四分ほど、あとの六分は江戸人に通ずると馬琴は判じた。倹なる性は京と同流、活なることは江戸の本家本流が大坂といえるだろう。人の実《じつ》なる点は京に勝り、目覚ましいほどだ。いったいに大坂人の気はよく、往来でも喧嘩争論《けんかそうろん》を目にすることがない。人々は互いに気を合わせ、男も女もよく笑う。これは町の狭さも手伝ってのことだろう。狭い場所で角を立てれば己も傷つく。生きる知恵だ。

仲秋に至り、書肆が屋形船を用意してくれ、心斎橋から乗り込んだ。岸の姫松《ひめまつ》は数百本、常盤《ときわ》の緑を延々となし、住吉の浜からは太助が逐一教えてくれる。

「右手に遠く聳《そび》えてますのんが武庫《むこ》の山、向こうに霞《かす》むは淡路島、一ノ谷もほら、遥かに見えます」

いよいよ住吉に詣でれば、社前の反り橋、角柱の石の鳥居、四社の神々も尊く、浅沢の杜若《かきつばた》は秋になっても瑞々《みずみず》しく御田《おんだ》の稲は青く揺れている。

夜九ツ頃、感興もひとしおのままに心斎橋に戻った。次の日の夜は誘いもなく、珍しく一人で夕餉を済ませ、すると夢から覚めて我を取り戻したような心地になる。

そろそろ出立《しゅったつ》しようか。

いや、それにしても、道頓堀の大芝居が今も始まらぬのが心残りだ。角《かど》の芝居に役者の名を記した看板がようやく上がったが、初日は八月十五日頃になるらしい。その頃まで逗留《とうりゅう》すれば、江戸に帰るのが九月になってしまう。書かねばならぬ稿が山とあるので、これ以上の旅は無理か。

浄瑠璃、そして規模の小さな中の芝居は興行をしているので、それは墓巡りの合間に観た。上方の芝居はすべて、幕の間の太鼓に半鐘《はんしょう》をまぜて打つものらしい。口上《こうじょう》言いは幕ぎわから三尺ほど外、花道へ出て役割を読み上げるのだが、これが鈍くて聴きにくい。しかも口上を張ってしばらくは幕が開かず、なんとも間の悪いことであった。桟敷料《さじきりょう》も高く、当たり芝居となればさらに割り増しするのが慣いらしい。

妓《おんな》と芝居と食べ物は、江戸が最も安い。そんなことを書きつけては購った書物や着替えを畳み、荷の整理を始めた。だがいくらも経たぬうちに、開け放した唐紙襖《からかみぶすま》の陰から太助が現れた。手に酒徳利《さかどっくり》と盃《さかずき》を持っているのが目に入り、馬琴は思わず顔を顰《しか》めた。

「先生にはええ茶葉をご用意して、今、仲居に淹《い》れさせてまっさかい」

早口に申し開き、斜向《はすむ》かいに腰を下ろした。畳の上にいろいろと広げてあるのを見て取ってか、「そろそろ、お発《た》ちになるんですやろなあ」溜息まじりに言った。

「お名残《なご》り惜しいことだすわ。先生の御供をさせてもろうて、ほんまに嬉しいことだした」

図々《ずうずう》しい男ではない。招かれざる客であることを察してか、徳利も尻の横に置いたままだ。

「実は折り入ってお願いがありまして、こんな夜に押しかけましたんだす」

「願いとは何だ」性急に先を促した。

「手前ども河内屋にも、お稿をいただけまへんやろうか」

そうかと、躰の向きを変えて対面した。

「かような意もあって案内役を引き受けたのかと思わぬでもなかったのだが、私の作どころか戯作《げさく》の話をまったくしない。ゆえに我惚《われぼ》れであったかと思うておったのだ」

ありのままを話した。

「そんな、せっかく大坂を見ていただくんやし、著作のことはしばしお忘れにならはりたいやろうと、この舌の根をぐっと紐《ひも》で括《くく》りつけてましたんだす。ほんまは語り合いたいことが山ほどありました。なんなら、今からでも」

「いや、今夜は勘弁してくれ」

「そうだすやろう。な、やっぱりな」しょぼくれる姿もどことなく滑稽だ。

「だが、本当に世話になった。書かせてもらうよ。今年は難しいが、来年には」

「ほんまだすか」眉を大仰に上げた。

「先生、おおきに。案内中、我欲を抑えた甲斐がおましたわ」

「大袈裟《おおげさ》だ」

「いや、本気だす。大坂は西鶴と近松を出した町やのに、その昔の財産を後生大事に抱えてるうちに、いつのまにやら江戸に文壇ができて戯作者も次から次へと出る。大変な活気やおませんか。けど大坂は、滑稽本《こっけいぼん》や洒落本《しゃれぼん》なんぞ読み捨てられるもんや、文の芸の本流やないと高を括《くく》ってました。気がついたら、京伝と馬琴が江戸読本《えどよみほん》という読み応えのあるもんを書くようになった。いや、先生の前で申すのもすまんことだすけど、今はさほど売れてまへんで。商いとしての旨味《うまみ》はない。けど、そのうち天下に鳴り響くようになりますわ」

襖が動いて仲居が顔と肩の半分を出し、茶碗をのせた盆を差し出して消えた。

「情けないことに、大坂の戯作者は後が続いてまへんのや。剪枝畸人《せんしきじん》さんは偏屈、京に引っ込んで誰とも会わはれへんし。ほんまは、蔦重《つたじゅう》さんのように手前ら書林が作者を育てなあかんのだす。けど、そないなことしたことないから、やり方がわからへん。売り方も。このままやったら、大坂の本屋は古い板木《はんぎ》を抱え込んでの商いに終始して、自ら開板《かいはん》することをせんようになります。それはもう、本屋やおません」

この男なりに、大坂の本商いの先を考えているのだろう。蔦重のごとき貫禄《かんめ》はないが、情に厚みがある。気張って書こうという気になってくる。

「して、河内屋はいかなるものであれば、大坂で売れると見る」

訊ねると、打てば響くように答えた。

「仇討《あだう》ちものだす」

「武家の少ない大坂で、仇討ちものか」

太助は大真面目に頷いた。

「渡世《とせい》の筋を通したら息苦しい、報われることも少のうて、これは前世の報いやと思い定めたとて諦めなんぞつかへんもんだす。そんな阿呆《あほ》なことがあるものか、前世の報いは前世でつけてくれ、なんで現世のおれがこないな不運に見舞われんとあかんのやと嘆きもすれば腹も立つ。いや、皆、笑《わろ》うてますけどな、笑うしか仕方がのうて笑うてるだけで」

馬琴は黙って顎を引いた。

「そやからこそ、現世で因果応報の形《かた》がつく仇討ちものは胸が空《す》くんだす。しばし感じ入って憂きを忘れられる。しゃあない、明日も生きてみたろかと思える」

本屋の顔をしている。

「相わかった。約束する」

こちらも肚《はら》を括《くく》らねばなるまい。持てる力を尽くそう。

「ほな、帰りますわ」

言いたいことを言って気が済んだか、さっと徳利を持ち上げた。

「これは家でゆっくり味わいますわ。きっと、忘れられへん味になると思います。先生、おやすみ」

「おやすみ」

八月五日の夕七ツ、大坂を出立した。伏見に向けての舟だ。河内屋太助をはじめ、文人に戯作者、俳諧師、書肆の者らが見送りにきて、送行の盃を傾けた。十一日、伊勢路を歩いて念願の参宮《さんぐう》を果たし、品川に着いたのは二十四日の朝だ。荷物を持ちに下僕を迎えにこさせる段取りにしていたので、家内の無事を聞いて帰路は急がなかった。

百有五日を費やした京摂の旅だった。

中坂通りに差しかかったのは昼八ツ頃で、子供らが走り出てきた。銘々に袖に取りつき膝に齧《かじ》りつき、でんでん太鼓を鳴らすかのような賑《にぎ》やかさだ。

「よしよし、皆、よい子だ」

百《ひゃく》も出てきた。照れ臭そうに笑み、すいと目をそらした。


膝の上で仔猫《こねこ》がごろごろと喉《のど》を鳴らしている。

牡《おす》の黒猫で、片耳だけが白い。鼻は薄紅色だ。京摂の旅に出ていた留守宅に迷い込み、子供らが汁飯を与えたことで棲みついてしまったらしい。百は猫が嫌いと見えて邪険に扱い、子供らも可愛《かわい》さ余って無茶なかまい方をする。

馬琴も犬猫は好きとは言えない。だがいつしか二階に上がってくるようになり、不思議なことに馬琴に懐いた。人間がよくわかっている。猫にしては聡《さと》い。しかも人間よりよほど礼儀を弁《わきま》えている。積んだ書物の間をそよぐように歩き、決して山を崩さず、粗相《そそう》もしない。正坐の上で丸くなる時も、まずは前肢《まえあし》で膝頭を叩く。許しを与えてやれば、ご無礼つかまつりますとばかりに杏形《あんずがた》の瞳で見つめ返してから膝に上がってくる。おかげで今日のように冷えの厳しい師走の夕《ゆうべ》も温石《おんじゃく》要らず、ぬくぬくだ。

背後で気配がして、段梯子《だんばしご》を誰かが上がってきた。見れば妹の菊《きく》だ。顔色が優れない。

「ご執筆中とは思いながら、火急の用にて」

筆を擱《お》いて膝を回した。猫は動かない。菊はそのさまを見やって微かに笑むが、頬は強張っている。

「病か」

「鈴木の義兄上《あにうえ》が大変なことにおなりあそばしました」おもむろに切り出した。

「いいえ。ご主君但馬守《たじまのかみ》様から不義ありとのお咎《とが》めを受け、国許大和《くにもとやまと》の柳生《やぎゅう》ノ荘《のしょう》へやられて幽閉の身となられたようにござります」

にわかには信じがたい仕儀に仰向いた。

「罪人となったか。何をしでかしたのだ」

「詳《つまび》らかなことはわかりませぬ。私も姉上からの文を受け、動転するばかりにて」

「秀《ひで》は。房五郎《ふさごろう》はいかがしておる」

房五郎は滝沢家の大切な跡継ぎだ。

「むろん、義兄上と共に大和へ」

茶盆を捧げ持った百が上がってきて、猫を見咎めるなり「しッ」と口中を鳴らした。

翌年正月の半ば過ぎ、鈴木嘉伝次《かでんじ》が柳生ノ荘の幽居で没したことが知れた。自裁か失意ゆえの病死か判然とせず、しかし鈴木家は改易《かいえき》された。秀と嫡男、そして房五郎の行方を問い合わせるも杳《よう》として知れなかった。

土を篩《ふるい》にかけて木匙《きさじ》ですくい、桜草《さくらそう》の鉢中へそろそろと入れてゆく。花が終わると、この増し土をするようにしている。新芽が無闇《むやみ》に伸びるのを防ぎ、来年の芽を大きく育てることができる。水をたっぷりやって土を落ち着かせ、明るい日陰に設《しつら》えた雛壇《ひなだん》状の棚に移す。今では三十鉢近くに増えているから一仕事、たちまち汗が噴き出す。庭に面した外流しで水を汲み、濡らして硬く絞った手拭いで顔から首、腋《わき》を拭く。

縁側に移って麦湯を飲み、煙管《きせる》に火をつけた。京伝ほどの煙草好きではないが、庭仕事の後の一服は格別だ。夏空は青く晴れ渡り、庭の緑も冴《さ》え冴えとしている。松に木斛《もっこく》、桜に楓《かえで》、芭《ば》蕉《しょう》と棕櫚《しゅろ》も植えてある。書斎の下の葡萄棚《ぶどうだな》も一昨年、元号が文化に改まったのを機に仕立て直した。幾本もの細柱を立てて幹を添わせ、格子天井に蔓《つる》を誘引した。

長男の鎮五郎《しずごろう》がまた器用で、十歳とは思えぬ働きを見せる。実つきをよくするために初夏の開花前には新梢《しんこずえ》の先端を切り詰めるのだが、それも丁寧にやってのけた。彼の祖父や伯父に似て、花木に親しい手を持っている。

そう思えば、少しは慰められる。

昨秋、滝沢家存続の願いは手酷《てひど》い形で潰《つい》えた。大和の地から行方知れずになっていた秀と房五郎は浮浪の末、江戸に舞い戻り、菊の世話になっていたようだ。菊の夫である田口久吾《きゅうご》の仲立ちで詫びに訪れたが、二人とも別人のごとく面窶《おもやつ》れしていた。苦労であったとねぎらうしか他に言葉がなかった。

跡目相続の儀は、ご辞退申しまする。

秀に泣きながら頭を下げられると、これも承服するしかない。鈴木家は滅び、房五郎は罪人の子となった。向後《こうご》、姓名を変えねば武士としては生きてゆけない。その後、さらに由々しき所業が発覚した。嘉伝次に預けてあった滝沢家の遺物、波の鍔《つば》の両刀が消え失《う》せていた。金子《きんす》に困り、あろうことか質に入れたらしかった。いずこの質商かが不明で、品を請け出すこともできない。

馬琴は憤りながら、心底、悔いた。

房五郎が長じるまで私が大切に守っておけばよかったものを。事を急《せ》いてし損じたのだ。

いや、つまらぬ名誉心で体面を繕《つくろ》った。その報いがこれか。

葡萄棚の下から猫が現れた。機嫌よく尾を立て、背後の人影を誘《いざな》うように歩く。本人が大股で日向《ひなた》に出てきた。

近頃、画号を北斎《ほくさい》と変えた画師だ。馬琴と同様、大軀で肩も背中も広く、しかし人目を引くのはその耳だ。大仏のごとく巨《おお》きな耳を持っている。そして掌中にはいつも画帖《がじょう》と矢立《やたて》があり、片時も手を休めない。縁側に近づいてきて、断りもせずにどっかと隣に腰を下ろした。はたまた黙って麦湯の土瓶を持ち上げ、湯呑に注いでがぶりと呷《あお》る。

縁側に放り出した画帖に目をやれば、葡萄の青葉や蔓、緑の花、そして虫が描いてある。

「羽音が聞こえそうな蜂だの」

「駄目だ。拙《まず》い」

口をへの字に曲げている。絵のことしか考えず、謙遜も面倒極まりないという男なので、本心なのだろう。

近年、北斎の画名は鰻上《うなぎのぼ》りに高まりつつある。元々、画力に定評はあったのだ。だが音羽《おとわ》の護国寺《ごこくじ》で百二十畳大の大達磨《だるま》を描いてみせるなど、馬琴には目立ちたがりの奇矯な画師としか思えなかった。つまり、虫が好かぬというやつだ。昨年、『新編水滸画伝《しんぺんすいこがでん》』で組んだ時も最初に顔合わせをしただけで、いざ制作が始まればこなたも執筆に追われる。絵組みの指示を書いて板元の手代に渡せば、画は上がってきた。まずまずの出来だ。

その北斎がこたびの読本《よみほん》の挿画も担当することになり、板元の平林堂《へいりんどう》、平林庄五郎《ひらばやししょうごろう》がこの家に連れてきた。渋々迎えたのだが、膝を交えて言葉を交わすうち発想が並ではない。馬琴のこれまでの作もしかと読んできたようで、読解力もある。

どうです。あたしの申した通りでござんしょう。あなた方が組めば、途方もなく面白い作になる。

平林堂は得意げに胸を張ったものだ。

夜になっても互いに夢中で話し合い、朝になり、夕になった。そして北斎は猫のごとく居ついてしまった。居候してかれこれ四カ月になろうか。若く見えるが齢は馬琴の六つも上、四十六だという。女房子もあるらしいが風のごとく飄々《ひょうひょう》として、毎日、熱心に図譜を繰っては想を練っている。

猫が馬琴の膝の上に乗ると、北斎は画帖を手に戻してそのさまをさっそく写し始める。

「まさに画狂だの」

笑うと手を止めもせず、「そっちこそ」と返す。

「曲亭馬琴も尋常じゃねえ。あんたほど読んでは書く人間を、おれは初めて見た」

「何の因果か、互いにこう生まれついた」

「違《ちげ》ぇねえ」北斎は肩を上下に揺らす。

「そういや、あんた、蔦重《つたじゅう》で奉公していただろ」

「いずれ番頭になるはずだったが、故あって辞した」

「写楽《しゃらく》と会ったか」

思わず北斎を見返した。

「いや、写楽の浮世絵が売り出されたのは私が辞めた後だ。だが、どうして」

「気になるんだよ。あれほどの大首《おおくび》役者絵を描いておきながら、二度と現れねえ。いってぇ、どんな絵師だったのか」

「認めているのだな、あの才を」

北斎は黙っている。もしかしたら嫉《そね》むほどであったのかもしれぬ。それは我が身にも覚えがあるので馬琴も黙して語らない。だがにわかに、眼裏《まなうら》を過《よぎ》る人影がある。

ひょっとして。

「もしかしたら、ただ一度、すれ違ったかもしれぬ」

記憶は曖昧《あいまい》だ。いや、もともと曖昧な面貌だった。けれど妙に気になった、あの男。

「武家じゃなかったか」

「おぬし、知っておるのか」

「知らねえからあんたに訊いている。ただ、武家奉公の者なら突如として江戸からいなくなるのも道理だ。それにしては、あまりにも芝居者の真情に通じ過ぎてやがる」

「たしかに、陪臣《ばいしん》であれば主君の転封《てんぽう》によって居所は変わる。いや、あれは武士であるようなそうでないような、不思議な佇《たたず》まいであったよ。挙作《きょそ》がただならぬ静けさであった」

「やはり役者か」

北斎がむうと喉の奥を鳴らしたので、「いや」と首を振る。

「芝居者ではない。気配が違う」

そうだ。身ごなしには筋が通っていて、馬琴は新手《あらて》の戯作者かと想像したのだった。奉公をしくじった武士の成れの果てか、と。

「やはり能役者か。いずこかの大名に召し抱えられている者だとの噂があった」

頭の中の一片一片が回り、ぴたりぴたりと合わさる。能役者。なるほど。

「姓は斎藤と耳にしたような」

言うと、北斎は惜しそうな顔つきで猫を撫でる。

「もう描かねえのかな」

「蔦重が生きていたらそれもあっただろうが。いや、描いておるかもしれぬぞ。世に出ぬだけで」

もし北斎の言う通り、真に能役者であるならば数奇な運命を持つ男である。そのことしかわからない。

二人で溜息を吐いていると、下女をつれた百が庭に下り立つのが見えた。大きな盥《たらい》を出しているので今から洗濯らしい。こなたに目を留めるや腰に両手を置き、口を尖らせた。

「葛飾《かつしか》さん。あんなに言ったのに、下帯、出してないじゃありませんか」

「いやあ。またにしやすよ」

「またが聞いて呆《あき》れる。うちにいらしてから一度も替えてないでしょ。お前様もたまには葛飾さんを湯屋にお連れなさいな。二人ともいい齢をして大きな図体で、大変に臭《くそ》うございますよ」

顔を見合わせ、そそくさと退散した。段梯子を上がって馬琴は文机の前に坐し、北斎は北の窓下に下敷きの板と紙を広げる。

「上方まで熱狂させてる馬琴先生が、お百さんにあっちゃ形無《かたな》しだあな」

北斎は世辞口も使わない。そんな男が「熱狂」だのと言うので口の端が緩んだ。まんざらでもない。

馬琴が大坂の河内屋太助《かわちやたすけ》と交わした約束を果たしたのは、二年前の文化元年四月だった。『復讐《かたきうち》　月氷奇縁《げっぴょうきえん》』なる読本《よみほん》で、冤罪《えんざい》で殺された侍女の霊による禍《わざわい》に端を発し、主人公と女主人公が苦難の末、狐《きつね》の報恩によって仇討《あだう》ちを成し遂げるという物語だ。大坂の有名な豪商、淀《よど》屋辰五郎《やたつごろう》が闕所《けっしょ》追放となった事件を種にした浮世双紙、そして近松の浄瑠璃からも材を得ている。これが大坂と江戸で千百部も売れた。河内屋の江戸店を通じて、太助が太鼓を打ち鳴らすような礼状をよこした。

先生、おおきに。西鶴や近松の流れを、かくも見事に汲んでくれはった。これで上方の本屋は息を吹き返せます。戯作者も目が覚めます。

書けども書けども受けぬ虚《むな》しさが骨身に沁みているだけに、馬琴にとっても手応えは格別であった。深夜独り、胸が熱くなるほどに。

本なるものは不思議な動き方をする。一度当たると、次の当たりを連れてくるのだ。

昨年の正月に仙鶴堂《せんかくどう》から刊行した仇討ちものの『復讐奇譚《ふくしゅうきたん》　稚枝鳩《わかえのはと》』、平林堂が京の書肆と相板《あいはん》した稗史《はいし》ものの『小夜中山復讐《さよのなかやまふくしゅう》　石言遺響《せきげんいきょう》』も大いに売れた。しかも『稚枝鳩』を原作とした浄瑠璃が大坂で興行されたのである。浄瑠璃の作者は別にいるので題も『会稽宮城野錦繍《かいけいみやぎのにしき》』と変えられたが、これが受けに受けて大入りとなった。今春には大坂角座《かどざ》での狂言芝居にも馬琴の『四天王剿盗異録《してんのうしょうとういろく》』を用いた段が仕組まれ、また大当たりだ。

大入り繁盛の噂は、江戸をも沸かせた。最も歓んでくれたのが、重い荷を担いで歩く貸本屋たちだった。

江戸読本が上方で芝居になるとは、嬉しいじゃありませんか。金的を射当てた心地ですよ。

平林堂にそう言い、感激の余り目尻を濡らす者もいたという。平林堂は本所松坂町《ほんじょまつざかちょう》の家主で、貸本屋の世話役だ。すなわち江戸に七百軒はある貸本屋の頭目で、読者に最も近い。

世はまさに文化、読本の時代を迎えた。本格の読物に胸を躍らせる読者が増えた。

板元の顔ぶれにも変化が起きている。とくにこの一年は、執筆でつき合う板元が増えた。馬琴は長年、耕書堂《こうしょどう》と仙鶴堂の二書肆がほとんどであったが仙鶴堂鶴屋喜右衛門《つるやきえもん》も鬼籍に入り、今年はこの二軒から黄表紙を四作のみ、読本の五作は他から出した。『新編水滸画伝』を盛文堂《せいぶんどう》と衆星閣《しゅうせいかく》の相板で、画工は北斎だ。柏栄堂《はくえいどう》と衆星閣の相板は『勧善常世物語《かんぜんつねよものがたり》』で、これも発販するやたちまち千部が売れた。他にも上総屋《かずさや》、鳳来堂《ほうらいどう》、雙鶴堂《そうかくどう》と、頼まれるままに書いた。

そして今、北斎と取り組んでいる作も板元は平林堂だ。ただ、平林堂は書物問屋《しょもつどいや》や地本問屋《じほんどいや》のように出板を公儀に申請できる仲間に入っていない。そこで問屋衆に名を借りて申請しなければならず、当然のこと礼金が要る。にもかかわらず、こたびの作は他の板元との相板をしないという。大店《おおだな》でない書肆は損失を分散させるため数軒で組むことが多いので珍しい。

これぞ馬琴の稗史小説《はいししょうせつ》、これぞ北斎の画だと誇れるものを、出しておくんなさい。

二人の腕を見込んで、大損を覚悟の依頼だ。受けて立たぬわけにはいかない。

今日もいつしか日が暮れ、おのおの手を動かしては夜を徹し、疲れたら一服がてら語り合う。北斎も酒を呑まない。安茶と大福があればそれで満足、飯もふらりと外に出て屋台の蕎麦《そば》で腹を埋めてくる。ゆえに百も手がかからず、「臭《くさ》い」と遠慮のない口をききながら厭《いや》な顔はしない。

「ふうん。こたびの作は歴史と真っ向から向き合うってか」

北斎が大福を口に入れたまま言った。粉が散るのが気になって辺りを布で素早く拭き、馬琴も大福を食べる。甘いものを好む癖は齢を重ねるごとにいや増している。執筆で疲れた頭が甘味で癒《いや》される。

「さよう。私の稗史ものは水滸伝や三国志演義《さんごくしえんぎ》に比べれば史実が薄い。それは己がよくわかっている」

「尋常な作者なら、こうも売れてりゃ書き方を変えたりしねえものだがな」

「褒めそやす声が耳に入れば、私も嬉しいのだ。甲斐にも感じる。こんなものと貶《けな》されたら、闇討《やみう》ちしてやろうかと宙を睨《にら》む」

北斎は「あんたもか」にやりとして、茶を啜る。猫は腹を見せて大の字だ。

馬琴も茶を含み、そして言葉を継いだ。

「これまでのように、浄瑠璃や狂言芝居の筋立て、巷説《こうせつ》を引いて話を組み立てれば、まだいくらでも書ける。定《き》まった型があるからだ。主人公と女主人公は過去の因果が巡って引《ひ》き割《さ》かれ、悲劇が展開される。主人公には苦労、葛藤が必要だ。それが真の人生に通ずるからであり、読者は我が身に置き換えて悲嘆に暮れる。物語の結末は見当がついているのだ。ゆえに安心して泣き、気を揉む」

「そして悪が懲《こ》らしめられるなり仇討《あだう》ちが成し遂げられるなりして、読者は報われる」

北斎も十二、三歳の小僧の頃、貸本屋に奉公していたことがあるらしい。

「私はその型から脱却したい。虚実の按配《あんばい》を変えて、歴史をより深く考証する。いや、確たる主題があれば、虚の想をもっと自在に広げられるはずなのだ。少なくとも、これまでの作とは違うものになる。私は誰も読んだことのない、天衣無縫の物語を紡ぎたい」

胸中に留め置くべき覚悟を口にしていた。窓の下の北斎は黙し、夏の月光を浴びている。

いる。

「ならおれも、挑むとしよう」

北斎は湯帷子《ゆかたびら》の袖を肩まで捲《まく》り上げた。こんな夜更けに、面白くてたまらぬという目をしている。


作の題はもうできている。

角書《つのがき》の副題は『鎮西八郎《ちんぜいはちろう》　為朝外伝《ためともがいでん》』、題は『椿説弓張月《ちんせつゆみはりづき》』だ。


井戸浚《いどさら》いが済んで盂蘭盆会《うらぼんえ》を迎える頃、北斎は山下の長屋に帰った。

晩秋、『椿説弓張月』前編の稿が成った。主人公は源為朝《みなもとのためとも》、馬琴が若い時分から親しんだ軍記『保元物語《ほうげんものがたり》』の英雄だ。英雄だが、史実としては敗者である。『保元物語』は為朝礼賛に終始しているが、馬琴は敗者なればこその武勇伝に仕立てた。「椿説」とは、珍しい、風変わりな異聞という意だ。為朝が配流《はいる》された伊豆大島は椿《つばき》が有名であり、それも掛けて椿の字を使った。「弓張月」は半月の弦月《ゆみはり》、弓取りの武士をも表す。

本書は前後各六冊、全十二冊で完結させる予定であったが、史書を繰って考証を重ねるうち枝葉が膨らみ、想定以上の長編になりそうだ。後編の執筆は来年にずれ込んだが、想は次々と湧いて鳴り止まない。

北斎も期待した以上の画を描いてのけた。どうやら蘭書《らんしょ》を渉猟《しょうりょう》して、画に遠近の法を採り入れたようだ。ゆえに従来の平面的な画と異なって、真に迫って訴えるものがある。為朝の強弓を島人が二人がかりで引こうとしてもびくともせぬさま、海が延々と白波を立てる景など、男のみならず女子供も胸を躍らせるに違いない。北斎の筆は水、煙、魂の描写に至るまで緻密、そして雄渾《ゆうこん》だ。

赤坂御門の前で待っていると、本人が現れた。

「人波から頭一つ抜けているゆえ、こうも見物が多くともはぐれぬな」

「互いに大きいからな」北斎も苦笑いしながら並び立った。

今日、琉球国《りゅうきゅうこく》の謝恩使《しゃおんし》が登城する。行列を見物しようと、いずこの通りも人で一杯だ。琉球国は薩摩《さつま》の支配を受けているので、一行は三田《みた》の島津家上屋敷と外桜田《そとさくらだ》の中屋敷に分かれて滞在しているらしい。前回の琉球使節来日は寛政八年、蔦重《つたじゅう》が亡くなり、長男の鎮五郎《しずごろう》が生まれる前年だ。当時も琉球使節は話題になり、百は娘らを連れて見物に出かけた。馬琴は書斎に籠っていた。十年後、こうして北斎と見物するとは思いも寄らない。

今年の琉球使節も前評判が高く、琉球国を知るための刷物《すりもの》や琉球嚢《りゅうきゅうかん》なる芋菓子まで出ているようだ。北斎はその菓子を手にしていて、「ほれ」と差し出した。受け取り、口に入れる。甘く柔らかく美味だ。子供らに買って帰ってやろうと心組む。

「それにしても、為朝が大島から琉球に渡る筋書きにしたとは恐れ入る」

北斎が頬を動かしながら、人波の頭越しに通りを見やった。登城行列はまだ現れない。

「その伝承は古くからあるのだ。為朝は配流先の大島で死ななかった、琉球に渡って騒乱の世を治め、中山王朝《ちゅうざんおうちょう》の祖、舜天王《しゅんてんおう》となった、とな」

執筆の準備中は、謡曲の『海人《あま》』に想を得た貴種流離譚《きしゅりゅうりたん》にするつもりだった。讃岐国志度寺《さぬきのくにしどじ》の縁起、藤原氏にまつわる伝説が基になった謡曲で、土地の海人が藤原淡海公《ふじわらのたんかい》と巡り合って男子を産む。その子を世継ぎにするとの約束で、海人は我が身を殺して龍宮《りゅうぐう》に奪われた玉を取り返す。

だが後編の想を練っている最中、くだんの伝承を思い出し、琉球の『中山伝信録《ちゅうざんでんしんろく》』に目を通してみた。海や龍宮の想がすでに頭にあったので、琉球へと気持ちが動いたのかもしれない。今から思えば、『中山伝信録』に呼ばれたような気もする。清国の冊封《さくほう》副使として琉球に滞在した徐葆光《じょほこう》が琉球王朝の歴史と地理、制度や習俗を本国に報告した書物で、九十年近く前の板行だ。これが訓点入りの和刻本として出ており、琉球を知らんとする者はまず読むべきものとされている。

中を繰ると、「舜天王、姓は源、神号は尊敦《そんとん》、宋《そう》の乾道《けんどう》二年生まれ、父は鎮西八郎為朝公、母は大里按司《おおざとあじ》の妹」と記され、「為朝は運天江に漂着し、大里按司の妹と結ばれ、その子、舜天王が琉球の天下統一を果たした」とある。

鎮西八郎為朝は中山王朝の祖ではなく、父親。

何度も読み返し、指先がちりちりと震えた。

敗者であった為朝自身ではなく、その息子が王になった。この方が遥かに真実味があるではないか。そして日本人の主人公を、異国を舞台にして活躍させられる。

時と場を超えた、壮大な物語にできる。

遠くの空で銅鑼《どら》の音が聞こえた。警護の徒士《かち》や槍持ち、傘持ちに囲まれて、先頭を行くのは薩摩島津家の家臣らだ。騎馬で進んでいるので家老職にある重臣なのだろう。やがて、目の覚めるほど鮮やかな一群が歩いてきた。広袖の衣の上に、裾まで長い深紅の上衣《うわぎ》をつけている。頭の笠も揃いの深紅だ。献上馬も紅と青の帯で飾られている。

その後、さらに絢爛《けんらん》たる輿《こし》が静かに近づいてきた。輿の中で最も格の高い輦輿《れんよ》で、屋根は宝形造《ぎょうづくり》、床と柱は深紅、轅《ながえ》は前後八人の肩が支えている。今年の正使は琉球王朝の王子であると聞いているが、やはり貴人の行列らしく辺りを払うほどの威厳だ。目前を通り過ぎる時、馬琴は息を整えて一礼をした。周囲には拝む者もある。北斎は立ったまま画帖《がじょう》を開き、筆を走らせ続けている。

背後には駕籠《かご》に乗った副使、騎馬の役人らが続く。真冬だというのに見物衆の熱気は凄まじい。どこかで、わッと声が上がった。

「なんと美しい」「琉球のおなごもおいでか」「いや、使節は男の貴族ばかりのはずだぜ」

爪先立って浮かれ騒ぐ。手許の刷物に目を落とせば、どうやら楽童子《がくどうじ》、踊りと奏楽でもって王に仕えている若者たちのようだ。たしかに、おなごと見紛《みまご》うばかりの艶《あで》やかさだ。異国の花々が馬上で馥郁《ふくいく》と咲き、しかも沿道には一瞥《いちべつ》もくれぬ凛々《りり》しさである。

誰もが夢見心地の面持ちで熱い息を吐いた。

琉球謝恩使一行は十二月半ばに江戸を出立、『椿説弓張月』前編六巻六冊は予定通り、翌文化四年正月に板行した。

「評判は上々、危機と安堵の繰り返しに誰もが惹《ひ》き込まれ、お武家もこぞって購《あがな》われます」

平林堂は昂奮して、鏡餅の海老飾りのごとき顔色だ。

馬琴は平静を保っていた。江戸の人々に琉球使節の姿が強く残っている間に板行したのだ。為朝が琉球で活躍する読本が受け容《い》れられることには確信があった。

正月の日中は年始廻りで家を空けることが多く、来客の応対もある。後編の執筆は夕方からだ。猫と共に書斎に上がって『和漢三才図会《わかんさんさいずえ》』を引き、史書を考証する。その空隙《くうげき》を縫うようにして、虚の想が閃《ひらめ》いて羽ばたく。

これだ。史実を潤色した稗史小説《はいししょうせつ》とは、こう書くのだ。ようやく己の本領に指先が届いた。


九月九日は陽数の九が重なる重陽《ちょうよう》の節句だ。しきたりに従って袷《あわせ》から綿入れに衣替えし、朝は赤飯で祝った。

「秋晴れだの。菊見にでも参るか」

百《ひゃく》と幸《さき》、祐《ゆう》が飛び上がらんばかりの声を上げ、八歳の鍬《くわ》は菊見がわからぬのか、きょとんとしている。

滝沢書堂《たきざわしょどう》は去年、文化三年の秋にすべての手習子《てならいこ》を断った。十一年も続けて生計の一助にしてきた塾であったが、著述が繁多となってどうにも手が回らなくなった。墓参りは別にして、一家での外出《そとで》も久方ぶりだ。

長男、鎮五郎改め興継《おきつぐ》は嬉しいのかそうでないのか、よくわからぬ面持ちでいる。今年の正月、十一歳になったのを機に興継の名を与えた。滝沢家男子代々の「興」の字に、「継」をつけたものだ。

馬琴はまだ諦めていなかった。

滝沢嫡家を継いで再興してもらいたい。

願いは、自《おの》ずと作物《さくぶつ》にも投影してしまっている。父祖の無念を子が晴らし、弟が思いを継ぎ、我が子へと望みを託す。一生では足りぬのだと、書きながらつくづくと思う。何代もの人生を懸けてでも、散り散りになった八本の矢を一つに纏《まと》めねばならない。興継にはどうかして、その矢の根になってもらいたい。

鈴木家の痛恨事の後、馬琴が父から受け継いだ真鍮鍔《しんちゅうつば》の両刀と家譜は取り返すことができた。江戸じゅうの主な質屋に問い合わせを続けて、ようやく買い戻したのだ。だがいったんは房五郎《ふさごろう》に与えた物だ。その代価を秀《ひで》親子に与え、向後《こうご》の暮らしの費《つい》えとさせた。

「父上、菊細工を見とうございます」

幸にねだられ、麻布狸穴《あざぶまみあな》の種樹屋《うえきや》まで足を延ばすことになった。飯田町からは一日がかりの遊山《ゆさん》になるが、執筆の目処は昨夜のうちにつけてある。女たちが大騒ぎをして支度を済ませ、下女に留守をよく言いつけ、猫に餌を与え、一家六人はやっと中坂へ出た。

澄み渡る秋空の下を歩き、坂を下り、また上る。道中、母娘四人ははしゃぎ通しだ。

「おっ母さん、ごらんな。あの萩《はぎ》の見事なこと」

「ほんに。うちのとは大違いだわえ」

百は不足を見つけるのが、ことのほか巧い。

「おっ母さん、おはぎを買っておくれな」

「だめだめ、買い喰いは父上にお叱りを受けるよ。帰りにたんとご馳走《ちそう》してくださるはずだから」

「ご馳走」娘らがまた頓狂な声を出す。

「そうとも。曲亭馬琴《きょくていばきん》さんは稼ぎに稼いでおられるんだから、お正月の晴着も新調してくださるはずだ。ねえ、お前様」

ついでに己の分も新調するつもりなのだろう。聞こえぬふりをした。持てる気力を振り絞り、昏倒《こんとう》しそうになりながら書いて得る稿料を、百は道に水を撒《ま》くかのごとく費消したがる。ゆえに家計を任せられず、執筆の合間に出納《すいとう》まで馬琴がつけている。跋扈《ばっこ》する妖《あやかし》に神仏の霊験《れいげん》、壮絶な武闘、果ては不義密通の場面が頭の中を往来しつつ算盤《そろばん》を弾き、米と塩代、一家で喰った蒲焼《かばやき》の代をちまちまと記す。

「道中は口を噤《つぐ》め。はしたない」

後ろを見返って注意すれば、女どもは平気であるのに興継の肩がびくりと動いた。なにゆえこうも、びくつくのか。長女の幸も赤子の頃は多病であったが、十四となった今では咳一つしない。だが興継は風邪が流行れば必ず熱を出し、頻繁に腹を下す。看病は馬琴がしてきた。三人の娘は母親である百が育てればよいが、男子を教え育てるのは父親の役目だ。武家ではいずこもそうと決まっている。

興継が七歳になれば自身の手習塾である滝沢書堂に入れ、十歳で儒学者の清水赤城《しみずせきじょう》に四書五経の句読指導を受けさせ、画家の金子金陵《かねこきんりょう》に画を習わせ、今年からは書家の佐野東洲《さのとうしゅう》の許で書法も学ばせている。だが画も書も期待したほどには上達を見せない。馬琴がこの齢の頃には母の命《めい》で滝沢家の家督を継ぎ、松平家に童小姓《わらべこしょう》として仕えていた。思い出すのも苦々しい日々だが、周囲の目を盗んでひたすらに読んだものだ。書物だけが己を支えた。

だが興継には蛍雪《けいせつ》の功を積む気概がない。百が言うには、近所の子らとも遊ばぬらしい。

お前様が学問、学問とうるさく追い立てなさるから、およそ子供らしくない子になっちまった。

興継の病弱、無口、気力のなさは、すべて父親のせいであるらしい。従順で、他者の顔色を見るに敏な子になった。

見物に訪れた種樹屋では、菊の枝が左右に広がって三間余り、幹の太さは一寸ほどもある。花輪の大きなものは三寸を超えていようか。花の数は幾千、それが鶴や帆掛け舟の形に細工されている。俗に堕《お》ちかねぬ趣向だが、職人の真率な仕事には敬意を払うことにしている。

「見事なものだの」

かたわらの興継に言えば、面持ちが珍しく明瞭だ。

「はい。人の手による細工とは思えませぬ」

生き生きと声を弾ませ、熱心に見物している。こんな様子を家で見せたことがない。

「花壇もあるらしい。参るか」

「はい」

草葺《くさぶ》きの建屋を出て裏手へ回れば、見渡す限りの花壇だ。大菊、中菊、小菊、花弁が細く密な薊菊《あざみぎく》、魚の鱗状《うろこじょう》に小さな魚子菊《ななこぎく》、貝咲きもある。上物が揃う花壇の上には青と白の市松障子を掛けてある。店の者に訊ねれば、雨で花が傷まぬようにとの仕掛けらしい。

「雨除けなら板葺《いたぶ》きでもよかろうが」

興継を見やれば、楽しそうに目を細めた。

「板葺きでは薄暗くなりますゆえ障子で陽を透かし、花色をも美しく見せているのでしょう」

物事をしかと見つめる目は持っているのだ。そうと知れただけで外出をした甲斐があったと、馬琴も頬を緩めた。

「これ、お祐、花枝を手で触っちゃいけない」

百の声が苛立《いらだ》ってきたので、露店の茶店で休むように言いつけた。四人はさっそく床几《しょうぎ》に腰を下ろし、饅頭《まんじゅう》や団子を注文している。やれ足が痛いの、帰りに半襟を買ってほしいの、風流の微塵もない姦《かしま》しさだ。一方、興継は熱心に花壇を巡っている。葦簀《よしず》掛けの小屋には菊苗が並んでいるので、「購うて帰るか」と訊いてやる。

「よいのですか」

「好きなものを選ぶがよい」

陽が暮れかかった帰り道、百と娘らはうんざりと歩いている。花壇で時を過ごしてしまったので、まっすぐ家に帰ることに決めたからだ。

「家で食べるったって、何もありませんよ」

「湯漬けでかまわぬ。料理屋に寄ったのでは、執筆を始めるのが夜更けになる」

「今夜もお書きになるんですか」

「当たり前だ」

百はぶんむくれ、娘らは肩を落とした。菊苗の包みを抱えた興継だけは意気揚々としている。

深川木蘭堂《ふかがわもくらんどう》のあるじ、榎本平吉《えのもとへいきち》と手代が蒼褪《あおざ》めている。

「まあまあ、お二人とも落ち着いてください」

宥《なだ》めにかかられれば、なお激してくる。

「まあまあとは、なんたる簡単な言いようをする。作者と画師が互いの気息を窺《うかご》うて折り合いをつければ、それは必ず出来に響く」

「馬琴さんのおっしゃる通りだ。ひとたび板行しちまったら、もう取り消せねえ」

北斎も太眉を逆立てた。

今年、文化四年は『椿説弓張月《ちんせつゆみはりづき》』前編の他、読本を六作、他に女子供向けの合巻本《ごうかんぼん》も出した。合巻は、それまで五丁一冊であった草双紙《くさぞうし》を五、六冊まとめて一巻にしたものだ。

これらの作のうち、北斎が画を担ったものは七作三十五冊に及ぶ。今や、馬琴北斎の組み合わせは飛ぶ鳥を落とす勢いと巷間《こうかん》で騒がれ、板元らがこぞって注文したがる。だがその程度で己惚《うぬぼ》れるほど二人は甘くできていない。挿画《さしえ》の打合せでは意見が違おうと、互いに一歩も譲らない。

昨年の冬も揉めたのだ。翻案ものの『新編水滸画伝《しんぺんすいこがでん》』で大喧嘩となり、板元の盛文堂と衆星閣は北斎の肩を持った。画伝だけあって、本の主は画だ。しかも北斎の画はすこぶる秀逸であった。物語の冒頭、群魔が飛び出す姿を閃光《せんこう》の中、白抜きで表したのには思わず唸《うな》ったほどだ。彫師と摺師が北斎によく従い、力を存分に揮《ふる》ったからこそ成った画でもある。

それは承知すれど、後ろは見せられぬ。結句《けっく》、馬琴は二編巻十一以降の執筆を降りた。その後の執筆は高井蘭山《たかいらんざん》に頼んだらしい。

そして今日、興継が丹精した菊花が庭で咲き揃ったというのに、『三七全伝南柯夢《さんしちぜんでんなんかのゆめ》』の挿画でまた揉めに揉めている。

「三勝《さんかつ》は三味線を持っておるのだ。文章にもそう書いてある。にもかかわらず、胡弓《こきゅう》もどきの楽器を描くとはいかなる料簡《りょうけん》だ」

すると北斎は紙にさっと描き、板元に示す。

「この後ろの闇は墨潰《すみつぶ》し、裾の辺りは拭《ふ》きぼかしにする。な、この闇には胡弓の方が深く響く」

木蘭堂と手代は揃って紙を覗き、「なるほど」と安易に感心する。馬琴は呆《あき》れる。

「作者の了解も得ずに変更するなと言うておろう。先だっても月を描くように指示を記しておいたものを、勝手に消しおって」

「月夜ってのは、月を描かずとも表せるんだよ。それが画師の腕だ。そっちこそ、己の案に執着し過ぎだ。どの人物を描けってぇ指図だけで充分なんだよ。それを一々、細かい御託《ごたく》を並べやがる」

「細かいとはなんたる言いよう」

「天下一の細心じゃねえか。狭量なんだよ」

「偉そうに。私が狭量なら、おぬしは偏屈だ」

声がなお大きくなり、「先生も北斎さんも落ち着きなすって」と、また木蘭堂が割って入る。

「こやつが作者を重んじぬからだ」

「益体《やくたい》もねえ指図をするからだ」

木蘭堂と手代がおろおろとする座敷を、猫が悠々と横切っている。機嫌よく尾を振り立て、北斎の胡坐《あぐら》の前でぴたりと肢《あし》を揃えた。「よう、元気そうだな」と北斎も頭を撫でる。猫はなぜか北斎の股座《またぐら》が好きで、しきりと鼻を突っ込んでは馬琴を振り向く。

先生、この臭さ、たまりませんよ。

口を菱形《ひしがた》にして涎《よだれ》を垂らさんばかりだ。

「さすがは、このお宅に寄宿なさってただけのことはある。猫さんまで懐いておいでだ」

木蘭堂が無理な理屈を拵《こしら》えて間を取りもとうとするが、まったくわかっていない。相手が憎くて諍《いさか》っているわけではないのだ。互いに最善を尽くしたいだけのこと、そして互いに極めつきの剛情だ。

打合せは物別れに終わり、北斎は「帰る」と言い捨てて立ち上がった。手荒に裾を叩いてから背を向け、出てゆく。荒い足音を手代が慌てて追いかけた。木蘭堂は、「先生」とこなたの袂《たもと》に縋《すが》りつく。

「まさか、執筆を降りたりなさらぬでしょうな」

「ここまで書いた私がなにゆえ降りねばならぬ」

「北斎さんにも続けてもらわないと、これまで描いた画が無駄になります」

「奴に頼め。私は知らぬ」

「そんな」

顎を震わせる。猫が迷惑そうに欠伸《あくび》をし、毛づくろいをする。

翌文化五年三月下旬、北斎と揉めた『三七全伝南柯夢』が板行された。稿料と画料の高い二人を使っての作だというのに発販初日は二百部しか捌《さば》けず、木蘭堂は顔色を失った。平林堂と同じ貸本屋の世話役で大店ではない。だが徐々に伸び、初秋までに千二百部を売った。


文化七年が明け、馬琴は齢《よわい》四十四になった。百《ひゃく》は四十七、長女の幸《さき》は十七、次女の祐《ゆう》は十五、三女の鍬《くわ》は十一、そして長男の興継《おきつぐ》は十四だ。

一家揃って六ツ刻に起き、神棚と仏壇に拝礼する。とはいえ、今年は幸の姿はない。仲立ちをしてくれる者があって、前年の春から大名の立花左近将監《たちばなさこんのしょうげん》家の奥に奉公に入った。いずれ嫁ぐなり婿を取るなりするまでの行儀見習いだが、家を出る日の朝には盃《さかずき》を交わし、教訓の数箇条を書いて授けた。この一年の間、一度も宿下がりをしないので大過なく勤めているらしい。幸はおなごにしては躰が大きく、顔は長ずるにつれ百に似てきた。縁遠そうだ。奥奉公をさせてよかったと思う。いざとなれば己の稼ぎで生きてゆける。

朝は雑煮餅、昼は屠蘇酒《とそざけ》に節《せち》の料理、夕方も一家揃って夕膳、福茶で祝うのが滝沢家の慣《なら》いだ。節の料理は焼鮭に大根と干柿《ほしがき》の紅白源平膾《なます》、そこに飯と汁、香の物が並ぶ。

膾を口に入れると、干柿の甘味と大根の千切りの歯ごたえ、酢の風味が絶妙だ。

「私が幼い時分には膾料理はなかったものだ。そもそも、酢の物なる料理が新しい。大田南畝《おおたなんぽ》先生も春笑一刻《しゅんしょういっこく》であったか、王子稲荷《おうじいなり》の料理屋が酢の物を知らぬのを揶揄した笑い話を書いておられた」

膳の最中だというのに、つい話をした。

「正月だ、無礼講でよい」誘っても、誰も追従してこない。こんな時、幸なら軽妙な一言を返すのに。

「だが膾の文字は古い。日本書紀や古事記にも見られる」

興継に水を向けてみたが、静々と箸を動かすのみだ。

「なますは生肉、なまししの転訛《てんか》、平安の頃までは魚介や獣肉を細かく叩いて和《あ》えていたらしい。蓴羹鱸膾《じゅんこうろかい》の鱸膾も読んで字のごとく、鱸《すずき》の膾だ。職を辞して故郷を懐かしむ心を、蓴菜《じゅんさい》の羹《あつもの》と膾というふるさとの料理に託して詠んだ故事もある。晋《しん》の史書に書かれている」

そしてお前たちにとってはこの家がふるさとぞと胸を熱くして三人を見回したが、父のめでたい気持ちに応える子は一人とていない。話が弾まぬまま膳を終えた。衣服を整えて年始挨拶の来客に備える。興継を伴って応対したかったが、微熱を訴えて床に臥《ふ》した。

正月二日には京橋銀座の京伝宅へ年始に赴き、今日は返礼として京伝と弟の相四郎《あいしろう》が訪れることになっている。

相四郎は親戚に養子に出て武家奉公をしていたが、水が合わなかったのか帰ってきていた。馬琴が京摂の旅に出た年であるから、丸七年が経つ。今は京山《きょうざん》なる戯号で盛んに書いてはいるが、文芸の才は兄に及びもつかない。

同じ頃であったか、京伝は養女を取った。後妻の百合との間に子ができないのだ。京伝は五十、百合は三十三、世間ではまだ子を生《な》す年齢だが、亡くなった菊との間にも子がなかったので京伝には子種がないのかもしれぬ。もしくは、やはり傾城《けいせい》上がりの女は子を宿しにくいのか。京伝としては、齢の離れた女房の先行きを案じる気持ちがあって養女を迎えたようだ。初めは百合の弟を養子にしようとしたが早逝《そうせい》し、その妹を養女にした。姉が吉原に売られたほどであるので、妹もどこぞの貧家で養われていたのを捜し出し、それまでの養育金を払って取り返したという。名を鶴とつけ、書画に三味線、活花《いけばな》を学ばせて可愛がっている。

文化の初めには京伝の母親も没したので、家内から煙草入れ店までを切り回しているのは百合だ。店では読書丸《どくしょがん》や奇応丸《きおうがん》、小児無病丸といった薬も扱っているのでその製薬も自身で行ない、金銭の出納まで万事そつなく掌《つかさど》るという。ゆえに亭主の京伝は日夜、戯作三昧《げさくざんまい》だ。本屋のあるじらの中でも百合を褒める者は多い。

男の人生は女房によってかくも違うか。我が境涯とは雲泥万里《うんでいばんり》、羨《うらや》むことすら馬鹿らしくなる。ただ、京伝も書斎に籠って何を遊んでいるのやら怠惰は相変わらずで、一年前には執筆の遅延が因《もと》で板元を一軒潰した。小商いの貸本屋であったので、発販が遅れては金繰りが保《も》たない。

百に祝膳と福茶を出させ、ゆるりと初春の談を始めた。昨日の京伝店は慶賀客でごった返し、話などろくにできなかった。それは毎年のことで、返礼で訪れてくれた際に膝を交えて歓談するのが慣いになっている。

「先生、大入り繁盛で結構だね」

京伝は少し肥《ふと》って顎や目の下にはたるみも見えるが、粋な風情は変わらない。

「先生などと、おからかいになっちゃいけません」

「立派なものだ。あの左の字がねえ」弟の京山まで師匠気取りだ。

「毎年、出す読本《よみほん》、合巻《ごうかん》がことごとく売れる。しかも大坂では馬琴の読本を舞台にかけることが大流行《おおはや》り、それがまた大当たりというから、兄さんとも大したものだと感心してんだよ」

京伝も肯いて煙管を手にした。羅宇《らお》は凝った螺鈿細工《らでんざいく》だ。

「去年。いや、年が改まったから一昨年になるか。文化五年の曲亭馬琴は図抜けていたねえ。椿説弓張月《ちんせつゆみはりづき》の後編に三七全伝南柯夢《さんしちぜんでんなんかのゆめ》、頼豪阿闍梨恠鼠伝《らいごうあじゃりかいそでん》の前後編、松浦佐用媛石魂録《まつらさよひめせきこんろく》の前編、敵討身代利名号《かたきうちみがわりみょうごう》、ああ、柏栄堂《はくえいどう》からも俊寛僧都嶋物語《しゅんかんそうずしまものがたり》を出したね」

我ながら、よく書いたと思う。文化五年の一年で計六十七冊だ。そして大坂で次々と舞台化された。『三国一夜物語《さんごくいちやものがたり》』に『弓張月』、『南柯夢』、『恠鼠伝』を基にした新作歌舞伎芝居、浄瑠璃が好評を得て大入りとなった。

「舞台は観たのかえ」

「いいえ、今は旅に出ることなど、とてもかないませぬよ」

本当は再訪したい。昨年の早春には京の書肆で『南柯話飛廻り双六《なんかばなしとびまわりすごろく》』を板行し、これも大いに流行した。河内屋太助は芝居の受けを見て、『南柯夢』の歌舞伎狂言の正本を板行したほどだ。正本は、芝居の脚本を草双紙に仕立てたものである。

「文机の前に釘付けになってんだろう」

京山が揶揄するが、稿を待つ板元を尻目に旅に出る度胸など京伝しか持ち得ぬものだ。だいいち、寝ても覚めても書く暮らしが性に合っている。書斎に在っても心は山河を巡り、時を越え、彼岸に住む父母や兄らとも対話ができる。

時々、蔦重の気配を感じながら書く夜もある。

十四年前に出した『高尾船字文《たかおせんじもん》』がずっと気に懸かっていた。蔦重に背を押されて書くはずだった続編の『水滸累談子《すいこかさねだんす》』は蔦重が没したことで未板に終わった。その構想を『新累解脱物語《しんかさねげだつものがたり》』に生かして書き、河内屋太助が江戸、京の書肆と相板で出してくれた。

あれは蔦重への手向《たむけ》になったかと思っている。

戯作者は、書くことでしか恩を返せない。

書いたものが売れるようになったのは京摂の旅で得た縁、そして猫が棲みついてからだ。だが去年、庭の奥の繁《しげ》みの中で死んでいた。何日も姿を見せぬことはよくあるので気にも留めていなかったのだが、興継が垣根の傷んでいるのを結わえ直そうとして見つけた。四肢が硬く、しかし躰に傷はないので病であったのだろう。薄紅色であった鼻が黄ばんでいた。

猫は遠くで死ぬものじゃありませんか。飼主には己の死を悟らせないというのに。

百はぶつぶつとぼやきながらも線香を用意した。馬琴は興継と共に穴を掘り、埋めてやった。

書斎で筆を持っていても、しばらくは思い出されてならなかった。畳を踏んで歩く微《かす》かな気配でもいざ無くなれば淋しい。

京伝が煙管に火をつけ、眉間をしわめながら紫煙を吐いた。

「夢想兵衛胡蝶物語《むそうびょうえこちょうものがたり》も読ませてもらったよ」

去年の十二月に出したばかりの小説で、夢想兵衛なる主人公が少年国、色慾国《しきよくこく》、強飲国《ごういんこく》、貪《どん》婪国《らんこく》を遍歴し、さまざまな人物と論を交わす趣向だ。

「もう読んでくださりましたか」

褒め言葉が泛《うか》んで面映《おもは》ゆい。

「巻三の色慾国だが」京伝は声を低めた。

「夫の為なりとも既に夥《か》の客に身を汚して、年季が明いたらば又旧の夫とひとつになろうと思いしは色慾から出た料簡違《りょうけんちが》い、ってぇ論があるね」

浄瑠璃本の『仮名手本忠臣蔵』、早野勘平《はやのかんぺい》の妻、お軽《かる》が祇園《ぎおん》の遊女に売られて遊女となる。そのくだりを引いて論じた箇所だ。

「色慾から出た料簡違いとは、どういうつもりだえ」

煙管を持つ腕の肘を胡坐《あぐら》に置き、ぐいと目を据えてきた。馬琴はとまどい、口を結んだ。

「遊女にも賢があり、才がある。それは左の字もよく知ってるじゃないか。請け出されて人の妻になった遊女には貞実な者が多いよ。およそ廓《くるわ》に身を沈める者は、親の為兄弟の為がほとんどだ。これは孝、悌《てい》じゃねえのか。身を数多《あまた》の遊客に任せるのを、どうして憐《あわ》れまずにいられる」

京伝得意の戯言《ざれごと》かと思ったが、本気だ。本気で怒っている。

「知っての通り、あたしは四書五経に暗い。お前さんは学があるゆえ、しばしば聖人の、孔子ら儒家の言を著作で引くわな。もし孔子さんが今、ここにいて、この是非を問うたらどう答える。お前さんが孔子に代わって、これを言ってみろ」

馬琴は目瞬《まばた》きを繰り返した。唾を呑み込む。

「仰せのこと、もっともです。私は昔から粗忽《そこつ》にして言を慎まず、不覚にも他人の怒りに遭うことしばしばにございました」

「そんなことない。むしろ他人の怒りを買うまいとして慇懃《いんぎん》に努めていたよ」

お前は小心者だと決めつけられたような気がした。かっと暗い熱が湧いた。京山がさも嬉しそうに口の端を上げるのが見え、なおのこと血が昇った。ここで抑えておけと頭の隅で己が止めるのに、京伝を見つめ返していた。

「論語にもある通り、ひとたび口にしたことは四頭立ての馬車で追えども追いつきますまい。書いたこともしかり。しかれども、世間に遊女を妻とする者千万人、あの作をけしからんと憤る者があるとは未だ聞きませぬな。そもそも、聖賢の教えは大事を優先して小事に及ぼし、男子にあって女子にはあらず。孔子の曰《いわ》く、女子供は養い難し、すなわち扱いにくい。つまり遊女が賢才であろうと貞実であろうと、聖人がその是非を論ずることなどありませぬよ。詩経にもこうあります。漢に遊女あり、思うべからず。今の売色とは異なりますが、詩に遊女を謳《うた》うことを戒めております。先生、聖人に是非を問うより胡蝶物語《こちょうものがたり》の熟読を願います。さすれば、お怒りは必ずや解けるはず」

「つまり、あたしの読み間違いだと言いたいのか」

京伝の両の眉が吊り上がった。

「漢籍に疎《うと》いおれをごまかそうったって、そうは問屋が卸さねえ」

「あなたが孔子を持ち出したのだ」

「なら、はっきり言う。お軽を非難する論は、そのままお百合への、死んだお菊への非難だ。お前さんは傾城《けいせい》上がりの女を蔑んでいるだろう。いや、昔っから気づいてたさ。いかんともしがたい運命《さだめ》の中でしか生きられぬ悲しみ、その必死を見ながら、曲亭馬琴の作には寛仁《かんじん》の心がねえ。ただ賢《さか》しらに、四角四面の文章を弄《もてあそ》ぶだけだ」

「私の作は虚言《そらごと》だけだと仰せか」

袴を握り締めていた。我を失うほどに。

京山が薄笑いを泛べながら、「正月早々、よしなさいよ」と間に入った。やがて別の話に移りはしたが、京伝は白々と煙をくゆらせるのみだ。

秋八月十一日、兄、羅文《らぶん》の十三回忌法要を催した。親族、旧識を招いて酒食を供し、『俳諧歳時記《はいかいさいじき》』を配った。念願の板行を引き受けてくれたのは名古屋の書肆《しょし》ではなくまたも河内屋太助で、旅の翌年だ。旅の随筆『蓑笠雨談《さりつうだん》』も依頼されて出した。「蓑笠」は馬琴の別号だ。

法要の翌日、縁側に文机を出して出納をつけていると、北斎《ほくさい》が庭先からふらりと現れた。許しも得ずに縁側に腰を下ろし、腕を後ろにつく。ちょうど興継が草木の世話をしている最中で、暴れがちな萩《はぎ》の枝を藺草《いぐさ》で結わえて姿を整えている。萩は花はたおやかだが幹や枝は剛情だ。手前の柿は照葉《てりは》の間で青い実をつけ、柘榴《ざくろ》は今が盛り、裂けた実の深紅が秋陽を受けては透き通る。

「あの柘榴、甘いのか」

「甘い。欲しいならやるが、もいだ数は報告しろ」

「そういくつも喰えねえが、なんで報告が要る」

「帳面につけておる」

「まさか」

「柘榴に柿、梅、葡萄《ぶどう》。生《な》った数をつけておけば、豊作不作の年がわかる」

百は帳面を目にするたび「几帳面《きちょうめん》」と厭《いや》な顔をするが、馬琴は数そのものが好きだ。数にも陰陽があり、五行《ごぎょう》思想とも深くかかわっている。

「あんた、暇なのか」

「忙しい。おぬしこそ何用だ」算盤《そろばん》をわざと鳴らした。

「この近くを通りがかったまでだ。旦那様、茶の一杯なりとも恵んでおくんなさい」

剽《ひょう》げて両手を揉み合わせる。しかたなく手を鳴らして下女を呼び、「安茶を」と言いつけた。

「来客用の宇治は要らぬぞ」

奉公したての下女は「はい」と屈みつつ奇妙な目をして、小首を傾げながら厨に引き取った。

「安茶好きのおぬしのせいで、私が吝嗇《りんしょく》で意地の悪い主人に思われた」

「当たらずとも遠からず。お百さんは」

「鍼治療《はりちりょう》だ。毎日、どこかが不調らしい」

その帰りに娘らと待ち合わせて小間物屋《こまものや》を巡るのだ。むしろそちらが本題だ。幸《さき》にいずれ婿を迎えようと考えて家計を切り詰めているのに、百は図太く「お前様」と掌《てのひら》を差し出す。

北斎は茶碗を持ち上げ、安茶を旨そうに啜った。

「正月、京伝さんと揉めたらしいな」

胸中で痞《つか》えたままの小石が不穏な音を立てた。

「誰に聞いた」

「誰だったかな」

北斎はとぼける。京伝自身は触れ回る性質ではない。おおかた、弟の京山が方々で囀《さえず》ったのだろう。

「そのうち、あんたとおれみたいに犬猿の仲だと噂になるぜ」

「かまわぬ。言いたい奴には言わせておくまで」
嘯《うそぶ》いたものの胸の中が暗くなる。正当な非難なら甘んじて受けもするが、京山は一方的にお
れを貶《おとし》めているのに違いない。
正月に起きた諍《いさか》いは思いの外《ほか》尾を引き、京橋銀座にも足を向けられぬままだ。恩ある人をあ
あも憤らせるとは、と気が滅入《めい》る。同時に、師は嫉《ねた》んでいるのではないかという念も頭を擡《もた》げ
る。この数年、京伝の著作は不評をかこっている。「貸本屋様は、作者と読者をつなぐ媒酌人《おなこうど》」
などと著作で持ち上げながら、板元の意向をまったく汲まぬらしい。作者は執筆の稿はむろん、
挿画、造本に至るまで深くかかわる。舟そのものでありながら船頭でもあるのだ。売れれば誰
も不平を鳴らさぬが舟は進まず、小説の出来も低迷している。
京伝に学んだこの曲亭馬琴はといえば、京伝流から抜け出し、読本作家の頂《いただき》へと躍り出た。
それが気に障っての言いがかりではないか。いや、鷹揚《おうよう》なあの人に限ってそれはなかろうと頭《かぶり》
を振る。その繰り返しだ。
かたや、派手な喧嘩《けんか》をいくどもした北斎とは仕事で組み続けている。この八月に出たばかり
の『椿説弓張月《ちんせつゆみはりづき》』拾遺《しゅうい》五巻も画は北斎だ。その下図では一計を案じた。人物を左上に描かせた
い時は、わざと右下と指図しておく。すると、見事に左上に描いてくる。これだ。偏屈な臍曲《へそま》
がりを操るにはこの手に限ると、夜更けに密《ひそ》かにほくそ笑んだものだ。
「独り笑いをするな。何を企《たくら》んでる」
北斎が眉を顰《ひそ》めた。

「おぬしの攻略法だ」からかううち、京伝へのわだかまりが薄らいでゆく。

「葛飾さん、いらっしゃい」

「今日も精が出るな」

興継は北斎に挨拶をした後、外流しで手足を洗っている。

「そういえば、おぬしは子が何人ある」

「前の女房との間に三人、今の女房に三人だ」

「男子はあるのか」

「二人。長男はおれの叔父の家督を継いで御用鏡師《ごようかがみし》だ。次男は御家人《ごけにん》の家に養子にやった」

御用鏡師に、御家人だと。

「手許に一人も残さなんだのか」

「歌川派でもあるまいに、おれの跡なんぞ継がせるほどのもんじゃねえ。だいいち画才さえありゃ、おなごでも描くやつは描く。うちの三女なんぞ、結構描くぜ」

唖然《あぜん》となった。この、描くこと以外何も欲することのない画狂が、わが子を納めるべきところに納めているとは。にわかに偉物《えらもの》に見えてくる。

「興継も絵筆を持つのだ。見てくれぬか」

返事を待たず、馬琴は腰を上げていた。興継は裏口から厨に入ってか、折よく姿が見えない。

床の間の袋棚から文箱を運んできて、何枚かの画仙紙《がせんし》を差し出した。

「十歳から金子金陵について学んでおる。号は琴嶺《きんれい》だ」

言い継ぐも語尾が萎《しぼ》んでゆく。北斎の顔つきからして明らかだ。

「やはり、才がないか」

背後を気にしながら、小声で確かめた。

「いや」北斎は巨きな耳朶《じだ》を引っ張っている。

「才の有無より、好きじゃねえな。厭《いや》だ、辛《つら》い、辛いと思いながら描いてる画《え》だ」

さようか。落胆した。

そして思案した。秋も深まったある日、興継に「医術を学んでみるか」と訊いてみた。医者であれば、いずれどこぞに侍医として召し抱えられるという目がある。己が逃げ出した道ではあるが。

「そなたは花癖《かへき》があるゆえ、本草学《ほんぞうがく》をするのは苦にならぬだろう」

興継は抗《あらが》うそぶりもなく、「はい」と答えた。

さっそく方々に頼み回り、師走十二月十八日、官医である山本法印宗英《やまもとほういんそうえい》の門下に興継を入れた。入門費と雑費で二両三分ばかりを使った。

正月、平林堂のあるじ平林庄五郎が『椿説弓張月《ちんせつゆみはりづき》』の潤筆料とは別に、礼金十両を膝前に置いた。

「素人の貸本屋風情《ふぜい》がよくも気易く先生にお稿をせがんだものだと、今になって冷や汗をかく思いですよ。こう言っちゃなんだが、先生の腕なら気軽にさっと書いてお茶を濁すこともできたはずです。にもかかわらず、名作をくださった」

文化四年正月の前編に始まった『椿説弓張月』は後編、続編、拾遺、そして今年三月に発販する残編で完結する。当初の構想を大幅に超えて五年がかりの大長編になったがすべて再摺《さいず》りを重ね、売れ行きは尻上がりに上がった。

「完結を迎えた記念に為朝《ためとも》像を北斎さんにお頼みして、懸幅《かけふく》に仕立てて祀《まつ》りたいと思い立ちましてな。先生、賛《さん》をお願いできましょうか」

「もちろん、喜んで書かせていただこう」

この五年の間、平林堂の実直さには尋常ならざる信頼を寄せるに至っている。

馬琴は校合《きょうごう》においても細心を極め、一字の彫り間違いでも見逃すことがない。文章にも手を入れる。稿でいかほど推敲《すいこう》しても、校合摺《ず》りが上がって気づく誤謬《ごびゅう》があるのだ。再び言葉を選び漢字を選び、文章に気を注ぐ。ゆえに校合紙は朱で埋め尽くされる。再校にもまた朱を入れ、三校で確認、時に四校と縺《もつ》れ込む。すると初校で正しく直したはずの箇所が欠けている。板を削って木片を埋め込む作業を繰り返すうち、文字の木片が落ちてしまうのだ。

この執拗な朱が板下師や摺師をいかほど泣かせたことか、周囲から聞かされるまでもなく承知している。かつては耕書堂蔦屋《こうしょどうつたや》で奉公した身だ。職人の手間賃が嵩《かさ》むばかりか、売り出しまでの日数とのせめぎ合いになることもわかっていながら全本二十九巻の最後まで攻め続けた。

北斎も凝りに凝って、彫師、摺師らに力を振り絞らせた。

そんな作者と画師、職人らを取りまとめた日々はいかばかりの苦労であっただろう。胃ノ腑《ふ》がじくじくと痛み、血の小便を出したかもしれない。

「実は、次の構想を練っている最中なのだ。どうだ。板元を引き受けぬか」

平林堂はしみじみとした面持ちになった。

「先生の御作はいずこの本屋も咽喉《のど》から手が出るほど欲しがっておりますのに、手前に声をかけてくださるとは嬉しゅうございますなあ」

「弓張月は苦労をかけた。少しは報いたい」

「次作もやはり、長編になりましょうか」

「時代は乱世戦国、安房《あわ》を舞台にした里見《さとみ》家の英雄伝だ」

里見家はかつて安房の優れた英雄で、江戸の湾の支配を巡って三浦の北条家とよく闘った。関東管領の上杉謙信とも結び、やがて裏切られて勢い衰え、徳川の世に生き残りはしたが転封《てんぽう》、のちに改易《かいえき》となった。だが安房の地では今も語り継がれている。

かつて海賊として里見家に仕えたというあの翁《おきな》の言葉が心に残っていた。

あの乱世にあって、政《まつりごと》の仁《じん》を目指した武将でありました。狡猾、奸策《かんさく》、謀略を用いるが智将とされる世にあって、信義を貫かんとした。それがゆえに滅びたとも言えましょう。そして我らは、それがゆえに忘れておらぬのです。

若かりし頃に聞いた、土地の翁の語りだ。ずっと憶えていたかといえばそれは嘘になる。だが構想を練るうち、あの海音が聞こえた。記憶が甦《よみがえ》った。

「ただし主人公は一人にあらず、水滸伝の化星七豪傑に倣って七人登場させる構想だ。毎春出板するとして、全本完結まで両三年ほどか」

「七人の英傑の列伝となれば、二、三年で完結できましょうか」

目尻に幾筋もの皺を寄せる。鬢《びん》や髷《まげ》の白もめっきりと増えた。

「いや、五、六年、もしくはそれ以上かかりましょうな」

馬琴は史料考証しながら想を練るが、いざ執筆となれば、ぶっつけ書きだ。当初の目論見を越えて延々と巻数が膨らむ癖を平林堂は知っている。

「ん」と笑い濁し、手焙《てあぶ》りの炭を寄せた。

世にいう里見の八犬士は、犬山道節《いぬやまどうせつ》、犬塚信乃《いぬつかしなの》、犬坂上毛《いぬさかこうづけ》、犬飼見八《いぬかいけんはち》、犬川荘佐《いぬかわそうすけ》、犬江親兵《いぬえしんべ》衛《え》、犬村大角《いぬむらたいかく》、犬田汶吾《いぬたぶんご》、すなわち是なり。

その名、軍記にほぼ見えるも詳《つまび》らかな記述はなく、これは大変に惜しむべきことではなかろうか。

そこで私は唐山高辛《もろこしこうしん》氏の皇女が槃瓠《はんこ》なる犬に嫁《か》したる故事に倣《なら》いて小説を作り設け、因《いん》を推し、果《か》を説きて婦幼《ふよう》の眠りを覚ますものである。

肇輯《じょうしゅう》五巻は、里見氏の安房に起これる由を述べる。これは唐山演義《もろこしえんぎ》の書、その趣に擬したれば、軍記とは大同小異がある。かつ狂言綺語《きょうげんきご》をもって、あるいは俗語俚諺《ぞくごりげん》をまじえ、いとおかしげに綴《つづ》れるは、もとより小説は翫物《もてあそびもの》なればこそ。

この書第八回、堀内蔵人貞行《ほりうちくらんどさだゆき》が犬懸《いぬかけ》の里に仔犬《こいぬ》を獲《え》たる条《くだり》より、第十回、里見義実《さとみよしざね》の息女伏《ふせ》姫《ひめ》が富山《とやま》の奥に入る条まで、これ全編の発端である。

首尾は過不足なく整えてある。二輯三輯に及びては、八人おのおの列伝がある。来《こ》ん春ごとに嗣出《ししゅつ》するゆえ、両三年のうちには全編が揃うだろう。

蓑笠陳人《さりつちんじん》再識

文化十一年晩秋九月、巻頭の「序」を書き終えた。

正月に起筆、今は校合修正《きょうごうしゅうせい》も大詰めだ。十一月には肇輯《じょうしゅう》五巻五冊、一から十回が出板される。ようやく船出した。この数年、主人公の設定に苦しんだのだ。初めは『水滸伝』の化星七豪傑に因《ちな》むつもりであった。『日本水滸伝』でも関八州《かんはっしゅう》動乱期に出現した七人の豪傑、化星七英将が登場する。七は陽数だ。よって馬琴も七人の列伝にするべく、文化九年の近刊予告では『里見七犬士伝』と打たせた。だがその後、『小説快事八犬伝』と予告を変えた。七と八の間で揺れ、迷いに迷った挙句《あげく》の決断であった。

七人ではなく八人。なぜ。

剣士ではなく犬士。なぜ。

読者はその謎に惹《ひ》かれて読み進めるだろう。馬琴自身も、書きながらその謎に迫る。史実が照らす虚構の海を行く。

さて、私はいかなる景色を見るのだろう。

舵《かじ》を取るは、己の筆一本だ。

我が滝沢家の父祖よ、どうかこの航海を守りたまえと、馬琴は祈る。そして位牌《いはい》に刻まれた家紋八本の矢を見つめた。

冬十一月、『南総里見八犬伝《なんそうさとみはっけんでん》』肇輯が板行された。

板元は平林堂ではなく、山青堂《さんせいどう》である。

手前はもはや古稀も過ぎた七十余歳、長期の読本が結局を迎えるまでの板行は心許ございません。先生のお気持ちは真に嬉しゅうございました。

平林庄五郎は丁重に理由を述べて開板を辞退し、山青堂山崎平八《やまざきへいはち》を推薦してきた。山青堂ともすでに組んだことがあり、否やはなかった。なにより、平林堂が目先の利ではなく『八犬伝』板行の円滑を重んじた心を受け止めた。売れ行きに右顧左眄《うこさべん》しがちな昨今の出板界において、久方ぶりに見た誠実であった。

挿画の画師は柳川重信《やながわしげのぶ》、北斎の娘婿だ。北斎とは何年か前、『占夢南柯後記《ゆめあわせなんかこうき》』の挿画でまた諍《いさか》いになった。いつものごとく、こなたが用意した下絵に北斎がけちをつけたのだ。

「どういうつもりだ、この指図は」

同樹という悪人の場面だ。

「口に草履を銜《くわ》えさせよとは、正気か」

「むろん。私はいつだって正気だ」

「草履みてぇな汚いものを口に銜える法があるか。馬鹿馬鹿しい」

冷ややかな笑みを投げてよこすではないか。

「それが同樹の悪人らしさだ。つべこべ申さず銜えさせよ」

「そうまで言うなら、手前《てめ》ぇが銜えてみやがれ」

信じがたい悪罵だ。互いに睨み合い、いつものごとく板元は狼狽するばかりだ。馬琴は嚙みつかんばかりに言い放った。

「おぬしとは絶交だ」

「おう、気が合う」

世間ではそのやりとりを真《ま》に受けているようだが、今もふらりと訪ねてきたりする。ただ、仕事で組むことはめっきりと減った。北斎も引く手数多《あまた》、それに伴って画料もさらに上がった。こなたも潤筆料は抽《ぬき》んでてしまっている。板元としては費《つい》えの重い組み合わせ、売れねば店が潰れる。柳川重信は稿を真面目に読み込み、下絵の指図にも決して逆らわない。呼べばすぐに馳せ参じ、些末《さまつ》な誤りの指摘にも素直に応じて直してくる。細部は大切だ。じつに、仕事が捗《はかど》る。

世に出た『南総里見八犬伝』は今のところ大いに喜ばれているようだが、さてこの先、いかが相成ろうか。

「ああ、また仏頂面《ぶっちょうづら》」

聞こえよがしな溜息が聞こえる。相手にするのも面倒であるので沢庵《たくあん》を黙って齧《かじ》る。と、口が歪《ゆが》んだ。五十前にして相当に歯が悪く、奥も何本かが揺れて頼りない。

「あたしとお膳を摂《と》るのが、そうも面白くありませんか」

斜向《はすむ》かいの膳の前で百が睨《にら》みつけている。馬琴は顎を押さえた。

「歯の具合が悪いのだ」

「またごまかす」

「膳の最中くらい静かにせんか。咽喉《のど》に痞《つか》えるわ」

「膳の時しか顔を合わさないじゃありませんか。なのに何でも聞き流して。馬琴の耳に念仏だ」

年々、百の苛々《いらいら》がひどくなる。躰がほてって顔から滝のごとく汗が噴き出すとこぼしているかと思えば、足が冷えてしかたがない、やれ動悸《どうき》だ、めまいだと訴える。おそらく血の道の症であろう。

「宗伯《そうはく》が帰ったら、薬を処方してもらうがよい」

興継は昨年の二月、師の山本法印によって剃髪《ていはつ》、医師として立つことを許された。表字を賜り、「宗伯」と称している。

今は伊勢参詣の旅に出ている。『八犬伝』の板元、山青堂が詣《もう》でるというので同行を頼んでやり、一行は五月半ばに江戸を出立した。京、大坂、大和も遊歴して、帰りはこの初秋になるとの文が届いたばかりだ。ゆえに百と二人で飯を喰っている。長女の幸に加え、三女の鍬《くわ》も去年から大久保佐渡守《さどのかみ》の奥方に仕えている。次女の祐《ゆう》もしばらく加藤出雲守《いずものかみ》の奥方に上がっていたが、二年前に嫁いだ。相手は音羽町《おとわちょう》の紙屑《かみくず》問屋、山崎屋《やまざきや》の長男だ。

考えれば娘らが一人二人とこの家を巣立ってから百は不機嫌さを増すようになった。宗伯とは気が合わぬのだ。世間では母親にとって息子は格別だと聞くが、当家では口喧嘩《くちげんか》が絶えない。

母上、私の文机を触ったのですか。

あたしじゃないよ。お竹さ。

また他人のせいにする。母上はそうやって素直に非を認めぬから、齢相応の人格が備わらないのだ。

宗伯も癇性《かんしょう》で、些細《ささい》なことで激する。

百がうんざりと箸を置いた。

「お前様も宗伯どのも、すぐに薬だ。あたしに薬さえ与えておけば、相手にせずに済むと思うてなさる」

連れ添って二十二年だというのに、手を焼くばかりだ。


『南総里見八犬伝』の評判が高まるにつれ、二輯《しゅう》への期待も聞こえてくる。だが毎年正月に板行し続けるつもりであったのが遅延している。まったく平林堂が見通した通りの仕儀だ。

未知の人の来訪が頻繁なのである。旗本や大名家の家臣、時に千代田城の大奥の偉方が代参の女中を遣わして品物を下される。さらには日本各地の名士が江戸を訪れれば、「曲亭馬琴を訪ねよう」と門戸を敲《たた》く。読本の愛好者は素養を備えた上級の武士、名士が多い。まして『弓張月』や『八犬伝』を愛読してくれての来訪であるから無下《むげ》にできない。読者からの文も毎日のように届く。その一々に返事を書いている間に下女が客の訪《おとな》いを告げ、座敷に下りる。書斎に上がったかと思えば、また客だ。

おかげで執筆がいっこう進まない。書かねばならぬのは『八犬伝』だけではないのだ。来春には合巻もいくつか出す約束がある。

合巻の草双紙は今、式亭三馬《しきていさんば》の鼻息が荒い。三馬が戯作を始めたのは寛政八、九年の頃か。六年前に出した滑稽本『浮世風呂《うきよぶろ》』で時好に媚《こ》びて名を高めたが、読めば学問のないのはすぐにわかる。大酒を飲んでは酔って喧嘩沙汰を起こすので、文人ではなく侠客《きょうかく》と呼ぶのがふさわしかろう。だが自序などに故事を取り込む小才は利く。世間には漢学者のごとく振る舞い、京伝の『心学早染艸《しんがくはやそめぐさ》』の善玉悪玉、この馬琴の『无筆節用似字尽《むひつせつようにたじづくし》』辺りからも巧く抜き書きして当たり作を出す。

五年ほど前に出た『阿古義物語《あこぎものがたり》』がまたひどい代物で、それを酷評したのが本人に聞こえたか、向こうもこなたを讐敵《しゅうてき》のごとく憎んでいるらしい。片腹痛いが、ゆえにこなたは合巻も手が抜けぬ。

思い切って面会はすべて謝絶し、外出もほとんどせず執筆に集中することにした。『八犬伝』二輯の準備も進めていた十月、次女の祐が離縁して帰ってきた。百が少し元気になった。そして同月の末、妹菊の夫、田口久吾が六十余で没した。さらに翌月、竹塚東子《たけのつかとうし》が亡くなった。

東子とは共に安房を遊行した仲であったが、こなたも多忙を極めている。交誼が絶えて久しく、訃音《ふいん》も時を経てから聞いた。文化に入ってから合巻を出したこともあったが自ら入銀しての板行で、世に聞こえるほどの佳作は残せなかった。

隅田川《すみだがわ》の川縁《かわべり》に立っている。時雨《しぐれ》が続いた後の秋晴れで、雲は白く澄み、堤の薄《すすき》は一面に波を打って揺れている。

昨日、立て続けに板元の遣いがあった。

「京伝先生がお亡くなりになったそうです」

急死であった。前夜、京山の書斎開きがあり、著作の執筆を終えてから赴いたようだ。朋友である狂歌師の北川真顔《きたがわまがお》、学者の北静盧《きたせいろ》も招かれており、共に機嫌よく過ごした。その帰り道、突如、胸痛を発して倒れた。同道していた静盧が家に担ぎ込んで百合が医者を呼んだが、朝、息を引き取ったという。

「脚気衝心《かっけしょうしん》だったようです」

江戸者に多く、蔦重も同じ病だった。

「柩《ひつぎ》は明日八日の昼頃、家を出ますそうな」

菩提寺は知っている。両国《りょうごく》、国豊山回向院《こくぶさんえこういん》だ。

馬琴はその後、朝餉を摂り、縁側で飼っている籠の鶯《うぐいす》に刻んだ青菜を与え、庭に下りて水遣りをした。かたわらに宗伯が立ち、如雨露《じょうろ》を引き取った。

「明日、私もお供しましょうか」

「いや、そなたは丸薬《がんやく》作りがあろう」

宗伯はまだ患家が少なく、奇応丸などを作って売っている。表に木看板を掲げてはいるが、購《あがな》うのは板元らがほとんどだ。

二階に上がり、文机の前に坐した。『八犬伝』二輯《しゅう》五巻五冊の稿は先月八月に仕上げ、閏八《うるうはち》月《がつ》に「序」を書いた。本文の校合紙《きょうごうし》は続々と届いており、挿画にも目を通さねばならない。だが頭が重く、文字を追えない。また階下に下り、板間で薬を丸めている宗伯に声をかけた。

「明日、代参を頼む」

「父上は行かれぬのですか」

宗伯には珍しく眉を上げた。息子でこうも驚くのであるから京伝の周囲が何と言おうか、見当はつく。弟の京山など、「師の恩を忘れた倨傲《きょごう》」だと謗《そし》るだろう。

それはわかっていながら、やはり宗伯に香典を預けて回向院に向かわせた。

だが気がつけば家を出ていて、両国橋が見える川縁に立っていた。柩は京橋、日本橋を経て本町《ほんちょう》で東に折れ、大伝馬町《おおでんまちょう》、馬喰町《ばくろちょう》、両国広小路《ひろこうじ》、そしてこの両国橋を渡るはずだ。半刻《はんとき》ほども立ち尽くし、風が鈴《りん》の音を運んできた。やはりそうだ。さすがは京伝、百人を超える葬列が橋を渡る。受け容《い》れがたかった死が真として迫ってくる。

ふいにこみ上げてきた。

享年五十六だ。百合との間に子は無いままで、養女にして可愛がっていた鶴も十年前に病死している。京伝は百合の先行きをひどく案じていた。百五十両もの金子《きんす》を出し、髪結床《かみゆいどこ》の株を買ったほどだ。あれほどに遊びながら、しかも算用が苦手であるのに理財に長けた生きようはさすがは町人、そこに微かな嫌悪がまじった。馬琴は金子を貯えることができない。貯える余裕がないのだが、収入に見合った暮らしをすればよいだけのこと、俸禄をいただく武士は皆さようであろうと思い決めてもいる。

だが、京伝はこんなことを口にしていた。

余財があれば、あれも生涯安泰だろう。あたしが死んでお百合が困窮すれば、世間は必ずあれは京伝の女房だと噂する。それはあたしの恥だし、お百合のこれまでの働きも無駄になるというものだ。

おれはいかが答えたのだったか。

先生が苦心して千金を遺《のこ》されても、そのお気持ちの通りになるとは限りませぬよ。孔子の語にもあります。その人が存すればその政《まつりごと》存す、その人亡《ぼう》すれば則《すなわ》ちその政も亡す。なまじ財産を遺せば係累《けいるい》が争うことにもなりかねませぬ。お百合さんの老後を案じるのであれば、あなたがまず養生に努めて長生きなさらねば。

京伝は黙っていた。馬琴の返答が意に染まなかったのだろう。そして六年前、正月に口争いをした後のことだ。京伝の言葉が耳に入った。

あたしは馬琴と交わって二十年だが、近頃はますます気韻《きいん》高く、結構なことさ。見事に山嶺《さんれい》に登り詰めたね。でもなにゆえ、時には山麓に下りて遊ばないのかねえ。麓《ふもと》から嶺《みね》を見上げたら、絶壁も断崖もよく見えるものを。

増上慢《ぞうじょうまん》だと非難されたような気がした。いかに師であろうともはや志が違うのだと思い知り、肚《はら》の底が冷えた。

だが京伝の死後、最後の読本となった『双蝶記《そうちょうき》』を読み返した。『太平記《たいへいき》』を踏まえて南北朝末期を舞台にした作で、北朝方と南朝方を共々描いて話を展《ひら》き、やがて霧が晴れるように和睦につながる。勧善懲悪も一方的ではなく、敵方にも深い情を寄せて書いているのが京伝ならではだ。板行直後に受けた感とはまるで異なって、文の芸としての充実に胸を衝《つ》かれた。先生、あなたに憧れて導かれて、ここまで来た。時に嫉妬していたのは私の方だった。私が持たざるものを、あなたはすべて持っていた。

私はやはり、あなたを敬愛してやまぬ。なればこそ、遠慮なくあなたを踏み越えて登り続けることにする。

山嶺に立てばこそ、見える景色があるはずだろうから。

文政三年秋、宗伯が士分の医師に取り立てられた。

大名、松前美作守《まつまえみまさかのかみ》が『八犬伝』の愛読者で、文の往還によって懇意の間柄になっていた。その老侯が隠居し、嗣子《しし》である志摩守《しまのかみ》が父君の意を受け、「滝沢宗伯を出入医《でいりい》に任ず」との沙汰を下されたのだ。まさに僥倖《ぎょうこう》だ。月俸は三人扶持《ぶち》、屋敷の玄関には式台《しきだい》を設けることも許される。

折しも一年前、神田明神下同朋町《かんだみょうじんしたどうぼうちょう》の御家人の地内に借地し、宗伯の家を建ててやった。その際に宗伯を滝沢家の家督と定め、独り立ちさせた。

離縁して帰ってきていた次女の祐も麴町の呉服行商人、伊勢屋喜兵衛《いせやきへえ》に再嫁《さいか》している。二年前には長女の幸が奥女中奉公から退き、神田の家には宗伯と百、そしてやはり奥女中奉公から戻った三女の鍬が同居し、この飯田町の家は長女の幸との二人暮らしになった。

幸は二十五になっている。奥勤めに上がっている最中、婿にしようと養子を取り、大枚を投じて貸本屋を営ませたが、御禁制の春画本を扱ったので厳しく叱責すると家を出て行った。再び養子をとれば放蕩者《ほうとうもの》で、やはりこれも離縁した。

よい縁はないものかと、朋友の文人、鈴木牧之《すずきぼくし》に家系書、家族書を渡して頼んである。牧之も『八犬伝』の愛読者で、越後国の豪商だ。江戸店も持っているのでこの地に知友が多く、しかし馬琴は外出の時が惜しい身の上であるので文のやりとりでのつき合いが主だ。

幸はお世辞にも美貌と言えぬが十年近く大名家に勤めていただけあって武家の行儀が身につき、人の心にも敏《さと》い娘となって帰ってきた。

「滝沢家のご再興、おめでとうございます」

膝前に手をついて祝いを述べられ、不覚にも眼の中が潤んだ。

滝沢家は宗伯の代で、ようやく士分を取り戻した。兄の興旨《おきむね》の死から二十二年、ついに再興を遂げた。

『八犬伝』は、四輯《しゅう》四巻の執筆が大詰めだ。

第六章

# 天衣無縫

好きで入った戯墨《げぼく》の道とはいえ、筆硯《ひっけん》のために日がな苦しむ日々だ。

そのうえ、家の中も平穏に治った例《ためし》がない。とくに滝沢家の慣《なら》いを百《ひゃく》が怠ると、心が乱れに乱れる。今朝も膳を目にするなり、むっと肚《はら》の底が斜めになった。

「お百。今日は冬至ぞ。なにゆえ、唐茄子汁《とうなすじる》を用意しておらんのだ」

やはり気づいたかと言わぬばかりに百は片目をちろりと動かし、飯櫃《めしびつ》の蓋に指をかけた。

「つい、うっかりですよ」

「つい、うっかりだと。迎春の支度から七草、節分、星祭に盆の先祖供養、冬至には汁粉餅《しるこもち》で祝い、膳には唐茄子汁を上らせる。これは歳事だ。毎年決まっておることをなにゆえ忘れる。さようなことまで逐一、わしが細かく指図せねばできぬのか」

睨《にら》みつけると、百は鼻の穴を広げて肩をそびやかす。

「たった今、汁粉餅で祝ったんだから十分でしょ」

「違う違う、まったく違う。冬至は汁粉餅と唐茄子汁が揃うてこそだ。一方が欠けると験《げん》が悪いということがお前にはわからぬのか」

「唐茄子を食べたら幸運に恵まれるって、そんな簡単なことなら世の中幸福な人だらけですよ」

「滝沢家では母上がずっとそのようになさってきたのだ。兄上も忠実に守っておられた。その慣いを続けることこそ家を受け継ぐということだ。いや、お前、忘れたのではなかろう。決まり事が面倒になって、わざと放擲《ほうてき》したな」

百は毫《ごう》も怯《ひる》まず、フンと鼻を鳴らす。

「唐茄子ごときでそうもお怒りになるとは、馬鹿馬鹿しい」

「亭主を馬鹿呼ばわりするか。お前という女は、たまには神妙に詫びられぬのか」

「八つ当たりに一々詫びを入れちゃあ、身がもちませんわえ」

しじゅう躰《からだ》の不調を訴えて臥《ふ》せるくせに、口だけは達者だ。夫婦喧嘩をしても気散じになるどころか余計に苛立《いらだ》って、書斎に上がってもしばらくは執筆に戻れない。心が休まらない。ふう、はあと息も荒く書斎の中を歩き回り、窓際の籠《かご》に近づいた。竹ひごの間から指を入れると小首を傾げて嘴《くちばし》を近づけてくる。

「おお、慰めてくれておるのか。いや、大丈夫。なんの、お百のごとき」

かれこれ十年近くになろうか。小鳥を飼うようになった。

あの猫が死んで数年後だ。淋しくてならぬので小鳥なりとも手許に置こうと紅鷽《てりうそ》一羽を求め、籠を書斎の窓に掛けてみた。終日《ひねもす》よく囀《さえず》り、しかも遠慮がちな口笛にも似た声でいささかの慰めになる。頭と尾が黒く、咽喉許《のどもと》が鮮やかな朱色という姿も目に美しい。雛《ひな》を手に入れて自ら育ててみれば、これがまたよく懐いて可愛《かわい》い。指南書を読んで巣引きに成功すると、なお面白くなった。元来が凝り性だ。春になれば次々と小鳥を飼い集め、するとそれが噂になってか鳥屋たちが毎日のように訪れ、また増える。一時は百羽ほどにもなり、金糸雀《カナアリア》に杜鵑《ほととぎす》、郭公《かっこう》、葦切《よしきり》、目白《めじろ》、そして鳩《はと》も飼った。鳩は種類の多い鳥で、金に銀、土、青、白子《しらこ》、さらに雉《きじ》や孔雀《くじゃく》、連雀鳩《れんじゃくばと》もいた。矮鶏《ちゃぼ》や烏骨鶏《うこっけい》を庭で遊ばせ、池には水鳥も泳がせたものだ。

だがここ神田明神石坂下同朋町《かんだみょうじんいしざかしたどうぼうちょう》の家に馬琴も移り住むことになり、手許にこの金糸雀だけを残して他は売ってしまった。一時は犬の狆《ちん》も七、八匹は飼っていた。犬猫はたいして好きではないのに、愛読者の大名の御正室が仔犬を贈ってくれ、『八犬伝』の作者であるから大の犬好きだと思い込まれたらしい。辟易しつつもいざ飼い始めれば可愛いものだ。が、どうしてもと請う者があって譲った。小鳥も同じことで、世話をしきれぬ飼主の手許に置いておくよりはと思い決めて鳥屋に引き取らせた。家にかかわる出費が続いて手許不如意《てもとふにょい》のせいもあった。

いくばくかの金子《きんす》のために生きものを手放すとは、浅ましくも情けなき仕儀だ。ゆえに誰にも口に出せない。

飯田町の家を去って神田明神下に移ってきたのは、半年前の夏だ。

同居していた長女、幸《さき》の縁談が成り、三月、吉田新六を婿養子《むこようし》として迎え入れたからだ。新六は呉服商の手代で、実直であることが知れたので話を決めた。名を滝沢清右衛門勝茂《せいえもんかつしげ》と改めさせて飯田町の家財を与え、家守《やもり》の職も引き継がせることとした。一カ年の家守給金が二十両であるのでそのうち五両を親たる馬琴に納めるように言いつけ、表店《おもてだな》は手習塾を止めてから貸家にしてあったので、その店賃《たなちん》の一部も納めさせることとした。

馬琴はこれを機に家守や町役《ちょうやく》などの俗務一切から身を退き、剃髪《ていはつ》した。宗伯《そうはく》が松前藩に仕える士分を得た時点ですでに隠居した身だ。剃髪してせいせいした。頭が相当に薄くなっていたのだ。付け髷も試したが据《す》わりが悪く、板元の丁稚が頭を盗み見て笑っているような気がする。頭を丸めたら薄毛に悩まされることもない。

号も笠翁《りつおう》と改めた。清の文人、李漁《りぎょ》の字《あざな》である笠翁《りゅうおう》に因《ちな》んだものだ。長大な伝奇小説で知られ、文化の頃だったか、ありし日の京伝が李漁の作を翻案したことがある。山水画の描き方を説いた『芥子園画伝《かいしえんがでん》』に序を寄せたのも李漁で、あれが日本に入ってきたのは元禄の頃、以来、数多《あまた》の画人がこの画伝を読んで南画《なんが》を学び、北斎も修業時は常に座右に置いたと口にしていたものだ。

馬琴は他にも呼称を持っている。十年ほど前から通称を蓑笠隠居《さりついんきょ》と号し、雅号は著作堂《ちょさどう》、曲亭馬琴は戯作の上での筆名だ。ところが市井の者はこれらをしばしば混同する。たまに「馬琴先生」などと気易く呼びかけてくる者があるが、戯号《げごう》に「先生」なる敬称をつけるは的外れ、こなたとしては苦笑するしかない。どうしても敬称を用いたくば、戯号以外の号につけてもらいたいものだ。

なにはともあれ、宗伯興継が滝沢嫡家の当主、清右衛門には滝沢家の分家を立てさせた。

よって晴れて、当主の住む家に同居することにしたのである。ただ、こたびの家移《やう》りにはめでたくない理由があった。神田の家に住む宗伯と百が立て続けに大病をしたのだ。

宗伯は二年前の文政五年、松前藩の出入《でいり》医師筆頭として譜代家臣並の近習《きんじゅ》格に引き上げられた。主君の覚えめでたく、重臣らにも可愛がられているゆえの出世であろう。父から見ても宗伯の人柄は誠実、療治に臨む態度にも良心がある。飯田町の頃から生薬《きぐすり》屋の看板も上げているのだが、薬の作り方を見るにつけ几帳面で、家の掃除一つ、庭の手入れに至っても手を抜くということがない。

こなたに対しても従順で思いやり深く、近頃は稿の浄書や校合《きょうごう》も手伝ってくれ、これがまた誰よりも信頼できる出来栄えだ。ことほどさように孝を尽くして口ごたえ一つせぬというのに母親の百には非常に短気で、ひとたび激すると手がつけられなくなる。目を吊り上げ、甲高い声で非難し続けるさまを見ると百にそっくりだ。血を引くとはこのことかと、馬琴は薄寒くなる。

だが宗伯は百と異なり、自らを省みて悔いる気持ちが強い。馬琴が諄々《じゅんじゅん》と説けば落涙さえして、詫びを口にする。神田の家に母子で暮らさせるのも心配であったが当初は三女の鍬《くわ》も一緒であったので、宗伯にはよくよく因果を含めた。

よいか。そなたの母は気儘《きまま》で不平不満の多い女だが、そなたには母ぞ。堪忍をして大切にせねば、亡《の》うなった後に申し訳ないことをしたと悔いても取り返しはつかぬのだぞ。

自らの所業を思い出すたび、亡き母を思うて胸が痛くなる。そんな話まで打ち明け、神田の家に守忍庵なる号をつけて送り出したのだ。

しかし鍬にまた御殿奉公の誘いがあり、丹波園部《たんばそのべ》小出信濃守《こいでしなののかみ》の奥方に上がってからというもの、母子二人きりの暮らしになった。宗伯の心身は鬱々と優れず、ゆえに母子の揉め事も絶えない。

そして去年の正月だ。宗伯は主家に出仕し、老侯に拝謁したその場で眩暈《めまい》と吐き気に襲われ、足腰がまったく立たなくなった。朋輩《ほうばい》の医者によれば癇症《かんしょう》との診立《みた》てで、理由《わけ》なく怒りや悲しみを覚え、不安に苛《さいな》まれるうち食を欲しなくなって不調に至る病だ。すぐさま見舞いに駈けつけて宗伯の臥所《ふしど》に入った時、「この家のせいではないか」と今さらながら壁天井を見回したものだ。

土地の持ち主は西ノ丸御書院番《ごしょいんばん》の武家で、その地内に医者が普請した屋敷を馬琴は購《あがな》ったのだ。医者の一家は三年ほど住んでいたようだが、門から玄関に至る敷石がなく、勝手向《かってむき》の造作は中途、納戸も荒壁のままであった。聞けば、普請の金子が不足したため完成させぬまま暮らしていたようだ。方位はちゃんと調べたのだ。上々吉であったゆえこの家に決めた。しかも長年、信仰してきた妻恋稲荷《つまこいいなり》も近い。家の造作が中途の箇所があっても宗伯の好きなように手を入れさせる方がよいと、若き当主を立てたつもりもあった。

宗伯の短気、激怒の癖は幼い頃よりの癇の虫、大人になればいずれ治まる、深刻な病ではないと捉えていた。父としては、そう思いたかった。だがついに恩ある老侯の前で、尋常ならざる症を晒《さら》した。幸いにもお叱りを受けることはなかったが、初午《はつうま》の頃から宗伯は病臥《びょうが》することとなった。己の失態を苦にしてか、沼の中で呻き続けている。

下女がちょうど出替わりの時期で、百だけではとても宗伯の世話はできない。飯田町の家に宗伯を移し、長女の幸に看病させることにした。すると神田の家は百の独り住まいになる。馬琴は毎日、夕暮れ前に筆を擱《お》いて家を出、てくてくと歩いて神田川に架かる水道橋《すいどうばし》を渡った。川沿いに東へ進めばやがて深い木立に包まれた湯島聖堂が現れ、まもなく神田明神下の同朋町だ。

夜は神田の家に泊まり、朝、飯田町に帰るという暮らしを続けた。

当然のこと、執筆は停滞する。『南総里見八犬伝《なんそうさとみはっけんでん》』の五輯《しゅう》六巻は二月に売り出したものの、これも難が続いた。

本文は文政四年の冬に脱稿したが板元の山青堂山崎平八《さんせいどうやまざきへいはち》に難儀が出来《しゅったい》し、仕事が進まない。稿が宙に浮く形となって、とうとう売り出しまで遅延したのである。山青堂はどうも不安だ。番頭にしても手代、丁稚にしても板元としての気概に欠け、説教をしても素直に詫びて悔悛《かいしゅん》する様子がない。肚《はら》に据えかねたが、稿を渡してしまっている以上、作者にはどうにもできぬ。

そこでかねてより約束の、合巻《ごうかん》の稿に集中することにした。『八犬伝』のみならず、稗史小《はいししょう》説《せつ》のたぐいは闇雲に空想して書いているのではない。歴史と伝承を丹念に考証して足場を組まねばならない。足場がぐらついていては、肝心の物語が飛翔せず墜落する。だが神田と行ったり来たりの毎日では落ち着いて考証することもままならない。

ここは家相が悪いに違いないと物の本を調べ、隣家の位置に気がついた。家の東が隣家との合壁《あいかべ》となっており、刀研ぎ師が住んでいる。東側で気が詰まるのだ。間に人を立てて掛け合い、その家を買い取って修築に取りかからせた。

滝沢家菩提所である深光寺《じんこうじ》の父祖の墓も改修した。その甲斐あってか宗伯の様子に快癒の兆《きざし》が見えるや、今度は百が倒れた。四肢に浮腫《むくみ》が出て、脚気《かっけ》の症だ。

馬琴は神田の家に泊まり込んで百を介抱した。水を汲み、飯を炊き、薬を煎じる。下女を頼んであるのだが口入屋《くちいれや》からは音沙汰がなく、日々の買物も自身で用を足さねばならない。夜、周囲の目がない時にこっそりと足音を忍ばせて出かけ、瓜《うり》や茄子《なす》を抱えてまた小走りに門内に駈け込む。今や、天下に比類なき戯作者と謳《うた》われ、出す作のことごとくが当たり、日本一高い潤筆料《じゅんぴつりょう》を取る曲亭馬琴《きょくていばきん》がまるでコソ泥のごとく息を潜めて家事に勤《いそ》しんでいるとは、誰が想像するだろう。

だがこの界隈《かいわい》は武家地で、いつしか「馬琴が住んでいる」との噂が流れたらしい。門前を掃いていると誰彼無しに訪ねてきて、「曲亭どのはご在宅か」だ。下男に間違われている。刹那《せつな》、とぼけようかと思ったが、いずれは露見することだ。

「妻《さい》が病にて、かかる下司業《げすぎょう》に携わっておる次第」

箒《ほうき》を手に虚しく笑えば、相手は興醒《きょうざ》めな顔をして立ち去る。これで読者を何人失ったことだろう。

だがかような業は恥じこそすれ不得手ではない。できてしまうのだ。若い頃は京伝の家で役に立って歓ばれたものだった。そう、あの頃は何でもした。生きるために。

夏の朝、水汲みをして桶《おけ》を運んでいると荒れ庭の草の葉末《はずえ》が露を結んで光るさまに出会い、己が深々と息をしていることに気がつく。

「この頃は肩が凝らず腰も痛まず、夜もよく眠れるのだ」

百の寝ている蒲団《ふとん》のそばでそんな話をすると、百も「さようですか」と唇を綻《ほころ》ばせる。

「日がな一日坐り通しでしたからねえ。根を詰め過ぎるとあたしが言ったって、聞く耳を持ちやしない」

「金糸雀《カナアリア》の世話をしておったではないか。狆《ちん》どもの世話も」

「近頃、お口の具合はどうなんです」

「臭うか」

「ええ、まあ」

馬琴は口許を掌《てのひら》でおおった。執筆の最中よほど喰いしばっているらしく、上下のうち残る歯は一本のみとなっている。もともと歯性が悪く、しかも甘いものは今も欠かせない。口中は常に痛んで厭《いや》な臭いを発しているのが己でもわかるが、止められない。

「わしが寝ついたらば、誰が介抱してくれるのだろう」

「宗伯どのでしょう。お前様は躰が大きゅうて、あたしの手には余ります」

「宗伯の病だがな、この家を改修しようと思うのだ」

「隣を買って手を入れてなさるのに」

材木を鋸《のこ》で挽《ひ》く匂いや槌音《つちおと》、大工らの話し声も聞こえてきて騒がしく、百の養生にはよくないのだが、それについては文句を言い立てない。

「いや、もっと吉相の家にしてやらねば」

百は病床で仰向いたまま、ふと言葉を継いだ。

「宗伯どのは真面目が過ぎるんですよ」

「さようだな」ここは逆らわずにおいた。

「あんなふうで、妻女を迎えることができるんでしょうかねえ」

「何を言う。大名家お出入り医師の筆頭ぞ。近習格《きんじゅ》ぞ」

脇差《わきざし》を佩《お》びて外出《そとで》をする姿は我が子ながら惚《ほ》れ惚れとするほどだ。

だが病身だ。近習格に引き上げられる何年か前、主家からは正式な藩士として取り立てようとの思召《おぼしめし》もあった。正式な家臣となれば国許にも入らねばならない。この躰では江戸を離れて北の松前で暮らす自信がないと、宗伯は辞退した。それには馬琴も異を唱えなかった。出世のために命を縮めては元も子もない。

「身分じゃありませんよ。今時のおなごが身分だけで嫁いでくるものですか」

「内福《ないふく》ではないか」

宗伯は松前藩から扶持《ふち》をいただき、売薬も行ない、さらに馬琴は暮らし向きの入用として年二十両を渡している。

「わしも貯えはないが家を二軒持ち、それに、まだまだ書いて稼げる」

「そうじゃありませんよ。ほんにお前様は何もわかっておられない」

天井を見ているはずの眇《すがめ》が微かに動く。

「二十七にもなってまだおなごの肌も知らないいんじゃないかって、たまにそんなことを思うのですよ」

たじろいだ。かねてより気になっていたのだろう、病床で思わず洩れた本音に思える。

宗伯は男としてどうなのか。心も躰も、あまりにも弱くないか。

そういうことか、と息を吐いた。馬琴も同じ心配を持ったことがある。いつだったか、そう、伊勢参宮への旅に出た時のこと、同行した山青堂が「お真面目で驚いちまいましたよ」と呆れ半分に話したことがある。旅の空の下、遊里で遊ぶのも旅の楽しみの一つであって、鍋と蓋、茶碗と箸ほどに一対のものだ。馬琴も京摂の旅では各地の妓楼《ぎろう》に上がり、遊女の風情から人柄、躰つきの特徴まで『羇旅漫録《きりょまんろく》』に書いた。だが宗伯は堅物で、登楼の誘いにも乗らなかったようだ。山青堂が同行では父の顔が過《よぎ》り、羽を伸ばせなかったのであろうか。

「あれは、己を律する気持ちが強いのだろう」

己を抑えつけるあまり、躰のどこかに鬱屈が溜まって癇症《かんしょう》になったのではないか。そう思うと不憫《ふびん》でいたたまれない。

「いかなる医薬を投じてでも治してやる。そして妻《めと》を娶らせてやる」

「お願いしますよ」

気が合わぬといえども、やはり母だ。自らが臥していても宗伯のことを案じている。手拭いを濡らして躰を拭き、着替えをさせてやると「ああ、さっぱりした」と己の腕を擦《さす》り、寝息を立て始めた。やがて鼾《いびき》になった。

晩夏、蜩《ひぐらし》の声を聞くようになった頃、宗伯が平癒したので神田の家に戻した。百も服薬の効があって床上げをし、しかしまだしばらくは無理がきかない。馬琴は飯田町から通い続け、二人の世話をした。

「父上の作られた粥《かゆ》は美味《おい》しゅうござります」

宗伯がまた四角四面に感謝をするので、百と顔を見合わせて笑った。八月に入り、ようやく下女が入った。家の改修も終えた。

そして幸が婿養子を取ったのを機に、馬琴も神田明神下のこの家に引き移ったのである。

家移りの二日前、五月十六日は百の誕生日で、数え六十一、生まれ年の申《さる》に還《かえ》った還暦だ。宗伯は当主として壽饅頭《ことぶきまんじゅう》を数百注文し、親戚や姉妹に配った。内輪だけであるが本膳一汁三菜、吸物、取肴《とりざかな》の饗饌《きょうせん》も用意し、寿盃《じゅはい》で祝った。

「母上、おめでとうございます」

分家の滝沢清右衛門と幸夫妻、伊勢屋喜兵衛改め田辺久右衛門と祐《ゆう》夫妻、その子、鎮吉《しずきち》も座敷に並んだ。鎮吉は馬琴の命名で、宗伯の幼名、鎮五郎の一字を与えたものだ。

清右衛門は馬琴が見込んだ通りの人柄で、家守職と町役をよく務め、夫婦仲も円満だ。家移りが滞りなく進んだのも、清右衛門の差配があってこそだ。馬琴の本箱は途方もない蔵書で埋まっており、八千冊を超えていた。金糸雀の籠も大小合わせれば十数個はある。人を雇って大八車を牽《ひ》かせ、板元の手代らも捩《ねじ》り鉢巻《はちまき》で手伝ってくれた。もっとも、山青堂は丁稚一人よこさなかった。

「赤や黄色の金糸雀が囀《さえず》って行列するさまは、見事にございましたよ」

清右衛門が眉を八の字にした。

「金糸雀の後ろが延々と本箱ですからねえ。すわ、いずこの文人大名のお行列かと、往来で目を丸くするわ、子供らが勝手に後ろから荷車を押すわ、賑《にぎ》やかなことでした」

宗伯と百は二人とも酒で顔を赤く染め、終始、上機嫌で過ごした。馬琴も久しぶりに何を食べても旨《うま》かった。家事と介抱の日々のうち、歯の上下はすべてが抜けて一本も無くなった。そこで義歯《いれば》を作って嵌めたところ、これが思いの外《ほか》具合がよい。人相も上がり、顎から頬までの線がしゃんとした。

金糸雀が馬琴を見つめながら、ぴぴぴと澄んだ声を立てた。

若《わこ》うおなりあそばしました。

面相を褒めてくれる。まんざらでもない。


霜が降り、庭の木々や蔦《つた》が黄に色づくようになった。

家の敷地は東西が九間《けん》、南北に九間というほぼ方形で、通りに面した南に表門があり、板塀は渋塗りだ。北は隣家との地境に竹垣、東西の地境には建仁寺垣《けんにんじがき》を巡らせてある。

門を入ると敷石を踏んで玄関まで誘われるのが尋常だが、元はそれも無かったので職人に言いつけて石を畳ませた。玄関戸を引いて入れば三和土《たたき》から式台へと上がり、正面の八畳は宗伯の調合之間で、生薬の売薬所と診療場を兼ねた板間だ。だが板間を通らず右に折れる板廊下があり、これが家の東から北へと鉤型《かぎがた》に通っている。玄関に近い六畳の座敷と八畳の客座敷は表庭に面して最も景色がよく、馬琴を訪ねてきた客はこのいずれかに通すことにしている。

表庭には大きな池があり、瓢簞《ひさご》の形だ。地主は旗本であるのでこの家を建てた医者も庭はそのまま引き継いだのだろう、松樹が中心の武張った造りで、黒松と五葉松《ごようまつ》、小松、池の傍《はた》には柳と玉垣梅《たまがきうめ》があるばかりだ。門脇は黒松と赤松で、しかし枝葉が混み合い、茶灰色に変じた枯葉が束になってぶら下がっている。さすがに見苦しいので、百の介抱の合間に種樹屋《うえきや》を呼んで手入れをさせた。枝を抜き、不要な緑も摘まれた庭は晴々として明るく、風が通るようになった。池の水面を埋めていた枯葉も取り除かせたので、野山の鳥が盛んに舞い降りて水浴びをする。

書斎は家の北側の四畳半で、続き間の納戸が書物庫だ。三十余年もの間、地獄の釜底かと思うほどの暑さに苦しみながら執筆を続け、ようやく涼やかな場を得た。

金糸雀の籠《かご》は納戸前に並べ、書斎の窓辺にも吊るしてある。囀りを聞きながら墨を磨《す》り、執筆に倦《う》めば籠を庭に持ち出して洗い、餌を与えてやる。鳥は賢い生きものだ。飼い主を判別し、顔を見れば嬉しげに胸の毛を震わせて鳴き、唄う。

先生、今日も戯作に奮闘しておいでですな。佳《よ》きかな、佳きかな。

金糸雀に励まされるのだから、我ながら他愛ない人間だ。

書斎を出てぐるりと廊下を巡り、客間の障子を引いた。すでに宗伯が客と対座していた。

医薬業のかたわら、浄書や校合《きょうごう》も手伝ってくれている。目の性もよくないので無理はさせたくないのだが、稿の浄書に誤りがなく、校合紙の校正においては誤字脱字の直しが正確、板元とのやりとりもいつしか弁《わきま》えてそつなく応対できる。文業において馬琴が己以外に信頼できるのは、今や宗伯がただ一人だ。近頃は文人の集まりにもしばしば同道させている。本人はおとなしく拝聴しているだけで発言をしないが、誘ってやると「お供させてください」と嬉しそうだ。

宗伯がつと目配せをするので、馬琴も目顔で頷《うなず》き返す。

「先生、ご無沙汰いたしました」

山青堂山崎平八が膝前に手をつかえ、辞儀をした。番頭や手代の供も連れず、水引をかけた包みをおもむろに差し出す。

「心ばかりにござりますが、お引越し祝いに」

宗伯が「丁重なるお心遣い、忝《かたじけな》い」と引き取るが、馬琴は一瞥もくれずに山青堂に目を据えた。

作者の新居を訪ねるというのに髭《ひげ》もあたってこなんだのか口の周りが薄黒く、頭の髷《まげ》も襟も歪《ゆが》んでいるではないか。

「して、板行の目処《めど》はつけたのか」

山青堂は『南総里見八犬伝《なんそうさとみはっけんでん》』六輯《しゅう》、その一部の稿を抱えたまま、また進行を止めてしまっている。問い合わせれば「彫師が病で彫りが進みませんでしたが、まもなくご覧に入れます」と返事をよこし、その後、また音沙汰が途切れる。

山青堂はそもそも、貸本屋世話役の平林堂《へいりんどう》の推挙があったゆえ信頼し、『八犬伝』の板行を肇輯《じょうしゅう》から任せた。第三輯あたりまでは順調であったが、第四輯でしくじりを犯した。

巻之一から五、すなわち計五巻六冊の稿を仕上げて渡してあったにもかかわらず、板木の細工が間に合わぬという理由で巻之四までをいったん売り出し、巻之五の二冊は後に分けて売り出すという不体裁な仕儀だ。

板行当初から計五巻で一つの輯と定《き》めてあるものを、分けて売るなど読者への信義に悖《もと》る。ともかく間に合わせよ。

尻を叩いたが、山青堂は「職人が手一杯で、どうにもなりません。巻之四までを売り出させてください。後生にござります」と伏し拝んだ。店頭に並べて売り出さねば掛けた資金が回収できない。職人らも手間賃を受け取らねば飯が喰えない。ならぬ堪忍をして、巻の足らぬ状態での発販を認めた。

第四輯の巻之四の巻末では、山青堂は読者に向けてこんな口上を記した。

今年は珍しく作者の稿本が速う成りましたが、画工や板下師ら職人の許で滞り、いまだ板木の彫りを終えておりませず、云々《うんぬん》。

これは職人に責めをおっかぶせた釈明だ。しかも、珍しく作者の稿が速かったとはなんたる言い草であろう。さらに山青堂はこう口上した。

毎輯は全五巻と定めてあるので、これを割いて別々に出すことは作者の許さざることにござりまするが、実にこれいかんともしがたい方策であり、こい願わくば四方《よも》ご贔屓《ひいき》の読者様、この輯の巻の足らざるを咎めることなく、また来《こ》ん春の花と共に後の巻々をお待ちくださりますよう。

　曲亭馬琴の怖さを暗に語って同情を買おうという姑息《こそく》な申し開きであった。末尾には下手な歌までつけて呆《あき》れ果てた。

　だがあの頃は不審に思いながらもまだ信じていた。その後、第五輯の稿を渡しても何も上がってこない。結句《けっく》、一年余も放置された。彫師が板下紙を板に貼り入れて油を引いたまま手を止めていたのだという。それもこれも板元たる山青堂が職人らをしかと掌握していなかったからだ。職人は誇りが高い。板元の言うことを聞かぬとは、手間賃をちゃんと払《はろ》うてきたのかと疑いたくもなる。そんな最中、宗伯と百が相次いで病床に臥《ふ》した。家移りもあった。

　第五輯六巻は当然のこと売り出しが遅延し、昨年、文政六年の二月にやっと店頭に並んだ。

　だが次の第六輯でも進行が滞っている。

「もう一度問う。第六輯板行の目処はつけたのか」

　山青堂はうなだれたままだ。

「わしとて木石ではない。しかとした理由があれば傾ける耳も持とう。だがおぬしも店の者もその場限りの言い訳を繰り返し、挙句の果てには梨の礫《つぶて》になる。曲亭馬琴を侮《あなど》っておるのか」

「いいえ、侮るなど滅相《めっそう》もございません。先生、これこの通り、ご勘弁ください」

　がばと手を広げ、平蜘蛛《ひらぐも》のごとく這いつくばった。

「何の真似だ」

　山青堂は頭を下げたまま、「恥ずかしながら」と声を振り絞る。

「長いつきあいの金主《きんしゅ》に障りがあり、資金繰りに詰まりました。もはやこれまで」

宗伯がこなたを見た。他の板元から「山青堂がどうも危ない」との噂は小耳に挟んでいた。ゆえに第六輯は巻之一の稿のみ書いて渡した。山青堂が板元としての仕事を恙《つつが》なく果たすか、見極める必要があった。

「他の書肆《しょし》にあたってみなんだのか」宗伯が山青堂のうなじを見下ろし、口を開いた。

「他でもない、曲亭馬琴の八犬伝の板行であるぞ。いずこの書肆でも相板《あいはん》に名乗りを上げたがるはずであろう」

「へい、板木を欲しがるお人がありますので、後事を託します」

耳を疑った。

「板木を売ると申すか」

義歯《いれば》がカタカタと鳴った。声が震える。

「所有の板木を手放すとは、すなわち八犬伝の板元の座から降りるということであるぞ。益も大いに上げたであろう。なにゆえ、みすみす板木を手放す」

宗伯も「料簡《りょうけん》が知れぬ」と、声を荒らげた。

「かほどの読本の板元を務められる幸運など、めったとないものを」

板木を所有していることが板元の証だ。思うさま再板を重ねられるので、人気作の板木は打ち出の小槌《こづち》に等しい。しかも『南総里見八犬伝』は大長編、まだまだ板行を続ける作だ。蔦屋や平林堂はいかに莫大な利を上げようと、先々のために費《つい》えを備えていた。しかし山青堂は四輯までの板行でなまじ儲《もう》けたために気を緩め、他の商いに色目を遣ったのではないか。もしくは遊んで散財しおったか。

山青堂は畳に這いつくばったまま、ぽそりと呟いた。

「聞こえぬ。面《おもて》を上げて申し述べよ」

宗伯が鋭く命じると顔を上げ、薄黒い顎を動かす。

「もう遅いと申し上げたんでさ。涌泉堂美濃屋甚三郎《ゆうせんどうみのやじんざぶろう》さんと、すでに話がついております」

「作者に無断で話をつけたと申すか」

馬琴が言う前に、宗伯が血相を変えて詰め寄っていた。

「正気の沙汰ではないぞ」

「板木については作者が口を挟む筋合いではござんせんでしょう、若先生」

居直ったかのように、目の奥を光らせる。

「まして先生には、並ならぬ潤筆料をお渡しししてきたじゃありませんか。その上、執拗な校合《きょうごう》で修正に継ぐ修正、板木は埋木《うめぎ》だらけで凸凹《でこぼこ》と波打ってまさ。しかもしじゅうお宅に呼び出されて、彫りが悪い、摺《す》りが拙《まず》い、進め方が手ぬるいとお叱りを受ける。それがまた理詰めの厳しいご叱責、手代も丁稚も震え上がって、胃ノ腑《ふ》をやられて辞めた者もおりまさ。あたしもほとほと疲れました。このまま八犬伝の板元を続けたら、早死にしちまいます」

馬琴の厳しさに音を上げ、板行を続ける意欲を喪失したと言いたいらしい。

山青堂が去った後、父子でまんじりともせず坐した。

窓障子の外が暮れてきて、火鉢に手をかざした。金糸雀《カナアリア》の声を聞きながら火箸を手にし、灰にぶすりと突き刺す。

板元に思わぬ仕打ちを受けて三日、筆を執る気にもなれないでいる。『八犬伝』がかような憂き目に遭うとは思いも寄らぬことだった。

山青堂はわしの厳しさに疲れたなどとほざきおったが、作者のこの寄辺《よるべ》の無さはどうだ。

小さな穴ができるも、灰を寄せてかければすぐに埋まる。またぶすり、ぶすりとやる。

心血を注いで紡ぐ物語の先行きを守るどころか、手も足も出ぬ。

平林堂は作者に誠実を尽くしてくれた板元であった。『八犬伝』の板行を持ちかけた時、老齢が理由の辞退であったので引き下がったが、無理にでも引き受けさせるべきであったか。

いや、今さら詮無いことだ。どうか、湧泉堂美濃屋甚三郎とやらが、まともな板元であってくれ。

わしを書くことだけに集中させてくれ。

気がつけば火箸を握り締め、突き刺し続けていた。だが灰を立てぬよう、どこかで加減している。掃除も面倒だ。そうやって、手加減しながら灰に八つ当たりする己の浅ましさよ。

「父上」襖《ふすま》が動き、宗伯が入ってきた。

家の中心に宗伯の居室を兼ねた六畳があり、その西側に家族が膳を摂る中之間、そして厨《くりや》がある。差し出された盆には蜜柑《みかん》が三つのっている。

「今朝、清右衛門《せいえもん》どのが届けてくれました」

「さようか。顔を見せなんだが」

「書斎に通られよと申したのですが、お手を止めて時を泥棒するのは申し訳ない、よしなにお伝えしてほしいと仰せでありました」

如才ない男なのだ。月々の金子も一度たりとも遅らせず、要らぬ心配をかけさせない。幸《さき》が言うには町内の者、ことに年寄りや子供の受けがよいらしい。

皮を剝いて一房口に入れるや、「酸《す》い」と二人で肩をすくめた。「お百は」と、顔を顰《しか》めながら訊いた。

「清右衛門どのに誘われて飯田町に。今夜は向こうで泊まるおつもりでしょう」

娘夫婦に囲まれて、上げ膳据え膳か。まったく呑気なものだ。

「父上」宗伯が顔じゅうを絞りながら言う。「なんだ」と、こなたも眉と頰と口がくっつく。

「まさか八犬伝の執筆をお止めになるなどということは、ありますまいね」

そんなつもりは露ほども持っていなかったが、湧泉堂が真っ当な仕事をするかどうか。今後の見通しがついていないも同然だ。

「日本諸国の読者が待っています。そして私も」

「そなたがか」

馬琴は蜜柑の皮を畳んだ。

「あれは真《まこと》に面白うござります。犬の八房《やつふさ》の恋慕の切なさ、伏姫《ふせひめ》が身の潔白を晴らすために己の腹を割いた凄《すさ》まじき矜《ほこ》り、傷口から白気《はくき》が立ち昇って数珠《じゅず》の珠《たま》が八つ、光を放って飛び散った景も私はありありと憶《おぼ》えております。まるで、この目で見ていたような気がする。足利家の宝刀村雨丸《むらさめまる》、犬塚信乃《いぬつかしの》と犬川荘助《いぬかわそうすけ》に同じ牡丹《ぼたん》の痣《あざ》、そしてあの芳流閣《ほうりゅうかく》での、信乃と犬飼見八《いぬかいけんはち》の血戦です」

そう、八犬士には躰のどこかに痣がある。

花の牡丹に似た赤い痣。

宗伯は手に蜜柑を持ったまま両の腕を広げる。

「色の白い、長身の信乃が浅疵《あさで》を負いながらも追手に迫られ、軒端《のきは》の松を伝《つと》うてひらりと屋根に飛び上がるではありませぬか。闘戦を繰り広げ、己の血を啜《すす》って咽喉《のど》を潤し、飛鳥《ひちょう》のごとく身を働かせて屋根より屋根へとうち登ったるは三層の楼閣、これ、遠見のために建てられた芳流閣。城溝《そとほり》は渺々《びょうびょう》たる大河。これが世に坂東太郎《ばんどうたろう》と謳われる八州第一番の暴れ河、あの利根川《とねがわ》だと気づいた時にはこの足がすくむやら胸が躍るやら。さあ、そこに犬飼見八が現れ、二人の武芸勇敢がまた途方もない迫力にござりました」

信乃は先に負った疵《きず》の痛みを次第に覚えるけれども、高楼の屋根の上で足場をはかって撓《たわ》まず去らず、畳みかけて打つ太刀を見八は右手《めて》に受け流し、返す拳につけ入りつつ「ヤッ」とかけたる声と共に眉間を狙ってハタと打つ、十手《じって》をチョウと受け止める。壮絶なる闘いの末、信乃が手にする太刀の刃は鍔《つば》のきわより折れ、遥かに飛び失せてしまった。

「幼い頃、私は近所の子と遊ぶのが嫌いでありました。棒切れを振り回しても、ひ弱な私は痛《いた》めつけられるばかり。なれど本の中では信乃の鋭い太刀風が聞こえ、滑る甍《いらか》を踏みしめ踏みしめ、ああ、やがて見八が信乃に躍りかかって組みつき、互いに揉みつ揉まれつ、ついに二人が楼上から力足を踏み滑らせた時の恐ろしさ。わッと総身が鳴ったのでございます」

犬塚信乃、犬飼見八の二人は険しく聳《そび》えたつ高閣の真下を目がけ、削りなした断崖を二つの米俵のように落ちてゆく。

「芳流閣から見霽《みはる》かす景色の壮大を、かように病がちな私でも見ることができる。雲がこの手に届かんばかりの高さ、風の音、大河の荒波も私は読むことで感受しました。この世に、私のような読者がいかほどおることでしょう。第五輯までで明らかになった犬士は犬塚信乃、犬飼見八改め現八《げんはち》、犬川荘助に犬山道節《いぬやまどうせつ》、犬田小文吾《いぬたこぶんご》、犬江親兵衛《いぬえしんべえ》の六人。そして第六輯では、女と見紛うばかりに美しい犬士を登場させると仰せであったではありませんか」

「いかにも。犬坂毛野《いぬさかけの》だ」

「それで七人。あともう一人の登場で八犬士が揃いまする。父上、私は続きが待ち遠しゅうてなりませぬ。天衣無縫《てんいむほう》の物語が」

宗伯がかくも長く熱く語るのは初めてのことだ。

馬琴は目をしばたたかせ、もう一つの蜜柑を手にした。

文政十年三月二十七日、宗伯は妻を娶《めと》った。

末娘の鍬《くわ》が昨年、戸田越前守用人《えちぜんのかみようにん》の長男、渥美覚重《あつみかくじゅう》に嫁いだ。その縁で、兄の縁談を持ってきた。

相手は紀州藩家老三浦将監《みうらしょうげん》の医師、土岐村元立《ときむらげんりゅう》の末娘、鉄《てつ》である。

昨日は春雨であったが、夕七ツ半頃には嫁入り道具の五荷も無事に入り、これを清右衛門《せいえもん》が受け取り、荷運びの宰領と十人の人足らに祝儀の鳥目《ちょうもく》を与えた。家族一党への土産物も来るが数が足りず、扇箱一つも不足の由で問い合わせの者を走らせるなど、てんやわんやだ。

新郎の宗伯はもっと落ち着かぬのか、数日前から家の掃除ばかりをしていた。

当日は手配していた料理人が朝から入り、幸《さき》が訪れ、やがて媒酌人が迎えにきて宗伯がいったん今川橋《いまがわばし》の土岐村家へ同道する。婿としての見参で、一日雇いの若党と草履取りの供を連れてゆく。

そんな時に限って「子供が風邪にて難儀しているので来てほしい」と患家から遣いがあり、馬琴は「あいにく宗伯も風邪にて、今日は伺《うかが》えぬ」と代筆して遣わした。

昼過ぎ、いったん飯田町に帰っていた幸が装いを改めて再訪、その後、馬琴の妹の秀《ひで》と菊《きく》も訪れた。清右衛門も着き、鍬の夫である渥美覚重は先に祝儀の鯛《たい》を届けてきて、本人は薄暮に至ってから現れた。たちまち給仕の手が足りぬようになり、隣家に住まう杉浦家の下女を借り受けた。

やがて一行が着いた。花嫁御寮は漆塗りに装飾が施された駕籠《かご》で、父親の土岐村元立は徒歩、雨であるので母親は駕籠、そこに媒酌人が同道している。

出迎えはいったん家に入った宗伯で、しきたり通り花嫁の乗物を表門から玄関に上げ、幸が東の座敷へと花嫁を導いてゆく。婚姻の盃《さかずき》が粛々と相済み、客座敷の八畳で列席の客にも盃を勧め、膳を供し、八ツ頃にお開きとした。

町方《まちかた》はいざ知らず、婚礼の祝宴では騒ぐものではないので至って静粛であった。だが秀が持病の頭痛が出て「今夜、泊まらせていただきとうございます」と申し出、幸と鍬も残った。百の傍に集まれば、さっそく小声でひそひそと始めた。

「いい振袖だこと。吉祥《きっしょう》尽くしの柄だわ」

それまでしゃっちょこばっていた百が身内だけになって、にわかに元気を取り戻す。

「でも二十二歳だろ。十代ならともかく、ああまで鮮やかな緋色《ひいろ》は若過ぎやしないかえ」

「緋色はいいけど、帯が黒地に鴛《おしどり》の柄とは派手にござりますな」と、秀も遠慮がない。

「お顔が地味だ。着物に負けちまってるよ」

「母上、およしなさいよ」と割って入ったのは、鍬だ。

「せっかく成った縁談ですよ。三十一の兄さんが二十二の鉄どのを娶るのに、うちの旦那様がどれほど陰で動いてくださったことか」

鍬が「うちの旦那様」と呼ぶ渥美覚重との婚姻は、あの山青堂山崎平八がもたらした縁だった。八犬伝を投げ出した途端に息を吹き返し、のうのうと出入りをするのだ。

ある日、浪人者を連れてきて、もとは松平出雲守《いずものかみ》の家臣で諸礼衣紋方《しょれいえもんかた》を勤めていたという。

その男が宇都宮《うつのみや》藩士の中に弟子がいると言い、それが当時、部屋住みの近習《きんじゅ》であった渥美覚重だった。鍬との縁を取り持とうと持ちかけられ、馬琴は迷うことなく断った。前妻との間に八歳の女児がいるというのだ。苦労するのは目に見えている。しかし先方は乗り気のようで、山青堂は覚重の上役まで連れてきた。それでも断った。すると今度は本人を連れてきた。いざ対面してみると温良な人柄が知れ、しかも絵を能《よ》くするらしく、馬琴の作物《さくぶつ》もよく読み、挿画《さしえ》についての評も的を射ているではないか。

縁談を受け容《い》れることとした。鍬も御殿奉公の間に齢を重ね、三十前になっていた。

山青堂は『八犬伝』の板行から離れて清々とした面持ちだったが、年の瀬、ついに首が回らなくなり、身代限りをした。板木を買った涌泉堂はあんのじょう、ぞんざいな仕事をする。連絡や相談の手間を惜しむので逐一、手違いが起きる。渡した稿が一枚足りぬと言って小僧をよこした時は、怒り心頭に発した。

おのれ、命を削って書いたものを失《な》くしたと申すか。

いいえ、失くしたとは聞いておりません。足りぬようだから先生の手許にあるかもしれねえ、ちと走って、もらってこいと言いつけられました。

ここにあるはずがなかろう。血眼になって捜したのか。

いや、あれはたいして捜してませんね。

帰れ、帰れい。

語尾が掠《かす》れるほどに呶鳴《どな》った。結句、「ありました」と同じ小僧が気易く言いにきた。

武家なら切腹ぞ。

おいら、左官の小倅《こせがれ》でよかった。

口が減らぬ小僧であった。それでも校合《きょうごう》を始める段に漕ぎ着けた頃に鍬は嫁ぎ、婚礼の二月後、里帰りをした。草履取りに腰添若党《こしぞえわかとう》を伴い、そして生《な》さぬ仲の娘、富《とみ》を連れていた。鍬が幼い頃に大切にしていた人形を与えたようで、富も鍬によく懐いている。二人の姿を目にした時、安堵した。落ち着くべきところに落ち着いたらしい。

床の間前の新郎新婦はずっと黙って俯《うつむ》いている。

と、宗伯が膳の上のものを新婦に勧め、「空腹であろう」と小声で訊いてやっている。新婦はゆるりと宗伯を見上げ、そっと、誰にも気取《けど》られぬような微笑を返した。

馬琴は寿盃《じゅはい》を手にしたまま廊下に出て、春雨に煙る庭を眺めた。表庭の樹木を増やし、黒松と五葉松《ごようまつ》に桜も植えた。松の緑は雨に濡れて冴《さ》え冴えとして、池の水面は桜の花びらを受けて薄紅色を広げている。裏庭には庭木の王たる木斛《もっこく》を中心に槙《まき》と鼠黐《ねずみもち》、木犀《もくせい》に柳、棕櫚《しゅろ》などが従い、梅樹に李《すもも》、柘榴《ざくろ》、柿に梨、葡萄《ぶどう》と果樹も多く植えてある。

これから夏にかけて枝々は青い実をつけ、やがて枝も撓《しな》るほどに実るだろう。

第四輯巻之一に書いたくだりが、ふと胸を過《よぎ》る。

禍福《かふく》はあざなう縄のごとし、人間万事往《い》くとして塞翁《さいおう》が馬ならぬはなしと古《いにしえ》の人は言ったものだ。福《さいわい》の倚《よ》るところ、禍《わざわい》の伏するところ、彼《か》にあれば此《これ》にあり。とは思えども、誰がよくその終極を知っているだろう。最後は禍か福か、それは誰にもわからぬこと。

あのろくでもない山青堂がもたらした縁で鍬は嫁ぎ、その鍬がこたびの縁を運んできた。禍福はあざなわれ、宗伯はついに妻を迎えた。

この二人の縁はどうか福で終えてくれと、馬琴は酒を干した。

翌日、鉄の名をみちと改めさせた。実家の両親には前夜のうちに申し入れ、承諾を得てある。真名《まな》には路の字を選んだ。

四月、苗売りが訪れたので隠元豆《いんげんまめ》と藤豆《ふじまめ》、刀豆《なたまめ》、糸瓜《いとうり》と白粉花《おしろいばな》の苗を購《あがな》い、家の北西の塀際に作った蔬菜畑《そさいばたけ》に植えた。

その手前には、ささやかな花園を拵《こしら》えた。

二月に宗伯と二人で土を鋤《す》き返し、肥料を入れ、晩夏から秋にかけて美しい草花の苗を植えた。野菊に桔梗《ききょう》、藤袴《ふじばかま》、吾亦紅《われもこう》、女郎花《おみなえし》、鋸草《のこぎりそう》もある。宗伯の祝言の数日前にも馬琴は花園に入り、朝顔と撫子《なでしこ》の種を蒔《ま》いた。

五月になって梅の枝にたくさんの実がついた。宗伯が路に教えて共に実を採り、これが三升あった。百が大いに張り切って、梅干し作りだ。娘らも手伝いにきて賑やかに夕餉の膳を摂り、百も上機嫌だった。機嫌が良すぎて図に乗ったのだろう。眇《すがめ》でない方の眼玉を意地悪く光らせたかと思うと、長女の幸の腕を肘でつついた。

「嫁《とつ》いでまもないんだからあたしのやり方を見ていなさいと言ったら、本当にぼんやりと突っ立ってるだけなんだもの。とんだ役立たずだったわえ」

路をせせら笑った。宗伯はさすがに聞き流せなかったのか、一言、遠慮がちにではあるが窘《たしな》めるような言葉を口にした。娶ってまだ半年も経たぬ妻だ。庇《かば》いもする。その途端、鵯《ひよどり》の鳴声に似た、キイと鋭い音が響いた。百が癇癪《かんしゃく》を起こしたのだ。

「あたしはもう二度と梅干し作りに手を出しませんさ。お路がぜんぶ一人でやればいい」

六月、朝顔の花が咲いた。種苗屋には白だと聞いていたのだが、目の覚めるほど澄んだ青だ。

　土用干《どようぼ》しの日にはまた百が癇癪を起こした。馬琴も宗伯もその場におらず、後で下女に問い糺《ただ》しただけであるので詳細はわからない。が、路はどうやら実家で習ってきたのか、姑《しゅうとめ》の指図を待たずして梅の実を笊《ざる》に並べたようだ。姑にもう手を出さぬと言われて、それを真に受けてしまったのだろう。するとそれがまた百は気に喰わない。お株を奪われた恰好だ。

　こんな干し方をして、笊もこれじゃないいんだよ。毎年、決まった笊を使ってるのに。あああ、なにもかも台無しだ。

　路はひたすらに詫びて、やり直します、お教えくださいと頭を下げたらしい。が、百はひとたび激昂したら手がつけられなくなる。

　どうせ、あたしを馬鹿にしておいでなんだろう。ええ、ええ、元は百姓の家に生まれた土臭い女だもの。あんたとは生まれ育ちが違いますさ。

　ついには「こんなもの」と、笊の中を縁側にぶちまけた。

　祝言を挙げた翌年二月、路は男子を出産した。

　朝から雨まじりの烈風であったが子安婆《こやすばば》が「殊《こと》の外《ほか》、軽いお産」と驚くほどで、母子共に元気だ。馬琴はさっそく吉方を調べ、宗伯に伝えた。

「未《ひつじ》と申《さる》の間ぞ」

宗伯は玄関先の砂利下を深く掘り、赤子の産湯と胞衣《えな》を納めた二つの壺《つぼ》を埋めた。昼餉を済ませた後、路の実家である土岐村家に遣いをやると、母御《ははご》が供を連れて訪れた。

「男子御出生《ごしゅっしょう》、真《まこと》におめでとうございます」

祝いを述べて茶を喫するも早々に腰を上げ、寝所に入ってゆく。「お路、でかしましたぞ」との声が家じゅうに響き渡った。

「まあ、立派な赤さんだこと。おお、目許《めもと》など宅の旦那様にそっくりではありませぬか。鼻筋は誰かしらん、私かしら。口許は間違いなく、私の里の父上。生き写しですよ」

馬琴は宗伯、百と共に座敷に残っていて、思わずウホンと咳払《せきばら》いをした。宗伯は首筋を掻き、百は小鼻を横に広げている。

「まるで土岐村の子だね」

三人が三人とも鼻白んだ。夜になっても母御は帰る気配がなく、「泊まる」と言い出した。

「安産とはいえ、産後の肥立ちが大事にござります。私が母子《おやこ》のお世話をお引き受けしましょう。いえいえ、ご遠慮は無用にござりますよ」

路は至っておとなしく、百など「ふやふやとして、肚《はら》の底が知れない」などと姑口《しゅうとめぐち》を叩くのだが、母親は革帯《かくたい》のごとく強靭だ。宗伯と相談して、「断るのも角が立とう」と申し出を受け容《い》れることにした。

翌日は晴れたので、宗伯と百を伴って日本橋大伝馬町《おおでんまちょう》の大丸屋へ出かけた。馬琴はいざとなればこの呉服商と決めていて、羽織袴《はおりはかま》の仕立てや祝儀の衣類もここで注文する。

「番頭、生まれたぞ。男子だ」

「それはそれは」店の者が揃って祝いを述べる。

「初の内孫様にござりますねえ。若先生、おめでとうござります」

宗伯は目尻を下げて会釈を返している。馬琴はいくつかの生地を百に選ばせ、宮参り用の初着には八本矢車《はっぽんやぐるま》の縫紋《ぬいもん》を注文した。

帰り道も春の温気《うんき》に満ちている。麗《うら》らかな花の下、三人で笑みを交わしながら歩いた。

お七夜《しちや》を迎え、初名《はつな》を「太郎」とした。滝沢家の嫡孫である。

太郎はよく寝てよく泣き、よく笑う。馬琴は抱いてあやしたりはしないが、書斎で筆を持っていてもつい顔を見たくなる。午下《ひる》がり、若夫婦の部屋に入れば路の姿がない。薬研《やげん》を挽《ひ》く音がするので、宗伯は玄関前の売薬所で薬を作っているのだろう。山葡萄《やまぶどう》の蔓《つる》で編んだ籠の中で太郎が一人、産着《うぶぎ》に包まれて寝息を立てている。見下ろせば、この私にそっくりだ。指先で赤い頬を突《つつ》き、握り締めた指の先を握ってみる。かほどに柔らかく温かいものが他にあろうかと、目尻が溶けそうになる。

「舅上《ちちうえ》」

はっと振り向けば、路が顔を覗かせている。前垂れをつけて緋色《ひいろ》の襷《たすき》がけだ。その襷紐《たすきひも》の間から乳房の膨らみが溢れている。路は子を生《な》してから肉置《ししお》きがよくなり、肌も艶を帯びて明るくなったような気がする。

なぜかたじろいで、「やあ」と言った。

「よい赤子だ」

路は遠慮がちに「はい」と頷いた。笑むと、頬の上の方に横長の笑窪《えくぼ》ができる。だが話は続かない。手持ち無沙汰になり、「今日も執筆に追われておる」と言わでものことを口にして腰を上げた。

廊下に出た途端、がらりと厨《くりや》の板戸が開いた。

「おや、お前様。何用ですか」

百の眇《すがめ》がじろりと、若夫婦の部屋を睨《にら》んだ。見返れば、路が白い乳房を出して太郎に乳首を含ませている。

「何用もなにも、ここは私の家だ」

百の唇の端がめくれ上がるのを目にするや、馬琴はそそくさと廊下を引き返した。厭《いや》な言葉の一つ二つも浴びせられればげんなりとして、執筆欲まで減じてしまう。逃げるが勝ちだ。

三月二十八日は宮参り、桶《おけ》二つ分の赤飯を本郷《ほんごう》の餅屋に注文し、出生祝儀をくれた家十六軒に配らせた。四月に入れば初節句の準備だ。幟《のぼり》は武具指物《さしもの》であるので、宗伯と二人で大丸屋へ足を運んだ。

「まずは大吹き流し付きの大幟が二本、それに縦長の半幟も一本添えよう」

鍾馗《しょうき》人形《にんぎょう》も選び終え、すると番頭が「お孫様のお衣装に」と反物《たんもの》を運んできて、畳の上に色とりどりを広げた。

「宗伯、どれにする」

「この太織りはいかがでしょう」

「よい見立てだ。ん、そちらの黄繻子《きじゅす》も仕立てさせよう。よいよい、太郎の初節句ぞ。華美にするは町人めくが、武家の慣《なら》いは尽くしてやる」

宗伯は幼い頃から多病であった。せめて孫の太郎は壮健に育ってほしいと願わずにはいられない。大丸屋からの帰り、出入りの種樹屋《うえきや》に立ち寄って幟用の杭《くい》と竿《さお》を作るように言いつけた。

道に出ると降ってきた。

「小雨だ。しばし雨宿りさせてもらおう」

引き返し、植溜《うえだめ》に面した縁先に並んで腰を下ろした。初夏の木々は雨に濡れると、緑の色が濃く鮮やかに立ち昇る。

種樹屋の女房が番茶を運んできたが、宗伯はしきりと目頭を揉んでいる。「具合が悪いのか」と訊ねた。宗伯は癇症の他、眼疾《がんしつ》も患っている。治ったはずだったが、もしや再発したか。「いいえ」父の懸念を振り払うように背を立てた。宗伯は今も医薬業のかたわら、稿の浄書や校合《きょうごう》を手伝っている。父の前では、辛《つら》くとも平気な顔を拵《こしら》える息子だ。

「わしの手伝いは、しばし控える方がよかろう」

「ご心配には及びませぬ。それよりも湧泉堂《ゆうせんどう》です」

屈託が戻ってきた。

三月の半ば過ぎから、『八犬伝』の板元である湧泉堂美濃屋との連絡が途絶えている。数寄《すき》屋橋御門通《やばしごもんどお》りの店に再々遣いを立てても主人の甚三郎は常に留守で、埒《らち》が明かない。第六輯《しゅう》五巻六冊は昨文政十年の正月に出板、第七輯は冬のうちに売り出すとの予告を打った。しかし年が変わって初夏四月だというのに、未だ発販に至っていない。

「湧泉堂が潤筆料の内金を持って参ったのは、かれこれ一年も前になろうか。しかし金子《きんす》を受け取っておるからよいということではない。稿は世に出さねば、ただの紙だ」

呟くと、宗伯も長息する。

「実は、仙鶴堂《せんかくどう》の手代が不穏な噂を口にしておったのです。真偽が定かではないので、父上のお耳には入れなかったのですが」

そこで口ごもったので、「かまわぬから申してみよ」と先を促した。

「山青堂から買い取った八犬伝の板木を、質入れしたとの風聞があるようです」

しばし言葉が出なかった。やっと、「さようか」と絞り出した。

「山青堂も嘯《うそぶ》きおったように、板元が板木を売ろうが質草にしようが、作者はとやこう言えぬ。さあ、板元様、八犬伝を煮るなと焼くなと好きにしなせえ」

自棄《やけ》まじりだ。が、宗伯はくすりとも笑わない。

「七輯の校合は、お止めになった方がよろしくありませぬか。巻之二まで進んでおりましたな」

「二の途中だ」と、番茶を啜った。

校合といえども、途中で手を止めたくはない。相変わらず、他の合巻《ごうかん》の執筆も併せていくつも進めている身だ。中途で擱《お》けば、次にとりかかる際に頭を戻すのに時を要する。しかもこのところは太郎のための買物や行事が続き、筆を持つ時間が短くなっている。それはよいのだ。他ならぬ孫のために、我が孫のために時を費やして何が悪いと居直って、合巻の稿は途轍《とてつ》もない早書きをした。仙鶴堂から依頼された『傾城水滸伝《けいせいすいこでん》』七編八巻など、三月八日に起筆して十九日には書き上げてしまった。

ただ、『八犬伝』は割り切れない。

第六輯では荒芽山《あらめやま》の場で五犬士をいったん集合させ、再び散り散りと四散させた。ここからしばらくは犬田小文吾《いぬたこぶんご》、そして犬飼現八《いぬかいげんはち》の旅を主とし、妖婦、船虫《ふなむし》を登場させている。

そして赤岩の郷士である一角《いっかく》の息子、角太郎《かくたろう》だ。母の死後、父が後添えを迎えてから両親に疎《うと》まれて勘当され、伯父の犬村儀清《いぬむらのりきよ》の養子、犬村角太郎となった。本人はまだそうとは気づいていないが、彼も犬士である。伯父の娘である雛衣《ひなぎぬ》を娶《めと》り、倖せに暮らしている。一方、角太郎の父一角は後妻が頓死した後、三人目の妻を迎えていた。それが船虫だ。牙二郎《がじろう》という息子も生している。

この三人が若夫婦の前に現れた。一角は左眼を損傷しており、傷を治すため欲しいものがある。雛衣が腹に宿している胎児だ。

慈悲ありげに近づいた船虫に懐柔され、親への孝《こう》を説かれ、角太郎と雛衣は次第に追いつめられてゆく。非情にも一角は短刀を持ち出し、船虫はそれを雛衣の身辺《ほとり》に置くのだ。巧言と虚《そら》涙《なみだ》を波のように放ち、胎児をくれろとかき口説《くど》く。進退窮《きわ》まった雛衣は短刀を取り上げ、うちいただいた。

脆《もろ》き女の腕《かいな》では潔く死を遂げるは心許《こころもと》のうござります。さりとてわらわも武士の妻、武士の娘に生まれし甲斐《かい》に、後《おく》れじとこそ思いまする。名残りは尽きぬわが夫《つま》には思い余りてなかなかに、どうぞ我が心をお察しくだされ。さらば、とばかりに抜き放ち、その刃《やいば》の光に角太郎は膝に涙の玉あられ、互いに無言の告別《いとまごい》をするのに、一角は苛立《いらだ》って「疾《と》く疾く、せずや」と急《せ》かせる。

早う。早う死んでその腹の中の子をよこせ。

舩虫と牙二郎も声を合わせて死出を促す。

疾く、疾く。

地獄の遣いの声が響き続ける。

雛衣は夫のため、そして夫の父のため、「後れはせじ」と握り持つ刹那、きらめくは刃の電光《いなづま》、切先《きっさき》深く乳《ち》の下へぐさと突き立て、短刀を引き巡らせた。颯《さ》と迸《ほとばし》る鮮血《ちしお》と共に現われ出ずる一つの霊玉、勢いさながら鳥銃《てっぽう》の火蓋を切って放つがごとく、一角の鳩尾骨《むなほね》を打ち砕いた。一角は「あっ」と手足を張って倒れた。

おのれ、悖逆不孝《はいぎゃくふこう》の角太郎、妻と示し合わせて親を害する人面獣心、そこを動くなと牙二郎は激昂して襲いかかり、舩虫も懐剣を抜いて閃《ひらめ》かせ、顔を寸分たりとも振らずに斬りつけてきた。角太郎は懐刀の鞘《さや》を握り持って受け流し、打ち払い、
お待ちくだされ。それがし夫婦に親を害う悪心のあろうはずがない。

押し止めても相手は無法の太刀風、防戦一方になった。義理の母と弟を相手に、刀が抜けようか。右手《めて》の臂《ひじ》に一寸ばかりの傷を負いつつ右に左にと飛びのいて逃れ、最も危うくなった刹那、戸棚の紙戸《ふすま》の間から銑鋧《しゅりけん》が飛び出し、牙二郎は叫び声と共に刃を落として倒れた。

襖戸《ふすまど》をはたと蹴放し、棚よりどうと飛び下りたのは犬飼現八である。船虫は驚き慌てて逃げようとするが現八は逃がさず、船虫の腕を取ってひき担ぎ、向こうざまに投げれば火鉢の角にあばらをいたく打ち、灰に塗《まみ》れてどうと倒れた。

角太郎は現八に真実を教えられる。現八は船虫を疑い、事の真偽を探るため赤岩郷に赴いていたという。父、一角はすでにこの世になく、あれは偽の一角、山猫の妖怪《ばけもの》であった。

角太郎は父の仇、山猫に止《とど》めを刺し、名を犬村大角《いぬむらたいかく》と改め、現八と共に犬士らを捜す旅に出る。


「父上」

宗伯の声がして、馬琴は我に返った。

「ただただ痛ましきは雛衣でありますなあ」

「そなた、八犬伝のことを考えておったのか」

「はい」と、宗伯は顎を上げる。

「こうして雨を眺めるうち、角太郎の胸の裡《うち》に思いを馳せておりました」

驚いた。父子で同じ巻を反芻《はんすう》していたとは。

「それにしても憎きは邪智奸悪《じゃちかんあく》の淫婦《たおやめ》、船虫にございます。しかも巻三でも死なず、まんまと逃げおおせようとは」

「妖悪《ようあく》を簡単に滅ぼしては、物語が進まぬのだ」

「そうなのですか」宗伯は心底驚いたようで目を瞠《みは》っている。それには答えず、「さて」と拍子をつけて腰を上げる。

「雨が上がった。帰ろうぞ」

種樹屋の夫婦に声をかけ、家路についた。水溜まりを避けながら二人で歩く。雲間から陽が射し、柳の新芽がまばゆく光る。

妖悪を簡単に滅ぼしては物語が進まない。それは本当だ。だがそれだけではない。

悪を書く時、そして雛衣の切腹のような酷《むご》い壮絶な場面を書く時、途方もなく筆が進む。物語の初めの頃、伏姫《ふせひめ》にも腹を切らせた。女が自ら腹を切る時にこそ魔力が宿る。男が腹を切るのは当たり前ではないか。女であればこそ、腹から生まれて飛散する魂がある。珠のごとき魂。

だがそれは、たとえ宗伯が相手でも告白できない。口に出せば消えてしまうような気がする。

魔力が消えてしまう。

金糸雀《カナアリア》の囀《さえず》りを聞きながら墨を磨《す》り、紙を整える。

先月、四月の末に起筆した『雅俗要文《がぞくようぶん》』の本文は五月半ばに仕上げ、今日からは『傾城水滸伝《けいせいすいこでん》』の続きである八編に着手する。『八犬伝』の板元、涌泉堂とは連絡がつかぬままだ。巻之二までは校合《きょうごう》を了《お》えて店に届けさせたが、三には手をつけずに置いてある。

宗伯は夏の初めに激しく吐瀉《としゃ》して再び病の床に臥《ふ》し、藩屋敷へ出仕もできぬ身の上だ。

「その口のきき方はなんだ、今一度申してみよ」

また宗伯が呶鳴《どな》っている。路は枕許に坐して黙っているのか、何も聞こえてこない。

「私は病人ぞ。大切にいたわり、気を安んじさせるのが介抱する者の務めではないか。にもかかわらず、私が呼べどすぐに駈けつけず返事もいたさず、口を開けば私を侮ったような物言いをする」

「なんだえ、その顔は」今度は百の声だ。

「その、私は耐えておりますという顔つき、それが宗伯どのを苛立《いらだ》たせるのがわからないのかえ。ちっとは神妙に、やさしくおしよ。こうも神経を逆撫《さかな》でされちゃあ、治る病も治らないわえ」

嵩《かさ》に懸かって責めている。宗伯とは不仲のくせに、宗伯が路に癇を立てれば張り切って尻馬に乗る。

「え、太郎の襁褓《むつき》を洗ってしまわねばまた雨に降られる。宗伯どのの下履きも、舅上《ちちうえ》や姑上《ははうえ》のものも。当たり前じゃないか。赤子はまだ太郎一人だよ。あたしなんぞ四人の子があって、そのうえ滝沢の兄上の御子も引き取って、でも見事介抱をしてのけたわえ。だいたい、下女の遣い方が下手なんだ。甘いんだよ。え、ごらんな。庭の梅もそろそろ実ってるじゃないか。不熟の実は下に落ちて、そのうち腐るよ。なのにお前は知らんぷりだ。お里で何を教えられてきたのやら」

昨日もその前も、このところずっと同じようなことで家の中が険悪だ。つまらぬ、ごく些細《ささい》なことで宗伯は眦《まなじり》を吊《つ》り上げ、あまつさえ寝衣《ねぎ》の前をはだけてこの書斎にまで入ってくる。

「ああ、お路にはほとほと手を焼きまする」

父思いの息子であるのに、己たち夫婦の不和が父の胸をいかほど痛めるかには気づかぬらしい。それも癇症なる病のゆえであろうか。

頭ごなしに叱ってはならぬ、諄々《じゅんじゅん》に諭してやれ。

宗伯にも百にもそう説くのだが、二人はまるで親の仇《かたき》のように路を責め立てる。

薄《すすき》に白の秋明菊《しゅうめいぎく》、薄黄の女郎花《おみなえし》、薄紅の藤袴《ふじばかま》や薄紫の釣鐘人参《つりがねにんじん》、桔梗《ききょう》も風に吹かれている。

いずれもひっそりとした色形で、声高に名乗りを上げることをしない。だがこうして寄り集まれば凛然《りんぜん》たる一叢《ひとむら》、空に溢れんばかりの花園だ。ゆえに秋の草花は千草《ちぐさ》、八千草《やちぐさ》と謳われるのだろう。

馬琴は片膝をついて屈み、篠竹《しのだけ》を抜いては脇に置き並べている。女郎花と藤袴は野分《のわき》の雨風に倒されると見苦しいので、宗伯が細い篠竹で支柱を立てた。やがて秋の花々も出番が終わり、役者の入れ替わりのように、竹垣沿いの舞台袖から艶蕗《つわぶき》が鮮やかな黄の蕾《つぼみ》を覗かせている。

「太郎、藤袴の種は採ってあるゆえ、春になったら祖父《じい》と共に蒔《ま》こうぞ」

太郎はととっと危うげな足取りで近づいてきて馬琴の肩に摑まるように左手を置き、右手の指を伸ばす。草の葉を見つめ、唾で濡れて光る唇を揉んで「たね」と発した。

「そうじゃ、種を蒔こうな」

たどたどしい鸚鵡返《おうむがえ》しであっても、日ごとに言葉の増えてゆくさまに慰められる。生まれて一年半を無事に過ごした孫だ。大病をせず癇《かん》の虫が出ることもなく、幼い命は神仏に守られた。一方、宗伯は病が癒えぬままだ。たまに具合がよいと庭いじりはするのだが、下谷《したや》の松前《まつまえ》藩邸に出仕するほどは恢復《かいふく》できていない。

太郎が丸い顎をつと動かした。

「じじさま、むし」

「おお、ようわかった。この声は鈴虫ぞ」

鈴虫のみならず、松虫やきりぎりす、鉦叩《かねたた》きの声もチンチンと交じっている。馬琴は書斎でも虫を飼っているので、庭の衆と書斎の衆で鳴き合い、まるで合奏のようだ。

飼鳥《かいどり》もまた増え、金糸雀に加えて鶯《うぐいす》、九官鳥もいる。庭の瓢簞《ひょうたん》池には鯉《こい》や大金魚もいて、たまに鯉を掬《すく》うて厨《くりや》で捌《さば》かせて膳に上げさせもした。舌鼓を打っていると、百が厭な顔をした。いつもは魚売りに捌かせるので、厨が血の臭いに染まるのが堪らぬらしい。あの池はもう埋めてしまった。風水で判ずるに、あの池が宗伯に大凶であったのだ。

太郎を抱き上げ、竹垣沿いの小径《こみち》を抜けて書斎の縁から上がった。鳥たちが「お帰り、お帰り」と、声を高めて囀《さえず》る。

「よしよし、腹を空かせておるのだな。しばし待て。先に我らの昼餉《ひるげ》だ。のう、太郎」

太郎は襁褓で膨らんだ尻を左右に振りながら文机《ふづくえ》や書物箱の間を抜け、開け放した襖《ふすま》から廊下へと出た。馬琴は一緒に右へ折れ、つきあたりの板戸を引いてやる。ここは土間の厨を擁した板間で、ちょうど昼餉の用意の最中だ。魚の煮つけや芋の煮物、漬物樽《つけものだる》の糠《ぬか》の匂いもする。夕餉は馬琴と宗伯、太郎の膳を六畳に運ばせ、その給仕が済んでから百と路がこの板間で食するのだが、朝と昼はいつからか、ここに皆が揃って摂るようになった。とはいえ、宗伯は粥《かゆ》や餡《あん》かけ蕎麦《そば》など別献立で、寝所に運ぶことが多い。

池を埋めても、宗伯は病と縁が切れなかった。吐き、腹を下し、この頃は舌頭にできものができて飲食のつど口が痛いと訴える。躰は痩せ細るばかりだ。

そして路との不和もいっこう治まらない。

路も路なのだ。馬琴の前では神妙であるのに病人の命じることには従わず、「病がご友人」などとからかったのだという。これには驚かされた。とんでもない軽口だ。またある日は「病は気から、気の持ちようがお大切」などと諭したようだ。病人にすれば酷な言葉で、「好きで病みついておるわけではない」となる。私も日々壮健でありたい。だがいかんともしがたいのだ。医薬、神仏に縋《すが》れど御加護は薄い。この辛《つら》さがお前なんぞにわかってたまるか、と。

馬琴は日を改めて、書斎に路を呼んだ。

「なにゆえ、病身の夫に不遜《ふそん》な口をきく」

路は俯《うつむ》いて、前垂れの膝上で手を揉んでいる。もう一度糺《ただ》すと、息を吐きながら頭《かぶり》を振った。

「気を明るう持っていただこうと励ますつもりで申し上げますのに、それが旦那様のお気に障るのです。それからは黙っておりましたら、今度は妻らしい優しさ、いたわりが足りぬとご立腹です。もう、どうしたらよいかわかりませぬ」

語尾が湿って崩れる。こなたも長息するばかりだ。

五月の節句の日には路の母御《ははご》がまた祝いに訪れて泊まったのだが、その母御までが聞き捨てならぬ言葉を口にしたらしい。稿を書いている最中の書斎に、宗伯が唇を震わせて入ってきた。

「お路は病人の介抱をするために嫁いだようなものだ、不憫《ふびん》だなどと、涙まじりの嫌みを放たれました。父上、もう我慢がなりませぬ。あれは土岐村に返します」

立腹逆上して離縁を申し立てるのを「子があるのだから」と説いて宥《なだ》めた。後で百にその話をすれば、不服そうに口の端を下げた。

お返しになればよかったのに。

宗伯を診《み》に訪れる祈念医は「この家の隅の柱が病人にようござらぬ」としばしば言い、板元らも「家相のせいですよ」と案じる。吉相にするために改築をしたはずが、凶はどこにでも現れてくる。鼬《いたち》ごっこだ。しかも北東に位置する隣家が酒宴をたびたび催す。竹垣越しに音曲や話し声が流れてきて夜も騒がしく、宗伯は不眠にまで悩まされるようになった。

家相が悪い。近所も悪い。

そこでまた家移《やうつ》りを考えている。丹精した庭と花園は惜しいが百の知人に頼んで借地を探させた。吉凶を占わせてみると「不妙《ふみょう》」と出る。断った。

太郎を膳の前に坐らせ、自身も腰を下ろした。飯櫃《めしびつ》を持った下女が土間から上がってきた。

「おかね、花園の脇に篠竹をまとめてあるゆえ、土をよう洗うて干しておくように」

「はい」と頭を下げるが、この下女もやることがぞんざいだ。

「来年も用いるものゆえ、念入りにいたせ」

すると竈《かまど》の前で鍋をかまっている百が「おかね」と声を張り上げた。

「お椀を早う持っておいでな。味噌汁が煮えちまう。お路、お路。あれ、お路はどこだえ」

たしかに、路の姿がない。そこに宗伯が寝所から現れた。背後には当の路の姿もある。

「台所の最中に、どこで油を売ってるんだえ。そら、鰈《かれい》の煮つけをお皿に。おかね、お椀って言ってるじゃないか。ああ、沢庵《たくあん》もまだ洗ってない。この家のおなごは揃ってぐずだ、のろま党だ」

飯の支度で、戦場《いくさば》のごときわめき方だ。宗伯がうんざりと顔を顰《しか》め、太郎もぼんやりと突っ立って父に寄りつこうとしない。馬琴は手招きをして太郎を呼んでやり、宗伯に声をかけた。

「具合はよいのか」

「はい。寝所で箸を遣いましても、気が塞《ふさ》ぐばかりにござりますゆえ」

昼餉の後、馬琴と宗伯が板間に残り、百が茶を淹《い》れている。路は太郎を連れて隣室だ。板戸を開け放したままであるので襦袢を替えているのが見える。宗伯がちらりと妻子に目をやってから馬琴に向き直った。茶の湯呑みが膝前に置かれたので、それを持ち上げる。

「お路が妊《みごも》りました」

湯呑みの縁が義歯《いれば》に触れ、妙な音を立てた。めでたい気持ちの出る前に、まず驚いた。

対面の百がずずっと茶を啜る。

「寝たり起きたりのくせに、いつのまに」

宗伯は「な」と洩《も》らすや、みるみるうちに顔色を変えた。馬琴は隣室の路をすぐさま見やった。太郎の尻を拭きながら口許をぎゅうと引き結び、首から頬、額を赤黒く染めている。

馬琴は百を叱る気力もなく、「家だ、家を移らねばならぬ」と呟きながら茶を飲んだ。

数日の後、板元の仙鶴堂《せんかくどう》鶴屋《つるや》喜右衛門《きえもん》が訪れた。

今年の正月には仙鶴堂から合巻《ごうかん》『傾城水滸伝《けいせいすいこでん》』の六、七、八編を出板、併せて初めの二編も再板に至った。再板したとて作者には何の利もないのだが、「馬琴の作は出せば売れる」という評は手に入る。読んでくれる読者がいるのだ。孤独な戯墨《げぼく》稼業にとってこの手応えこそが作者の得る褒美であり、次への励みになる。

「先生、根岸《ねぎし》によい借地がございましたぞ」

「広さは」

「二百五十坪はありますそうな」

「なら、さっそく吉凶を占ってもらうとしよう」

「ところで先生」喜右衛門が声を改めた。

「八犬伝はいかが相成っております」

頬に広げた笑みが張りついた。

「なんぞ聞いたのか」

湧泉堂美濃屋《ゆうせんどうみのや》とは、昨年の三月半ば過ぎから疎遠のままだ。『八犬伝』の板木を質入れしたとの風聞があったためで、巻之三以降は校合《きょうごう》もしていない。

喜右衛門は眉間に縦皺を刻んでいる。

「先月でしたか、湧泉堂が七輯《しゅう》上帙《ちつ》四冊を内々で売り出すらしいと聞き及びましてな」

「無断で摺《す》りおったか」

我知らず大声を出していた。

「おのれ、よくも作者をないがしろにしてくれた」


十一月のかかり、日本橋小伝馬町《にほんばしこでんまちょう》の書物問屋《しょもつどいや》、文溪堂丁子屋平兵衛《ぶんけいどうちょうじやへいべえ》が来訪した。

文溪堂も貸本屋上がりで、文化五年頃から出板に乗り出した新興だ。京伝《きょうでん》の元には出入りしていたが読本《よみほん》については素人作者の稿を手がけるのが主で、大した事績は耳にしない。

本人も目細の貧相な男で、鼻が悪いのか、しきりと洟を啜《すす》る。挨拶もそこそこに、「ちとご無礼つかまつります」と懐から紙を出して洟《はな》をかむ。かみながら「よいお住まいで」などと上手を言うので、たちまち口の端が下がった。

「何を根拠にして、よい家などと申す」

宗伯の祈念医に土地の話をすると「神田から根岸への転居は吉、この家は他人に売るのがよろしい」と勧められた。それで宗伯の具合がよい日に連れ立って土地を見に行き、方位を見定めた。二人とも吉と判じた。馬琴は書斎の壁に関帝《かんてい》の画を掛け、香を焚《た》いて自身でも占った。

上々吉と出た。

根岸に家を建てようぞ。さすれば必ず、そなたの躰から病が抜ける。

宗伯は「父上」と、目を潤ませた。

それでさっそく地主に会い、自ら家作の絵図を描いて大工に見せ、普請の費《つい》えも六十両と決めた。だが地主と話をするうち、神田の家からは艮《うしとら》の方角になるのではないかとの疑念が湧いてきた。

艮であれば鬼門ぞ。

宗伯をせっついて屋根の上に上がらせ、自身もえっちら上がって磁石で測った。艮だった。二人で震え上がった。大工にはすでに内金を渡し、今さら普請を取りやめられない。だが鬼門は怖い。決意は毎日左右に揺れ、悶々と悩んでいる。

「ともかく、今は新たな執筆は断っておる」

文溪堂の切先を制すると、「いいえ、八犬伝にござります」と、また洟を啜った。

「湧泉堂が質入れしたる七輯上帙四冊の摺本《すりほん》と板木《はんぎ》、手前が請け出しました。一昨日の十月二十九日、無事に売り出しを果たしましてござります。どうぞお納めくださいますよう」

風呂敷包みを解いて差し出された『八犬伝』の表紙を目にするなり、尻が持ち上がった。

「どういうことだ。校合《きょうごう》も修正も済ませておらぬものを世に出したのか」

文溪堂は「え」と、鼻紙を握り締めた。

「再校まで済んだものと聞いておりました。違いますのか」

「巻之三以降は校合しておらぬわ。湧泉堂め、どこまでこの曲亭を虚仮《こけ》にしおる。その方もその方ぞ。作者に沙汰もなく製本して売り出すとは、言語道断の仕儀」

度を失うほどに激昂《げきこう》していた。昨日も同様のことが起きたのだ。『殺生石《せっしょうせき》』の板元である山口屋が無断で三編上帙《じょうちつ》を売り出したと聞き、今後、著述致さぬとの絶縁状を出したばかりだ。

どいつもこいつも、作者を鼻紙のごとく扱う。

「父上」

襖《ふすま》の向こうで宗伯の心配そうな声がして顔を覗かせ、客間に入ってきた。座敷が一気に薬臭くなる。文溪堂は洟を啜りながら、「手前の料簡《りょうけん》違いにござりました」と膝前に手をついた。

「質商《しちしょう》より請け出したる件をただちにお知らせに参れば童《わらべ》が手柄を誇るさまに似はすまいかと気が引け、こうして仕上げたものを持参した方が歓んでいただけるのではと思うてしまいました。いえ、それは先生に気に入られたいという己の欲、浅慮にござります。今はただ、恥じ入るばかり」

しおたれ、頭を深々と下げる。

「すぐさま売り出しを止め、先生の校合をいただいて修正した後、板行させていただきますゆえ、平に、どうか平にご容赦を」

詫びを受けるうち、荒い息がだんだんと治まってきた。宗伯も取り成し顔だ。

内心ではもう許す気になっている。

許さなければ、そう、板元がいなければ、『八犬伝』は続けられない。それにしてもなんたる運命《さだめ》を持った小説であることかと、腕を組んで天井を仰いだ。

幾度も板元が変わり、出板そのものが危うくなる。

翻弄され、流転し、彷徨《さまよ》う。

まるで八犬士の運命だ。


ぼんぼん、ぽろろんと、明るい木の音が弾む。

兄妹の小さく丸い後ろ姿が並んでいる。太郎は数え五歳、妹の次《つぎ》は三歳になった。座敷で相対している書物屋は風呂敷を結びながら、「お孫様たちは何を弾いておられるのです」と不思議そうだ。

「あれか。あれは木琴《もくきん》と称す楽器だ」

黒檀《こくたん》の音板が十三枚並び、檜《ひのき》の台座は箱状であるので舟の形に似ている。撥《ばち》は籐《とう》、音板を叩く先端部分は象牙《ぞうげ》だ。

「あれが木琴にござりますか」

「文化の初め頃、河原崎座《かわらざきざ》の歌舞伎狂言が当たりを取ったであろう。天竺徳兵衛韓噺《てんじくとくべえいこくばなし》、あの舞台で弾かれて大人気になったではないか」

徳兵衛は寛永頃に天竺に渡ったという船頭で、浄瑠璃作者の近松半二《ちかまつはんじ》がその巷説《こうせつ》を基に『天竺徳兵衛郷鏡《てんじくとくべえさとのすがたみ》』を書いた。四世鶴屋南北《つるやなんぼく》はそれを下敷きに歌舞伎向けに脚色、徳兵衛は実は朝鮮国王の臣の遺児、父の遺志を継いで日本覆滅の野望を抱くという筋だ。父譲りの妖術を使った神出鬼没ぶりは尾上松助《おのえまつすけ》の早変わりや仏壇に飛び込む引き込みで演出され、外連味《けれんみ》たっぷりの舞台となった。

「それにしてもお孫様の玩具が木琴とは、先生のお宅は違いますねえ」

「いや、あれはわしの手遊《てすさ》びだ。執筆に倦《う》めば弾いておったのだが、近頃は孫らに奪われてしもうた。子供は音の鳴る物が好きであるゆえ」

目尻が緩んだのを見て取ったか、「よきお祖父様で」と書物屋はおだてにかかる。今日も締めて五両ほどを購《あがな》ったので、あともう一つ二つ世辞を遣《つこ》うても罰は当たるまい。

日頃の生計は細かく節倹し、米や味噌、茶葉、炭や薪もまとめ買いをしている。払いを廉《やす》く抑えられるからだ。だが書物への費《つい》えは惜しまず、写本も人を雇って作らせている。衣服や行事用の品々も大丸屋では鷹揚《おうよう》に選ぶので、相も変わらず貯《たくわ》えは皆無だ。前《せん》の天保二年は、潤筆料だけで百二両三分も稼いだのだが。

「芝居と申せば市村座《いちむらざ》の隅田川花御所染《すみだがわはなのごしょぞめ》がまた人気を呼んでおりますそうな。鶴屋南北は引きが強うございますなあ」

馬鹿め、褒める相手が違うておろう。興醒《きょうざ》めし、「ご苦労、帰れ」と顎をしゃくった。

書斎から庭へと下り立ち、小径《こみち》を歩いて裏庭に出る。梅樹は実を収穫し終えたので、枝々もさっぱりと軽い風情だ。昨年は三升も穫《と》れたが、今年はさらに多かった。いつものごとく百は幾樽も漬け込んで、路と女中が大わらわであった。以前のおかねは辞め、今はおむらという田舎娘だ。

下女が長く続かぬのは百の人遣いが荒いせいだ。だが一言注意すれば、百言を返される。お前様がうるさいのですよ。味噌や薪の減りが早い、買物に出たらさっと帰ってこぬか、給銀の無駄だなどとケチなことをおっしゃるから。

雇い主としては当たり前の指図だが、その当たり前が百には通じない。しかも意地悪く、こなたの急所を突いてくる。

家移《やうつ》り話の際には方々を巻き込んで、とんだ空騒ぎでありましたよ。あの顚末《てんまつ》の方がよほど無駄。

神田から根岸への家移りは鬼門の方角であったので、結句は取り止《や》めた。心労と費えだけが掛かった。それは内心悔いているだけに、真っ向から非難されると胸糞が悪い。

近頃の救いは、落ち着いて文机の前に坐っていられるようになったことだ。『八犬伝』の新たな板元である文溪堂が思いの外《ほか》、真っ当であった。初対面では洟ばかり啜って頼りなかったのだが、校合《きょうごう》では作者の意をよく汲み、一度叱った過ちは二度と繰り返すことがなく、今日、八輯《しゅう》上帙《ちつ》四巻五冊の板行に漕《こ》ぎ着けた。

昨日も文溪堂は新本二冊に水引を掛け、絹の袱紗に潤筆料金百疋《ぴき》を包んで届けにきた。

「読者が待ちに待った第八輯上帙、明日いよいよ売り出させていただきます。おめでとうございます」

下帙の巻も着々と稿を進め、巻五は三月に稿了している。しかも先月、路がまた身籠《みごも》ったことがわかった。めでたい。この世に子孫の増えることほどの清福《せいふく》が他にあろうか。

表庭に入れば、黒松と五葉松《ごようまつ》の緑が雄々しい。この常盤緑《ときわみどり》のごとく滝沢家の行末は盤石だと梢《こずえ》を見上げる。

つと鋭い声が聞こえて、首を回《めぐ》らせた。

「病人を侮りおって、聞き捨てならぬ」

宗伯だ。また逆上して路を罵倒している。

縁から家に上がり、襖《ふすま》の陰から寝所の様子を窺った。宗伯は蒲団《ふとん》の上で、そして路はその際に坐し、膝上に手拭いと水桶《みずおけ》を抱えている。躰を拭いている最中に揉めたものか、宗伯は寝衣《ねぎ》の前をはだけ、痩せた胸骨を剝き出したままだ。路は俯《うつむ》いていない。顔を真赤にしつつも発止《はっし》と夫を睨《にら》み、宗伯は蒼褪《あおざ》めて妻を睨み据え、互いに仇敵《きゅうてき》のごとくだ。路はしばらく唇を震わせた後、つと腰を上げて寝所を退出した。下駄の甲高い音がするので、厨から外へ出たらしい。

昼の時分時《じぶんどき》になっても戻らず、百はぷりぷりして給仕をする。

「祖母様、母上は」

太郎が訊き、妹の次も不安そうに辺りを見回している。

「あたしが知るもんかね。ちと揉めたくらいで出ていっちまうなんて、気儘《きまま》にもほどがある」

「幼子らの前でよさぬか」

制すると百は形相を変え、喉の奥で唸《うな》り声を立てる。人間とは思えぬ声だ。とうとう次が泣きだし、宗伯が寝所から姿を現した。

「宗伯どの、今しばしお待ちなさい。粥《かゆ》を持って参じますよ、この母が」

一転して猫撫《ねこな》で声だ。宗伯は無言で馬琴に頭を下げるが、なんとも哀れなさまだ。

「おむら、近所を見て参れ」

「はて、いずこを」

「近所と申せば近所だ。さっさと行けい」

太郎までぐずり出したので、「泣くな」と叱りつけた。

「そなたは滝沢家の嫡孫ぞ。狼狽《うろた》えるでない」

泣きたいのはこの祖父だ。

それから数日の間、若夫婦の不和に手をこまねいた。女中に伴われて帰ってきた路を宥《なだ》め諭したものの、しばらく里に預けた方がよくはないかと迷う。だが土岐村《ときむら》家には面目が立たぬし、宗伯の病状や家内のことを有体《ありてい》に知られるのも剣呑《けんのん》だ。

宗伯の言うように、いっそ土岐村に返してしまおうか。その方が宗伯のためになるのではないか。

いや、腹に子がある。あれは滝沢家の子だ。

半月の後、路は流産した。五カ月で子は流れた。

秋に入り、訃報がもたらされた。

宗伯を座敷に呼んだ。息を整えてから、おもむろに口を開く。

「御老公が卒去《そっきょ》されたようだ」

宗伯は目を見開いたまま、痩せた咽喉仏《のどぼとけ》だけを動かしている。

「いつですか」

「六月二十五日であったそうだ。まだ内密にされているが、御家中《ごかちゅう》のご配慮により内報を下された」

宗伯は口許を引き結んで耐えているが、泥濘《ぬかるみ》に挿した棒杭《ぼうくい》のように躰が左右に揺れている。

松前《まつまえ》藩の老公美作守《みまさかのかみ》は馬琴の著作をそれは贔屓《ひいき》にし、その縁で、宗伯を出入医師として取り立ててくれた。その後、代が替わっても出入医師筆頭へと引き上げられた。譜代《ふだい》の家臣並みの近習《きんじゅ》格だ。老公のおかげで、滝沢家は身分を回復したのである。長年の宿願を果たしたあの日の嬉しさたるや、今もありありとこの胸に立ち昇る。だが老公の庇護《ひご》はもう恃《たの》めぬのだ。宗伯は昨年の正月に慶賀に出仕したものの未だ本復《ほんぷく》せず、出仕がかなわぬままだ。

召放《めしはなち》になろうか。

不安が過《よぎ》る。が、宗伯がまたも気鬱《きうつ》の穴に落ちては事だ。口にできない。

二人で黙し、庭を吹く風の音を聞いた。

冬になっても、宗伯の身分については沙汰がない。杞憂に過ぎなんだか。ひとまず胸を撫で下ろし、十一月には太郎の袴着《はかまぎ》の祝儀を執り行なった。次の髪置《かみおき》の祝儀も併せて行ない、赤飯を注文させ、鰹節《かつおぶし》も調《ととの》えて近所、親戚に届けさせた。さらに暦を見て吉日を選び、妻恋稲荷《つまこいいなり》への参詣を行なわせることにした。

宗伯と百、路が供を連れて出かける。

「父上、行ってまいります」

座敷に皆が打ち揃って手をつく。馬琴はこのところ足が弱り、具合によっては外出《そとで》がままならない。

「ん。神田明神にも参るのだぞ」

杖をつきながら、孫らの晴れの姿を見返した。太郎は熨斗目《のしめ》、麻裃《あさがみしも》、下着は八丈縞《はちじょうじま》に縞縮《しまちり》緬《めん》の襦袢《じゅばん》だ。次は裾模様の花見縮緬の小袖で、下着は鹿子《かのこ》縮緬に白無垢《しろむく》の襦袢を仕立てさせた。

大丈夫だ。この子らが長じるまではいかなる苦難も切り抜けてみせる。

皆を見送り、書斎に戻った。


文の返事を三つ書き終え、筆を擱《お》いた。

鳥たちに餌をやり、木琴《もくきん》を弾くも眼の奥が重い。疲れが溜まっているのだろうと首を回し、ひとたび手にした撥《ばち》を置いた。興が乗らない。そうだ、太郎と次を連れて久方ぶりに草市《くさいち》にでも行くかと思いついたが、そういえば次はもうこの家にはいないのだった。先月の四月朔日《さくじつ》、次を飯田町の清右衛門《せいえもん》と幸《さき》夫婦の養女にしたのである。子ができぬまま幸は四十になり、路がまた懐妊したので縁組を決断した。

まったく奇妙なものだ。仲睦《なかむつ》まじい夫婦に子ができず、不和で鳴らす夫婦には次から次へと子福が訪れる。

杖を手にして夏の庭に下り立ったものの、辺りが妙に暗く思われて瞼《まぶた》を擦《こす》った。左右を閉じたり開いたりするに、右眼が霞《かす》んでいる。目瞬《まばた》きを繰り返してみると明るさが戻ったので、頭を振ってから花園に向かった。

疲れが抜けぬ。この頃、つくづくと躰が重い。

『八犬伝』の八輯《しゅう》下帙《ちつ》三巻は、正月に無事に発販に漕ぎ着けた。

挿画は柳川重信《やながわしげのぶ》で、ずっとそうだ。五輯から七輯だけは渓斎英泉《けいさいえいせん》だったが、重信がしばし上方に画修業に出たからで、八輯からはまた江戸に戻った重信に任せた。英泉も悪くはなかったが、馬琴の目には重信の画に馴染《なじ》みがあり、しかも作者に柔順で意図を決して違《たが》えない。が、重信が昨年閏《うるう》十一月の末に病で没した。『八犬伝』の画は描き終えていたが、『開巻驚奇侠客《かいかんきょうききょうかく》伝《でん》』の画はこれからだった。板元の文溪堂が蒼褪めてやってきた。

先生、侠客伝の画工をいかがいたしましょう。

仕方あるまい。北斎《ほくさい》に相談してみよ。指示した。とうの昔に離縁しているが、重信はかつて北斎の娘婿だった男だ。北斎は一昨年、天保二年から板行を始めた『富嶽三十六景《ふがくさんじゅうろっけい》』で大いに当たりを取り、今や江戸画工の頭目の一人として名を上げている。果たして、北斎は門人の北《ほく》馬《ば》を推薦してきたという。否やはなかった。

重信の死のみならず、昨年は本屋らの手違い、料簡違いが相次ぎ、しばしば憤激させられたものだ。『八犬伝』の前の板元、涌泉堂美濃屋甚三郎《ゆうせんどうみのやじんざぶろう》の所業にも悩まされ続けた。

肇輯《じょうしゅう》から六輯の板木についても文溪堂が請け出すべく、ずっと掛け合っていたようだが、涌泉堂は大坂の河内屋長兵衛に百五十両で売り渡したらしいことが発覚した。しかも驚くべきことに、板木を売り渡す前の土壇場でもう一儲《もう》けとばかりに摺り込みをかけ、出板に及んだという。溺れかかった者はなんでも摑む。だが安い工賃で急がせた仕事だ。摺りも紙も粗悪な本が売れるわけもなく、失敗に終わったらしい。摑んだつもりの葦《あし》は根のない藁《わら》しべ、やること為《な》すことすべてが悪あがきだった。さような方法で浮かぶ瀬があるなら、渡世にいかほどの苦労があろう。

十徳《じっとく》に括《くく》り袴《ばかま》姿の宗伯が見え、とたんに胸が晴れてくる。花園で手入れをしているということは、今日は具合がよいのだ。

癇症《かんしょう》は快癒せぬままで、しかも口痛は今や持病となり、脚気《かっけ》にも悩まされる始末だ。松前藩屋敷には先月も出仕できなかった。

宗伯がこなたに気づいた。「父上」と腰を上げかけたので、「そのまま」と手で制する。

「草引きか」

宗伯は「はい」と頷《うなず》き、尻を緩慢に動かして場を空けた。

「三月に蒔いた朝顔と撫子《なでしこ》、蘇鉄菜《そてつな》もよう育っております」

見れば、土の上で幼かった芽が育ち、若緑の葉をつけている。陽射しを総身に受けて背伸びをして、ぽっ、ぽっと、すこやかな息を吐く。馬琴は思わず微笑む。目を上げれば、塀際から張り出した柘榴《ざくろ》の枝蔭で糸薄《いとすすき》と万年青《おもと》の元気がない。

「糸薄は日向に、万年青は鉢に植え替えて玄関先に移そうぞ」

「かしこまりました」

根掘り用の篦《へら》を使い、互いに声をかけ合って掘り取る。

「宗伯、も少し深う掘れ。わしがいたそうか」

「何を仰せです。病人でもこのくらい雑作《ぞうさ》のないことです」

宗伯は難なく掘り上げてしまった。

「糸薄はどの辺りに植えましょう」

「そうだのう」杖を頼りに数歩後ずさった。

小さな虫が目の前を飛び交っている。掌《てのひら》で払えど払えど、しつこく飛ぶ。

「いかがなされました」

「いや、虫がまとわりついて離れんのだ」

怪訝《けげん》そうに宗伯が近づいてきた。

「父上、虫など飛んでおりませぬ」

「さようなはずはない。それ、今も」

目の前を手で払い、ふと気がついた。右を閉じ、今度は左を閉じてみる。やはり右だ。右の眼の中でのみ虫が飛んでいる。

「父上、もしや」宗伯の声が翳《かげ》った。

「いや、もう逃げおったわ。それより糸薄ぞ。この辺りに植えてみぬか」

花園の中ほどより少し右手を指差した。

「そこですと隠れてしまう花々が出ましょうが、よろしいですか。野菊や藤袴《ふじばかま》、杜鵑《ほととぎす》も」

「よい。糸薄の風情越しに眺めるのも一興ぞ」

やがて秋が深まれば、細い糸のごとき葉が風に揺れて靡《なび》くだろう。銀色の穂はやわらかく、それらが揺れるたび草花の白や紫が垣間見《かいまみ》える。説明すると、宗伯は「なるほど」と得心顔《とくしんがお》でさっそく手を動かし始める。二人で気を合わせ、草花の位置を変えてゆく。

「たまには花園も模様替えをしてやらぬとな」

「父上」

宗伯がまた声を低めた。馬琴は息が弾んできたので、黙って先を促す。

「もしや、眼の具合がお悪いのではありませぬか」

手が止まった。やはり医者だけのことはあって、異変を感じ取っている。

「わしをいくつだと思うておる。六十七であるぞ。少しくらいは不調も出よう。案ずるには及ばず」

「いいえ、長年、読書と執筆で眼を酷使されてきたのです。薬は手前が処方いたしますが、まずは眼医者にかかられてはいかがです」

「いずれそのうち」と受け流した。義歯《いれば》のうえ眼鏡などかけるようになるのは御免だ。あれはたいそう重く、耳や頭までが痛くなると文人仲間が文で零《こぼ》していたことがある。なにより、病身の息子に要らぬ心配をかけたくない。

「手前が不甲斐《ふがい》ないばかりに、父上にはいつまでもご苦労をおかけします」

横顔を見やれば、陰鬱《いんうつ》な面持ちだ。

「何を申す。曲亭馬琴の執筆は生計《たつき》を立てるためのみにあらず。世の要請があって書いておるのだぞ。板元と読者にかくも望まれる作者が他におろうか。そなたが快癒しても執筆は止めぬぞ。まだまだ校合《きょうごう》を手伝わせてやるゆえ、覚悟いたせ」

戯言《ざれごと》めかしたが、宗伯は笑顔を拵《こしら》えもしない。

「手前は何一つ、まともに為《な》すことができませぬ。主君に忠《ちゅう》を尽くせず、父母には孝《こう》を尽くせず。父上はかくも立派な作者であられるのに、己が情けのうて苦しゅうございます」

あんのじょう卑下を始めた。いつも己を責めること甚だしく、やがて嘔吐《おうと》に至る。

「よせよせ。戯作者に立派などという形容はそぐわぬ。筆で世を渡るなど土台がはみ出し者の仕業、だいいち、わしは駑馬《どば》ではないが君子にあらず。仁義礼智忠信孝悌《じんぎれいちちゅうしんこうてい》の珠を持つは八犬士であって、馬琴ではない」

「気休めはおよしになってください」

そう言いつつも気分の落ち込みは止《とど》められたようだ。万年青を鉢に植え替え、朝顔の苗も手際よく鉢に移し、竹ひごで仕立てている。茎を這《は》わせて藁《わら》しべで結び、どの葉にも陽射しが当たるように心を配っている。その丁寧で優しい手つきを目にするたび、馬琴はいじらしくなる。三十七にもなった息子のことが。

「のう、宗伯」

朝顔の仕立てを見るうち、あの色がふいに眼裏《まなうら》によみがえってきた。

「昔、ある女に出逢った」

口にしていた。宗伯は気にも止めていないのだろう、一心に手を動かしている。

「家も主君も持たず、流浪していた頃だ」

長い間、記憶の底に沈めていた色。青い月のような朝顔の色が、夏の白昼でぐるぐると回り始める。

「唖《あ》の夜鷹《よたか》であったのだ。世話になった。まるで菩薩《ぼさつ》のごとき女であった。喰わせてもろうて躰も恣《ほしいまま》にして、捨てた」

今思い返しても、夜鷹を妻にしたいと母や兄に言い出さなかったのは道理だ。ここまで生きてきてもそれが尋常であったと思う。京伝《きょうでん》が迷いもせずに遊里《ゆうり》の女を娶《めと》るさまには苛立ちさえ覚えた。

決して己が越えられぬ矩《のり》を、ひらりと飛び越えるあの自在さ、大きさが妬ましかった。

「わしにも、もう一つの道があったはずだった。身分もなにもかも捨てて諦めて、あの女と共に暮らすという道があったのだ。ひっそりと、世の隅で」

だが、竹林を抜けた果てのあの庵《いおり》は二度と見つからなかった。

そういえば、あの夜鷹の母こそが主君に抗い、自らの腹を切って果てた女だった。珠のごとき魂が飛び出た。

「あれは世の隅ではなく、この世ならぬ世であったのかもしれぬ」

言葉にすれば、背筋が冷えて波を打つ。狐狸《こり》や幽霊、妖《あやかし》は黄表紙《きびょうし》や読本《よみほん》の中だけでなく、この江戸の隅々で生きている。

「このわしも、あの世界に足を踏み込んだ」

それにしてもなんと妖《あや》しく、清い世界であったことだろう。あの世から帰ってきた己が手にしていたものは、自らの正体だった。いざとなれば平気で恩ある女を裏切り、捨てる。

「生きていくために忘れていたのだ。不思議なほど思い出さなんだ。毎年、かくも朝顔に惹《ひ》かれて種を蒔き、花を開けば愛《め》でてやまなかったというのに、寸分も心が痛まなかった」

「父上」

宗伯がとまどい、抑えにかかるのがわかる。

だがひとたび打ち明けた秘密は吐き尽くさねばならない。

糸薄の細い緑がそよぎ、白い百合《ゆり》が揺れ、京鹿子《きょうがのこ》も淡い紫を風に流している。

もうおよしなさい。儚《はかな》い花たちが目配せをよこすのに気づいているが、今、中途で止めれば心に留まり続ける。薄汚れた己が。

「京伝の通夜、葬儀にも行かなんだ。そなたを代参させたが、自ら足を運ばなんだのは意地があった。たいして交誼《こうぎ》もなかったくせして葬儀となれば馳《は》せ参じて体裁を繕う輩《やから》を目にするのは、疎《うと》ましかったのだ。故人を悼む時間などわずかばかり、あとはおのおのの新しい絆がそこで作り直される。たまらぬではないか。だが、本心はそれだけではない。足を運べば弟子筋に組み入れられてしまう。それが厭《いと》わしかった。わしは一人で誰の力も借りずに日本一の戯作者になりおおせた、そう思いたかった。世間にも示したかった。狷介《けんかい》、不遜《ふそん》と謗《そし》られようとも、一個の作者として屹立《きつりつ》したかった。京伝の師恩を踏みつけてでも」

「父上、もうおよしになってください」

腕に手を置かれたが、ゆっくりと息を継いだ。

「わしの罪はまだある。お百合を頼むと京伝に言われていた。まだ息災であった頃だ。深い意味はなかっただろう。いや、京伝には予感があったのかもしれぬ。ゆえに女房のための財を残そうとしていた。わしは下手に財など遺せば揉める元だと言って反対したが、師は理財の才にも長けておったゆえの。結句は大きな財を遺した。だが蓋を開ければどうだ。お百合さんはそれを相続できなんだ。どうやら弟の京山《きょうざん》がそれらを封じ、親戚に預けてしまったらしい。そののち、お百合さんの言動がおかしいという噂を耳にした。わしは執筆に忙しく、あの京山とかかわるのも面倒であった。京山は嫂《あによめ》の心身狂乱を理由に妻子を連れて家に移り住み、お百合さんは物置に入れられた」

百合は夜となく昼となく恨み言を言い散らし、とうとう悶死《もんし》した。

文政元年の二月だ。もう十数年も前のことだ。

あの頃は『八犬伝』の三輯《しゅう》を執筆していた。読者の前に最初に登場させた美しい犬士、犬塚《いぬつか》信乃《しの》を描くのに夢中であった。元服まで女装して育てられたという生い立ち、太刀は足利家の宝刀である村雨丸《むらさめまる》、そして幼い頃よりの許婚《いいなづけ》、浜路《はまじ》。だが大塚陣代《じんだい》の簸上宮六《ひかみきゅうろく》が浜路を見初めたことで謀略が巡らされ、信乃は旅に出ることになる。

馬琴は五十二歳だった。世間ではいざ知らず、今から思えばあの頃はまだまだ若かった。次から次へと想が湧き、とり憑《つ》かれたように書き続けた。

「お百合さんを狂わせたのは京山だが、わしにも罪はある。手を差し伸べぬことで、あの人を狂わせる手助けをしたようなものだ。京伝はあの世で、お百合さんからさぞ聞かされたことであろう。曲亭馬琴の忘恩と冷淡を。わしはそういう人間なのだ、宗伯よ」

「堪忍してください。私まで辛《つろ》うございます」

「さよう。己を責めて傷つくは己のみならず。今、この父を敬愛してやまぬそなたを傷つけるのも承知で打ち明けた。そなたを信じて、一人の秘密を二人の秘密にした」

そこで顔を動かし、宗伯を見つめ返す。

もう一つ、格別を打ち明けようか。

八犬伝では善を勧めながら、多くの悪人を描いている。大悪人から小悪人まで、そして善人でも悪人でもない、ごく当たり前の衆を。私はそれらの人間をこそ、その人情をこそ写し取りたいのだ。今、この世を生きる作者として。

にやりと笑えば宗伯も眉間を開き、息を吐いた。

「思わぬ話でしたが、傷ついてはおりませぬ」

いいや、まだあるぞ。

馬琴は胸の中で言い継いだ。

そなたの母親と一緒になったのは計算づくだ。滝沢家を再興するためには、家と収入を持つ女が必要であった。しかもこなたの魂胆を見抜いてしまう賢女では困る。ゆえに再婚の、未通女《おぼこ》ではないという曰《いわ》くつきの縁談に乗った。だがこれも口に出さずに仕舞っておこう。息子としての心情を慮《おもんぱか》ってのことではない。

おぬしは気づいているだろうから。そしてお百自身も、とうに知っている。

共に水遣りをし終えると、陽は西に傾きかけていた。風が涼しく、蜩《ひぐらし》の声が響く。

小径を引き返しざま振り向くと、花々の夕影が手を振るように揺れた。


うるさい。虫がうるさい。

何度も頭《かぶり》を振る。

「先生、よろしくお願いしますよ」

仙鶴堂《せんかくどう》の番頭は不満げな声で繰り返した。『傾城水滸伝《けいせいすいこでん》』十三編の稿を延引《えんいん》してしまっているので、板行の目処《めど》が立たぬと立腹している。

「わかっておる。そう責め立てるな」

「今年出板できねば、古板《こはん》も捌《さば》けませせぬ」

続きが出てこそ、既販の本も増し摺《ず》りできる。むしろ書肆《しょし》の旨味は初板よりも再板以降にある。こなたも「古板など知ったことではない」とは言い難い立場だ。仙鶴堂とはつき合いが長く、互いの懐事情も知悉《ちしつ》して助け合ってきた。

赤子の声がして、番頭は咳払《せきばら》いを一つ落とした。

八月に生まれた幸《さち》の声だ。母子共に安泰、路はいつも安産だ。飯田町から幸《さき》が娘の次《つぎ》を連れて、夜伽《よとぎ》に訪れた。

「お次、おいで」

実の母である路が手招きしても、養母の背中に回って寄りつかなかった。子供の無邪気は時として酷なものだ。五日前、お七夜の日も幸は次を伴って祝儀膳の用意の手伝いにきた。膳は赤小豆飯《あずきめし》に冬瓜《とうがん》とつみれの汁、平《ひら》ははんぺんと初茸《はつたけ》、芹《せり》、膾《なます》は大根と人参《にんじん》、めばるの切身、猪口《ちょ》口《こ》は隠元《いんげん》ささげ、香の物は菜漬《なづけ》、引物《ひきもの》は昆布だ。

親戚から近所までが祝儀を持って訪れ、文溪堂《ぶんけいどう》は鱚《きす》二十尾一折を届けてきた。そういえば仙鶴堂は祝儀を持ってきたかと腕を組むと番頭も同じことに気づいてか、そそくさと腰を上げた。

「今日はこれにて退散いたしますが、お稿はなにとぞお進めくださいますように」

「相わかった」

返事はした。だが、書けぬものは書けぬ。眼の中の虫が大きくなり、もはや墨を流したような模様が出る。しかも暗い部屋に入れば稲光《いなびかり》のごとき光が走ることがある。それがしじゅうであるので、執筆の速度が極端に落ちた。

九月、大坂中座《なかざ》で『椿説弓張月《ちんせつゆみはりづき》』の歌舞伎狂言を興行して大入りだと聞いた日のこと。花園で草花の手入れをしている最中、突如として右眼の中が暗くなった。

天保四年も暮れかかり、歳暮祝儀を持参する者が引きも切らず、日がな慌ただしい。

飯田町の清右衛門《せいえもん》も訪れ、懇《ねんご》ろな挨拶を述べた。

「佳《よ》い年を迎えなさい。そうだ、ついでと申してはなんだが、帰りにちと立ち寄ってくれぬか。

拝借しておる書籍や画を、年内に返しておきたい」

借りたものを返さぬ者のいかに多いことか。ゆえに馬琴は躍起になって記録をつけ、必ずその年のうちに返却するようにしている。前借りは長いこととしておらず、借金など以ての外だ。たとえ貯《たくわ》えができずとも、稼いだ金子《きんす》の中で暮らしを立てればよい。それが最も簡素で身綺麗、屈託は少のうしておくに限る。

清右衛門は遣いも快く引き受けてくれた。座敷に戻ると、百が茶碗を片づけている。

「お前様、南鐐二朱《なんりょうにしゅ》にござりましたよ」

いそいそとしている。清右衛門は毎年、百に歳暮の肴代《さかな》を進上しており、さっそく袱紗《ふくさ》包みを開いて中を検《あらた》めたらしい。「よかったの」と言ってやれば、百も「ええ」と素直だ。

「人柄が練れて裏表がのうて、あれほどできた婿どのはおりますまい」

百の褒めるように清右衛門は実直穏和のうえ万事そつがなく、些末《さまつ》な用も厭《いや》な顔一つせずに引き受けてくれる。本家のあるじたる義兄や義父母の役に立とうと、まるで家宰《かさい》のごとくだ。

「お前様は倅《せがれ》の嫁取りには失敗なすったけれども、分家は上々の首尾。不思議と、釣り合いが取れるようになっているものですねえ」

両肘を曲げて右手の茶碗を高く掲げる一方、左手の茶碗は膝ほどに下げてみせた。左はむろん路を指しているのだろう。

「お幸《さき》はあのような人と連れ添って生涯の倖《しあわ》せ、あたしもあの家にいると気持ちがらくですよ」

百はこの頃、太郎を連れてしじゅう飯田町に出向く。三度に一度は泊まりがけだ。元々、自身が育った家であるので近所は顔馴染《かおなじ》みばかり、親しくつき合っていたわけではなく、むしろ悪口の方が多かったが、いざ離れてみると懐かしいのだろう。そのうえ娘夫婦から大切に扱われるのだから愉《たの》しいに決まっている。

「この分だと、あと十年は寿命が延びますわえ」

七十とは思えぬ声で笑う。

「それは重畳《ちょうじょう》。精々《せいぜい》、長生きいたせ」

馬琴の右眼の具合が悪いというのに、「へえ」の一言で済ませてのけた女房だ。ここまで見えぬとは打ち明けていないのだが、それにしても宗伯とは段違いの薄情だ。宗伯は一大事とばかりに薬を処方し、眼科医に出向いて洗薬も手に入れてくれた。おかげで闇が翳《かげ》までに薄らいだが、今日は眼の底に鈍い痛みすら感じる。

しきりと瞼《まぶた》を擦って筆を進めていると、眼の中に白黒の鉤裂《かぎざ》き模様ができた。あ、と手で塞ごうとして、けれど視野が遠眼鏡のごとく狭まり、突如として闇に鎖《とざ》された。

見えない。まったく見えない。

凝然《ぎょうぜん》とした。立ち上がれば躰が傾き、転倒しそうになる。文机の角に摑まり、すると硯《すずり》に指がかかって畳の上に落ちた。墨の匂いが黒々と広がってゆく。

父上、母上、兄上。

声にならぬ声を挙げた。

しばらく療養に努めることにした。

師走二十九日の朝、宗伯が門を飾った。例年は人足を雇って表門前に大松竹を立てるのだが、今年も米穀をはじめ諸色《しょしき》が高騰するばかりだ。数年前から米価の高騰が続き、窮民《きゅうみん》が膨大な数に上っている。大坂、京、若狭《わかさ》で打毀《うちこわ》し騒ぎが続き、秋にはこの江戸でも窮民が暴動を起こした。しかも陸奥や出羽、関東は冷害と風水害で大飢饉だ。ますます米が足りなくなるは必定《ひつじょう》、今は万事倹約の時節柄だ。門松は省略して上方式に小松を門柱に打ちつけ、注連縄《しめなわ》も門の庇内《ひさしうち》に掛け置くに留めさせた。

宗伯は胸痛を抱えながらも家の掃除や迎春支度に励み、隣家に住む地主の杉浦家との交誼にもおさおさ怠りがない。

天保五年が明けた。宗伯は礼服で供人足を連れ、松前藩上屋敷に罷《まか》り出でた。御家中《ごかちゅう》には自家製の薬、黒丸子《くろがんじ》を年玉として配り、その後、千束《せんぞく》の下屋敷に廻《まわ》るという。帰路も路の実家の土岐村《ときむら》家を始め諸方に年始祝儀に及び、帰ってきたのは九ツ半だった。

馬琴は皆と共に節膳《せちぜん》と屠蘇酒《とそざけ》で昼餉を済ませた後だったが、宗伯の向かいに坐した。

「去年は病にて出仕もろくろくできませなんだが、今年は幸先がようござります。父上の眼も必ずや手前がお治し申します」

「頼りにしておるぞ」

声を明るくして答えたが、宗伯は路に命じて咽喉《のど》の通りのよい雑煮餅《ぞうにもち》を用意させたようだ。持病の口痛も再発しており、煮〆《にしめ》のたぐいは咀嚼《そしゃく》するのも辛いらしい。

だが七日の早朝は自身で門飾りの松を取り収め、白襷《しろだすき》をかけて七草を叩いた。家族一同打ち揃って七草粥《ななくさがゆ》を祝い、宗伯は上屋敷と下屋敷に出仕すると挨拶してから供連れで外へ出た。胸を撫で下ろした。毎日が薄氷を踏む思いだ。

馬琴は昼餉を済ませてから書斎に入り、筆を手にした。右の眼の中は闇のままだ。が、左眼を頼りに筆を運ぶ。いつまでも休筆してはいられない。休めばたちまち一家の生計《たつき》が立たなくなる。とはいえ、『八犬伝』九輯《しゅう》の執筆はいっこう進まない。

昨年の初冬の頃から着手した『近世物之本江戸作者部類《きんせいもののほんえどさくしゃぶるい》』の続きに入った。これは板元の依頼ではなく、読者はごく内輪の限られた者のみ、いわば私本《しほん》だ。近来の戯作者の変容、沿革について認《したた》めてくださらぬか。

執筆の契機をもたらしたのは、長年の知友である木村黙老《きむらもくろう》であった。黙老は高松藩の江戸詰《えどづめ》家老《かろう》で、馬琴の著作物の愛読者であり、書籍を貸借し合い、時には『八犬伝』について語り合う仲間の一人だ。とはいえ文でのやりとりが主で、直に面会したのは数度だ。齢を重ねるにつれ、人と会うのがおっくうになっている。相手の面持ちや気配が重い。疲れる。しかし文であれば言葉は縦横無尽、書くうちにさらに考えも深められる。黙老は『八犬伝』を出すつど感想をくれ、時には手厳しい批判も含まれている。馬琴は文で延々と反論する。すると黙老は馬琴の真意に感心し、時に新たな思案をよこしてくれる。

孤独な執筆にあって、これは有難い。かような知友は他にもあって、伊勢の商人で本居宣長《もとおりのりなが》門下の国学者である殿村篠斎《とのむらじょうさい》、伊勢松坂の豪商の文人である小津桂窓《おづけいそう》、大身旗本の石川畳翠《いしかわじょうすい》だ。たとえ片眼の光を失おうと、私には四人の友がある。

いや、友とは言えぬが忘れがたき文を交わし合った相手がもう一人ある。陸奥国《むつのくに》の只野真葛《ただのまくず》だ。

あれは文政二年であったから滝沢家が士分を回復した前年だ。一人の尼が文をことづかって訪れ、その尼の姉が真葛であった。一読するや驚愕した。問わず語りに語った『独考《ひとりかんがえ》』は独特の論が繰り広げられており、『源氏物語』の紫女《しじょ》、『枕草子』の清氏《せいうじ》にも立ち勝るかと思われた。身の修めようについての論考は仏法儒学から解き放たれたかのごとく鮮やかで、王朝の頃の雅文体を美しく使いこなしているのも好もしく思えた。身分の高い武家に生まれて和漢の書に親しみ、嫁ぎ、寡婦となったひとだという。そこには蘭学の素養も窺われた。

馬琴には添削を要望していて、出板によって世に出たいという望みがあった。板元への口添えを期待していたのだろう。だが添削の依頼はすべて断っている。嫌われるのが怖くてさようなものを一々受けていたら、自身の執筆の時間がすべて奪われてしまいかねない。

しかもある条《くだり》に問題があった。女の身ながら経世済民《けいせいさいみん》の志高く、筆が治世にまで及んでいたのだ。出板するには禁忌に触れ過ぎている。現今の朝廷や帝、公儀と大樹公についてもためらわず言及して、そこには鋭い批判の矢さえ仕込んだ洞察があった。馬琴は舌を巻いた。男でもできぬ論考を女の身でやってのけている。女であればこそ、禁忌に縛られずに考を拡げられるのだろうか。返事では、ごく限られた周囲に写本を配って世に残す方法もあると教え、馬琴自身の随筆で真葛を紹介してその名を世に出す一助はしようと認《したた》めた。

それで事を収めたつもりであった。こなたは約束の著作に追われている。ところがまた妹の尼が文を持って訪れ、目を通せば『独考』についての校閲を催促しているではないか。文章の巧みな媼《おうな》であるから強引な言いようではなく、無遠慮無作法ではない。論の舌鋒は鋭いが、こなたに対してはあくまでも礼を尽くして恭順だ。

だが、かりにも一家を成した読本作者が、なにゆえ無名の女文人の稿を閲《けみ》せねばならぬ。馬琴は筆を執った。『独考』に徹底した反駁を、水も漏らさぬほどの反論を草して送った。

今から思えば、あの時、頭の中で半鐘《はんしょう》が鳴っていた。かくも先鋭的な論を一寸でも支持しようものなら危ない。

真葛本人よりも、名のある曲亭馬琴こそが危ない。

保身小心。いや、我ながら見事なまでに理の筋が通った反論であったと思う。しかも二十日も使った。校閲してやるよりもよほど消耗した。

果たして、丁重な礼物と礼状が届いて文のやりとりは終わった。およそ一年ほどの交誼のうち一度も対面しなかったが、『独考』の衝撃は今も時々思い返し、ふと考え込むことがある。

掌で頬をぐいと撫で下ろし、筆を持ち直した。

戯作者の変容を書くということは、江戸の戯作史を記すことに他ならない。かようなものはかつてこの世になく、成すとすればこの曲亭馬琴を措いて他にはいない。年甲斐もなく血が騒いだ。そして執筆を始めた。『近世物之本江戸作者部類』の近世とは当世に近い時期を指し、明和、安永の頃から今の天保四年までをおよその対象とした。物之本とは物語り草紙のことで、物語りの本と言うべきところを中略した語だ。

まずは、赤本《あかほん》作者の部から稿を起こした。

江戸の名物赤本といえる小刻の絵草紙は、享保以来作り出したものである。

赤本とはなんぞやという文を冒頭に置いてから、作者たちの紹介へと筆を進めた。挙げた赤本作者は八十二名に及び、皮切りは丈阿《じょうあ》だ。唐来三和《とうらいさんな》に恋川春町《こいかわはるまち》、十返舎一九《じっぺんしゃいっく》、為永春水《ためながしゅんすい》、むろん山東京伝《さんとうきょうでん》、そして赤本作者としての曲亭馬琴についても触れた。

『傾城水滸伝《けいせいすいこでん》』は大いに時好にかなって十数編に至った。その流行たるや、煙管《きせる》の毛彫りから爪の絵、髪結床《かみゆいどこ》の暖簾《のれん》まで水滸の人物ならぬ者はないほどであった。されば寛政二年より今に至りて四十余年、書肆の需《もと》めは止《や》む時がなく、その著編三百部に及ぶという。

他人事のような言い回しは、馬琴自身は記述者に徹するためだ。補遺として、蔦唐丸《つたのからまる》すなわち蔦屋重三郎《つたやじゅうざぶろう》や仙鶴堂などについても記述した。次に洒落本《しゃれぼん》作者、中本《ちゅうぼん》作者らを紹介、評を加え、ここで巻之一を了《お》えた。

巻之二は、読本《よみほん》作者のみだ。今の江戸には戯作小説と読本小説という二つの大きな流れがあり、馬琴にとってはやはり読本小説が本道である。建部綾足《たけべあやたり》から始めて風来山人《ふうらいさんじん》つまり平賀源《ひらがげん》内《ない》、芝全交《しばぜんこう》、山東京伝など八人の作者について書き綴った。他の作者の長所を見つけるのはなかなか難しいが、不足を挙げる時は筆が走って止まらぬほどだ。しかも読者が身内に限られているので常々その作者に抱く評も遠慮なく開陳し、江戸戯作の重鎮が他の作者を評して口にしたことも有体《ありてい》に披露した。

たとえば大先達《せんだつ》、唐来三和の談話なども。

式亭三馬《しきていさんば》は、あれは窃《ひそ》かに京伝の作を模擬したものさ。京伝は北尾《きたお》に学んだから画稿が自在、その才には三馬の企てなんぞ及ぶべくもねえの。

馬琴は三馬と犬猿の仲であるが、三和がこう評したのだから仕方あるまい。そして京伝と馬琴についての評も記述しておくことにした。

臭草紙《くさぞうし》、すなわち黄表紙《きびょうし》と合巻《ごうかん》については、馬琴は京伝に及ばねえ。だが読本は京伝、馬琴に及ばず、だ。それをあれこれと論じても結句は好憎親疎《こうぞうしんそ》による私論、依怙贔屓《えこひいき》をなすに過ぎぬ。それにしても京伝は大して目新しくもねえ趣向でも人間を生き生きと書く。ゆえに、世人はその拙に気づかねえんだな。馬琴は臭草紙といえども構成堅固にして前後の著述もよく照応させ、善人には善果、悪人には悪果を正しく与える。世の読者も本屋らも両者の甲乙をつけかねているが、後世に至って評が定まれば馬琴に軍配が上がろうて。

これも三和が言ったのだから、そう記しておくまで。


宗伯がまた、病床に臥《ふ》しては起きるを繰り返す日々になった。

少し快方に向かうと無理にでも出仕し、父の交際の代参を務め、父の眼病平癒祈願のため金毘羅社《こんぴらしゃ》に参詣する。それがよくないと止めても、本人は懸命に起きようとする。だが必ず揺り戻しがきて、口痛、脚気《かっけ》、息切れ、風邪の症に襲われる。

六月末の夜、盆燈籠《ぼんとうろう》を掛けた。七月の晦日《みそか》まで毎夜、先祖の霊に灯を捧《ささ》げるのが滝沢家の慣《なら》いだ。だが今年は暑さが甚だしく、宗伯は腹痛と下痢に見舞われた。七月に入っても油照りで熱気が凄《すさ》まじく、人を雇って上水一荷《いっか》と雑水四荷を汲み入れさせ、夕方は下女に金魚の桶水《おけみず》を換えさせ、かつ庭に水を打たせている。

馬琴も尻端折《しりばしょ》りをして、杖を突きながら桶を手にして水を撒く。

春から『八犬伝』九輯《しゅう》一之巻に着手した。『江戸作者部類』の校訂も行ないながらの執筆だ。五月には九輯五之巻を稿了し、先月からは六之巻に着手している。左眼だけの身になって日々のこうした動作はこつを摑んだものの、筆の進みは以前と比べものにならない。いざ筆を持てば速いという自負が揺らげば、想まで泛《うか》んでこなくなる。

花園も息絶え絶えのさまで、とくに秋草の葉は乾いて白茶に変じている。

「私も手伝いましょう」

宗伯だ。断ると悲しむので頷《うなず》き、共に水を撒く。

「水が光って清々《すがすが》しゅうございます。父上、お見えになりますか」

「見えるとも。水が風を呼ぶさまも見える」

爽風の中で二人で笑い合う。暑気を追い払ってのけた。だが夜になって、宗伯はひどい頭痛に襲われた。

翌日は腹痛にみまわれ、水瀉《すいしゃ》した。これは宗伯ではなく、馬琴自身だ。昼に十度ばかり、夜中にも雪隠《せっちん》に入らねばならず、水が迸《ほとばし》るかのような下痢だ。三日、四日も終日腹痛で、腸《はらわた》がひりひりと痛いほど下す。それでも挿画の確認や読書はしていたが、九日になって日記の執筆も不能になった。夕七ツ刻《どき》前から悪寒が強くなり、じっと坐っていられない。床に臥しても顔は火をかけられたかのように熱い。背筋はぞくぞくと冷える。

「これは瘧痢《とうり》の症だ。お路、製薬いたすゆえ用意をいたせ。九味和中湯《くみわちゅうとう》だ」

宗伯が命じている声は聞こえる。

白湯《さゆ》をくれ。咽喉《のど》が渇いている。唇も焼けてしまいそうだ。

だが声にならない。轟々《ごうごう》と燃える。

仲春《ちゅうしゅん》二月七日の大火を思い出していた。佐久間町《さくまちょう》の湯屋が火を出し、折柄《おりから》の大風で火は川向こうの深川《ふかがわ》にまで移り、下町一円が大惨事となった。文溪堂に仙鶴堂、森屋、西村屋も類焼し、宗伯が代参で見舞いに赴いてくれたが、皆は無事で土蔵も恙《つつが》なしとのことであった。だが川の周囲では死人が多かったようで、弁慶橋《べんけいばし》の辺りでは男女、あるいは親子であるのか、抱き合ったまま焼死した姿もあったらしい。

火に焼かれるとは、さぞ熱かったであろう、痛かったであろう。

今になってそんな思いに囚《とら》われ、熱にうなされ続ける。躰《からだ》じゅうが軋《きし》んで痛いのだ。腹も痛い。

「お前様、しっかりなさりませ」

お百か。いや、そなたは介抱するな。瘧痢《とうり》はうつるのだぞ。そう言いたいのに呻《うめ》き声しか出ない。盆燈籠の灯が眼の中を往来して、ゆらゆらと瞬く。やがて躰の内も外も水気を失い、臓物も下して流れて、己が一枚の袋になったような気がした。

偉そうに小説を論じ、江戸じゅうの作者を評したところで、もはや何者でもない。

空っぽの、ただの古袋。

だが気がつけば粥《かゆ》の二粒三粒を口にしていた。にゅうめんを幾筋か啜り、やがて握り飯を食するようになった。七月十二日には起きて書斎に入れば、金糸雀《カナアリア》らが一斉に囀《さえず》った。

文机に目を落とせば、硯《すずり》の海にも墨がたっぷりと光っている。宗伯が磨《す》っておいたのだろう。いい匂いだ。腰を下ろして、日記用の紙を仕舞《しま》ってある文箱《ふばこ》を開く。宗伯の字に気づいて、上の数枚を手に取った。漢文体で、それは緻密に記してある。宗伯は馬琴が人事不省に陥った七月九日から代筆していた。

十日には飯田町に遣いを走らせて容体を伝えたようだ。清右衛門《せいえもん》が幸《さき》と次《つぎ》を同道して訪れ、終日介抱してくれたという。平癒するまでつごう二十余日かかったが、七月下旬には以前のように机案《きあん》できるようになった。清右衛門と幸、百の介抱、そして宗伯の薬餌《やくじ》のおかげだ。路は枕頭《ちんとう》に侍《はべ》らず、子供らの世話と家の事どもに専念していたらしい。

だが八月、父と入れ替わるように宗伯が悪くなった。秋が過ぎ、冬に入っても下痢と咳《せき》、痰《たん》に苦しみ、下部まで腫れてきた。出仕ができず、それでも師走は煤払《すすはら》いを行ない、座敷の障子を張り替え、鏡餅飾りの下拵《したごしら》えを行なう。今年は門松も立て、大晦日《おおみそか》には客座敷を掃除する。

「父上、小蛇が出ました」

座敷に祀《まつ》ってある弁財天《べざいてん》十八厨子《ずし》の背後から、小蛇がするりと出たという。

「瑞応《ずいおう》ぞ。そなたの長年の信心が通じたのだ」

これには百と路も揃って、「有難き吉祥」と歓んだ。

宗伯も痩せた躰をふわふわと揺らし、子供のように笑んでいる。

天保六年が明けて正月十五日の午前《ひる》、いつものごとく執筆していると、襖《ふすま》の向こうで「よろしゅうございますか」と路の声だ。「かまわぬ。入れ」と応じれば襖の動く音がする。

「渡辺様《わたなべ》が年始祝儀にお越しくださりましたゆえ、お手すきになられましたら舅上《ちちうえ》もお出まし願えませぬかと、旦那様が仰せです」

「宗伯が応対しておるのか。起きておって大丈夫なのか」

路は曖昧《あいまい》に頷いて返した。互いに視線を交わし、溜息を吐くのも同時だ。宗伯め、また無理をしおってという心配が半分、気の合う友と歓談いたせば病の気鬱《きうつ》も晴れるのではないかという淡い期待が相半ばする。

「わかった。同席しよう」

立ち上がった。路が静かに入ってきて、背後から羽織を着せかける。紐《ひも》を結んで部屋の外に出ると、百と鉢合わせになった。襖の前で立っていたようだ。

「何用だ」

「別に」口を歪《ゆが》め、馬琴の背後の路をじろりと睨《ね》めつけた。

「お幸《さち》が寝小便をした蒲団がそのままだよ。晴れてるうちにさっさと洗って干しておしまいな。それから蓮肉《れんにく》だけど、池之端《いけのはた》は売り切れだったから小松屋に注文をおし。お前様、四斤ほどでよろしゅうございますな」

蓮肉は蓮《はす》の実の胚乳だ。宗伯の舌に腫物《はれもの》ができて咀嚼《そしゃく》しづらくなっているので、毎日蓮肉粥を作って食べさせるよう命じてある。

「ん。四斤でよい」

返事をするも、百は路に向かって「ああ、くたびれた」と首を回した。

「池之端まで行って帰って大仕事だわえ。お客様に出すお膳はまかせたからね。え、献立だって。んもう、いい加減、自分でお考えよ。宗伯どのの見舞いに届いた干饂飩《ほしうどん》。あんなの、とうにないよ。え、岩海苔汁《いわのりじる》と焼豆腐の煮〆《にしめ》。芸がないねえ」

否、否、否。百がとめどなく繰り出す礫《つぶて》に辟易しながら、客之間にしている座敷に向かった。

客人、渡辺登《のぼり》は三河田原藩《みかわたはらはん》の年寄役《としよりやく》末席を勤めており、いわば家老だ。文人画家でもあり、号は崋山《かざん》という。宗伯が若い時分に師事した金子金陵《かねこきんりょう》の同門であったことから、今も交誼《こうぎ》が続いている。数年前からは馬琴も共に会い、新たに入った唐本を紹介されて購《あがな》ったこともある。

客之間に入ると、宗伯の機嫌の良い声が聞こえた。この頃は痛みに耐える唸《うな》り声を耳にするのが日常で、今日は格別に具合が良さそうだ。

丁重な年始の挨拶を受け、馬琴も返礼した。

「今も絵を描いておいでか」

「あいにく、思うように果たせませぬ」

宗伯よりいくつか齢嵩《としかさ》だが面貌《めんぼう》には生き生きとすこやかな血の巡りがあって、馬琴には少々眩《まぶ》しい。崋山に相対する宗伯の横顔は長年の病で色艶を失い、十も老けて見える。

「崋山どのは御家の政《まつりごと》の改革に挑んでおられるのです。ご本心では画業に専念して、画家として世にお立ちになりたいでありましょうに」

崋山は二十代も半ばから画才を謳われ、谷文晁《たにぶんちょう》の教えを受けたことは馬琴も知っている。そもそもは父親が病がちで医薬に相当な費《つい》えを要し、貧窮を極めた家で育ったらしい。ゆえに生計を助けるために画の道に入り、藩士として出仕するようになってからも内職で絵燈籠《えどうろう》の絵を描いていたようだ。武家の手遊《てすさ》びではなく喰うためが契機であったと聞けば、馬琴も身に覚えがあるだけに崋山には親しみを感じてきた。

「手前のことより八犬伝です。あの御作はいずれ必ずや舞台に掛かると思うておりましたが、おめでとうござります」祝いを述べた。

去年の九月下旬から大坂道頓堀《どうとんぼり》の若太夫芝居が『八犬伝』を狂言に仕立てて『金花山雪曙《きんかざんゆきのあけぼの》』を興行、当たりをとっている。

「江戸歌舞伎でも早う掛けてくれるとよいですなあ。さすれば宗伯どの、共に観に参りましょうぞ」

「藪医者《やぶいしゃ》が相伴《しょうばん》では申し訳がござりませぬな」

「なあに、手前も藪家老にござる」

崋山は病身の画友をいたわり過ぎず、かつ己の出世が相手を傷つけることのないよう配慮している。そして、「おぬしも頑張れ」とは言わない。宗伯も崋山の心をしかと汲み、枯葉の鳴るような声で歓談する。その横顔を眺めていれば馬琴も慰められる。

路が供した昼膳は岩海苔汁と焼豆腐の煮〆、そこに塩鮭《しおざけ》の切り身を申し訳程度に付けてあった。これについては百の言う通り、やはり芸がなかった。


春も盛りの三月、太郎に手伝わせて鳥籠を庭に出していると、路が客の来訪を告げた。その名を聞いて驚いた。山東京山《さんとうきょうざん》だという。顔を見たくもない相手だ。いったい何をしにきた。

「手が離せぬ。適当な断りを申して帰ってもらえ」

「それが、姑上《ははうえ》がお通しになられました」

ろくなことをせぬ婆さんだ。渋々と客之間に入れば、百がぺったりと坐り込んでいる。こなたを見上げ、「お前様」と若やいだ声を出した。

「市中で、曲亭馬琴が死んだという噂が流布してるそうですよ」

「何がそうも嬉しい」

「去年、大病なすったじゃありませんか。さだめし、それが今頃噂になってんですよ」

京山を一瞥《いちべつ》すると、扇子を持つ手をひらりと動かして「お百さん」と言った。

「そうも有体《ありてい》に言うものじゃないよ。ほら、石部金吉《いしべきんきち》の左《さ》の字《じ》が気を悪くしちまったじゃないか」

これだ、と顔を顰《しか》めた。何十年も昔の呼び名を持ち出して、まるで己が師匠であったかのような物言いをする。

「お百、宗伯が呼んでおったぞ」と方便を遣った。「私を」と首を捻りつつも「では京山先生、ごゆっくり」と、名残《なご》り惜しげに腰を上げる。

「お百さんも、たまには遊びにきておくんな。古いつきあいじゃないか」

「まあ、お優しいこと。お前様、宗伯どのにお見舞いの品をくだすったんですよ。葛団子《くずだんご》」

百が包みを抱えて座敷を出て行ってから、馬琴は京山に向き直った。

「お心遣い、痛み入る」

「いやあ。あんたも苦労が多いね」

扇子で胸許を扇ぎながら、宇治を啜っている。

「あたしの二つ上のはずだから、齢《よわい》六十九だろ。尋常なら隠居暮らしに入って悠々、執筆は徒然《つれづれ》なるままにってな身の上じゃないか。それが今も遮二無二《しゃにむに》稼いでんだから、のっぴきならねえ借金でもあるのかって、いや、これもほんの噂」

誰が立てた噂やら。

「そういや、今年も八犬伝を売り出したんだってね。九輯《しゅう》だったかい」

「九輯上帙《ちつ》、六巻六冊だ」

「話がいっこう進まない、筆に勢いがないって、皆が心配してるよ。病が癒えてないのか、それとも惣領息子《そうりょうむすこ》の病で気もそぞろじゃないかって」

「皆って、誰のことだ」

馬琴は顎を引き、京山に片眼を据えた。右が見えぬので首を右に傾ける癖がついた。おかげで首筋と肩が凝ってしかたがない。

「皆は皆さ」

この男という奴は。執筆に苦しみ抜いたことがないくせに、若手の戯作者や板元らを集めて重鎮気取り、噂話に花を咲かせるのには熱心なのだ。

そんな暇があるなら一行でも書け。書いて、この馬琴に「参りました」とひれ伏させてみよ。

「その皆さんに伝えてくれ。八犬伝は進まないのではない。どの脇筋も、千思万考《せんしばんこう》の末に蒔《ま》いた種だ。大団円に向かわば、すべてが結実する」

庭で鳥たちが鳴き騒いでいる。春の風が強くなってきたようだ。

「鳥籠を家の中に入れてやらねばならぬ」

立ち上がって座敷を横切り、襖《ふすま》を引いた。

「わざわざ足を運んできてやったあたしに向かって、よくも帰れと言うた。ちと売れたからといって、いい気になるんじゃないよ。いったい誰のおかげでこの世界に入れた。増上慢《ぞうじょうまん》め、恩知らずめ」

片腹痛いわ。『江戸作者部類《えどさくしゃぶるい》』に加筆してやる。

山東京山。文筆はもとより心性においても、兄京伝《きょうでん》に一点も優れるところなし。

やや快方に向かっていた宗伯の病状が、五月に入ってまた悪化した。

痰痛と胸痛に苦しんで薬効もなく、もはや躰を動かすこともままならない。

清右衛門《せいえもん》と幸《さき》、次《つぎ》、そして路《みち》の母や馬琴の妹である秀《ひで》、菊《きく》も次々と訪れて家の中がにわかに慌ただしくなった。三日は太郎の端午《たんご》の節句を祝う柏餅《かしわもち》を作らせて近所にも配ったが宗伯は口にできず、夜中も呻《うめ》き声の途切れることがない。

五日も一家で赤豆飯《あずきめし》で祝い、だが宗伯は熱が出て煩悶《はんもん》する。譫言《うわごと》のように「桑《くわ》の実、九年母《くねんぼ》を食したい」と言うので、百が買いに外へ出た。桑の実の出回る季節にはまだ早く、九年母は冬が旬だ。しかし百はよほど方々を訊ね歩いたか、九年母を三つだけ手にして帰ってきた。髷《まげ》を乱してぜいぜいと息を切らせ、「宗伯どの、九年母ですよ」と口許に運んだ。

艶のない小さな玉だが薄黄色の果汁が一滴二滴と、宗伯の口中に滴《したた》り落ちる。呻きと嘆きで薄暗かった臥所《ふしど》を、甘酸っぱい香りがつかのま晴らした。

あくる日も宗伯の寝所に向かうと、百が袂《たもと》に顔を埋めながら出てきた。

「いかがした」

「孝行できず申し訳ありませんでした、などと」

死を覚悟しているのだと悟った途端、膝頭《ひざがしら》が震えた。綿を踏むような心地で廊下を進むと、路が背を丸めて啜《すす》り泣く姿が見えた。中を覗けば、宗伯が息を切らしながら何かを告げている。後事《こうじ》を託しているのだと察し、黙って引き返した。

翌七日、渡辺崋山に遣いを出して来訪を請うた。

宗伯の肖像画を描いてもらおうと思い立ったのだ。尋常な肖像画は当人の没後、画師が記憶の面影を頼りにして描くものだ。だが宗伯に今生《こんじょう》の別れをさせてやりたかった。しかし藩主直々の用があるとのこと、来訪はかなわなかった。

八日の朝、六ツ半刻より宗伯の苦悶《くもん》が増し、百が悲痛な面持ちで躰をさすっている。介抱は百の役目と決めてあったが路ももはや手をこまねいておられぬのか、足を懸命にさすり始めた。馬琴も熊胆汁《ゆうたんじる》を飲ませ白湯を飲ませ、だが手首を診ればもはや拍動が感じられない。

宗伯が微《かす》かに「父上」と呼んだ。

「これまでお供させていただき」

最期の言葉を告げようとしているのだと悟って狼狽《うろた》えた。

「何を申す。わしがおる限りは、何も案ずるに及ばぬのだぞ。奇応丸《きおうがん》を用いるか」

だが薬はもう通らぬようで、微かに首を振る。

「御恩《ごおん》になりました。有難うござりました」

馬琴はこみ上げるものを堪《こら》え、水天宮《すいてんぐう》で受けてきた神符で、苦しげに上下する胸を撫で続けた。

苦痛退散、苦痛退散。

末期《まつご》くらいは苦痛を取り除きたまえ。安らかに往生させたまえ。

宗伯の皹割《ひびわ》れた唇が動いたので、百が顔を近づけ、「お水かえ」と聴き取った。路がぬる湯を与えると一口啜り、ほどなく顎が下がった。足や躰はまだ温かいというのに、息をしていない。もう言葉を発しない。

茫然《ぼうぜん》と天井を仰いだ。

太郎はまだ起きてきておらず、その後呼びにいかせて手を合わさせた。八歳で父を喪《うしな》った。

夕刻までに方々に文を書いて知らせ、宗伯を沐浴《もくよく》させた。装束は麻の襦袢《じゅばん》に紋付きの縹色《はなだいろ》の帷子《かたびら》、帯、その上に十徳《じっとく》である。

馬琴は戒名を考案して深光寺《じんこうじ》に申し入れた。

玉照堂君誉風光琴嶺《きんれい》居士。享年三十八。

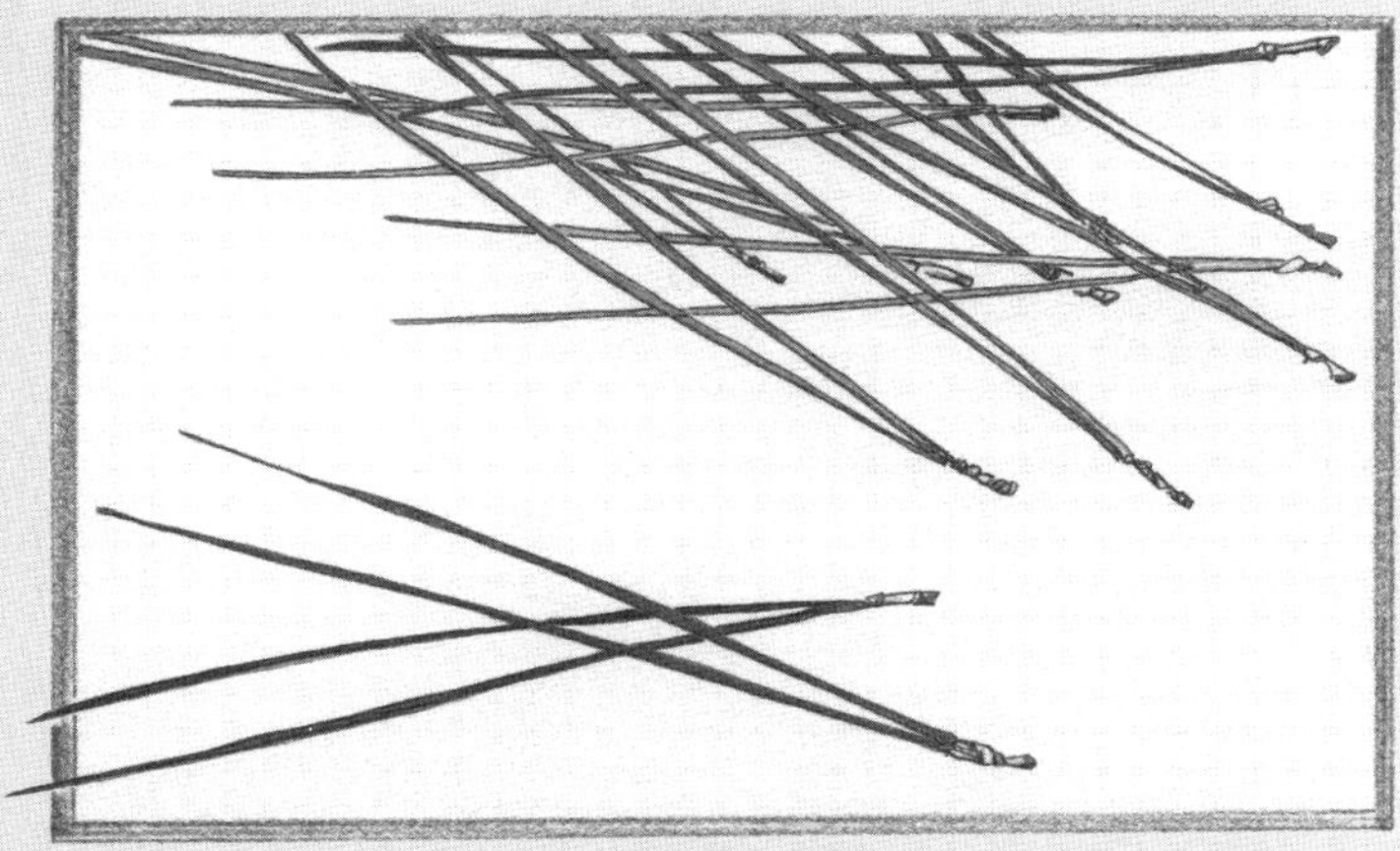

第七章

# 百年の後

朝露夕槿《ちょうろゆうきん》の儚《はかな》さが身に沁みる。

滝沢宗伯興継《たきざわそうはくおきつぐ》よ。我が子よ。臨終の際、この父の手を握った指の冷たさよ。

想うはその姿ばかり、病床にあっても父の作物《さくぶつ》に気を懸けて仮名を振り、誤字を正した。父がこの世で最も信頼したのが、我が息子であった。子もまた父に尽くそうとの孝心篤《あつ》く揺らぐことがなく、最期まで誠実であった。

いや、父に対してあまりにも直《なお》であったのだ。ゆえに心はビードロのごとく割れやすかった。飛び散った破片は母と妻を、そして誰よりも自身を傷つけた。

宗伯よ。さぞ痛かったであろう。

初七日の法要を終えた後も馬琴《ばきん》は悲嘆に暮れ、背は曲がり腰が痛み、坐して喰らう膳も虚《むな》しい。路《みち》の助けがなければ一人で起居もできなくなった。かような悲しみの淵に沈んで、いずこに生きる張りと甲斐《かい》があろう。百《ひゃく》も放心して魂の抜けたがごときありさまとなり、十日ほども寝込んだ。路が介抱した。

それでも持てる力を振り絞って筆を執り、宗伯の名で松前《まつまえ》藩に願書を出した。

長子、滝沢太郎が成長したる暁には手前の跡、家臣分としてお召し抱え賜りますよう願い上げ奉りて候。

返事は、「上役に渡しておく」とのみであった。

閏《うるう》七月十八日には宗伯の百箇日《ひゃっかにち》と仲兄興春《おきはる》の五十回忌法要を営んだ。これだけは無事に勤めおおせねばならぬと、腰痛に耐えて踏ん張った。

初秋八月に至っては、文机《ふづくえ》に寄りかかるようにして筆を持った。六月から編書していた『後の為乃記』のうち、宗伯の条《くだり》を書き上げたかった。太郎が長じてのち、亡父の人生を知ることができるように。

そして八日、今度は滝沢太郎の名で文書を認《したた》めた。宗伯の死去を正式に松前藩に届け出たのである。没して三月後の届書であるが、これは慣例で問題はない。だが藩からは何の沙汰もなかった。

このまま放置されれば滝沢家は士分を失う。また、見捨てられたような気がした。

馬琴はとうとう起きていられなくなった。床の中で棒のごとく硬くなった躰を横たえ、隻眼《せきがん》で天井を睨《にら》めば胸の裡《うち》が鬱々と塞《ふさ》がってくる。

曾祖父に祖父、父、兄たち。皆々能《あた》う限りの才と忠義を以て奉公した。ゆえに生前は主君の覚えもめでたかった。だが没後の仕打ちはどうだ。長兄の最後の主家は別として、残された遺族を顧みる主君はいなかった。家臣の遺児を抱き上げ、その行末を安堵させてこそ主君ではないのか。

忠魂義胆に報いる仁《じん》は、この世のどこにある。

右眼が失明した時よりも酷《むご》い闇の中で、馬琴は哭《な》く。

宗伯興継よ。滝沢家はまたも主君に棄《す》てられた。無念だ。無残だ。

父上。さようではありませぬ。手前は主家にろくろく奉公できませなんだ。才も忠義も尽くしておらぬのです。主君の恩は生前に前払いしていただいたようなもの。

いいや、宗伯よ。あともう一滴の主恩《しゅおん》を賜《たまわ》りたい。どうか、なにとぞ。

胸の中で叫んでいた。

わかっていたはずであるのに。

主家の無慈悲など知っていた。ゆえに、いかなる権門に対しても膝を屈してこなかったのだ。

『八犬伝《はっけんでん》』肇輯《じょうしゅう》板行後は大名、公卿、旗本の贔屓《ひいき》がいや増し、一時は毎日のように招きの遣いが訪れたものであったが誘いに乗らなかった。親しく交わったとて、所詮は戯作《げさく》の苦海《くかい》を泳ぐこの身、対等に扱われるはずもない。相手は物珍しいだけなのだ。時の無駄だ。

だが十数年前になろうか。父祖の旧主である松平鍋五郎家の当主、兵庫頭《ひょうごのかみ》信行公が使者を立てて参上を促してきた。かつて馬琴が童小姓《わらべこしょう》として仕えた八十五郎君《やそごろうぎみ》の父が兵庫頭だ。

今さらと思い、宗伯を代参させた。が、対面を促す遣いがなお繁く訪れる。やむなく深川の松平邸に赴いた。兵庫頭は機嫌よく昔日の思い出話に興じた。

この屋敷を出奔したそなたが、当代一の人気を誇る大戯作者になるとはのう。

そして馬琴が障子に書きつけた句を詠じた。

木がらしに思ひたちけり神の旅、であったか。

旧主は酒盃《しゅはい》を傾けながら上機嫌で笑った。馬琴は「さようなこともありました」とあしらいながら、胸の裡《うち》は冷え冷えとしていた。

貴公の粗暴極まりない御子によって、手前は生傷が絶えなんだのですぞ。

出奔してでも、若君から逃げねばならなかった。でなければ虐《いじ》め殺されていた。だがあの逃亡によって、滝沢家は譜代《ふだい》の主家と主従の糸が切れてしまったのだ。母の痛切なる願いを、この手で水の泡に帰してしまった。

早々に松平家を辞し、以降は二度と招きに応じず、宗伯にも代参させなかった。

馬琴は仰臥《ぎょうが》したまま呻吟《しんぎん》した。過去にこだわれば苦しいばかりだ。だが過去ばかりが黒々と立ち昇り、攻めてくる。義歯《いれば》を外しているので嚙み締める奥歯もない。口の中の肉を揉むだけだ。

いつしか百が枕許に坐り込んでいて、急《せ》かせにかかる。

「離縁して土岐村《ときむら》家に返してやった方が、本人の為になりましょう」

疾《と》く疾く、早う。

「無体《むたい》を申すな。太郎と幸《さち》はどうするのだ」

声を発するのも物憂いというのに、百はこと路については執拗極まりない。

「太郎は嫡孫ゆえ渡すわけにはまいりませぬゆえ、お幸《さち》を連れていかせましょう。太郎はお前様と私で育てればよいではありませんか」

「太郎は八歳、わしは六十九、そなたは七十二だ。我らがあと数年生きたとて、太郎が元服するには間に合わぬ。お路も離縁は望んでおらぬ。この家で太郎と幸を育てたいと申したではないか。なにより、それが宗伯の遺志《いし》ぞ」

宗伯は路にこう遺言した。

そなたはまだ若い。私が死んだら他家に縁づくがよい。それを恨みには思わぬ。だが父上と母上はすでに老い、子らはまだ幼い。あと二、三年だけこの家に留まってくれないか。その上でよき縁を見つけ、倖《しあわ》せになってくれ。そのようにしてくれたなら、私は嬉しい。

若夫婦の不仲には悩まされ続けたが、宗伯が遺《のこ》した言葉には妻への情と切望がある。路も夫の思いを受け止めたからこそ「残る」と言ったのだろう。

馬琴は落涙した。だが百は承服しない。

「お前様がお路を手放したくないのでござりましょう。宗伯どのが病中も書斎でこそこそと。いいえ、ごまかそうったってそうはいくものか。お前様はお路が可愛《かわい》いんだ。お路もお前様には猫撫で声で身をよじったりして、ええ、ほんにいやらしい。もうこんな家に住んでおられない。同じ空気を吸うのも穢《けが》らわしい」

反りの合わぬ嫁への不満が嵩《こう》じて猜疑《さいぎ》し、あらぬ物語を自作して信じ込んだ。そして飯田町の清右衛門《せいえもん》、幸《さき》夫妻の家で同居を始めた。嫡男に先立たれた絶望を怒りで紛らわせているのだろう。不器用な女だ。憐《あわ》れな女だ。躰《からだ》に鞭打つ思いで飯田町に出向き、帰ってこいと説いても頑として聞き入れない。何を吹き込まれたか、幸までが母親の肩を持つ。娘婿の清右衛門に助力を頼む気にはなれず、息も絶え絶えに帰宅した。

八月も半ばに近づいたある日、板元の文溪堂丁子屋《ぶんけいどうちょうじや》が幾度めかの見舞いに訪れた。

「先生、気を確かにお持ちになってください。数多《あまた》の読者が八犬伝の続きを待っております」

励まされるのも疎《うと》ましい。馬琴は目を閉じたまま吐き捨てた。

「つまりは稿を早う書け、でなければ発販できぬ、商いにならぬと言いたいのであろう」

文溪堂は黙っている。馬琴はなおも呟《つぶや》いた。

「思えば六月から、かいもく書いておらぬ。戯墨《げぼく》に身を投じて以来、三月《みつき》以上も小説を書かなんだのはこれが初めてだ」

文溪堂は「はい」と、小さく答えるのみだ。

「病みついたるよりなお苦しきは、世渡りであることよ。心の憂いは払うべきと承知しながら、いつまでこうしておるのか、己でもわからぬ」

窓障子の外で、さやかな葉擦《はず》れの音がする。宗伯が病の床で苦しんだ夏の暑気は空に吸われ、何事もなかったかのように秋風が渡っている。季節は刻々と変わり、そのうち神無月《かんなづき》、木枯《こがらし》の音を聞くようになる。季節を遡《さかのぼ》るのは人間だけ。

少年の姿が目に泛《うか》んだ。

脇目も振らず駈けたのだ。主家を出奔し、自らを解き放った。

深く息を吐き、目を開いた。

「今しばし待ってくれぬか。躰の疼痛《とうつう》が癒えれば、残る巻を綴《つづ》ろう」

自らが発した言葉に、自らがそうだと頷《うなず》いた。

一家を支えねばならぬ。家族を食べさせていかねばならぬ。『八犬伝』のみならず、『美少年《びしょうねん》録《ろく》』も『俠客伝《きょうかくでん》』も仕掛かりのままだ。

曲亭馬琴《きょくていばきん》は書き続けねばならない。


本『八犬伝』は肇輯《じょうしゅう》を板行の年より続編を渇望せざる読者はなく、かほどに時好にかなうものは今昔無比《こんじゃくむひ》と称《たた》えられながら板元の元手が続かず、書肆《しょし》の替わりしこと四軒に及んだ。かつ、未だ執筆中にもかかわらず、七輯《しゅう》までの板木は分かれて遥か浪速《なにわ》に売りやられ、それを予は毫《つゆ》ばかりも知らなんだ。この事態に識者らは眉を顰《ひそ》め、「江戸の花を失った」と嘆く声もあったという。だが幸いにも第八輯以降は江戸の文溪堂が引き受けるに至り、作者も面《おもて》を起こすことができた。

かくて今番《こたび》、第九輯中帙《ちつ》七巻をお届けする。

続く下帙七巻は明年の春、遅くとも秋冬《あきふゆ》の時候《ころ》までには続き出《いだ》し、ついに大団円を迎えることをここに宣《の》べよう。そもそも、草紙物語のかく長やかに続くものはこの書の他に未だ見ず。予は二十余年の久しきに飽くことなく堪え、本伝の結局を迎える日が近きこと、あな懽《よろこば》し、あなめでた。

己を鼓舞するがごとく、第九輯中帙七巻の附言《ふげん》を書きつけている。宗伯への思いは断ちがたく、なれどこうして筆を持てばわずかでも生気が戻ってくる。

光を失った右眼の瞼《まぶた》はほぼ塞《ふさ》がりつつあり、左眼だけをかっと見開いて筆を走らせる。

読者よ。

予がかつて唐山《からくに》の稗史《はいし》を見るに、水滸伝《すいこでん》、西遊記伝《さいゆうきでん》にはある種の傾向がある。

水滸の場合、これは大長編ゆえではあるが、豪傑が百八人とは極めて多い。しかも梁山泊《りょうざんぱく》に入りし後は当初の勢いを失い、精彩を欠く。他の脇役に至っては皆々、中途で立ち消えてしまうではないか。一方、西遊記は三蔵の師徒《してい》四名《よたり》のみと登場人物が極めて少なく、ゆえに筋運びが相似《あいに》て重複が多い。水滸伝にもまた重複がある。

予も長年書いてきたが、長き物語に重複の起こるは所以《ゆえ》あることと悟る理由は見当たらないのである。

おこがましい言になろうが、予は八犬伝の執筆を始めるにあたり、おさおさ怠りなく用意して臨んだ。すなわち水滸百八人の百をのぞいて八犬士、加えて八犬女あり、かつ加えて里見侯父子《おやこ》とゝ大《ちゅだい》法師を一部の主人公とす。かかれば水滸ほど多からず西遊ほど少なからず、他の人物も始めあれば終わりあり、立ち消えせし者は一人としておらず、去就《きょしゅう》を明らかにしている。

読者よ。終巻の結局まで読むに至れば、作者が用意の周到をつくづくと知ることになろう。

予は、唐山元明《げんみん》の才子らが作れる稗史には自ずから法則があることを発見した。

一に「主客《しゅかく》」、二に「伏線」、三に「襯染《しんせん》」、四に「照応《しょうおう》」、五に「反対」、六に「省筆《しょうひつ》」、七に「隠微」である。

「主客」は能楽にいうシテワキのごとし。その書に主人公と脇役があり、一回ごとにまた主客がある。主もまた客になる場面があり、客もまた主にならざるを得ぬことがあるということだ。「伏線」と「襯染」は相似るも同じではない。「伏線」は後に出す趣向を数回以前に些《いささ》か墨打ちしておくこと、「襯染」はいわば下染め、眼目たる妙趣向を出そうとする時、数回前よりその事柄の基本来歴を仕込んでおく。

「照応」はたとえば律詩に対句《ついく》のあるがごとく、趣向に対を取るをいう。重複に似ているが、重複は作者の謬《あやまち》で以前の趣向に似てしまうもの、「照応」は作者が意図的に前の趣向に対を取るものである。「反対」は同じ人物の行動、たとえば組撃《くみうち》であっても、その情態光景を太《いた》く変えて読者に見せることをいう。

「省筆」は長い説明の必要な事柄を再び言わねばならぬ場合、たとえば他の者に立ち聞きさせて筆を省き、あるいは地の文章ではなく、その人物の口中より説き出《いだ》す方法を取れば冗長にならず、読者もまた退屈しない。

「隠微」は、筆外《ひつがい》の深意とでも申そうか。

秘したる真意。

筆を擱《お》いた時、武者震《むしゃぶる》いで老骨が鳴った。

天保七年、江戸芝居でもついに『八犬伝』が掛けられることになった。市村座《いちむらざ》の正月狂言で、曾我物《そがもの》に趣向を採り入れただけだが、披露目《ひろめ》の錦絵は豪勢だ。菊五郎《きくごろう》が犬坂毛野《いぬさかけの》と伏姫《ふせひめ》、海老蔵《えびぞう》が犬飼現八《いぬかいげんはち》と金碗大輔《かなまりだいすけ》を演《や》るらしい。が、役者として旨《うま》みのあるのは菊五郎だ。海老蔵が役の不足を訴えて揉め、結句《けっく》は看板を下ろすことになった。馬琴としては残念至極であったが、四月からは森田座《もりたざ》で『八犬伝評判楼閣《うわさのたかどの》』が上演されることになった。今度は海老蔵が犬山道節《いぬやまどうせつ》、犬塚信乃《いぬつかしの》、犬田小文吾《いぬたこぶんご》、犬村大角《いぬむらたいかく》など七役を勤めるという。他の配役も團十郎《だんじゅうろう》に三津五郎《みつごろう》ら錚々たる面々が揃い、ことに芳流閣《ほうりゅうかく》の場は客の大評判と、文溪堂丁子屋平兵衛は声を弾ませた。

正月に発販した『八犬伝』九輯中帙六巻七冊がまた大いに売れているので、景気がついている。

「江戸はもとより大坂でも数が何百も足りぬと、やんやの催促にござりますよ」

こたびの主人公は、八犬士のうち最も幼い犬江親兵衛《いぬえしんべえ》だ。

九歳にして勇敢、非凡なる武将、しかも伏姫神《ふせひめがみ》の冥助《みょうじょ》を得て「仁《じん》」の珠が彼に入った。それを握り締めているがゆえに片手の掌は開かず、傍目には不具の幼児だ。長じた親兵衛は再三、里見義実《よしざね》侯の危難を救い、梟賊蟇田素藤《きょうぞくひきたもとふじ》らが里見一族に加える攻撃にただ一人で立ち向かう。

里見侯に賜った名馬、青海波《せいかいは》に鞍《くら》を置き、深紅の厚房《あつぶさ》の燃え出ずるばかりなるを掛けたるにうち跨《の》り、紫と白に絞り分けた手綱《たづな》を繰りつつ静々と進む。親兵衛に付き添うは姥雪與四郎《おばゆきよしろう》、七十前後の老翁なれども壮健、谷河を渡る虎の、子を教える情《こころ》あり。

親兵衛はいと長やかなる額髪《ひたいがみ》を左右へ耳まで振り分けたるその面持ち美《うるわ》しく、威《いきお》いあれども猛《たけ》からず、観る者ひとしく称賛し、「やや」と喝采《ほめ》にけり。

親兵衛、いったん馬を降りて玄関にうち向かい、鞍の前輪《まえわ》に額《ぬか》づき伏す姿に義実侯も感嘆し、さてもめでたき勇士のありさまよ。我は明日より汝《な》が吉左右《きっそう》を滝田の城にて待とう。さあ、暁天《あけがた》が近い。早う行くがよい。

主君の仰せに親兵衛は「阿《あ》」と応《いら》えて馬にひらりと乗り、見る間に三門口に至った。老翁、與四郎も遅れじと日を追う勢いである。その後に続く供の腰に提げたる提燈《ちょうちん》は闇の蛍火《ほたる》と煌《きら》めきて、並木の松の右左、二町余りを瞬《またた》く間に、早くも見えずなりにけり。

「先生もたまには芝居を見物なさいませんか。気散じになりましょう」

文溪堂は勧めるが、右眼は見えず足腰もすっかり衰えた。

まして宗伯がいない。

あれが生きておれば共に足を運び、桟敷《さじき》に坐ったであろうに。何を考えても、気持ちがそこに向く。だがいつまでも悲嘆を口にできるはずもなく、「執筆の時間が惜しい」と断った。

「この命があるうちに八犬伝を完結させねば、その方も困るであろう」

言わずともよい言葉を言い添えた。文溪堂は「さしでがましいことを申しました」と詫び、早々に退散した。

馬琴はよろよろと戸襖《とぶすま》を伝いながら書斎に戻り、金糸雀《カナアリア》らに餌を与える。

百もいない。

路とは暮らせぬと我を張り通し、どうにも引かなかった。清右衛門夫婦との同居を認めざるを得なくなって幸《さき》に養料として五両一分を渡したのだが、この春、百は何を思ったか、次女祐《ゆう》の家に移った。亭主の久右衛門《きゅうえもん》が「隠居所を建てる」などと言って焚きつけたらしい。馬琴はあの男を信用していない。十五年ほど前、商いで不義を働いたので祐に離縁を命じたことがある。だが祐は幸と違って頑《かたく》なで、父親にも真っ向から抗《あらが》う。

別れませぬ。私がいなければ、あの人は生きてゆけませぬ。

祐を勘当し、一家の出入りを禁じた。その後、詫状《わびじょう》を入れてきたので兄姉妹《きょうだい》との交際は許した。だが勘当は解いていない。久右衛門が隠居所云々と言ったのも、こなたを懐柔しようとの魂胆に違いないのだ。養料も欲しいのだろう。幸に申しつけ、飯田町に百を連れ戻させた。

五月に入り、深光寺《じんこうじ》で宗伯の一周忌を執り行なった。法要では、宗伯の肖像画の画幅を掛けさせた。宗伯の友であった渡辺崋山《わたなべかざん》が描いてくれたものだ。

葬儀に参列した崋山は棺桶《かんおけ》の蓋を開け、指で顔に触れた。尋常な者は死穢《しえ》を厭《いと》い、あるいは懼《おそ》れて死人に触れぬものだ。だが冷たく硬くなった顔を崋山は撫でさすった。面影を指に憶えさせているかのように思えた。届けられた肖像画は長患いの窶《やつ》れをそのままに描いてあった。痩せて枯れて、高い鼻梁《びりょう》は先が尖《とが》っている。だが宗伯の誠実と悲しさを真率に描いてある。よき画だ。馬琴は有難かった。

一周忌の翌月、清右衛門が息せき切って訪れた。

「御家人株《ごけにんかぶ》を売りたいというお方がおられます」

「真《まこと》か。御役は」

「御持筒組同心《おもちつつぐみどうしん》で、組屋敷は四谷信濃町《よつやしなのまち》にござりますそうな。御切米《おきりまい》三十俵と三人扶持《ぶち》とか」

持筒とは主君が使用する鉄砲を指し、御役の最初は鉄砲隊であった。今は江戸城大手三の門に詰所があり、公方様御成《くぼうさまおな》りにも出て警護にあたる。

「でかしたぞ、清右衛門」

小膝を叩いた。

御家人は徳川家の直参家臣だ。御目見《おめみえ》は許されぬが、滝沢家は代々、大名や旗本家の家臣、徳川家から見れば一段遠い陪臣《ばいしん》身分であった。御家人には家禄《かろく》を賜《たまわ》って家督相続を許される譜代席、二半場《にはんば》と、相続を許されぬ抱席《かかえせき》がある。だが実際には本人が職を離れる場合、自身の男子か縁戚の男子を後任として願い出て許される。この後任を番代《ばんだい》といい、これがやがて株として売買されるようになったのだ。武家の庶子や浪人、昨今は百姓、町人までが株を入手して御家人に成り上がる。

「売買の値は世に、与力《よりき》千両、御徒《おかち》五百両、同心二百両などと言い慣わしておるが、それはいかに」

「まずは仲介人を見つけねばなりませぬ。値組みはそれから」

「この話、なんとしてでもまとめよ。頼んだぞ」

声が上ずった。

やがて仲介人を通じて、百三十五両で折り合うことになった。七月七日には同心株譲り受けの証文を交わし、内金三十両を納めた。立会人を立て、路の父、土岐村元立《ときむらげんりゅう》も証人として同席させた。だが太郎はまだ九歳だ。同心の御役に就くには若くとも十六歳との決まりがあり、それまでに七年もある。七年間のみ、太郎の代わりとして同心を勤めてくれる者が必要だ。

馬琴は思いついた。土岐村家の遠縁の若者で、路とは従弟《いとこ》のような間柄の者がいる。名はたしか、中藤音重《なかふじおとしげ》だ。路に訊けば齢《よわい》二十四、生国は信州で気性は朴直、穏和だという。土岐村元立も「あれは適任でしょう」と賛成した。

本人に来訪を乞うて話を持ちかけた。

「いったんは当家の養子に入ってもらわねばならぬ。亡くなった宗伯の養子格だ」

音重は土岐村家に恩を感じているふうで、「お路ねえさんのお役に立てるなら」と承諾した。

さてそうなれば、残り百両の工面だ。かような時、貯えをしてこなかった身は動きがつかない。思案しては隻眼《せきがん》で空《くう》を睨む。

文溪堂に、潤筆料《じゅんぴつりょう》の前借りを持ちかけてみようか。いや、あれは借金と同じだ。しかも扇面に文字を書け、書画に賛をくれとの頼みを断れなくなる。ならばどうすると書斎を見回した。

書庫にしている納戸にも入る。揃えた書物は八千冊をとうに超えている。暮らしの費《つい》えに日々用心して百に財布を渡さず、吝嗇《りんしょく》とそしられようが倹約《しまつ》し、家族に奢侈《しゃし》を許さなかったのはひとえに書物のためであった。執筆の糧《かて》であるのはもちろんだが、美服珍膳、詩歌管弦《しいかかんげん》、楼台山水よりも書物を欲してきた。いわば書淫《しょいん》ともいえる熱で蒐集《しゅうしゅう》したものだ。

仕方あるまいと溜息を落とし、手放すことにした。蔵書の三分の二、四十櫃《ひつ》を売った。だが思ったほどの値がつかず、他に古い木彫やら薬箱も引き取らせてやっと八十七両だ。

身を切られる思いをしたのに、まだ足りぬ。

落胆していると、文溪堂丁子屋と甘泉堂《かんせんどう》和泉屋《いずみや》が「書画会を開きましょう」と勧めた。

気乗りがしない。耕書堂蔦屋《こうしょどうつたや》で奉公していた頃、京伝《きょうでん》が店を持つ資金集めに開いた書画会を手伝ったことがある。客の求めに応じて画を描き、文字を書き、まだ若かった京伝でさえ消耗していた。愛想笑いの一つもせねばならぬと思えばこの齢になって幇間《ほうかん》のごときさま、惨めが過ぎる。だいいち、客が集まらねば大恥をかく。

しかし、背に腹は代えられないのだった。

文溪堂らの世話で、柳橋万八楼《やなぎばしまんぱちろう》を借り切って書画会を開いた。古稀《こき》の賀祝という触れ込みにしたので来客が六百人を超えた。皆、祝儀を包んできて、著作物や書画、扇子、短冊を次々と購《あがな》ってゆく。盛会だ、恥をかかずに済んだと胸を撫で下ろすも、費えを差し引けば手許に五十余両しか残らなかった。

同心株が金百三十五両、そこに仲介料や謝礼、披露目も要る。株に付いている四谷の組屋敷は、株を手放すほどであるから長年の手許不如意《てもとふにょい》が露《あら》わな荒れようだ。茅葺《かやぶ》きの屋根は雨漏りが激しく、母屋の床は落ち、壁も破れている。修繕費用はすべてこなた持ち、まだ足りぬ。

この家を売るしかない。胆《はら》を括《くく》った。

滝沢家が士分を回復できるのだ。他の何が惜しかろう。

売り出してまもなく地主が買い取ると申し出てきたが指値《さしね》は思ったより安く、四十九両だった。受け容《い》れざるを得ず、さらに書物を売って金策を重ね、つごう二百二十両余をやっと工面した。

天保七年十一月十日、一家で四谷信濃仲殿町《よつやしなのなかどのまち》に引き移った。大八車二十九台に荷を積ませ、種樹屋《うえきや》も雇って庭の樹木、石も運ばせた。花園の草花は諦めざるを得なかった。根や球根を掘り上げる手間を職人が厭《いと》うたのだ。

こんな草花なんぞ、またすぐに生えてきやすよ。

宗伯、聞いたか。草花なんぞと吐《ぬ》かしおった。

板元や清右衛門も手伝いにきたが、すべての荷作りと差配をしたのは路だ。

「義父上《ちちうえ》、この車に蒲団《ふとん》を重ねてございますから、おのりになってくださいまし」

馬琴の足に気を配り、物言いもきびきびとしている。宗伯の養子格とした中藤音重は、滝沢二郎と改名しての随行だ。太郎と幸《さち》の面倒を見ながら歩くようにと、それも路が指図した。

屋敷に到着早々、寒さに震え上がった。大工の仕事が間に合わず、畳も入っていない。それは承知していたが、二郎に勤めを始めさせるのが先決だ。義歯《いれば》の奥がカタカタと鳴りそうになるのを堪えながら剝き出しの板間に坐し、二郎に申し渡した。

「太郎が十六歳になるまで、同心を恙《つつが》なく勤めるように。御切米三十俵三人扶持のうち十五俵一人扶持はその方の取り分、うち五俵一人扶持は膳料として当家に差し出すこと。残りの米を金子《きんす》に替えて生計を立てるはそなたの裁量次第、ただし不足の場合は借金をせず内職をして補うこと」

細部に亘る指図に二郎はとまどってか、目瞬《まばた》きを繰り返してから「はい」と諾《うべ》なった。

「ねだらぬこと。身持ちを崩さぬこと。勝手な振舞いをせぬこと。守らぬ場合には、別人を立てる」

不埒《ふらち》な真似を働けばいつでも放り出すぞ、と釘を刺した。何事も初めが肝心、甘い顔をすればすぐにつけ上がるのが昨今の若者だ。

それにしても、この屋敷の無残なこと。建具が調《ととの》うのは歳末、畳が刺し終わるのは年明けだという。膳を摂っていれば傾いた天井板が破れ、頭から猫と鼠《ねずみ》が降ってきた。しかも厠《かわや》の汲み取りができておらず、まったく使えない。女子供は隣家の厠を借り、馬琴と二郎は敷地裏の竹《たけ》藪《やぶ》に穴を掘って用を足すことにした。裾をめくって尻を出せば、寒風に切られそうだ。

我ながら情けなき、さても浅ましき姿よ。

百は清右衛門と幸《さき》夫婦の飯田町で年を越してから、ここに来ることになっている。今頃はぬくぬくと火鉢にあたり、煙管《きせる》を遣っているだろう。

尻が冷たい。片目を上げれば雪が舞い降りてきた。


春を迎え夏が過ぎても、文机の前に坐り続けている。

右眼は暗く鎖《とざ》され、近頃は左眼も霞《かす》む。気力も昔ほどは続かなくなった。『八犬伝』の九輯《しゅう》がまた思いの外《ほか》長大化し、書けども書けども完結に至らぬ。

文溪堂は焦り、「先生、完稿を」と急《せ》かしてくる。

「案ずるな。結局への道筋はしかと見えておる」

だが文中に放った謎を作者自らが解き、また謎を放つ。これを二十数年も繰り返してきたのだ。広大な虚構世界になっている。謎を解き、伏線を回収するうち、また枝葉が伸びてしまう。

息が途切れ、溺れ死にしそうだ。

しかも三月一日、ある文が届いた。

大坂の豪商炭屋が江戸の縁戚に宛てた文の写しで、二月十九日、東町奉行所の与力であった大塩平八郎《おおしおへいはちろう》なる者が乱を起こしたという。若いうちに家督は倅《せがれ》に譲って洗心洞《せんしんどう》という塾を開いていた高名な陽明学者で、馬琴も一度ならずその名を耳にしたことがある。有為の建白を進んで行なった能吏で、自身は清廉潔白でも知られていた。

蜂起の因となったのはこの数年の間の凶作だった。天保四年は諸国で凶作となり、大坂への廻米《かいまい》が減少、米価が高騰した。市中の困窮甚だしく、しかし天保七年夏にまたも風水害が相次ぎ、米価が急騰した。しかしその裏にはからくりがあった。凶作を予測した米仲買《こめなかがい》が米を買い置きしていたらしい。豪商による施米《せまい》は行なわれたが市中の窮状を救うには至らず、餓死者も出る。

そこにはさらに裏のからくりがあった。東町奉行の跡部山城守《あとべやましろのかみ》が大量の上方米を商人に買い占めさせ、江戸に送らせたのだ。跡部山城守は幕閣水野老中の実弟だ。兄が翌年の新将軍宣下の準備を理由に江戸廻米を命じたとのことで、山城守は兵庫の商人と謀り大量の米を江戸に送った。しかも民への施行《せぎょう》と称して豪商に数多くの金銀を出させておきながら、足下《そっか》の百姓町人の窮状は放置した。地侍たる与力同心に対しても兄の威を借りること甚だしく、与力の献言、陳情をも鼻であしらっていたようだ。裕福な商人も奢侈《しゃし》を改めることはなく、それを糺《ただ》すべき役人は市中の惨状を顧みようともしない。

民を守るべき者が、かくも民をないがしろにするか。

大塩はその不政道に憤った。役宅のあった天満《てんま》を出発した一党は大砲《おおづつ》を引き回し、「救民」と記した旗を掲げて市中を進行した。大商人が並ぶ北船場では店や蔵をことごとく打毀し、火を放った。軍勢は一時三百人にも膨れ上がったが、味方の一人が公儀の軍に狙撃されたのを契機に総崩れになった。大塩の反乱はわずか半日で鎮圧され、市中の五分の一を焦土にして終わった。

あの大坂が焼けてしまったとは。あの、活気に満ちた町が。

馬琴はただ嘆いた。

大塩父子の行方はわからぬままだと文に記されていたが、後の消息では潜伏先で焼身自殺をしたという。しかも驚くことに、市中で焼け出された民の衆は大塩を恨むどころか口々に讃え、父子が行方不明の間、奉行所は血眼になって探索し、懸賞銀を懸けたが大坂の民は意気地《いきじ》を見せた。

たとえ銀百枚が千枚になろうとも、誰が大塩様を突き出すものか。

馬琴はようやく、大塩の成したことに考えを至らせた。

東町奉行の山城守は「跡部めが」と吐き捨てられているようだ。内乱の際の不手際が露呈し、あまつさえ出陣中に落馬したことを人々は見ていた。

　大坂天満の真ん中で　逆さ馬から落っこちた　あんな弱い武士見たことない　役高三千ただ捨てた

その落首《らくしゅ》は江戸にまで流布してきた。

しかも、大塩は生きているという噂もある。そのうち海外への渡海説も出るのではあるまいか。義経《よしつね》、そして為朝《ためとも》のように。

いや、大塩は悲劇の英雄にのみ止まらぬかも知れぬ。

大坂はひとたび焦土になったがゆえに市中にいくつもの御救小屋《おすくいごや》が設けられ、被災者は一時であるにしろ飢渇を免れたという。しかも家を焼かれた豪商はただちに再建に着手、三井家など五日間で千人もの衆を四倍の賃銀で雇った。町は復興景気に沸き、人々は感謝しているという。大塩様のおかげで、もう誰もひもじい目に遭わんで済む。有難いことや。

世が直った。

能吏の陽明学者たる大塩が世直しを企図して蜂起したとは、馬琴には思えない。御政道を妨げる害を取り除き、しかるべき秩序をただ取り戻さんとしたのではないか。だが、自らの命を懸けた蜂起は自身が目指したものを遥かに越えてしまった。

片眼で見回したこの徳川の世が、にわかに鈎裂《かぎざ》きになって見える。

大御所《おおごしょ》の政《まつりごと》が長く続き過ぎたのだ。
満《み》つれば虧《か》く。
歴史はそう告げている。

清右衛門が病臥《びょうが》した。夏の疲れとのことで、路が自家製の薬を持って見舞いに参じた。路は宗伯の売薬業を捨てずに引き継ぎ、三日に一度は薬研《やげん》を挽いている。近頃は家計を任せ、馬琴は丸薬作りを手伝い、路には著作の手伝いをさせる。校合紙《きょうごうし》を渡し、指図通りに仮名が振られているか、朱筆の通りに修正しているかを照合する作業だ。

校正は任せられない。漢字《からもじ》をほとんど弁《わきま》えておらぬからで、女には珍しくないが、土岐村《ときむら》家の娘ともあろうものがと舌を打つ。あの母親が悪いのだ。娘に踊り三味線を習わせる派手好きの喋り好き、少しは学もつけておけと言うのだ。

秋に入ってまもなく、清右衛門の病状がにわかに悪化し、息を引き取った。ひと月も寝込まぬうちの呆気ない死だ。

「三年の間に、実子養子の二人を喪《うしな》うとは」

葬儀を終えた夜、座敷で肩を落としていると、「お前様のせいだ」と聞こえた。百が仁王立ちをして見下ろしていた。

「いつもいつも奉公人みたいに呼びつけて、雑用をさせて。清右衛門さんは働き死《じ》にしたんですよ」

皺《しわ》深い口許を歪《ゆが》め、睨《にら》みつけている。

「ようも言うた。あの家に転がり込んで、さんざん厄介をかけたのはそなたぞ」

「舅上《ちちうえ》、姑上《ははうえ》、およしになってください」

子供らや二郎の耳を憚《はばか》ったのだろう、路が割って入ると百がなお声を荒らげた。

「したり顔で仲裁かえ。お偉くなられたものだ。ああ、こんな狭い家、気が詰まっちまう。そうさ、二人で仲良しこよし、ええ、どうせあたしは邪魔者ですよ。この家であたしは誰にも好かれてないんだ。この齢になってこんな手酷《てひど》い仕打ちに遭うなんて、いったい何の因果で。そもそも、飯田町に養女に貰われてきたのが運の尽きだった。おっ母さんはいつもあたしを見下して馬鹿にして、顔が拙《まず》いだの指が太いだのと責められて。今度は亭主と嫁にいびられるなんて。いっそ殺しておくれよ、さあ、殺せ。この媼《おうな》の胸を刺すがいい」

柘榴《ざくろ》が弾けるように叫び散らす。癇症《かんしょう》が再発した。


太郎が十一歳になった。

齢《よわい》よりも大柄で、かつての己の姿を思い出す。二郎も同心を無事に勤めているようで、組頭や仲間の評判も上々だ。意欲が溢《あふ》れてくる。

七十二歳にして精力衰えず、益々《ますます》盛んなり。稿を草する時は俗にいうぶっつけ書きにして、綴《つづ》りゆく文章、水の流るるがごとく少しも淀《よど》むことなく、この文体、一家を成す。

そんな心地で胸を張る。昨冬には無事に『八犬伝』九輯《しゅう》下帙《ちつ》中五冊を売り出し、『新編金瓶《しんぺんきんぺい》梅《ばい》』五集上帙二冊も発販を果たした。『金瓶梅』の板元は和泉屋で、正月六日には年玉金二百疋《ぴき》と続稿の潤筆料の内金四両を持参した。

「五集が三千五百ほども売れまして、おかげで四集までのご要望も多く、新板で摺《す》り出すことにいたしました」

「それは重畳《ちょうじょう》」

隣室でまた百が癇を立ててか、大声を出している。路ももう負けていない。すかさず言い返したようで、百は老蛙のごとく荒れ狂っている。

書肆の連中も慣れたもので、眉一つ動かさない。

三月、庭の桜が満開になった。だが左眼までが霞《かす》み、細字での著述が困難になっている。焦り、煩悶し、吐き気さえこみ上げてくる。

それでも書かねばならぬ身だ。夜を日に継いで苦心し、潤筆料を稼がねばならぬ。

宗伯の遺児、太郎が十六になるまでは。

作者は奇妙な稼業だ。書くことで精魂を使い果たし、書くことで望みをつなぐ。


翌年の仲秋八月、左眼がなお衰えた。目を凝らせど吉野紙を一枚隔てているかのごとくで、とうとう長崎屋で眼鏡を作らねばならなくなった。さらに医薬灸《きゅう》を尽くせど恢復《かいふく》しない。

しかも『八犬伝』が了《お》わらぬ。全八十八冊、およそ百六十五回で結局を迎える予定が、あと五巻ではとても収まりそうにない。万一、大団円を迎える前に左も失明すればと先を案ずれば、老いた胸が塞がるばかりだ。

そのうえ、尋常ならざる事件が起きた。五月半ばに渡辺崋山《わたなべかざん》と高野長英《たかのちょうえい》なる蘭学者が幕政批判の廉《かど》で捕縛され、入獄させられたのである。

崋山は異国船の打払いを巡る幕閣の無為無策を筆で激越に指弾したらしい。仲間のみが閲覧する秘書で『慎機論《しんきろん》』なる著述であったようだが、奉行所が自邸に踏み込んで押収した。

崋山め、世に「蘭学の大施主」などと謳われて図に乗りおったか。

しばし静観を保っていたが不安は日ごとにつのり、今にも手鎖《てじょう》を掛けられる心地がする。以前、迂闊《うかつ》にも『後の為乃記《のちのためのき》』を贈ったことがあるのだ。あれも押収されたはずだ。崋山との間柄が奉行所で取り沙汰されれば、要らぬ詮索を受けかねぬ。矢も楯《たて》も堪《たま》らず巻紙を広げた。知人にこうして文で伝えておくことが身を守る術だ。左眼をこじ開けるようにして書き始める。

かの渡辺崋山、久しき合識《あいしき》なれども深く交わざればその学力を計り知らざれども、蘭学は最も好む所にて知見も多しとは聞きおり候。なれど四年前、予が転宅する前に肖像画の謝礼にゆきて対面したのみ、新宅には一度も訪れし事なし。

念入りに交遊浅きを強調し、人品骨柄も感心せぬと書き綴った。筆を擱《お》いても、怒りで指が震える。

崋山よ。胸の中で呼びかけた。

なにゆえ自制せなんだ。そこもとは田原《たはら》藩の家老ではないか。その分《ぶん》を守りて主君に誠忠を尽くせばよいものを、陪臣の分際で夷狄《いてき》の防衛など国事を論じ、国政を容喙《ようかい》するとは僭越《せんえつ》も甚だしい。平賀源内《ひらがげんない》しかり林子平《はやししへい》しかり、蛮学《ばんがく》を以《もっ》て名を成したる者で尋常な晩年を迎えた者などおらぬのだぞ。そこもとが不慮の罪を得れば、藩はもとより老親妻子、知友までが厄難を蒙《こうむ》る。

この馬琴も、醜い保身の文を書いた。

崋山よ。『八犬伝』を読んで気づかなんだのか。

わしとて、昨今の政《まつりごと》には存念がある。

悪とは何ぞや。

延々と巻を重ねながら『八犬伝』で勧善懲悪を貫き通すは、悪の本性を問いたいがためだ。それは一個の無頼《ぶらい》、蛮勇とは似て非なるもの、最も憎むべきは権力《ちから》の悪ぞ。八犬士はその非道、無能、無慈悲と闘い続けておる。権力を持つ者こそが仁義礼智忠信孝悌《じんぎれいちちゅうしんこうてい》の珠を持たねば、天下が治まらぬではないか。

幕閣、諸大名は珠を持っておるか。

武門の棟梁《とうりょう》たる将軍、家慶《いえよし》公は。大御所、家斉《いえなり》公は。

このままではいずれ徳川も衰退し、足利家の轍《てつ》を踏む。大塩平八郎のような乱が再び起き、夷狄に攻められるは必定《ひつじょう》だ。また乱世になる。

剪枝畸人《せんしきじん》に言わせれば、驕り高ぶって治める世は長続きしたことがない。只野真葛《ただのまくず》に言わせれば、これは宇宙の法則、理《ことわり》となる。

満《み》つれば虧《か》く。

だがわしはそれを賢《さか》しらに書いて警告などしない。

筆の真意は、行間に咲く花に秘するもの。
崋山よ。老《おい》の小心、保身よと嗤《わら》わば嗤え。この馬琴は読本作者としての分を貫く。

正月、鏡開きの日に太郎を元服させた。烏帽子親《えぼしおや》は三女鍬《くわ》の夫、渥美覚重《あつみかくじゅう》に頼んだ。覚重は今や下野宇都宮藩《しもつけうつのみや》の納戸役《なんどやく》だ。鍬が後妻に入るのを馬琴は反対したが暮らしは安泰、先妻の娘と仲睦《なかむつ》まじく、実子も五男二女に恵まれた。

寡婦になった幸《さき》には文溪堂の骨折りで後夫を取り、再び滝沢清右衛門《せいえもん》を名乗らせている。幸より七歳若い三十八だがまたも温厚順良な男だ。

百は飯田町へ戻り、新しい清右衛門夫婦と暮らしている。

次女の祐《ゆう》はといえば、亭主の久右衛門《きゅうえもん》が詐欺めいた商いで訴えられて伝馬町《てんまちょう》の牢《ろう》につながれた。勘当しているので当家に難は及ばぬとはいえ、破れた袷《あわせ》一枚という哀れな姿の母子三人を放置もできず四谷に引き取った。久右衛門の負債の後始末で清右衛門は奔走し、馬琴も返却金を助けざるを得ない。一件が落着して祐を子連れで下女奉公させることにした折、「亭主と縁を切れ」と申し渡した。祐は返事もしなかった。この期に及んでまだ別れられぬというか。匙《さじ》を投げた。百も娘を見限り、名を耳にするのも嫌がるようになった。

ともかく太郎の元服には漕《こ》ぎ着け、自らと同名の「興邦《おきくに》」を字《あざな》として与えた。路は鏡餅で汁粉《しるこ》を振る舞い、本膳一汁三菜、香《こう》の物、焼魚、吸物《すいもの》の祝膳を調《ととの》えた。上出来だ。太郎は祖父、父に似ず武の修練を好み、とても十三歳には見えぬと皆が褒めている。見えぬ晴れ姿を惚《ほ》れ惚れと眺めるうち、思案が湧いた。

そうだ、この方法《て》があった。

馬琴は滝沢太郎を十七歳と申し立てて勤めの願いを上げた。珍しくない方法で、齢《よわい》の許称など可愛《かわい》いものだ。なにしろ株の売買が黙認されている。

願いは受領され、十二月から同心見習番として奉公せよとの許しを得た。

二郎には約束より早く滝沢の姓を返させることになったが、身分片づけ料として七両、さらに御切米《おきりまい》、扶持分《ふちぶん》として一両を渡した。最後まで柔順、身持ちも崩さなかったのは、路が陰で気を配っていたからだろう。

天保十二年正月、太郎は堀田主税《ほったちから》組頭《くみがしら》の組に転役した。その若武者ぶりを馬琴は寿《ことほ》いだ。


　ささたけのせつぎ定めしことしより　たててまがはぬ門の若松

かなうことならば供をしたいほどだ。

犬江親兵衛《いぬえしんべえ》に付き添う老翁、姥雪與四郎《おばゆきよしろう》のごとく。


正月も下旬になったある日、文溪堂丁子屋平兵衛《ぶんけいどうちょうじやへいべえ》が駆け込んできた。

「これまでは苦心惨憺《くしんさんたん》しつつも浄書してまいりましたが、もはや判読できぬと申します」

熟練の筆工が音を上げたという。筆工は板下師《はんしたし》とも呼ばれ、作者の稿を浄書して板下を作る職人だ。彫師《ほりし》はその板下紙を板木に重ねて文字を彫刻する。文溪堂が言う稿は『八犬伝』の九輯《しゅう》巻之四十六、第百七十七回だ。

「文字と行が乱れて墨つきも怪しかろうとは思うておったが、さようか、やはり読めぬか」

左眼は本復《ほんぷく》せぬまま、昼夜の区別がかろうじてわかる程度にまで落ちている。

「先生の仕事は当代一流の者を揃えてやらせておりますが、あれほどの、にじり書きでは」

言うや黙り込んだ。盲《めしい》になった老人をいかに慰めようか、言葉を繰《く》っているのだろうか。いや、そうではあるまい。散逸しかけた肇輯《じょうしゅう》以降の板木を苦労して買い集めた男だ。文溪堂にとっても『八犬伝』の終局は商いの大詰めである。

この板元とも長いつきあいになった。友人ではないが生業《なりわい》だけの間柄でもない。同じ舟に乗る者同士、馬琴が沈めば文溪堂も沈む。作者に意を尽くし、滝沢家のさまざまを支えてきてくれた。曲亭馬琴が心底信ずる江戸の本屋は耕書堂蔦屋重三郎《こうしょどうつたやじゅうざぶろう》、平林堂平林庄五郎、そして文溪堂丁子屋平兵衛、この三人のみだ。

「後生です。今一度、口授《くじゅ》代写を願えませんか」

「断る。口授の苦労は二度と御免だ」

文溪堂は馬琴の眼の不如意を察して口授代写を勧め、筆耕者を連れてきたことがある。だが、ろくでもない男だった。己の無学無知を恥じず用字を確かめようともしない。指図をすれば「この場合は草冠《くさかんむり》の蔭《かげ》がふさわしいのでは」などと半可通《はんかつう》を振り回す。立腹して「帰れ」と叫び、あるいは「帰る」と相手が席を立った。

「お気に召す筆耕者を探してまいりますゆえ、なにとぞ。読者、貸本屋らは大完結を待ち望んでおります。途絶いたさば、江戸読本《えどよみほん》の歴史も廃《すた》りましょう」

「途絶すると誰が申した。書くぞ。結局まで書く」

「書いていただいても、それを判読できないのでは手も足も出ませんので。先生、後生にござります」

平伏しているようだ。襖《ふすま》の動く音がして、路の匂いがする。製薬に用いる薬種《やくしゅ》の匂いだ。

「喉《のど》をお湿しになってください」

「これはどうも。恐れ入ります」

路が「舅上《ちちうえ》」と、馬琴の手にも茶碗を持たせる。茶を啜った。文溪堂が「先生」と呼んだ。

「お路様にお願いできませんか」

「漬物か。大根なら何樽も漬けさせてある。お路、何本か用意してやれ」

「かしこまりました」

「違いますよ。お稿の代写にござりますよ」

茶碗を取り落としそうになった。

「烈婦音音《れっぷおとね》は料《はか》らずも、那大茂林《かのおおもり》の澳辺《おきべ》にて、仁田山晋六武佐《にたやましんろくたけすけ》の、柴薪船《やきぐさぶね》を燔撃《やきうち》せし時、那身《かのみ》は蚤《はや》く大洋《わたつみ》に、跳入《おどりい》りつゝ燬《ひ》を免《まぬか》れて、浮《うき》つ沈《しずみ》つ泅《およ》ぐ程に」

ぶっつけ書きが長年の慣《なら》い、ひとたび口を開けば泳ぐ魚のごとく空を渡る鳥のごとく物語れる。

音音は姥雪與四郎の老妻だ。齢《よわい》六十余にて水練も心得る剛の者、炎燃え盛る船から海に飛び込み、浮きつ沈みつ何町も泳ぎ切って浜に辿り着く。

「岩《いわ》に携《すが》りつ身を起して、ゆくこと僅《わずか》に両三歩《ふたあしみあし》、憶《おもわ》ず撲地《はた》と転輾《ふしまろ》びて」

「舅上、おもわず、は、思うの字を宛ててよろしゅうございますか」

またか。溜息を吐いた。かれこれ一刻《いっとき》もかかってまだ一枚も仕上がらない。用字の逐一を教えねばならぬので口授が途切れ通しだ。

「立心偏《りっしんべん》に意じゃ」

「りっしん。立身出世の」

「身ではない、心じゃ。心という字を立てて偏にしたものぞ。さようなことも知らぬのか」

路が代写など土台が無理だったのだ。漢字《からもじ》雅言《がげん》、仮名遣い、てにをはも心得ぬ者に一字ごと一句ごとに教えねばならぬ苦労たるや、覚悟を絶するものがある。「きつけぐすりと申したが平仮名で書くな。文字は清心丹ぞ」と逐一教えねばならない。代写がようやく一枚できると読み返させ、しかしそもそも熟語を知らず句読も心得ぬので読む際に字を飛ばし、無いはずの字を添えてしまう。

「違う。違う違う」

声が嗄《か》れる。路にしても暗闇の道を辿る心地であろう。ほとほと困《こう》じて泣きだしてしまう。

「申し訳ござりませぬ、申し訳ござりませぬ」

知らぬことを口授されて代写する身の艱難《かんなん》を思えば痛ましくもあり、もう止《や》めてしまおうと幾度も思った。こなたが泣きたい。

だが路は洟《はな》を啜《すす》り、時に発熱しながらも、毎日、書斎に入ってきて坐りはする。苦闘は日々、夜更けても続く。行燈《あんどん》の油がじりじりと音を立て、遠くで犬が鳴く。そんな四苦八苦の最中、百が暇に飽かせて泊まりにくるようになった。ただ、足腰が不自由なのだ。おまるを使わねば厠《かわや》に行くのも間に合わず、路が介助せねばならない。家事と製薬、代写の合間を縫ってのことだ。いかなる風の吹き回しであろうか、百は嫌い抜いてきた嫁に対して「すまないねえ」と口にし、童女のごとく頼りにするではないか。

それでも何日か過ごせば二人の仲への疑いを思い出すのか、嫌みや僻言《ひがごと》を撒き散らす。馬琴は堪忍袋の緒を何度も切らしたのち疲労困憊《こんぱい》して清右衛門に迎えにこさせ、百を飯田町に帰らせる。その繰り返しだ。

そして仲春二月七日、百が急死との遣いがあった。

幸《さき》が言うには前夜も息災で上機嫌、戯言《ざれごと》まで口にしていたという。翌朝、寝間で亡くなっていた。

葬儀を済ませた日のうちに、路と太郎と共に四谷に帰った。

路と二人で茶を啜った。

「気性の激しい女であった。癇症《かんしょう》、言葉の毒に難儀した。だが兄上の娘、蔦《つた》を撫育《ぶいく》してくれたことは忘れておらぬ。茗荷谷《みょうがだに》の深光寺《じんこうじ》に毎月詣で、滝沢家の先祖供養にも神妙に勤めてくれた。裏も表もない女だった。頼られて意気に感じればとことん情を尽くし、憎む時もとことんだった」

路は俯《うつむ》いたまま、ぽつりと言った。

「姑上《ははうえ》はお強うございました。音音《おとね》のように」

姥雪與四郎の老妻、音音は女だてらに鎧《よろい》の雑兵《ぞうひょう》に身をやつし、敵方の五十子城《いさらごのしろ》に潜入《しのびい》る。折しも二人の猛者が姫君らを略奪せんと鉄砲で脅している最中だ。「白物《しれもの》待て」と叫んだ音音は振り返った首に丁《ちょう》と薙刀《なぎなた》をかけ、もう一人が動く隙も与えず、持ったる鉄砲もろとも右腕をばらりずんと薙ぎ倒した。

「そうさな。ばらりずん、の烈婦であったのかもしれぬの。戯作者を亭主に持ってしまったがゆえの、な」

法名黙誉静舟到岸大姉。享年七十八であった。


葬儀の翌朝には口授代写に戻った。

八犬士は里見軍として最後の闘いに挑んでいる。

敵方は関東管領《かんれい》である扇谷定正《おうぎがやつさだまさ》、山内顕定《やまのうちあきさだ》の連合軍、足利公方成氏《あしかがくぼうなりうじ》を味方につけた兵は数万だ。里見水軍は焼き討ちを謀《はか》られ、陸でも壮絶な闘いを強いられた。しかし軍師犬坂毛野《いぬさかけの》は一挙に五十子城を攻め落とした。一方、犬山道節《いぬやまどうせつ》は近郷の野武士らを加えた軍勢を率いて忍岡城《しのぶのおかのしろ》を目指す。

「是《これ》よりの後、近郡近郷なる郷士豪民の善に与《くみ》して里見の徳を慕ふ故に道節が隊《て》に附《つか》まく欲《ほり》して、当城に来ぬる者日毎々々《ひごとひごと》に多かりければ、道節が軍威いよいよ壮《さかり》にて一万余騎にぞ做《な》りにける」

述べれば、路が「舅上《ちちうえ》」と呼ぶ。

「なりにけるの、なりの漢字はいかに」

「人偏《にんべん》に故じゃ。何故《なにゆえ》の、ゆえ」

路は「ゆえ」と呟き、気配が動いた。かたわらに身を移して右手を取り、己の手の甲の上にのせた。

「何をいたす」

「私の手の甲に指で書いてくださりませ」

「馬鹿を申すな。舅《しゅうと》が嫁の手に触れるなど、不義の仕業《しわざ》ぞ」

「不義とはまた、片腹痛きおっしゃりよう」

軽くあしらわれた。ふと、亡妻の靭《つよ》さを思い出す。

渋々とやってみれば、稿の進みが数段速い。存外に妙案だった。

やがて路は偏傍《へんつくり》も弁《わきま》えるようになり、馬琴も舌が疲れるまでには至らなくなった。巻之四十七第百七十八回を了《お》え、いよいよ巻之四十七下だ。

壮絶なる火戦、水戦を経た里見軍は、管領連合軍数万を撃破した。捕えたるは管領軍の総大将、足利公方成氏、扇谷朝良《ともよし》ら十二将である。

管領軍はついに、里見軍との和議を受け容《い》れた。里見軍は捕囚十二将を手厚く遇したうえ、管領軍に引き渡した。

これは、真の戦ではあり得ぬ仕儀だ。敵方の将の首を取って殲滅《せんめつ》してこそ勝利、戦を終結できる。だが八犬士は戦場《いくさば》で武威を振るいながらも、心ある者、義ある者の命は助け続けた。

その後、丶大法師《ちゅだいほうし》によって大施餓鬼会《だいせがきえ》が催された。百八艘《そう》の船は武蔵《むさし》の国まで遡って隅田川を法会《ほうえ》の始めとし、両国川、品川沖、七日目には新井の沖より須崎に至って結願《けちがん》する。敵軍も含めた死者の冥福を祈る読経《どきょう》が海川で響き続けた。

陸では米銭を堆《うずたか》く積んでの施行《せぎょう》だ。軍役《ぐんえき》に疲れ果てた老兵、家を失い子を売った窮民《きゅうみん》、一家離散で孤児《みなしご》となった者の手に手に米と銭が渡された。

口授し終えた時、馬琴は思った。

私はここ南総《なんそう》に理想の国をうち建てたかったのだ。

自他平等利益《じたびょうどうりやく》、仁義八行《じんぎはっこう》で平和を遂げる国。


八月二十一日、『八犬伝』九輯《しゅう》巻之五十三を稿了した。八犬士の後日譚《ごじつたん》を語り、「回外剰筆《かいがいじょうひつ》」で作者の心境を述べた。翌月半ばに文溪堂が画師の歌川国貞《うたがわくにさだ》を同道して来訪した。大団円を迎えた祝いとして、最終巻末に著者の肖像画を載せたいと言う。

国貞は当代きっての一流、不足はない。そういえば北斎とは疎遠のままだ。今の画号は「画《が》狂老人《きょうろうじん》」であるらしいがまさに画《え》狂い、するとこなたは文狂老人か。

「おや、お珍しい。父上が笑うておられる」

囁《ささや》き合うその声は、見物に訪れた幸と鍬の一家だ。

「わしも、笑う時には笑うのだ」

絽羽織《ろばおり》の裾を払って頬を揉めば、路と丁子屋、国貞までが吹き出して笑うのが聞こえた。


天保十三年が明け、非番の太郎に手を引かれて立春の庭を巡る。

「太郎、蕗《ふき》の薹《とう》は出ておらぬか」

「はて、見えませせぬが」

「さようか」

腰を屈めて顔を近づけたが、冷気が頬を撫でるばかりだ。

昨冬、崋山《かざん》が蟄居先《ちっきょさき》で自刃《じじん》したと聞いた。一人で冥福を祈った。

公儀の御改革によって市中の風儀取締りも厳しくなるばかりで、歌舞伎三座は浅草に移転させられた。文溪堂も他の作者の本で咎《とが》めを受け、『八犬伝』の下帙《ちつ》下編下結局までが町奉行所に留め置かれて出板が遅延した。来月九日に売り出しが決まったものの、文溪堂が捕えられれば板木が没収されるところであった。

まったく、『八犬伝』は最後の最後まで危うかった。

「太郎、今年も花園に種を蒔《ま》こうぞ」

「朝顔ですか」

宗伯《そうはく》に似た声がとまどいながら答える。

花園はこの家の庭にはない。ごくわずかな季節しか経なかった、幻のような園であった。しかしこの全盲《めしい》の眼には見えている。花々の中で陽を浴びる宗伯の背中が。顎を上げ、鳥や虫の声に耳を澄ませる姿も。

のう、宗伯。

私は唐土の『水滸伝《すいこでん》』に匹敵する小説を書きたかったのだ。ゆえに語彙、用字に至るまで『忠義水滸伝解《ちゅうぎすいこでんかい》』なる辞書を用い、長年の愛読書である『太平記《たいへいき》』と『三国志演義《さんごくしえんぎ》』を座の右に置き、里見家にかかわる伝承、房総の地理風俗の書物も集めて座の左に置いた。さような布陣で日々戦《たたこ》うた。

史実の種を見出し、文章を耕して種を蒔き、大いなる虚を育てる。

それが稗史小説《はいししょうせつ》たるものの執筆作法であり、読む面白さであり、作そのものの真《まこと》だ。稗史は稗《ひえ》の史と書くだけあって、すなわち正史ではない。民の心に根づき、揺さぶり、時にその樹影でやすらがせ、時にその梢にまで登って遥《はる》けき世界を見せる。

仁義礼智忠信孝悌《じんぎれいちちゅうしんこうてい》。八犬士の珠は再び数珠となり一つにつながった。

嗚呼盧生《ああろせい》の栄華は五十年、本伝作者の筆労は正《まさ》に是《これ》二十八年、孰《いずれ》か夢にあらざりける。

のう、宗伯。

虚構こそが実らせうるもの。読者は感受してくれるであろうか。大団円の行間に籠めた真意を。いいや、それは望みが過ぎるというものか。

のう、宗伯。かように長い小説を読み続けてくれた人々があったことを僥倖《しあわせ》と思わねばならぬの。な、さようであろう。

父上。願いは口にお出しになった方がよろしいかと存じまする。

そうですよ、お前様。

百までが煽《あお》ってくる。

そうか。いや、そうだの。そなたたちの申す通りだ。天に言葉を挙げねば届きはしない。

ここに曲亭馬琴《きょくていばきん》が『南総里見八犬伝《なんそうさとみはっけんでん》』を稿じ果てたり。

願わくば五十年、いや百年後の世にも読み継がれ、我が秘めたる真意を知る朋友に出会わんことを。

吾《われ》、百年《ももとせ》の後の知音《ちいん》を俟《ま》つ。

どうか、百年の後まで残ってくれ。読んでくれ。

心ある人々よ。

「舅上《ちちうえ》、太郎どの。お餅が焼けましたよ」

路が呼んでいる。

宗伯、そなたも一緒に参ろう。お百、お前はどうする。

いただきますよ。当たり前ですよ。

百はぷりぷりしながら、花園の春草の中をひらりと飛んだ。

## 主要参考文献

『江戸時代人づくり風土記27　大阪の歴史力』村田路人 編集／藤本篤 大阪版監修／会田雄次・大石慎三郎 監修／石川松太郎・稲垣史生・加藤秀俊 編纂／農山漁村文化協会
『江戸の生薬屋』吉岡信／青蛙房
『江戸の出版統制　弾圧に翻弄された戯作者たち』佐藤至子／吉川弘文館
『江戸の出版事情』内田啓一／青幻舎
『曲亭馬琴日記』第一巻〜第四巻・別巻／柴田光彦 新訂増補／中央公論新社
『曲亭馬琴の世界　戯作とその周縁』板坂則子／笠間書院
『新潮日本古典集成 別巻　南総里見八犬伝』一〜十二／濱田啓介 校訂／新潮社
『新版 雨月物語 全訳注』上田秋成／青木正次 訳注／講談社
『新版 蔦屋重三郎』鈴木俊幸／平凡社
『随筆滝沢馬琴』真山青果／岩波書店
『滝沢馬琴　百年以後の知音を俟つ』高田衛／ミネルヴァ書房
『只野真葛』関民子／日本歴史学会 編集／吉川弘文館
『後の為乃記』滝沢馬琴 稿／木村三四吾 編校

『馬琴一家の江戸暮らし』高牧實／中央公論新社
『馬琴と演劇』大屋多詠子／花鳥社
『馬琴の食卓　日本たべもの史譚』鈴木晋一／平凡社
『馬琴読本と中国古代小説』崔香蘭／溪水社
『読本事典　江戸の伝奇小説』国文学研究資料館・八戸市立図書館編／
　編集代表者 大高洋司／笠間書院
『渡辺崋山』ドナルド・キーン／角地幸男 訳／新潮社

ここに掲げた以外の研究書や論文にも、多大なる示唆と刺激を受けました。

本作は、先達の貴重なる成果を土壌として、あるいは水とも陽射しとも仰いでフィクションの芽を出し、枝を伸ばしました。

心よりの感謝を捧げます。

考証の至らぬ箇処の責はすべて著者にあります。

著者

初出　日本経済新聞夕刊（二〇二〇年一月四日〜十二月二十八日）
※連載タイトル「秘密の花壇」を改題

# 朝井まかて あさい・まかて

一九五九年、大阪府生まれ。甲南女子大学文学部卒。
二〇〇八年、小説現代長編新人賞奨励賞を受賞してデビュー。
一三年『恋歌』で本屋が選ぶ時代小説大賞。
一四年、同作で直木三十五賞、『阿蘭陀西鶴』で織田作之助賞。
一五年『すかたん』で大阪ほんま本大賞。
一六年『眩』で中山義秀文学賞。
一七年『福袋』で舟橋聖一文学賞。
一八年『雲上雲下』で中央公論文芸賞、『悪玉伝』で司馬遼太郎賞、
大阪の芸術文化に貢献した人に贈られる大阪文化賞。
二〇年『グッドバイ』で親鸞賞。
二一年『類』で芸術選奨文部科学大臣賞と柴田錬三郎賞を受賞。
そのほかの著書に『白光』『ボタニカ』『朝星夜星』などがある。

# 秘密《ひみつ》の花園《はなぞの》

二〇二四年一月二十五日　第一刷
二〇二四年二月　七　日　二刷

著　者　朝井まかて


発行者　國分正哉
発　行　株式会社日経ＢＰ
日本経済新聞出版
発　売　株式会社日経ＢＰマーケティング
〒一〇五-八三〇八　東京都港区虎ノ門四-三-一二
印　刷　錦明印刷
製　本　大口製本
ISBN978-4-296-11866-3　Printed in Japan